了不起的背锅侠

THE EXTRAORDINARY ONES

肥肥安 著

SPM
南方出版传媒
广东人民出版社
·广州·

图书在版编目（CIP）数据

了不起的背锅侠 / 肥肥安著 . — 广州 : 广东人民出版社，
2020.1

ISBN 978–7–218–13921–0

Ⅰ . ①了… Ⅱ . ①肥… Ⅲ . ①长篇小说—中国—当代 Ⅳ .
① I247.5

中国版本图书馆 CIP 数据核字 (2019) 第 244824 号

LIAOBUQI DE BEIGUOXIA

了不起的背锅侠

肥肥安 著

出 版 人：肖风华

策 划 方：时光机图书工作室
责任编辑：钱飞遥
责任技编：周 杰 吴彦斌
出版发行：广东人民出版社
地　　址：广州市新港西路 204 号 2 号楼（邮政编码：510300）
电　　话：（020）85716809（总编室）
传　　真：（020）85716872
网　　址：http://www.gdpph.com
印　　刷：广东鹏腾宇文化创新有限公司
开　　本：890 毫米 × 1240 毫米　1/32
印　　张：11.5　　字　　数：270 千
版　　次：2020 年 1 月第 1 版
版　　次：2020 年 1 月第 1 次
定　　价：42.00 元

如发现印装质量问题，影响阅读，请与出版社（020–85716849）
联系调换。售书热线：（020）85716826

目　录

第一章

春之暗色

1.1

了不起的背锅侠

春雨在早晨就细细绵绵地下了起来。这雨如同湿润的浓雾，被高耸的云层所抛弃，与乍暖还寒的冷空气相互纠缠，轻飘飘地笼罩着上海的天空。

不舍跌落的细雨，将高耸的万国中心覆了一层。三栋玻璃大楼如木柴一样，各自倾斜又相互倚靠，以另类的建筑风格伫立在这片为互联网行业打造的园区中，成为了上海新建筑中独具风格的作品。

据说，万国集团特地请来了欧洲先锋建筑师 Sebastian 先生亲自操刀，大胆采用钢材质进行扭曲设计，铸就了这颇具争议的建筑。喜欢的人大赞其未来主义气息，讨厌的人觉得它扭曲而不正气。爱与恨的交集反而令它更受关注，俨然上海新地标。

万国的顶层，是集团最高层领导的办公室。此刻，创始人钱远山正在接受英国 BBC 电视台的采访。

"我们注意到，在万国作为电商巨头进行国际化扩张的同时，一些不同的声音也陆续冒了出来。例如去年，平台就因贩卖假货被欧洲几家奢侈品集团联手提诉。对于并不熟悉万国的观众朋友们来说，您认为万国的价值观可否代表当下的中国互联网企业？"

Megan McKenzie，这个如玩偶般金发碧眼的主持人是典型的异国美人，吸引着在场所有人的目光，包括钱远山，以及紧急被推来负责本次采访的高级公关经理程觅雪。

"Excuse me, but this question was not on the list."（这个问题并不在清单上。）

程觅雪紧张地站在摄像机后，打断了 Megan，她弱小的身躯在外国男摄影师身边显得格外不起眼。她局促地将一沓文件挡在胸前，深邃的眸子在调暗灯光的采访室内一眨一眨的，似乎下一秒就要哭出来，但嘴唇却紧紧地抿着，死死守住这份职业坚持。

Megan 用余光瞄了她一眼，前倾身体，望着面前的钱远山露出温柔一笑，继续发问："钱先生，相信您不会介意我问一个不在稿子上的问题吧？"

钱远山知道，摄像机仍在运转。作为久经沙场的商业大佬，他面部表情丝毫没有变化："万国走向国际化的过程中，我们的架构配置也在追随世界一流企业。例如，今天尽管是采访我，但回应依然是公关部的责任。我呢，只是来配合的员工，在这个场合，她说了算。"说着，他指了指摄像机后的程觅雪。

程觅雪只是被临时推进来帮忙的，此刻却成了整个房间的焦点。面对世界知名的财经主持人 Megan，这个她在英国留学时无数次在电视中仰望过的偶像，她的心，扑通扑通地跳着。Megan，则高傲地转向程觅雪站着的方向，投来一束犀利的目光。

程觅雪深吸一口气，从摄影师身边借过，向前一步，从暗处走入了明亮的摄影区域。身着白色套裙的她，在一片深色制服的工作人员中突然醒目了。

她站定在聚光灯下，一字一句地说："这是钱总在万国上市后的第一个专访，我们在众多财经节目中选择了您。为此，节目组答应我们提前沟通所有问题，这是一种契约精神，需要双方遵守规则。况且，作为上市公司，我们需要保护股民的利益，因此会严格审核对外发布的信息。相信您作为财经主持，能体谅我们目前对此的不回应。"屏息凝气、稳住阵脚说完这番话，程觅雪勉强挂上一个尴尬的笑容，企图化解危情。

Megan 依旧沉默着，没表示彻底妥协。

程觅雪知道，大道理说完了，问题不答是可以的，但这样的气氛下，还是得给作为名人的 Megan 一个台阶下："一个问题会让我丢了饭碗，同为伦敦政经学院毕业的校友，请您放过学妹好吗？"

冰山美人听了，脸上依旧高傲，嘴角却挂上一个笑容。

在场的十几位工作人员，顿时随着 Megan 的笑容轻松了起来。

"OK，钱先生，我只能说，你的下属非常出色。那么，我们来继续下个问题吧。"

当录制重新开始时，程觅雪屏住的呼吸终于松了，她感觉血一点点从心脏开始重新涌出，紧紧绷住的身体被注入了生命的能量。

"Well done!"

采访结束时，钱远山与她擦肩而过，留下一句鼓励。

程觅雪感激地笑笑，心中却是说不出的滋味。她身体里蕴含着巨大的能量，却在万国这个上万人的企业中面目模糊。即便是一名留学英伦名校的"海归"，她在竞争激烈的公司里存在感也并不强。拿今天来说吧，原本负责国际媒体采访的总监黎娅突然因故无法赶来，上司孙夕照才临时把留过学英文好的她拉来"背锅"。

可惜，这种锅，背好了没人感激，做坏了多的是人等着看笑话。她躲过 Megan 惊险的问题陷阱，最后除了这句"well done"，恐怕钱远山连她的名字都不会记住。

"当小小背锅侠也没什么不好的呀，不过不失地过好每一天呗。只是黎娅甩的破烂锅，以后千万别再背了才是！"

闺蜜尹冰在采访结束后，悄悄在门口等着惊魂未定的程觅雪。同为公关部经理，她们一个负责内容，一个负责渠道。作为上海土著，和父母同住的尹冰总喜欢带着来自小城清洲的程觅雪回家吃吃家常饭，让她在这个大城市有某种归属感。两个同期入职万国的同龄人，在三年的共事时光里成了无话不说的好闺蜜。尹冰清楚被临时背锅推到幕前的滋味，只能故作轻松地上下摇晃着俏皮的"波波头"，企图让程觅雪别那么难受。

"唉，我看了 Megan McKenzie 那么多采访，她还是同校的榜样人物，真有机会和她面对面了，却是因为背锅！真是难过。"程觅雪扁着嘴，不高兴地抱怨着。

"背锅侠，笑一笑啦！孙老师听说你化解了这场危机，在群里发了红包呢。你看你，又矮又扁着嘴，活像只小黄鸭！"

"谁是小黄鸭！你晒那么黑，像只小烤鸭！"

俩人嬉闹着，追逐在万国中心空旷的园区里。

只有笑起来，程觅雪脸上的梨涡才会得以展现，为清冷的五官增添了柔美的聚焦点，平时紧绷着的精英范也短暂消失了。毕业工作以后，她总喜欢购置白色系的衣服，衬衫、套裙、西服都是白色，如同名字中的"雪"字一样，算是在大公司中坚持自己的一点点小个性。

此刻，在园区中奔跑的她，纯真又松弛，既不是在名人面前毫不怯懦的专业公关，也并非总渴望得到认可的上进"海归"。白色的小小的身影，如同一片雪花，飘来飘去。然而，随着两人从园区走进了黑色的万国一号大楼，那栋横斜着靠在其他两栋楼上的"黑色巨兽"，一切的个性又被吞没了。她脸上恢复了工作的面貌，五官的美感依然还在，却没了生机。如同电梯里挤进的其他十四位陌生同事，不发一言，缄默相对。

次日清晨，上海依旧下着雨，万国中心显得黑暗又阴冷。自高处望去，人群如蝼蚁般在大楼附近缓慢地移动。若干黑点中，一对父女从如同鲶鱼的灰蓝商务车中钻出，不情愿地成为了蝼蚁中的不起眼的一对。

程恭慢吞吞地把手背在身后，抬头望向这著名的万国中心，眉心拧成一团纷乱："这就是你们请什么国外建筑师设计的大楼？歪七扭八，毫无章法。"

"爸，这叫后现代！您别老是待在清洲厂子里，还是要多来上海走走看看！"

"我知道你看不上清洲，这不也支持你留在上海了吗？"程恭有点恨恨地说。

他在小城清洲经营着一家贸易公司，在富贾遍地的浙江，自认算不上富豪，却也是名蓬勃的小企业主。前些年，还把生意做到了海外，越来越忙。两个孩子中，程觅雪是老大，还有一个儿子程觅霖。他们的亲生母亲在程觅雪小学的时候就因病去世，后来程恭再婚过一次，却没有子女，几年后婚姻结束了，他又是孤身一人。如今肯留在身边帮忙的，只有小儿子程觅霖一个。

在程恭为女儿规划的人生中，28岁的她应该已生了第一个孩子，和当地知根知底的浙商后代结婚，稳定地生活在清洲。平时嘛，带带娃，帮帮家里，乐得清闲自在。然而，宠着溺着的女儿，反而成了家里甚至他的小圈子里最"叛逆"的一个。大学毕业后，她先在门户网站做起了新闻记者，然后升为编辑。在程恭期待她结婚的年纪，程觅雪又跑去英国读传媒和心理学硕士，"镀金"完更收不住心，进入了知名互联网企业万国集团，担任高级公关经理。

"你女儿在做公关啊？"

"不是，嗯，是算宣传一类。现在的公关负责的是品牌宣传，说到底还是写东西，帮企业树立好的形象，是坐办公室的！"

他每每和家乡人聊起女儿的工作，总带着一丝自卑。在他生活的小圈子里，大部分朋友的子女都已婚已育，孙辈承欢膝下。虽然程觅雪在知名大企业工作，但在他们看起来，仍做了和大部分人不一样的人生选择，成为异类。

此刻，他跟着女儿，漫不经心地听她自豪地介绍着万国，心情却如天气一样，无法阳光起来。

"……自从成为了中国前三的物流企业之后，万国的电商平台也持续发力，依托其全球化的分布，成为了中国最具国际竞争力的新兴电商平台。"

"哼，那也干不过阿里巴巴和腾讯吧。我说小雪，你平时就是天天讲这些材料，还用留学吗？我都背下来了。"

"爸，知道你不喜欢我这工作，所以才想让你多了解了解。"

"我，只想了解你什么时候打算结婚！"

程觅雪停下了前进的脚步，大力推开一家咖啡店的门，负气地一屁股坐在沙发上。程恭看着女儿微卷的长发滴下的雨水，尽管对她的沉默不满，还是静静地递上纸巾。在他眼里，女儿是弱小的，易碎的。他对她的事业心无法理解，却并不是不支持。

然而，面对父亲对于婚姻的追问，她还是乱了方寸："我和萧正礼，已经分手了。如果有了新的结婚对象，我会第一时间通知您。"

听着女儿这样的回答，程恭无话可说，无力叹息了："唉，公关公关，就是学会了冠冕堂皇地说话。你呀你，别被工作吞没了。看看，这偌大的办公楼，大得吓人，像怪兽一样，没了谁都照样转。而你的个人生活，错过了就是错过了，只能自食其果。"

这次分手对于程恭的打击，绝不亚于女儿。萧正礼是他万里挑一，介绍给宝贝女儿的男友，祖籍同为清洲的萧家，目前长居上海，也是做进出口贸易起家。作为行业中的大家族，萧家发展到今天，拥有了两间上市公司，同时还涉足其他行业的投资。程恭早年间在清洲同乡会中结识了萧正礼的父亲，得知两人的儿女都在伦敦留学，从父母这层面就结了善缘，遂介绍给程觅雪。

他看中萧家的是大家族重视礼数，不会无端刻薄女儿。当然，没有父亲会想让女儿受苦，萧家丰厚的家底会令她生活无忧，彻底收收心，做回他理想中乖乖女的模样。

程觅雪凌厉的眼神在父亲的善诱下变得黯淡下来。她落寞地看着窗外的阴雨滴答滑落在窗上，心绪更乱了。

这游离的眼神，落在一个熟悉的身影上。公关总监孙夕照一改平日严谨的办公室打扮，疏于梳理的头发随意散落着，最奇怪的是，竟穿了条运动裤就跑来了公司。孙夕照作为管理层，平日里每天都优哉游哉十点晃进公司，再泡杯茶在办公室听爵士乐。程觅雪低头看表，她今天为了带父亲参观特意 8 点就到了，现在也不过 8:20 而已，以往这时间，孙夕照连信息都懒得回。此刻，她却连伞都没打，奔走在园区之中，丝毫没了平日的优雅淡定。

第六感告诉程觅雪，估计，是出了什么大事！

一个正规公司的公关部，如果忙得不可开交，说明公司出了问题。如果太过闲逸，也说明公司出了问题。前者，因为其业务混乱负面新闻多；后者，表示其缺乏远见和企业形象经营意识。就万国集团来说，程觅雪认为常态是介于两者之间，最近的情况，又更加微妙了。

"小雪？我约了人开会，要先走了。希望你能多想想爸爸的话。同时，务必再给萧正礼一次机会。"

程恭看着女儿的眼神，知道她心思又不知飘去哪了。

程觅雪唯唯诺诺地跟在程恭后面，等司机把商务车开过来，把父亲送上了车。最后，程恭意味深长地回望了女儿一眼，失望地摇摇头，钻入了车里。

湿漉漉的灰蓝商务车，在雾气浓重的早上，很快消失不见了。程觅雪的沉重，又添了几分。

1.2

一

加班夜的巨变

踩着高跟鞋，程觅雪挤进了万国一号楼的电梯。前方有个啃着饭团的格子衫男同事，油腻的手按了一下和她相同的楼层，印出清晰的指纹。

唉。

想起在英国留学的闲逸时光，泰晤士河边的清新景色，程觅雪顿感恍如隔世。或许真如父亲所说，在万国会逐渐失去自我？胡思乱想着，电梯就在她的楼层打开了大门，她如同一个小虾米跳出渔网，拼命挤了出来。

一小时过后，孙夕照才出现在办公室。此刻的她，已恢复了平日模样，头发吹得柔顺完美，穿着材质上乘的衬衫，步入办公室第一桩事，就是冲泡一壶春茶。

"孙老师，选题会是现在开吗？还是……"程觅雪轻轻敲着她敞开的门，小心问着。

孙夕照喜欢下属称呼自己"老师"而不是"孙总"，这是年轻时做记者在报社的称呼习惯。同样的，她也不像其他领导一样配专职秘书，和舒适相比，自由更令她觉得珍贵。但部门上传下达还是需要个人来使唤，程觅雪，就担任了这样一个角色。

"嗯，开，现在开吧，把所有人都叫到会议室。"

孙夕照拿着骨瓷杯的手微微颤抖着，被敏感的程觅雪捕捉到。不安越是被隐藏，越是会流转在更多容易被看破的地方。青色的茶杯中，一向平稳而今日凌乱的茶水波纹，轻易出卖了孙夕照内心的慌乱。

"我本周会跟进投资部的新项目，标题拟定为《万国出海，中国互联网企业加速全球化》。计划发稿渠道为北上广财经媒体，海外走国际组的'今日美国'发稿。"

"我这边会配合门户网站针对春节消费的报告进行数据跟进，

提供一份《春节网络消费万国白皮书》，以大数据作为切入点进行资料整合。计划发表渠道为本周两家门户，以及一家财经电视媒体。下周……"

孙夕照听着各个下属汇报的选题，平时意见多多的她，今天却心不在焉得很。

终于，她打断了发言，略为沉重地说："各位内容组同仁，你们手上的稿子呢，本周先写着。至于渠道组，暂时不需要配合发稿了，并暂停所有媒体采访的需求。全体公关部同事，本周 24 小时必须待命，手机保持开机。"

大家面面相觑，如同被闷棍打了头，满满的质疑堵在嗓子眼，不知该问还是不该问原因。

"散会！"

平时至少一小时的选题例会，今天不到十分钟就结束了。

"程觅雪，你和方圆留一下。"孙夕照招呼道。

程觅雪和方圆面面相觑，眼神里流露着对例会诡异气氛的费解。万国集团的公关部分为内容和渠道两个组。前者负责策划和撰写集团稿件，根据不同部门宣传需求编写内容，平时以写稿为主；后者则负责维护发稿的平台以及媒体关系，每人手握不同的媒体，随时配合和发送内容组的稿件。一个提供弹药，一个负责发射。

程觅雪和方圆都属于内容组，两人都做过记者，文字功底硬，新闻敏锐度高。内容组由同样记者出身的孙夕照亲自带领，她是那种看上去佛系实则是斗战胜佛的领导，对稿件的审核精细到标点符号都不放过。程觅雪刚进公关部时还想凭着小聪明偷懒，却一次次被孙夕照把稿件打回重写。地狱式的文字历练下，如今的她文字功力大涨，对业务也有了自信，渐渐在公关部站稳了脚跟。而方圆，则如同程觅雪的师姐一样，以更丰富的经验为她提供指点和帮助。

"小雪，你是负责对接 HR 部门的。方圆，你是负责高层稿件的。你们俩今天加班加点对一下彼此手中重叠的稿件，梳理准备好。一定要万无一失，同时不要声张。"

孙夕照紧缩的眉头，让两人不敢多言语，点点头就回到工位。

"话说，方圆姐，高层的一切公关工作不是黎娅在负责吗？怎么我刚接完她的锅，又甩给你一个？"

方圆瞥了程觅雪一眼，露出一个冷漠鄙夷的眼神："就凭她？不专业，不敬业，不爱业，只有江汉和 Chris 才吃她那低劣的马屁。"

说起来，方圆是不喜八卦的人，算公关部话最少的。但涉及黎娅这位甩锅王，谁也忍不住吐槽几句。

公关部奇葩们的涌入，起源要追溯到一年半前，钱远山并购了同类电商"识趣儿"，互联网江湖人称 S 集团。原本针锋相对的竞争对手合并成同一个集团的背后，是 S 的投资方盛元资本（SCC）与万国之间的交易。SCC 把 S 集团卖了，以换取万国的股权和董事会席位，而 S 的大鱼小虾也如同新血一样被注入万国。曾经的死对头变成了同事，粉饰太平的并购案之下，暗潮汹涌。

拿公关部来说，以前和 S 的公关部多次交手。万国的创始人钱远山低调沉稳，S 的创始人 Jerry 激进好胜。反映在两家公司的 PR [1] 策略上，稳扎稳打的孙夕照团队几乎一度被 S 吊打。Jerry 还以各种出格的言行博版面，例如他曾亲自现身万国的园区，举牌"三倍年薪"挖人。各种"野生"手段令万国难以招架。

所以，当 S 的公关部老大江汉被宣布担任万国副总裁时，整个万国哗然了。

---

[1] PR：Public Relations 的缩写，意为企业公共关系。

随着江汉的入主，他的爪牙也几乎全部挤入万国公关部。原本成王败寇的商业结局，在万国公关部颠倒了。作为侵入的一方，江汉本人还算低调，对大家都很客气。他手下的众人则完全撒了欢，特别是被安置在重要岗位上的爪牙们。其中在上海总部最为出格的就是"甩锅王"黎娅，这个几乎从不坐班，却被指派负责高层公关工作的国际 PR 组总监。

黎娅是典型的"用力过猛"的女人，每天都穿着超短的 A 字裙上班，从不重样，仿制的"小香风"外套也是标准搭配，在互联网企业里，这样性感又炫耀的风格实属高调。程觅雪曾断言，她这些材质不佳的衣服都是批发的，基数庞大不说，logo 上角度小小的偏差也足以让她看得出黎娅穿的都是假货。若是个美人，黎娅也算是道万国的风景线了，可惜她长相实在平凡：脖子短，肩膀宽，身材有几分忠"厚"，但方下巴和高颧骨又显刻薄。她虽一直以"姐姐""哥哥"这类称呼在万国里和各种领导套近乎，在公关部则目中无人，没得到什么好人缘，除了孙夕照这类同为总监的同事，即便在办公室待上一天，她也不屑与其他同事交流。

目中无人还算好的，最头疼的是她工作上不作为，事事甩锅。公关部原本位于公司十楼，黎娅为了逃班和捏造理由不来上班，特意找理由把整个组安置在了十一楼。如此一来，其他 S 的犬牙来了，也喜欢在十一楼逃避工作，甩锅给同事的时候连他们人影都看不见。程觅雪临时顶包负责 Megan McKenzie 对钱远山的专访，就是黎娅甩掉的锅，理由是在北京出差，临时无法脱身。

"北京？她怎么不索性说在北极呢？高层专访，都是至少提前一个月约好，临时说不来就不来？"说起今天背锅的遭遇，程觅雪不禁毒舌起来。

"成天让我们背锅，我看公关部上上下下就她骨骼最壮！那肩膀，啧啧，宽阔！穿上仿制香奈儿小外套都快把缝线撑开了，脱了能直接客串下一部《战狼》。我看她最适合背锅！"

替黎娅背过锅的，岂止她一个？一年内，工作中替黎娅临时补位的同事不计其数。孙夕照一再以"以和为贵"安抚大家，但因为她一个人的失职，整个部门的人都要时刻准备着替她背锅，难免造成负压，敌对的情绪亦蔓延开来。她甚至连最基本的撰写领导层发言稿的工作都甩给方圆。程觅雪实在想不到，一个既不做内容，也不做渠道的总监，这么多钱请来是供着当吉祥物吗？

"吉祥物至少还有颜值，黎娅那张簸箕脸，适合当什么公司的吉祥物？洁厕宝还是吸尘器？"程觅雪啃着麦当劳外卖，和方圆吐槽道。

夜幕降临，大家还在为孙夕照的任务加班，办公室早早下班的只有 S 集团来的那些人。程觅雪和方圆埋头写着稿件，看着未完成的海量工作，禁不住眉头紧皱。

萧正礼：我回上海了，见一面吧？

前男友萧正礼发来一条微信，伴随着叮咚声程觅雪从屏幕前抬起头，沉重地叹了口气。

"怎么，男朋友催下班吧？瞧瞧，这都九点多了，理得差不多了，你先走吧！"

"方圆姐，没关系，还不少活呢，总要有始有终。况且……发信息的，不是我男友。"

方圆笑了笑，当了妈妈以后，看到青春少女脸上为爱忧愁的表情，真心感到如金子般珍贵。恋爱的千种情愫总在不再拥有时，才显得格外美好。

程觅雪：加班中，不便。

程觅雪打发了萧正礼。

上弦月悄悄攀上云顶，伸个懒腰，她们结束加班走出万国大厦时，已经十点多了。

"嘀嘀！"

夜色中黑色的商务车车灯突然亮起，如同隐身的蝙蝠侠一样照亮了两人，吓了她们一跳。

"程小姐，萧总在车里等您呢。"一个利索的司机迅速从车里跳出，礼貌又熟稔地和程觅雪打着招呼，全然不顾她脸上的尴尬。

"您看，我真的不好做！"司机讨好地补上一句，戳了程觅雪的心。不难为别人，是父亲从小灌输给她的原则。

"得了，快去吧，到家知会一声。"方圆识趣地松开了程觅雪挎着她臂膀的手。

程觅雪抱歉地与方圆挥手告别，不情愿地钻进车里。

车子缓缓从面前驶离，方圆瞥了一眼车标。啧啧，青春无价，但眼前的迈巴赫S级，明码标着三百万。

"我说过的，不希望你来公司找我！"程觅雪上了车，不忿地对萧正礼说。

"记得的，但前提是，在你我交往的时期内。现在你提出分手，那么这个规矩的前提就不存在了，我当然可以来万国找你。"

尽管脸上挂着长途飞行的疲惫，萧正礼依然展现着他的高贵与自信，略微青色的眼圈为他增加了一丝忧愁的气质，却不知为什么，散发着某种阴郁的吸引力。

同样的高贵和阴郁，在两人相识的雾都伦敦，却显得格外适宜。记忆中两人的约会总是伴随着雨天，聊起梦想，谈论艺术，在异乡的一切记忆都因为彼此的存在而变得明媚起来。但这份原本得以延续的情感，却在两人回国和萧正礼接手家族企业后变得急转直下。

穿梭在不同城市、不同国家的出差时差，将他们的距离越拉越远。当然，作为职业女性的程觅雪最在乎的不是这份孤独，而是渐行渐远的价值观。她原本以为两个人可以抱着相同的梦想共同上升，小小的停滞和分歧只是阶段性的倒退而已。直到……

"叮咚，叮咚，叮……"

程觅雪的手机不停作响。为了避免被打扰，她的手机除了亲友以外，只设置重要工作群为实时通知。响声越来越频繁急促，制止了她对萧正礼那份将起的怒火，划开手机，二百多条新信息。点开群组里的视频和图片，她的手开始慢慢颤抖起来，张大的嘴被手机屏幕映照着，表情不安又震惊。冷漠的萧正礼坐在旁边感受到了不对劲。

"怎么？出了什么事吗？"

"这……我……我们集团的员工旅行团在东南亚的小国迪纳……被被被……全团劫持了！"

万国的员工旅行团，是与S集团合并后，负责公关的江汉搞的新花样之一。在钱远山的时代，只是每年出钱请优秀员工出国旅行一下，和其他大企业无异。江汉上位后抓住了出国这一宣传点，还拟了个"在万国，游万国"的口号，鼓励员工及家属一起出行，其背后的目的，则是为了讨好代表 SCC 入主万国的最高管理层——CEO 张国明。

张国明旅居硅谷多年，之前一直在外企，喜欢以英文名 Chris 被称呼。SCC 是美国基金，在 S 集团的巨额并购案中，提出要有"国际化管理人才"入主万国作为并购条件之一。于是，Chris 从美国空降成新的 CEO。高瘦的身材配上令同龄人羡慕的发量，在别的行业里或许只称得上是长相干净的 Chris，在万国被众多员工奉为偶像，甚至被某些人拍马拍成"万国男神"。

"在万国，游万国"这一新闻点，远比其他互联网企业的福利有趣得多，引得众多媒体报道了万国这一特色福利。短短一年，万国已开了三次团，每次都有媒体采访 Chris，在社会上为其赢得了一些正面知名度。于是，他更加激动了，最新的团还号召报名的员工带上小孩。这个码农出身的技术男已经不再是那个在海外面目模糊的华人了，中国互联网行业的红利孕育了他崭新的野心和权欲。万国男神的声誉已满足不了 Chris 了，他，要成为互联网传奇。

"视频里，被劫持的那些人，她们在里面喊着……"

程觅雪的声音开始因惧怕而颤抖，无力再握着手机，播放着视频的手机滑落在车子里。

萧正礼赶忙弯腰拾起，接着揽紧她颤抖着的肩膀，握着手机，回放了一段 22 秒的手机视频。

黑暗晃动的画面显示全团在一辆高档大巴上，几个劫持者中英文夹杂地大喊着，拍摄者显然是躲在靠后面的座位，趴在地上用手机偷拍。劫持者手中拿着枪械，穿着迷彩服，这种电影中才会出现的画面怎么看也无法令人置信。偷拍者的镜头里，劫持者的脚步越来越近，凶恶的叫喊声，令镜头晃动颤栗。

"救救我们！求求你们了！"

一个哭泣的女声从手机里传出来，画面随之转入了无尽的黑暗。

随着视频的播放结束，他们脸上的微光消失了。此刻，二人置身缓缓穿梭市区的车后座，无力说出一句话。恐惧，悲伤，惊慌……包围了城市里每个善良的知情者，也将这份千里之外的恶意从屏幕里传到他们心中。

这，才是真正的恐怖主义。

第二章
噩梦初始

2.1

—

"百鬼夜行"的公关部

"孙老师，目前要求公司对此事件进行回应的媒体有 20 家，其中 3 家通讯社的驻沪首席记者已经在赶来的路上，希望我们的管理层接受采访。"

"对外的回应稿已经连夜拟好，目前就是要敲定由哪位领导来说，我们再就此进行具体的语言修饰。"

迪纳事件发生的次日清晨 6 点，公关部的全员已到齐。渠道组的尹冰和内容组的方圆各自汇报了目前的工作进展，顶着大黑眼圈的程觅雪整夜未眠，虽然昨天就得知可能要面对公关危机，但她们谁也没料到竟然是这种史无前例的大型危机。

"尹冰，你先拖住记者，无论谁接受采访，都在一楼会议室进行，不要带记者进入工作区域影响员工情绪！具体的受访领导，我稍后会通知。"

孙夕照知道，冲在企业危机最前面的永远是公关部门，公关部先稳住，才能——应对发生的事情。此刻，她必须全力以赴。

低头看了看表，孙夕照意识到管理层会议马上要开始了，她叹息着走入 CEO 会议室，Chris、江汉等高级管理层均已到位，远在欧洲的钱远山也在电话会议连线中。电话那头，一声更沉重的叹息传来。钱远山，二十年的万国职场生涯中，无论身在高处还是低位，从未在下属面前叹过气，如今在这样骇人的事件面前，却再也无法保持内心的风轻云淡。

"怎么会发生这种事！江汉，迪纳事件对集团声誉的打击将是致命的。与此同时，股价也势必受到重创。无论事态如何，面对媒体，你要保证对舆论的控制！"

Chris 的愤慨，显然和钱远山不同。在外企多年，他的职业经理人思维让他首先想到的是公司要如何应对这场危机带来的经济和形象损失。

万国是钱远山从零铸就的，而 Chris，再位高权重，也不过是刚入局的既得利益者，两者对企业的感情当然不能相提并论。他的内心，有没有对被劫持员工感到痛心？没人知道。那张过度掩饰自我的脸上，你看不出他的年龄，也读不透他的爱恨。

"同时，我需要拟一封致员工信，请现在就开始起草。"他对孙夕照示意。

起草致员工信？这应该是助理的活啊。向来请得动孙夕照亲自提笔的，只有钱远山一个。孙夕照皱了皱眉头，望了望 Chris 的助理 Kelly，对方眼神闪烁，对 Chris 的强势表示无奈。

"也别太丧气，退一万步讲，谁都没遇到过这样的事啊！怎么处理？怎么公关？没有企业有前例，还是那句，全力以赴，决不放弃。"

会议结束，江汉和孙夕照一起默默步出会议室。

站在战场两边的两人尽管并肩工作了一年，内心的隔阂仍然存在。江汉对孙夕照看上去仁厚宽容，但从未真正袒露心迹，加之平时多数时间在北京，也不算低头不见抬头见。所以，虽然是直属上下级，紧密战斗的职场经历，却并未有过。

孙夕照心里，十分没底。

进了江汉办公室，他不急不忙地坐在转椅上，两条腿搭上了办公桌，缓缓聊起了应对方案。

"我通知了佟林让他们赶紧从北京过来，我们也统一下对相关部门的口径。"

他口中的佟林，是名义上负责政府关系的公关总监。为什么说名义上呢？因为此人并没有任何公关工作的职业经验，据说是有点背景才突然跨行业当了关系户，在S集团时就一直跟随着江汉左右，被万国并购后空降在这里，总归需要个好名头，于是就莫名其妙成了政府关系的公关总监，所谓鸡犬升天。

孙夕照觉得，佟林来并不会对工作有什么实际的帮助，但既然江汉觉得有，她也不好说什么。这个节骨眼，这种不干活的废人，少一个算一个。孙夕照的下属们忙成一锅粥，佟林这种垃圾每次在办公室从来不干活，谁都会觉得不公。这种小事让她烦心，却不是当下最紧要的，她心中此刻真正忧虑的，是另一件事。

"江总，尹冰正在拖着媒体，HR部门马上将组织参加旅行团的员工家属召开通气会。会议届时一定会失控，我建议和严浩总开个会，共同商量下应对方案。"

江汉听了，眼珠转了一下，低声说："严浩的会，就让他底下的人去折腾吧。你去帮 HR，显得我们特闲，你说呢？呵呵。"

这笑里藏刀的眼神，令孙夕照顿悟了。

严浩，是江汉在万国为数不多的对头。按说才来一年多，以江汉低调的作风，不应得罪任何人，偏偏严浩是钱远山亲手带出来的老臣子，手握人力资源部大权。一般的公司，谁愿意得罪 HR 啊？但是 Chris 任命江汉这一操作触及了太多个部门的蛋糕，令严浩十分不顺气。

江汉到了万国，在 Chris 的撑腰下，以部门结构调整的由头吞了 IR[1] 部门和 GR[2] 部门，统称公关部。对于严浩来说，必须要说服投资部答应把 IR 部门分出来，市场部同意把公关部独立，才能成事。期间，严浩是不怎么配合的，于是江汉刚上任时空有虚名，实际汇报线借着各种由头被拖了许久。他索性也不面对这光杆司令的尴尬，在万国入职以后很少来上海，和旧部们留守在北京，看似逍遥，实则郁结。

梁子，就这样结下了。劫持事件的通气会，无论谁开都是一片混乱，可以说，谁开谁倒霉。孙夕照的想法是，赶紧和 HR 部门开会，商讨流程议题以及现场控制，力求安抚家属和媒体的情绪。但江汉的暗示，就是让严浩自己去搞，搞成什么样是什么样，最好令其威严受损，杀他个下马威。然后，公关部以救世主的姿态出现，等他走投无路再伸出援手。

---

[1] IR: Investor Relations 的缩写，意为投资者关系，万国集团是上市公司，任何负面消息都会直接震荡股价，因此投资者关系要为投资人负责，即时通报情况。

[2] GR: Government relations 的缩写，意为政府关系，该部门负责政策合规和配合政府落实各类针对企业和行业的新政新策。

都什么时候了，还想着趁机报复？

孙夕照对江汉的职场价值观，产生了深深的质疑。

"严浩是吗？头衔是什么？"

"万国网副总裁，人力资源部负责人。"

"那么我可以理解为，这个旅行团是严总直接负责的项目？"

"旅行团是人力资源部策划执行的，严总是人力资源部总负责人。"

"那么严总对于这个项目的风险等级是否有过评估？是如何选择目的地的？对于旅行团所赴国家正发生政变一事，是否知晓？"

......

万国一楼的会议室里，尹冰挡着记者们的长枪短炮，先尽全力接住各种她能代为回答的问题，但公关挡下了前几刀以后，剩下的实质问题还是要严浩本人来面对了。

尹冰：小雪，快来，我撑不住了！

情急之下，她顾不了那么多了，急忙发信息给程觅雪求援。

普通的公关应对，她完全应付得过来，但在这样的危机面前，每个回答必须滴水不漏，用词字斟句酌。这方面，反而是内容组的强项，无暇分身的尹冰只能指望程觅雪当救兵了。

"面对目前的局面，我们十分痛心，也已经第一时间联系了当地分公司以及大使馆，尽一切可能保证被劫持员工的安全。除此以外，我们正在帮助家属们办理紧急签证，赴迪纳处理本次事件。"

严浩推了推鼻梁上的眼镜，尽量保持平静地回复每条提问。但他面对媒体的机会并不多，普通的问题面前尚能稳住，一旦遇到尖锐的问题，便开始乱了阵脚。

"据说万国旅行团是个政绩工程，这个旅行团最初的想法是不是严总提出的？还是集团更高层领导？"

"这……这是一项员工福利，深受员工的欢迎，我们也是因此才推出的迪纳行程。"

"您还是没有回答我的问题，我是想知道，究竟是谁先提出的旅行团的设想？旅行的频次又是如何决定的？"

棘手的问题又来一个，程觅雪，你在哪？尹冰心急如焚地在内心呐喊着。

程觅雪接到尹冰短信后，赶忙把回应稿修改了一下，打印了还没写完的大致回应方向，冲出办公室，搭救闺蜜尹冰。她左等右等等不来电梯，情急之下，直接穿着高跟鞋，跌跌撞撞地跑下了十层楼梯。她气喘吁吁地推开一楼会议室的门，用小小的身体拼命钻空，硬是挤到了前排，及时把这个棘手的问题挡了下来。

"接下来，严总会介绍一下万国成立紧急委员会处理此事的细节。"

她站在尹冰的旁边，轻轻触碰了一下她的手肘，小声说"别怕，我来了"。接着，趁记者们不备，将打印好的稿子塞到严浩的手中。

慌乱的尹冰看着程觅雪，如同看到了救星和稻草，充满感激。发问的记者们瞄了程觅雪一眼，从眼神到身体语言都充满不屑，挡车的螳臂而已，期待什么尊严？不是所有记者都抱有社会责任感，此刻站在万国的会议室中质问着严浩的大多数记者，都化身为扑向腐肉的秃鹫，为抢独家，不择手段。

无论万国平时花了多少费用和心思维护媒体关系，此事此时，没人不想做个大新闻。任何负面灾难，都是喂养秃鹫的腐肉。而在它们胃口还没那么大时，应该派专业的公关，或者最高管理层来应对。前者如孙夕照或江汉，哪怕是程觅雪，都可以应对得滴水不漏，不会被媒体抓到什么把柄；后者的出现则足以显示万国对事件的重视，为被动挨打的局面挽回公司的尊严。

此刻，站在长枪短炮前的严浩，绝对是个糟糕的人选。拿到了程觅雪的稿子，他即便趁机扫了一眼，接下来的问题依然回答得相当没有自信和不流利。这场效果堪忧的通气会，打得人力资源部溃不成军。

程觅雪和尹冰，死死挡着记者们越来越激烈的提问，却没有其他渠道组同事分身前来援助。在她们身后的阴影里，严浩趁人不注意，赶紧抿去和额头汗水同时跌落的一滴男儿泪。

不堪重负的他，手臂微微颤抖了一阵。

"铃铃！"

电话在床头响起，佟林从被子里伸出手，看都没看，"啪"地按下静音键。

此刻，女下属颜晓晓被他压在身下，充满期待地望着他。这种期待令他血脉偾张，多巴胺从每个毛孔溢出，如同一匹兽，再次冲进了她的身体。

颜晓晓，是集团公关部的渠道经理，和尹冰算是同组不同地区的同事。从北京入职的她，一开始加入的是S集团，后跟随并购来到万国。组织架构上，她归在佟林政府关系组的下面，才毕业两年，手握三家一级媒体的资源，可谓平步青云。或者说，和佟林的翻云覆雨，才是她职场"弯道超车"秘诀。

野路子上位的颜晓晓，长卷发披肩，声音也甜美，看似人畜无害，却是内容组最怕共事的渠道组同事。按说她学历不错，如果工作中有如同孙夕照这样的专业领导点拨一二，业务精进应是情理之中。可她偏偏在心术不正的佟林手下，一开始，被当作打通媒体关系的肉祭，送到了大佬们的床上。后来，则沦为佟林随叫随到的性工具。

谁也不曾想到，尹冰兢兢业业在万国工作三年，手里的媒体几乎都是和万国对着干的刺儿头。每次万国有负面，她都被推到摄像机面前，对着全国人民以"事情不是这样的"开始道歉。她甚至一度将微信签名改成了这句时不时就要说出的"事情不是这样的"。

同组的颜晓晓，不但不用坐班，一年出勤不到150天，还名正言顺手握最重要最友好的媒体资源，每年陪媒体游山玩水不下十次。尹冰的想象力被阅历所限，不知其中利害，还曾因此不公平待遇跑去孙夕照那里抱怨了几次。

"哎呀尹冰，你就不要总是对标颜晓晓了，她肯为集团做的，你未必愿意做啊。"

"不是我针对谁，因为她沟通不畅和信息传达错误导致的工作失误，您也看在眼里，为什么不能把她手里的优质媒体分我一二？"

耿直的尹冰压根没听懂孙夕照的言外之意，这场辩论自然是没有下文的。孙夕照去年底，只能以尹冰的年底奖金加倍的方式来安抚她的情绪。现状，仍没有变，优质友好的媒体依然都被颜晓晓所霸占。孙夕照对S集团的职场风气嗤之以鼻，也知在Chris代表SCC的资本意志上位的新朝代里，她能为下属做的，就是保护她们。

孙夕照自问，在S集团的冲击下，她不能保证下属们职场上升路径的公平，但至少能不让她们像颜晓晓一样，以道德的沦丧换取可悲的职场优越感。都说公司应该带动员工的成长，可 S 集团合并案后，大家面对的却是"司进民退"的狼狈现实。

"快起来啊，现在就要去上海总部了！"

电话再次响起的时候，佟林因前面的电话没接，被江汉骂了个狗血淋头。他的感受如同偷情的现场被抓，连滚带爬从颜晓晓身体里拔起，抓起车钥匙就往机场开。

驱车都过了三元桥了，佟林才发现身份证没带，他只得再驱车回到反方向的家中。没有丝毫犹豫，他将车临时停在路边，打开车门，把颜晓晓扔下了。

"佟林你干什么啊？先让我上去啊，我一个人怎么去机场？天还黑着呢，这可是高架啊，怎么叫车啊？你……"

颜晓晓急得快哭了，前一刻还和她融为一体的男人，现在却从车里，把她连人带包一起扔了出来。

"宝贝儿，乖，自己想办法走到下个出口，我得直接左转上桥！到了上海，我加倍补偿你。"

车门关了，橘色的尾灯很快消失在眼前。北京的初春凌晨，天还没有亮，乍暖还寒的冷风无情地吹着，颜晓晓的脸被还没来得及梳理的长发来回扑打，又冰又疼。

这风，让她想起家乡的小城。和佟林相好后，她已经很少被北方的寒风吹得东倒西歪过。在佟林这位领导兼皮条客兼情夫的特殊照顾下，她出入都有公司的车可以使用，不用坐班，还可以睡到自然醒，只是醒来的地方和身边的肉体千变万化。颜晓晓内心也曾质疑这样的生活方式，但当她再也不用和其他北漂同学一样挤在出租屋，而是拿着互联网公司的高职高薪住进高级公寓时，这不为人知的羞愧在巨大的虚荣面前，便不值一提了。

北京的公关圈里，颜晓晓这样的存在并不罕见。她们来路不明，却享受着同龄人无法比拟的优渥生活。当然，茨威格那句"命运的任何馈赠都早已在暗中标好了价格"适用于任何年代。

孙夕照说的没错，颜晓晓们愿意做的事，不是任何人都愿意做。大家虽然同在一间公司一个部门，但程觅雪，尹冰，方圆……她们作为职场女性的世界，和颜晓晓所处的境地，如同平行宇宙，永不可能相交。

心中咒骂着情夫佟林，眼泪和鼻涕一起狼狈纠缠在娇嫩的脸蛋上，颜晓晓在寒风中走到了高架出口，又瑟瑟等了半小时，终于等到了车，搭上第一班飞向上海的班机，赶到万国总部。然而，她还不知道，她对佟林的诅咒和埋怨，很快就在北京城的另一个角落，成了"现世报"报在了他身上。

蹑手蹑脚走进位于西城的家，佟林为了不吵醒两个孩子，光着脚踩在木地板上。天蒙蒙亮，他偷偷从书房抽屉里拿出身份证后，一步步撤回准备直接溜走，却在经过卫生间门口时，一脚踩到保姆给孩子洗完澡后不小心滴落的婴儿油的渍迹上。"哐"的一声，庞大油腻的身躯跌倒在地上，后脑勺着地。

"哇！哇哇！"

才几个月大的小女儿在卧室被这声巨响惊醒，哭喊着嘶闹着，唤起了全家。

"你这是……大半夜的喝酒了吗？怎么能摔成这样？"

佟太太裹上睡衣，从卧室慌忙出来，被眼前的一幕困惑住了。她看到丈夫狼狈地跌倒在餐桌前，手里还捏着身份证，被他顺势铲倒的两个餐椅东倒西歪的在地上，在白色的墙面划出了几道丑陋的痕迹。

"着急出差，唉，我这车还乱停在咱家楼门口呢。你说这什么事啊，地板这样多危险！你平时都怎么持家的？"

他扶着墙，企图慢慢站立起来。

佟太太满腹不满，风凉话嘛，男人说出来总是容易的。家里只有保姆和她照顾两个孩子，天天兵荒马乱。而这种丧偶式育儿的背后，是佟林越来越多的加班和出差，丈夫甚至懒得再告诉她晚归的理由，而她，也渐渐不想问了。对这个家，佟林有的不仅是冷漠，还有不少抱怨。这不，就算是自己摔倒了，也总能绕一圈，归因到太太头上。

"走吧，去机场对吧？我开车送你。"

不情愿地帮忙扶起他，佟太太接过车钥匙，搭了件厚外套，摸着黑就出门了。

佟林身上的刺鼻又廉价的香水味，是欢好后没来得及冲凉的罪证。而佟太太，忍住不说也不问，直到坐进了驾驶座，发现车里的同款香水味更浓了，一时间脑中有了画面感，恶心起来。她没作声，发动车子飞驰起来，只是在寒风中依然坚持打开天窗，以呼啸的风声代替了内心的呐喊。

"我们集团这次出大事了，恐怕得在上海待一阵了。"

"嗯。劫持人质那事吧。"

"对的，你怎么知道了？我意思说……你看，传播得还是很快的。我们工作紧，任务重啊。"

"你还好意思叫苦？想想那些被劫持的你的同事们呢？"

一句话，堵得佟林哑口无言。接下来到机场的一路上，车里除了风声，只有沉默。

"到了。希望能赶上飞机，全世界都指望着您救万国于水火呢。"

佟太太讽刺完了，猛地刹车，看都没看身边这坨垃圾。崴了脚的佟林瘸着从车里挪动出来，一个人尴尬地向她挥手告别。车子疾驰而归，留给他一个橘色的尾灯背影，如同三小时前被他扔在高架上的颜晓晓所看到的那样。

2.2
—
不是每个人都心存善意

"程觅雪，渠道组的人都去哪了？"

到了上海总部，颜晓晓把包往座位上狠狠一扔，望着空荡荡的公关部，语气中充满不满地质问。

程觅雪忙成一团，听了这莫名其妙的尖酸问话，头也没抬，没好气地答道："各地媒体聚集的一楼会议室啊，也是你此刻最应该待着的地方。"

天还不亮，颜晓晓就被佟林扔到高架路边，积累的怨气冲天。不要指望每个人都心存善意，哪怕是心存工作。现在的她，是一罐易燃气体，一点就着。颜晓晓早就看程觅雪不爽了，毕竟她用身体换来的一切，在家境殷实的程觅雪面前，显得毫无优势。尽管低调，公关部还是很多人都知道程觅雪来自浙商家庭，是个典型的海归富二代。

去年，颜晓晓曾经拎着一只限量版的迪奥包包来上海出差，特意在部门聚餐时放在最显眼的位置。没想到，尹冰心直口快，刚坐定就指着包包说"呀！这不是前阵子程觅雪捐给山区义卖会的包吗？原来被颜晓晓买了啊，你真有爱心！"颜晓晓当时被气得差点吐出血来，这明明是《财富年代》杂志的刘总编在带她去巴厘岛"出差"后，在机场免税店亲自买给她的。陪一个年逾六旬，比亲爹还大八岁的油腻老头四天四夜换来的名牌包，搁在程觅雪这，只不过是一个随手就可以捐掉的玩物罢了。

不要低估妒忌的女人，她们或许表面如颜晓晓一般甜美温柔，但一旦有了发泄的机会，喷薄而出的仇恨都是蹿着火苗，带着钢刺的。

"什么叫'我此刻最应该待着的地方'？我刚大老远从北京风尘仆仆赶过来，你说这风凉话给谁听呢？"

她把手中的笔记本摔在桌面上，确保这番自我洗白和抬高声音大到令周围其他同事都能听到。

风尘仆仆没看出来，风尘嘛倒是蛮风尘的。程觅雪心里这句吐槽没说出口，只是想到不禁嗤笑了一声。这一笑，颜晓晓眼看又要发飙，方圆赶忙拉住了她。

"晓晓，我带你先下去吧。大家都忙得不可开交，要是让人看见整个渠道组只有你没在采访现场也不是什么好事，你说对吧？"

虽没领情，知道方圆是向着程觅雪的，颜晓晓借着台阶还是下了，毕竟德行是没底气的。

颜晓晓离开后，方圆低声在程觅雪旁边说道："这种人你何必呢，她没有任何工作成绩和职场声誉，说到底是缺乏自信的，听不得别人说她不好，特别容易愤怒。你啊，有工夫还是少招惹颜晓晓这种垃圾，多帮帮我们自己人。"

"方圆姐，我想再回去看看，总感觉心里没底，尹冰这丫头早上都没吃饭，在楼下通气会站了俩小时了吧。"

写完一部分稿，程觅雪想再下去看看。

"我这有巧克力，拿着下去。"

方圆从抽屉里拿出小包装的瑞士巧克力，塞给程觅雪。她点点头收着，急匆匆下楼了。

"各位记者，大家要问问题，一个个来，我们肯定都会配合！你们这样毫无秩序，最后也是得不到答案的。"

一楼会议室里混乱的场面，随着涌入的记者越来越多，已不在尹冰的控制能力之内。她用最后一点气力，保持着稳定的发声为事态作注解，腿却不听使唤地开始一阵阵发软。

程觅雪第二次赶过来现场时，记者招待会已接近尾声，尹冰开始带严浩离开会议室。就算有其他同事的帮忙，从拥挤的现场挤出一条路来离开也不容易。程觅雪仗着个子小，再次拼命挤到了前排，尹冰撑着严浩的胳膊往前走，她则撑着尹冰，一起努力向前。记者们毫不留情地踩在她们的脚上，一片混乱中，颜晓晓这种人则站在了最后面，靠着墙拿着手机看笑话，似乎现场没有一个人、一件事值得她去帮助和关心，冷漠至极。

约定的通气会结束时间终于到了，煎熬的程觅雪她们从乌压压一片媒体的围堵中带着严浩挤上了电梯，精疲力尽地回到楼上的HR部门办公室。刚打开电梯门，突然冲出一个面目狰狞的胖大妈和一名摄影师，俩人不管不顾地把话筒往虚弱的严浩面前怼，差点怼到他脸上。

"严总，如果在本次事件中有员工受伤或死亡，万国对此的对策是什么呢？你能不能……"

如同丧尸侵城一样的媒体围堵，彻底惹怒了程觅雪。小小的她坚持着猛然打开办公室的门，把严浩和尹冰推了进去。

"先进去，这里交给我！"

然后，她弱小的身体死死地堵在了门口。

女记者望着她，丝毫没有退缩的意思，反而挑衅地把话筒递给了她："那么这位公关部的同事，你回答也行啊。反正都是万国的代表。"

程觅雪扫了一眼话筒上的标志：蓝鱼媒体，露出了一个有趣的笑容，话筒也没有接，冷冷地看着这名目光贪婪的发福中年女记者，说："蓝鱼媒体跑互联网线的女记者，应该是……宋艳对吧？"

女记者听了，露出了一个惊奇又不满的眼神，这小丫头看来没她想象中好惹，原本想抢个大新闻拿奖金的她，买通了楼下的保安偷偷走了安全通道上来，只是想恶意堵住严浩拍摄一个狼狈的回应而已，没想到被眼前的程觅雪给断了美梦。

"好奇我怎么知道你？其实我根本没见过你。只是在去年和今年，我们两次招待媒体去国外'考察'办理签证的时候，我都负责核对每个人的名字和所属媒体。两次，都有你。"

这个宋艳实在长得有特点，属于典型的相由心生，就算证件照，那张脸也写满了贪念和愚蠢。这社会油腻的可不止中年男人，程觅雪怎么可能忘记这样一张脸？她说完，严肃地指了指摄像师扛着的摄像机。

宋艳的眼神开始慌了，赶紧摆手让摄影机关机，那红色的灯一灭，程觅雪毫不示弱地向前一步，逼近这张丑陋的脸，一字一句狠狠地说："钱，你次次都拿，我也次次都记！拿了万国的钱，还跟着每年出国吃喝玩乐，我不求你不追这单新闻，只希望不要过度报道。如果你此刻不消失在我面前，我有一百种办法把你收钱的脏事在新闻播出之前就抖出来！用你人到中年的整个职业生涯换我们一条负面新闻，你有那么伟大吗，宋记者？"

眼前的宋艳，再也没了刚才咄咄逼人的气势，她被程觅雪问得一句话也说不出，全然没了刚才那刁钻得意的追问模样。她和她的摄影师，如同两只老鼠那样，灰溜溜地在程觅雪的面前消失了。

支开了灰老鼠们，程觅雪转身开了严浩办公室的门进去。尹冰刚从办公室里找出一瓶水，递给了脸色煞白的严浩。程觅雪赶忙关切道："严总，您脸色看起来不好，您先休息一下吧。我们先回公关部整理好资料，再回来陪您准备明天的员工见面会事宜。"

"哦，明天的员工家属见面会……除了我，还有其他领导参加吗？"

程觅雪暗自咬了一下嘴唇，欲言又止。

空荡荡的办公室里，因为一早上都没有人气，显得格外冷清。严浩望着眼前沉默的她们，似乎在这份清冷中，听到了命运的宣判。

"好了，明白了。你也不容易，我至少还是坐着，你们跑来跑去的，站了俩钟头不止吧？赶紧的，先回去歇歇。"

严浩的脸上，勉强挤出一丝安慰的笑，转瞬又在这层层沟壑之间被淹没。

她们点点头，转头走出了这片办公区域。程觅雪和尹冰没有循着来时路搭乘电梯，隐入了货梯旁边的安全通道，一前一后一层层走下楼。

"小雪，你这白裤子上，后面，这是……"

程觅雪听了赶忙摸了摸裤子后的口袋，黏黏的物质沾在手上，她看了大叫："哎呀，方圆姐让我给你带了巧克力，这……着急忙慌还被那个大妈记者堵了半天，刚才被挤得全融化了！"

"这，像是屎一样！我是说看上去。"

"特别是在我这条白裤子上。妈呀，处理着屎一样的事，还真的搞了一屁股'屎'。"

两个人在无人的通道中，笑出了眼泪。压抑沉重的心情得以宣泄，程觅雪希望通过这刺耳的、不合时宜的大笑，让心里的大石得以撼动，变得不再那么沉重。

她们笑着笑着，依然无法不想到依然在叛军劫匪手上的人质们，想到管理层推严浩一个人出去顶祸的无情，笑声中，眼泪止不住地掉下来，终于忍不住也坚持不了了，蹲坐在灰尘覆盖的楼梯上的俩人抱在一起，突然大哭起来。

又笑又哭的疯狂，程觅雪此生头一次感受。她不知道是自己疯了还是世界疯了，万国的一切都超出了她对人对事的理解范围，一切，包括她自己，都显得陌生而可怕。

中午，程觅雪没来得及吃午饭，赶着草拟完为 Chris 代笔的致员工信。

"孙老师，请问明天的家属通气会，是哪位领导代万国去接受采访呢？需要准备稿件吗？"

孙夕照叹了一口气："记者通气会是谁开的，谁就去开家属通气会。"

又是严浩。

"可是严总他……刚才就被众多媒体记者围攻，现在估计还惊魂未定。再次推出去面对媒体的话……"

程觅雪无论从专业还是个人情感上，都无法理解为何只让严浩一个领导挡事。

孙夕照立刻望了她一眼。

她熟悉那眼神。程家在小城清洲里，是个成员众多的大家族。她小时候每当过年挤在孙辈中跟爷爷奶奶拜年时，总是口齿最伶俐的那个，吉祥话说个不停还沾沾自喜。母亲总会抛来一个意味深长的眼神，示意她闭嘴。

"不说那么多话，没人把你当哑巴。"

母亲把她拽到一边，反复这句她不理解也不爱听的说教。

那眼神，和孙夕照此刻的，一模一样。但程觅雪，再也不是当年那个随便被闭嘴的小孩了。

"集团这样决定是不公平也不专业的。我坚决反对推严总再次出去面对媒体！"

"小雪，这些事不是你和我能够影响的。我尊重你的个人看法和判断，同时也会向上面传达你的想法，但你看到的所有事物都只是冰山一角，每一个决定的背后都有更加错综复杂的原因。"

"对就是对，错就是错。这件事究竟是为了达到什么目的？不说严总，对万国来说，早上的通气会已经很失败了。我恳求最高层在明天的通气会出来亲自致歉，才能遏制整件事的持续发酵。"

孙夕照劝不动她了，急了，拍了桌子，"不要以为整个万国上下，只有你程觅雪最正义最无私了。你想到的，我都早就想到了，如果……我有能力制止'他们'的话！我今早就不会让严浩出去面对媒体了！"

痛心的感受，她何曾没有？说起来她才是和严浩相识已久的那个人，江汉借她的手推严浩出去背锅，充当一个刽子手的她难道没有程觅雪心中的愤恨吗？

程觅雪望着如师如母的她，咬着嘴唇，不说什么了。她猜到这是高层利益争斗的结果，曾经以为，到了互联网这个相对扁平化的行业，这种事情会少见。然而，如同一切社会组织一样，万国的发展随着人员的不断扩张和结构重组，已经不再是当初那个朝气勃勃而充满创新的互联网企业了。它庞大而难以转身，背上同时附了血蛭和啄木鸟，说不上是会继续成长，还是一路沦亡。

"拼死挣扎，却全身动弹不得而死亡。"她喃喃地念叨着。

"小雪，什么，你说什么？"

"黑压压的一大群蛆虫，从肚子里钻出来，沿着臭皮囊，像黏稠的脓一样流动。"程觅雪低垂着无力的头，她的精神再也无法高昂，她的语气充满了悲怨，"波德莱尔的《恶之花》，我在英国留学时学习的诗集。没什么的孙老师，只是，这眼前的一切，令我想起了里面的话。"

究竟谁是孙夕照所说的"他们"，她当然知道是谁。

"'可是将来，你也要像这臭货一样'，别忘了这句！"孙夕照接着她的话，掷下了这硬硬的回应。

雪崩的时候，没有一片雪花是无辜的，也没有一片雪花可以幸免。无论程觅雪愿意与否，她也是献祭严浩的参与者之一。这个世界上，没有谁比谁更高尚，她此刻才失望地恍然意识到，在这件事上，自己早已经失去了批评别人的权力。

2.3
—
乌云背后的金线

程觅雪不自在地从孙夕照办公室里退了出去，心中被揣测和疑惑填满。手机在口袋里震动了半天，才回过神来，看都没看赶忙接起来。

"你在公司吗？"萧正礼的声音从电话那头传出。

"出了这种事，我还能在哪？上天不成吗？"

她对前男友萧正礼的殷勤非常不爽，交往时频繁冷暴力，失去了反而贴了上来。特别是现在焦头烂额的状态里，这份额外的关心显得格外得添乱。

皱着眉头，她回到了工位坐下，一个阴影突然游过来，在她的工位前面"咚咚咚"敲了几下。抬头一看，背着光的不是别人，正是萧正礼，后面还站着他的助理。

仿佛是遇到了盗匪，又似乎遭到了伏击，程觅雪猛然站起来，拽着萧正礼就往工位旁边的会议室里躲了进去。

"有完没完！你来这干什么的啊？是想置我于死地吗？"

"程大小姐，不是每件事都要关于你啊。"萧正礼打下她的手，松开被扯住不放的西服袖口，"我来替我爸开临时董事会的，你们这次的公关危机影响了股价，老爷子可得暴怒了。你的心思都在 PR 上，就没想到 IR 所遭受的重击？"

萧氏集团占有董事会一席和萧正礼真实身份的事，都是程觅雪一直以来刻意隐瞒的。和担心被指摘身份特殊以及炫富相比，更多的是某种自卑心理作祟。倘若大家知道了萧正礼和她的关系，以往数年在职场上的努力，都将被"无非就是皇亲国戚呀"这类言论一笔勾销。

对于职场上认真拼杀的每个人，一拳一脚付出的努力是成本最高的。程觅雪也不例外，她无法接受让以前的一切努力付之东流。这可能是不努力却沾沾自喜的人永远无法明白的。

"你说的这点，我的确没想到。不过 IR 去年也被划入了我们 PR 部门，我还没听到什么风吹草动。"误会了萧正礼来公司的缘由，她低着头不由尴尬。

"行了，别自责了。"萧正礼伸手要去摸着她的脸，不想却被她一下子抬手狠狠打开。小小的身体里，酝酿的力气倒是不小，这一下，他真切感受到了疼痛。

"萧正礼，你我已不是恋爱关系，而是两个独立个体。请尊重我作为万国员工的身份，我也会敬你是董事会成员。但一切仅此而已，不要以为我们曾经在一段关系中就赋予了你对我的某种特权，动手动脚，无法无天。"

身高差令她总是仰视着萧正礼，这姿态原本低人一等，但她有力的眼神中，却充满了坚定。

"程觅雪，你我在不在恋爱关系中，应该是两个人的决定。现在算是单方面分手？我同样不接受。"遇强则强，萧正礼应激地回应着程觅雪，似乎忘了两人之间的种种。

萧氏集团对万国的投资，远在万国上市之前。当时家族通过一支私募基金入股万国，因此很少人知道萧正礼的父亲萧旸和互联网行业的联系。实际上，不仅万国，萧旸一向乐意扶持互联网产业，其中有赔有赚。万国在美国上市后的价值证明了，入股万国无疑是立足国际贸易行业的萧旸最明智的投资之一。

程觅雪在万国的工作，说和萧正礼完全没什么关系也是不可能的。当时还是男友的萧正礼希望她能学习并了解家族的生意和投资，但又不要离得太近。于是，万国这个董事会里有萧家的一席，却又不在萧氏集团主营产业的公司就成了他的首选。萧正礼认为，未来的太太不仅要门当户对，而且一定要帮得到自己。而程觅雪，和萧正礼其他的女友们不同，由双方父母介绍认识的她显然是以结婚为前提交往的对象。浙商的实用主义在当下的新时代里有了新的标准，相夫教子不足以满足竞争激烈的商业家族对媳妇的需求了。

程觅雪本身对互联网企业就有向往，当初听了萧正礼的建议后，自己先偷偷投了简历申请职位。她认为，如果凭借自己的申请无法进入万国，这本身就说明了能力问题，就算萧正礼打招呼进去了她也不会适应。没想到，一路过关斩将竟然顺利入职了。

"听话"的她却没有按照萧正礼的剧本继续乖乖地走，反而跟萧正礼立下了"不接送 / 不公开 / 不合影"的三不职场原则，哪怕有天结婚了，她也打算即刻退出万国以寻它路，避免利益冲突。这原本是只有她和萧正礼两个人之间的秘密，就算是闺蜜尹冰，也不知道她入职最初的原因是来"偷师"的。

然而，年轻人之间，分手来得比未来更快。萧正礼显然没有应对得很好，在他的眼里，单方面分手并不是分手。直男的勇气和信心可嘉，但他对程觅雪命令式的挽回，无疑并没带来什么积极的效果。两人的关系甚至恶化到比一般朋友更差，这是他计划范围之外的。

"萧正礼，你对我的忽略和伤害，已经让你没有不接受分手的资格了！"

"你……"

萧正礼听了程觅雪这番决绝的话，种种愧疚才又涌上心头，竟也无法有所应对，唯有沉默。他深叹了一口气，先离开了会议室。

程觅雪望着他离去的背影，联想起在相恋时他无数次的离去，不争气地红了眼睛。她自己在会议室里待了一会儿，平静了一下，走了出去。刚好，撞上失魂落魄的尹冰回到办公区。

尹冰没心思留意程觅雪的情绪，只急匆匆地抓住她的双臂说："你知道吗？这还只是第一幕！刚才我被告知，明天的家属通气会，还是严总扛！这是在开玩笑吗？一个人，哪有这个能力，连续去处理两个公关危机现场？"

程觅雪左右扫望一下，四下无人，低声说："你知道，这不可能是孙老师的主意。和严浩过不去的，不就只有……"

"你是说江汉？！"

尹冰此刻心中的悲怆，顿时被怒火吞噬，"这群S过来的混蛋，是想干什么啊？都这个节骨眼还想着报复寻仇？我们已然水火之中了，皮之不存，毛将焉附，他们……"

"哟，姑娘们聊什么呐？还神神秘秘的。"

一瘸一拐的佟林，从走廊一头走过来，谄媚的微笑可能挂习惯了就会像面具一样长在脸上吧，即便对着下属，他那种目的性很强的笑容，依然让人觉得假到不行。

"等会儿我请大家喝咖啡啊，给大家鼓鼓劲！"

她俩对着这张假脸，实在笑不出来，只是点点头，警惕地目送佟林离开。佟林和颜晓晓的关系在公关部几乎是公开的秘密，但凡有点自爱之心的女员工，都不喜欢他这种无事献殷勤的做作。更别说现在她们忙得晕头转向，谁有心思和这种垃圾聊闲天？

佟林一看两人并不搭理他，自讨没趣了，在背后白了她们一眼，转身溜进了江汉的办公室。

"真行啊你！让你早点到，你能比平时到的都晚！瞧瞧，你的属下都比你到得早！成何体统！"办公室里，江汉对着佟林破口大骂。

"我这不是，这不是崴脚了吗？来来来，我受伤了也没忘了给你拿这个过来。"

说着，佟林从包里抽出一个精致的木盒，打开递上一根Gurkha古巴雪茄，又赶忙关上了身后的门，跌跌撞撞地扶着墙，打开办公室窗户，以便江汉违规在办公室里吞云吐雾。

"老板，严浩这老顽固，这回可是凉透了。我估计啊，明天的见面会，就是丫的虎头铡。这种千载难逢的好机会，逮住了就要往死里整他，哪怕留下一口气，回过神也会反扑。到时候啊，我亲自去盯着，你放心！这叫什么来着，来得早不如来得巧，嘿，正赶上这场大戏！"

佟林来自中原某省的小城市，虽然不是北京人，但他说起京腔来可是从不含糊。他不想让人知道自己真实的出身。在这关上门的小空间里，他做着伪装的北京人，吞云吐雾，蝇营狗苟。

"别忘了，带上个孙夕照的人。万一有人追究下来了，你好有个背锅的人选。"

江汉摘下眼镜，揉着太阳穴。没了那份遮挡，他不含好意的眼神直射到佟林黑色的心里，在暗处滋出更多阴谋。

"得令！我看啊，尹冰和程觅雪那俩小丫头都挺合适，平时她们也没把咱们S过来的放眼里，这不，刚才还在走廊里碰见，呵，那高傲劲儿！择卒不如撞卒，就程觅雪好了。"

佟林记得，颜晓晓是不喜欢程觅雪的，倒是没说过尹冰什么。这俩人在他眼里都是"万国系"的顽固分子，早晚除之而后快，不如先除掉程觅雪，反正顺手没什么成本，还讨情人一个开心。颜晓晓一准儿为了他扔下自己生气着呢，要是自己哄，还不知要浪费多少钱。

低劣的人性令佟林从而想到了和颜晓晓之间香艳的画面，忍不住笑了起来。这笑声虽然不大，却依然穿透了办公室外肃静的空气。孙夕照听了，格外刺耳。

"竟然有心情笑？一群没良心的人渣！"就算是平日最恭顺的方圆，也忍不住嘀咕了出来。

大家心里正骂着，一个尖刺的女声从背后传来："程觅雪，现在，马上！下去接一下外交部的谢铭心！"

黎娅边走边发号施令。一如既往，接人这种事情不是她这种"总监"的任务，当然是甩给下面的背锅侠来做。平时嘛，没权威，也使唤不动的人，在这种紧要关头，以公司任务的形式压迫下去，程觅雪又怎样？还不是要背起这顶突如其来之锅，乖乖跑去接。

"谢……欣？她说什么？"

程觅雪抓了手机就向电梯跑去，连名字也没听清。

看着程觅雪慌慌张张的背影，黎娅暗自窃喜，却没有好好重复外交部人员的名字，乐得趁这乱世看看万国这群背锅侠的狼狈样。

政府涉外机构的工作人员，一般和万国集团有接触的，都是文化贸易方面的官员。程觅雪作为万国公关部凤毛麟角的英文流利人员，也算出面接触过不少。她的脑海里，这位"谢欣"应该是位戴着眼镜的中年女性，如同大部分使领馆人员一样，打扮朴素而无趣，严肃的发型彰显了不苟言笑的五官，令人敬畏。

"叮！"

电梯打开，一楼的等候区中，她一眼就看到了这样一位稳重的女士。

"谢女士吗？您好，我是万国公关部的程觅雪，黎娅的同事。"

她伸出了手，对方却没接，愕然地看着她。

"请问，你是在找谢铭心？"背后一个清亮的男声传来。

寻声望去，她看到了一位年纪相仿的男人，他穿着剪裁合体的雾霾蓝衬衫，细看上面却印了活泼的暗纹波点元素，搭配深色牛仔裤，头发不羁地整理成时下流行的凌乱造型。肩膀宽阔却结实，紧致的线条感令人眼前一亮，晒成小麦色的肌肤更为他增添几分运动气质，脸上堆着温暖的笑意，下垂的眼角显得格外柔和。在周围一片愁云惨雾之中，他的出现如同一道光芒照入了黑暗。

总之，怎么打量，也不会想到他是一名外交部工作人员。

"你好，我想我应该是你要找的人。外交部的谢铭心。"

"噢，您，抱歉抱歉！刚才只听同事提了一下名字，就赶忙下来接人了……没问清楚。"

"甭客气啦，你们肯定是兵荒马乱。咱们赶紧先上去吧！"

程觅雪尴尬地赔着笑，带着他进了电梯。她站在稍微后方的位置，又仔细打量了一下谢铭心，他宽阔的肩膀上背着时下流行的公务双肩包，感觉更像是潮流产业的从业者。虽然是个帅哥，但企业出了那么大事情，政府就派个毛头小伙子来指导工作？行不行啊？

"人质事件对你们企业来说是天大的事，但其实在现在的世界格局下，很多国家都发生过大大小小的中国公民被劫持的情况，绝大部分都被顺利解决，你们要相信我国外交人员的实力和能力。"

说着，他又回头给了程觅雪一个温暖的微笑。

天呐，这人莫不是有读心术吧？

程觅雪心里直发毛，这才相见几分钟，一点点无声的怀疑就被对方感受到还解读了出来，果真不是一般人，但也有点可怕！疲惫的她赶忙打起十二分精神，提醒自己注意情绪和表情管理，万不要展现出万国此刻从上至下的心虚和无力。

十楼到了，孙夕照和江汉已经在电梯口候着了。初见到谢铭心的那一刻，他们眼神中的诧异一闪而过，但还是马上迎了上来，接他进了会议室。

与此同时，紧锣密鼓刚开完董事会的大佬们正从同层另一个会议室中鱼贯而出。虚荣的黎娅，自然是要贴着最有权势之人，护送着大佬们准备下电梯。一上一下，刚好和背锅侠程觅雪擦肩而过。两队人马中，阴郁的萧正礼向她投射了一个充满怨念的目光，她看在眼里，却没回应，径直跟随谢铭心他们去会议室了。

和冷若冰霜相比，漠然视之更令依然怀揣爱意的萧正礼心痛。他硬硬的壳逼迫自己不能在程觅雪面前弯腰，两个都不愿意示弱的人，如同他此刻面前关上的电梯门一样，隔绝了彼此。

"那个谁……程觅雪！你来做会议纪要吧。"

江汉的一声召唤下，她只能慌忙跟进了会议室。

偌大的会议室中，几乎坐满了所有万国副总裁以上的高层。随性打扮的谢铭心，在一众高管中，显得更格格不入。程觅雪坐在最后的临时座位上，打开笔记本电脑，暗自观察到几位高管对谢铭心的打量。

他倒也不慌不忙，将电脑接上投影器，接着从背包里拿出遥控笔，直入正题，连自我介绍都省了。

"各位好，我们可以看到地图上的这个地区，就是目前劫持人质的迪纳 Aker 省。下面一张，是我们掌握的 Aker 省在过去二十小时的卫星热力图。"

一张普通的地图，顿时变成了绿黄红相间的卫星动图。

"由此我们可以看出什么？"谢铭心环视着在座的高管们。在大家一头雾水的表情下，他轻松地继续讲演，"对的，什么也没看出来。这说明了什么？在 Aker 省军方组织的政变中，大量的武器和设备被快速转移，而在万国旅行团涉事的区域，却没有任何军事武器乃至大型运输交通工具的活动迹象。结合我们在地面的情报，可以断定，本次的劫持并非是政变中叛军的行为，而是当地的散兵游勇趁火打劫的偶然行为。由此可以推断，劫持方首要的诉求，应该如劫持录像中所提到的，简单来说吧，就是一手交钱一手放人。他们没有政治诉求。"

接着，他切换到了刚刚提到的视频片段，也是大家最不愿意去回放的，充满了万国人呐喊"救命"的残酷影像。在谢铭心播放的版本中，一切被消音，唯独放大并圈出的，是劫持者的武装。

"在去像素处理以后，我们可以看到，每个劫持者的装备情况。从这些被罗列的武器中我们可以看到什么？首先，这批武器是上世纪被淘汰的型号，看着唬人，其实只是改装后类似微型冲锋枪的壳子而已。其次，他们的服装看似是军装，但按照实际纹路辨别，这批迷彩服并非来自迪纳军方集体采购的供应商。也就是说，他们是自我武装而来，无组织，无正规军械装备。我们面对的，是一帮当地土匪。"

程觅雪还是第一次见到美剧里才见得到的专业画面以及解析，她和在座所有人一样，在谢铭心的阐述下，由忐忑到入迷，投入到深入浅出的专业讲解中。他继续侃侃而谈着对劫持者的分析和身份辨别，情绪并不像万国人一样，或被情感或被利益所影响着。在他的口中，一切都是可以被解决的，而现在，所有的舆论却把事件一再扩大化和恶化。

"综上所述，我们当地的外交人员完全可以以和平的方式来解决此事，也希望万国作为企业给予信心和配合。我们相信，本次事件虽然不幸，但不得不说，媒体发酵和社交传播令事件的恶性程度远远大于实际。接下来，请把事情交给国家解决，并由外交部安排对外统一信息出口，在解救人质的同时，扭转社会舆论导向。请各位相信我以及我所代表的国家信念。"

不知是哪位，听罢开始鼓掌起来，于是带着会议室的所有人，鼓起掌来。压抑着，悲愤着，所有的情绪似乎都在这掌声中得以爆发。会议室中看似最为青涩的谢铭心，却如同他的乐观笑容一样，带给所有人穿破乌云的希望。

"不好意思，那么我想再追问一个问题。"

Chris 打断了掌声，带着职业笑容向前探身，双手在桌上交叉，显得异常关切。

"相信外交部也知道，我们是一家在美国上市的互联网公司。这件事情的爆发，目前我们监控到已经马上要在开市后传播到海外，对我们股价的打击是必然的。国家能否也从这个层面，来为企业潜在承受的巨额损失进行某种舆论援助？"

果然是代表大股东 SCC 的资本意志，时刻关注的，只有钱钱钱。程觅雪觉得，Chris 作为管理人员说这话没什么不对，保护企业利益当然是他的职责，但身为一名 CEO，格局却太小了。倘若是钱远山在场，绝不会首先关切股价。

"在万国决定不顾当地政治动荡的背景，依然组织旅行团这种员工福利的时候，国家也并未被告知。我们能保证的，是中国公民在海外遭遇人身危险时，尽一切可能确保他们的安全返回。在这以外的，我无法做出承诺。"

气氛一下子由舒缓又变为尴尬。

"另外，我站在个人角度，表明一下看法。您所说的问题，是PR部门和IR部门协同才能解决的，据我所知，这两个部门在万国还被合成了一个部门。如果在高效协同的情况下，您的担忧应该很快得到解决，无需外力出手。"

程觅雪听到这句，脸上对谢铭心这位同龄人不禁露出赞许的目光。看来作为求助方的万国，在外交部那里也被查得门清。谢铭心这句看似中立的建议，正是打了Chris的七寸。当初，不顾专业公司构架，把几个部门合并归江汉管理的主意，正是他出的。争权夺利时，谁想过今天的恶果？万国就算没有这次劫持事件，由江汉这样的人来管跨专业的部门，迟早也会出事。

Chris想着沾沾外交部的光，找个保护伞，把这事的责任给减弱了，却真真是聪明反被聪明误。反应机智的谢铭心在所有管理层面前的这个回复，无疑是啪啪啪当众打了Chris和江汉两个人的脸。

孙夕照听了也开心。权倾朝野的江汉在内部没人敢得罪，外部人说话嘛，还是外交部的代表，真话说出来再刺耳他也要憋着。大快人心。

谢铭心走出万国大楼时，俨然圈粉无数。离开时，他大步流星地走在前面，个子小的程觅雪在他身后几乎要用跑的才能跟得上。

"谢铭心，能加你一个微信吗？你们……可以用微信被联系吗？"她怯生生地问。这还是她第一次主动找工作上认识的男性要联系方式。

"当然啊，怎么，你以为我们被禁止和外界接触不成？哈哈。"他爽朗地和她互加了微信。

程觅雪感到了几天来难得的欢喜，灰暗的世界被眼前这充满阳光的人，照入一道光。

加完班，尹冰邀着程觅雪一起回家，吃顿家常饭。在地铁上，俩人聊起今天万国的种种。

"刚才你送的那人，就是那什么谢什么欣吗？"

"是的，没想到吧，竟是个同龄人呢。他啊，在会上把 Chris 可怼得够呛，你说放眼万国，谁敢直接对呛 CEO 啊？"

"是啊，我一开始听名字还以为是个大姐！万国，哼，自从 Chris 来后，似乎大家只能拍马屁，左一个男神右一个男神地叫着，封了神，当然不能随便提意见了。我们部门不也是一样，从以前到现在，孙老师都鼓励我们直抒胸臆，撞击思想。江汉来后，呵呵……"

"接不完的锅，干不完的活。想提意见啊，没门！"程觅雪想起自己"背锅侠"的外号，连连摇头，又感叹职场的荒诞，越想越丧气。

尹冰家所住的巨鹿路是上海出了名的小资文艺地，两边满满都是手工艺铺子和咖啡馆水果店甜品店什么的。要是平时，两个人有的是心情一家家边逛边走，如今万国出了那么大的事，她们只想回家填饱肚子，喝上一碗尹冰妈妈拿手的腌笃鲜，驱走这身上和心中的寒意。

拐进了小巷，再爬上楼，就是尹冰父母的老房子了。巨鹿路上，有巨贾富商的法租界洋房，也不少尹冰家这样的传了几代的老上海旧公寓，地段虽好，住着却着实拥挤。尹冰今年终于攒了钱在公司附近买了套属于自己的小一居，原本现在应该是热火朝天盯着装修的，却被工作把时间塞得满满当当，连装修也停滞了。

"小雪，侬有时间给尹冰介绍个男朋友。之前说万国是什么互联网企业，男员工多得很，男人呢？我们尹冰工作那么多年了，公司里来来往往都是你们几个女孩子。不然，考虑换个部门也行啊，毕竟要三十了呀。"

幸福的家庭大抵是相同的，剩女父母们的唠叨也都差不多。程觅雪听着尹冰妈妈这耳熟能详的话语，感觉父亲似乎也在这间房间里，云同步着对剩女的急切逼婚。

"阿姨，您放心，尹冰嫁不出去，我都对不起在您家吃的这些饭！回头啊，就明天，我就全公司范围内给她征婚去！"

她吃了人家的，嘴也甜起来，全然不顾尹冰翻的大白眼。

程觅雪的话，不全是敷衍老人的，她打心底里喜欢尹冰，想帮助她完成她想完成的一切。好姑娘难道不就应该是尹冰这样吗？认认真真地对待生活和工作，全身心付出，得到自己应得的，也同时享受和这份努力相匹配的生活。看着尹冰为了省钱，上下班都挤地铁，把钱都交了房贷，住着家里买的高级公寓的程觅雪，反而感到一份不劳而获的心虚。踏实的尹冰，朝夕相处，如同她的指南针那样，在这个大大的上海为她增添了温暖，也定了心神。

吃完饭，还要赶稿，尹冰匆匆下楼送程觅雪。在路边等着出租车，她顺手从街边相熟的水果店里拿了几个橙子给程觅雪塞到包里。

"你这人，拿什么橙子啊还不付钱。"程觅雪接着这橙子，还调侃她几句。

"都是街坊，我等会儿再给老板就行啦。我们上海人很有人情味的！"

"可是这上面写的'山东水果店'啊，和上海有什么关系呀！"

"哈哈哈哈……"

"哈哈……"

年轻的心靠在一起，让万国事件带来的雾霾消散了几分。坐上了出租车，程觅雪想着，即便背负着房贷压力，却还能这样用真心对待自己的闺蜜，可能是在挤压的职场以外所谓的"小确幸"吧。这词如此矫情，此刻却戳动了她的心。虽然有江汉这样的负能量，但万国也带给了她尹冰这样的好朋友，想到这，她突然恢复了一些气力，又有了继续战斗的勇气。

第三章

狼子野心

3.1

—

人渣队友比猪队友可怕

新的一天，面向家属的通气会即将开始，孙夕照和江汉商议着流程和方案。

"我看，佟林可以带你这边的程觅雪去啊，昨天她跟了外交部的会也比较了解情况，你说呢？"

从昨天外交部的沟通会上出来，江汉就开始郁结。原本他是属意佟林带个 S 这边的人去。一是佟林可以第一时间掌握一手信息，和有关部门进行沟通；二嘛，是不希望孙夕照这样的万国熟面孔出现，让员工们觉得是公关部参与了沟通引起反感。

但被谢铭心的"明箭"射中，他当场就看出了孙夕照程觅雪这群"万国派"看笑话的态度以及其对"S派"的深刻不认可。本来留孙夕照在身边也只是为了做做样子维稳，如今，趁乱替 Chris 除掉严浩这类根深蒂固的高层同时，不如也顺了自己心意，让"万国派"统统下地狱。

孙夕照听到自己人要和佟林捆在一起去沟通会，心中不禁一沉。

"会不会派个生面孔去比较好？程觅雪在万国人缘还是不错的，就怕在场的家属看到要警觉了，觉得是公关部策划了什么，一切都是公司在美化现实。"

"孙老师是不是怕程觅雪撑不住事啊？我这是看她昨天临时替黎娅参会，表现很可以，这是挑战也是立功的机会啊，总要给年轻人机会的。再说，还有佟林带着呢！"

不提佟林倒好，提了他，孙夕照心头更是乌云满布。佟林手下的小姑娘，除了颜晓晓这种御用床伴以外，其他几个也统统不是什么老实人。S 集团的野路子带进了万国以后，孙夕照始终拼命保护着手下人，甚至每次出差北京，她能亲自去的，都不会让女下属们去。佟林和程觅雪本就没什么工作上的交集，这一下子被钦点去了沟通会，也就意味着她和佟林以后将成为和家属沟通的负责人。于公于私，都令人不安。

再说再争，都没有意义。眼看沟通会就要开始了，孙夕照接了命令，从烟雾缭绕的江汉办公室出来，赶紧寻找程觅雪的踪影。

此时的程觅雪正在低头啃三明治。万国的每个人，在出事以后除了晚上加班以外，都自觉地提前到达公司工作，午餐时间也不出去，时刻盯着舆情。看着这小小的背影，孙夕照不禁心酸，刚要走上前，黎娅和佟林带着北京过来"支援"的公关部同事，嬉闹着成群结队从电梯里走出来了。

"哎呀，上海的蜜瓜果真甜，北京的什么味道都没有！"

"哟，你买的是进口的吧，和上海也没什么关系啊。"

"哈哈，我哪里有看产地……"

S 集团合并来的这些人，他们的内心里对万国不仅没有同情，反倒有某种快意。两家公司斗了那么久，相互写黑稿的过往，合并了，掩盖了，不代表不存在了。恨意在骨子里，比流淌在血液更加难以消失。万国的高薪，养不出他们的良心。

孙夕照团队的微信群里，同事们炸开了锅：

尹冰：这群 S 来的人有没有良心？现在说说笑笑？

方圆：吃瓜吃瓜，人家本来是吃瓜群众，万国人死活和她们有什么关系。

程觅雪：这种素质的 PR，不对，这种素质的人！真令我大开眼界！

面临如此规模的恶性公关危机，猪队友的存在并不是最令人难受的，人渣队友才是令人最难以接受的。什么样的人，能做到在此时此刻此地，欢声笑语，常谈风月？

"大家一起分蜜瓜吧！"

语气轻佻的佟林，一瘸一拐地招呼着众人，貌似客气地把他们吃剩的瓜捧了过来。

尹冰昨天陪着严浩，压力大到崩溃失眠，此刻对着这群人渣，第一个反弹起来，从座位上站起来就大声说："加入吃瓜群众吗？呵呵……你们这群……"

坐在她旁边的程觅雪听到尹冰马上要发飙，赶忙放下手中的三明治，死死拽住她的胳膊，避免着一场一触即发的战争。

"替孙老师想想！江汉还在办公室啊！冷静点！"

"尹冰，一定忍住！"方圆也赶上前来劝阻。

"你们仨，都跟我过来。"孙夕照也走到她们身边，直接把她们仨带到佟林他们的视线以外，向楼顶走去。

万国的楼顶，是一个露天草坪，平日里供大家休息用。而今天，远远没有以往的人流，每个人，都压抑着自己，稀稀落落的人散落在角落，孙夕照带着她们在一个僻静的地方坐了下来。

"唉，你啊你，一个上海小姑娘，哪来的这暴脾气？"

尹冰一听，委屈了，将头别向他处，咬紧嘴唇一言不发。

"好了好了，什么也不用说，我都懂。但你要知道，职场上，不要指望别人和你统一立场，在这件事上，可以说统一人性都很难。但你能怎么样呢？骂这些人渣一顿狠的，然后辞职吗？让留下的人如何自处？"

接着，她把目光留在程觅雪身上。

"一小时后的沟通会，江汉让你和佟林共同参加，没有 brief[1] 严浩，现场肯定比昨天还要混乱。我希望你在现场，多听多看，少说少做。在佟林面前，不要流露自己的看法和方法。回来以后，我会和你共商下一步。"

"我？"程觅雪满心的不乐意，"我从来没和佟林配合过，既然找了佟林，肯定是 S 那群人配合比较高效吧。我和他……说实话，工作风格也太不一样了吧！"

"这个时间点，难道还要相互排斥吗？求同存异，先干活吧。对了，如果他跟你提任何的需求，都记得第一时间告知我。不要答

---

[1] Brief: 英文原意为介绍情况，在公关工作中泛指会议开始前的演讲稿训练、说明等工作。

应任何事情，以免背锅。"

孙夕照早已闻到了阴谋的腥臭味，栽赃陷害这类事情，是江汉之流的立身之本。当年和他们作为竞争对手打擂台时，早已领教。这次甩锅把严浩推向火坑，更加说明了他们的品格。她本来觉得，在危机面前，江汉不至于拿自己开刀，毕竟他的人始终游离于正常的工作以外，活都是她的人干的。但此次江汉特意挑出她的爱将程觅雪和佟林搭配，让她有了兵临城下的寒意。

某些时刻，她甚至开始怀疑，江汉一伙会不会是为了搞垮万国而被并购进来的？他们仿佛是毫无廉耻的野蛮人，将职业素养、道德、伦理统统冲进垃圾桶，吃着人血馒头，却连嘴角的残渣都懒得拭去。实在不明白，Chris 重用这些垃圾，图的是什么。

"这恐怕又是找我背锅吧？S 集团出来的人真太有一套了，S for Shuai，甩锅的甩，简直一个甩锅教！江汉就是教主，佟林和黎娅是左右护法。我昨天才刚刚接了黎娅的锅，今天又来一口锅，我都背锅背成乌龟壳了！"程觅雪愤愤不平。

"就是！孙老师，凭什么每次都是我们背锅！他们下面那么多人呢，干活了想起我们了。"尹冰助攻着表达不满。

方圆低头看了下手机，群里的信息狂响着。

"唉，那个佟林正在到处找你呢，家属通气会，提前开始了！"

"什么？不是还有半小时吗？"

"说是所有家属都提前到了，群情愤然。严浩手下的人也压不住了，只能开始。"

程觅雪听了，赶忙准备往楼下跑。

"你记得……"

孙夕照拉住了她，但混乱的思绪却让她想不到应该叮嘱什么。

　　"记得我说的，保护好自己！"

　　程觅雪无奈地点点头，尹冰自告奋勇陪她先跑了下楼，消失在孙夕照视线里。

　　孙夕照抬头看着密布的乌云，又低头叹着气。坚实的万国大楼此刻在她脚下伫立，却令她心虚又害怕。对付不善良的人，并不是她的强项。

　　"孙老师，有件事，我本认为不当讲，讲也不当由我讲。但看现在的局势，我认为你最好还是知道下。"方圆娓娓地说，"万国的董事，也是资方之一，今早来开会的萧氏集团的公子萧正礼。我见过他，又找人查了一下，他是程觅雪过从甚密的友人，极大可能是男友。"

　　在江汉入主前，方圆一直负责万国的财经类稿件。她之前就职于《经济学家》中文版，是一名资深的财经记者，曾经采访过萧氏集团，也认识里面一些人士。程觅雪和萧正礼之前参加过一些晚宴和公开场合，她娇小的身影在萧氏集团里还是给人留下过一些印象的。

　　在这个人生阶段，作为一名职场妈妈，方圆原本只想做一个与世无争的职场"鸵鸟"。从孩子出世以后，她就放弃了光鲜却出差频繁的财经记者身份，安身到企业中担任幕后的 PR 工作，成为了万国内容组的负责人。但是，血性她还是有的，人性更是。把程觅雪拉去和佟林组合，无疑就是找个倒霉的背锅侠。这件事发展下去，他们眼中"无足轻重"的程觅雪必将遭受迫害，随时可能沦为炮灰。

　　可是江汉们却不知道，这根导火索，最后把谁烧成灰，还不一定呢。

"你确定？"

"十分肯定。"

方圆可不想看着江汉们得逞，这世道已然颓落，尽管只是一只"鸵鸟"，但这不代表她要接受沉沦。放任他们的嚣张，下一个被灭亡的就是自己。每个站在一边任由恶人践踏这世界的人，都将成为一片并不无辜的雪花，最终也会被灭亡。方圆作为一个聪明人，头脑清醒得很。

"所以，我很明白您的担忧，也清楚程觅雪不是个愿意让私生活暴露并从中获利的人。哪次加班没有她？只是个想好好做事的人而已，但老实人不应该因为老实成为软肋，也并不是每个老实人，都可以任由着人渣们欺负。"

尹冰那句没说出口的"人渣"，就是对江汉们最好的注释，也彻底激起孙夕照手下这些温和派压在心中许久的不满。

"如果不断被挑战底线，那我们至少也要知道自己的底牌，这样才能真正地保护她们。"

她和孙夕照的眼神在这楼顶不安的空气里交汇，所有的不安，担忧，都在这交汇中平静了下来。当人被逼到一个前所未有的境地时，不是死就是生。无论成败，她们绝不想束手就擒。

3.2

一

刺向自己人的利剑

"说！你们是什么时候知道旅行团被劫持的？"

沟通会现场，一部分家属举着手机，另一部分从座位上站了起来。每个人的情绪都很激动，愤怒质问着台上的严浩。

严浩扶扶眼镜，面色憔悴，额头流下了焦虑的汗水。

身处混乱的沟通会现场，程觅雪的心跳也不停地加快。本应共同面对的佟林，此刻借口腿脚不方便，竟然在最后一排找了个位子，舒舒服服坐了下来。她只能一个人悄悄地慢慢向前挪动，顺便扫了扫身边的人，生怕有认识的同事。此刻的她，不知如果有认识的同事身为受害者站在这里，情绪将会怎样崩溃。

"各位，我们披露任何信息前，知道的并不比你们多。旅行有很多种难以预见的情况会发生，我想你们之前也听过类似的事情，希望大家可以理解公司的立场。"

程觅雪听了严浩的话，心里喊了一声"糟糕"！果然，话音未落，家属们骂声群起。

"呸！受害的是你老婆，你还会不会那么说？怎么还让我们理解公司？你还是人吗？！"

一个颤抖的男声怒骂着严浩，而这一切，都在一台台闪亮手机屏幕的记录下，实时传播给了外界。

程觅雪慌了。

她理解，严浩面对这样的局面，难免措辞不当。换作她，可能连话都讲不出了。这就是为什么理论上公关部应介入帮助策划，提前审核严浩的发言，给出专业对应意见和话术。而江汉，出于个人的狭隘职场目的，竟从头到尾没 brief 严浩，程觅雪无论如何都无法理解和原谅。

紧张着，四望着，她瞥到一个熟悉的身影。

是严浩的业务助理李厉，他年纪轻轻备受重用，平时待人待事难免鼻孔朝天，唯独对孙夕照是十分客气的。几次和 HR 对接业务，孙夕照带着程觅雪时，他笑意盈人；但事后程觅雪和他跟进时，对方却摆着爱理不理的高姿态。说实话，她对这种势利眼是很看不惯的。

"你们为什么允许现场录影呢？这视频流出去了，万国如何收场？"程觅雪疾步走到离自己不远的李厉身边，低声急切地问道。

"我们能怎么阻止呢？一个个情绪都那么激动。"他再也没了平时的高傲劲，双手紧张地相互搓着。这剑拔弩张的场面，每个人都绷着弦。

程觅雪同情地预见，这事承担直接后果的一定是组织旅行团的 HR 部。树倒猢狲散的局面，是李厉必然的下场。

"下面，请本次迪纳旅游局的在华代表给大家做说明。"

一个西装革履的迪纳官员，小心翼翼从侧面上台，身后还跟着俩保安。这画面让程觅雪略为别扭。当万国员工家属是暴徒吗？还自带保镖。

"我们对本次事件深感遗憾，然而劫持事件并不是本国的责任，我们也不想看到这一幕发生……"

他拿出一张纸，照本宣科地念着。

不知从何处冲上一个戴眼镜的男子，速度之快在程觅雪看来就是一团黑影，"哐"一拳打在这个老外脸上，对方顿时栽倒在台上。

一些其他情绪激动的万国家属也冲上台去，另一些冷静点的群众开始帮忙拦。现场，顿时成了群殴的局面，被人流撞到一边的程觅雪彻底懵了，紧紧靠在墙边。站在她身旁的李厉一个箭步冲了上去想要帮忙，瞬间被乱成一团的人群所吞没。她看到他无辜的脸在混乱中被狠狠打了一拳，连眼镜都被打掉了。

尽管并不熟悉，工作的接触也不算愉快，程觅雪仍对李厉深感同悲。她冲上去，扶起被踹下台的李厉，用尽全力把他拉到了后面。

"保护自己要紧！"这句孙夕照叮嘱自己的话，她转送给了李厉。

再回头，台上的众人扭作一团厮打得更加激烈了。

"嗡！"程觅雪的脑袋突然轰鸣。

血，一下子都冲到了头顶；心，不断加速跳动着，似乎要跃出身体。

这是程觅雪生平第一次目睹群殴的画面。父亲程恭从小为她提供了相对优越的成长环境，加之留学在讲求礼仪的英伦名校，工作在光鲜的名企，她与可能会发生群殴的生活场景，没有任何交集。如同温室被飓风突然扯开了棚顶，花朵被暴露在冰原之中，稳定平和的世界瞬间崩塌枯萎了。

"报警！快报警呀！"

李厉急促地呼喊着，早就向管区派出所报备过这次沟通会的人力资源部，很快调动来了民警帮忙维持现场秩序。被打的老外迅速被保护撤离，现场有家属选择留下，也有些离开了。

而背下一口大锅的严浩，被一些情绪依然激动的家属堵在门口。

混乱告一段落，程觅雪该回公关部汇报了，她悄悄离开时，与那个冲上台打人的眼镜男擦肩而过。这，令她认出那人竟是商务部的副总陈大志！

陈大志在万国是总监级别，和孙夕照也熟识，为人谦和，深受手下员工爱戴。程觅雪和商务部有过几次工作沟通，文质彬彬的陈大志给她留下了极好的印象。

大约两周前，在园区买咖啡的程觅雪看到了陈总和他太太，她礼貌地上前打了招呼，没想到他大方地介绍了妻子给她认识。

"我太太在附近上班，经常中午来园区吃饭，下次可以一起。"

话虽然是客气话，但听了格外令人舒服。程觅雪想，无论是作为下级的她，还是陈太，作为女人都会被这种大方磊落的人所折服。特别是想到同级别集团里其他的中年男领导，对婚姻遮遮掩掩的那种扭捏劲，更令陈大志在她心中的形象高大了几分。

动用暴力打人的，真的是那个完美绅士陈大志吗？

恍惚着，程觅雪就在陈大志面前停下了脚步，怔住了。

"陈……陈总，您的家人不会……"陈大志转过身后，程觅雪怯懦地问道。

她甚至可以听到自己的声音，遥远而不真实，似乎并不想知道真正的答案，虚弱而漂浮地发问。对视他的那一刻，程觅雪看到这个八尺大汉通红的眼眶，未干的泪水还擎着。

他颤抖着嘴唇，深吸一口气，看着程觅雪，沉重地点了点头。

"我太太，还有孩子，都在旅行团。先不说了，我还要去接外地来的岳父。"

他拍了下程觅雪的肩膀，电梯也不等，直接从楼梯匆匆跑下去了。

程觅雪压抑的泪水，瞬间止不住地流了下来。当灾难只是视频画面时，已足够令她震撼。刚才的混乱场面，则将事态进一步剖开。而陈大志，这个真实相识、活生生站面前的同僚，其家人也牵连其中，特别是她亲自接触过的陈太……

程觅雪无法想象，两周前那个亲切、温暖的女人，现在落在劫匪手上的境遇。一切抽象的情感，都在陈大志轻轻拍肩的瞬间，变成了最后一根落在她身上的稻草，将一切不愿意面对的，还原成刺骨的现实。

她忘了是怎么走回公关部的了。泪，在短暂路途中被吹干，脑海回荡的嗡鸣声，却丝毫没减弱。程觅雪拖着沉重的脚步再次回到了公关部的办公区域，短短的路程如同半个世纪那样漫长。

"这下可好了，沟通会的视频，全都流出了。"负责舆情监控的同事在会议室屏幕上展示着媒体上不断发酵的内容。

"我这边又有3家省级电视台往万国赶，报纸记者的采访要求更是……"渠道组的尹冰手握着电话，焦急地汇报着。

孙夕照表情凝重，思揣着如何稳住局面，"尹冰，你先和渠道组同事去楼下应付记者。记住，千万别让记者冲上来，就控制在一楼的接待室！"

方圆指挥着内容组的各个同事："现在不要过多写稿，以应变为主。知道媒体的问题，才能更好地组织内容。等下我们组把手头工作处理完，也都去一楼支援渠道组。大家尽快！"

随着沟通会混乱不堪的视频流出，越来越多的媒体和社会舆论开始关注万国。事态的发展超出了所有人的想象，毕竟外交部的谢铭心来梳理过事件过程以后，管理层大部分人还是安了心的。只是，谁也没料到，江汉恶毒用心的趁乱出击，如同注入万国的病毒，传染的速度远比疾控的速度要快。

失魂落魄的程觅雪从沟通会回来的时候，并没留意到同去的"腿脚不便"的佟林的去向。等他慢悠悠回到办公室时，所有人都跑去一楼帮忙应对涌入采访的各家媒体了，整个公关部空荡荡的。

"老江，这群万国的都去哪了？"

即便参与了沟通会，亲眼目睹了家属们的眼泪与痛苦，同僚的惊慌与狼狈，佟林依然可以不动任何情感地谈论着发生的一切。

"你说这什么程觅雪，真真就是代表万国这帮孙子的嘴脸，目中无人！我已经三令五申一起行动、一致对外了，她在沟通会还参与斗殴，瞎帮严浩那边的人。这不，离队也就算了，现在也没见着个人影！"

"行了行了。"江汉灭掉手中的烟，盯着手机屏幕上滚动的视频，"你看看，这都多少视频流出来了。我看啊，这下不好收场了。刚才 Chris 表态了，万国的人要跟着外交部人员去一趟迪纳。这次，Chris 想扮演一次救世主，但你要先去打个铺垫。对了，带上背锅的那个程觅雪，她不是英语挺好的吗？"

"这……哈哈，颜晓晓英语也不错啊。"佟林习惯性地说完这句，马上意识到自己的愚蠢，眼珠子一转，继续说着鬼话，"但背锅嘛，肯定是程觅雪更合适。她的绰号不就叫背锅侠吗？嘿嘿。"

江汉把手中的烟熄灭，最后一丝浓厚的烟雾背后，他的小眼睛眯了起来。佟林的德行和能力没人比他更清楚，只是两人一起打拼多年，他为自己做了太多黑白灰三界之间的事务。所谓心腹，不过如此。

但佟林的桃色癖好的确越来越嚣张了，江汉不喜欢染指身边的人，觉得麻烦。佟林则相反，走入另一个极端。他愈发喜欢把大学刚毕业的妹子带在身边，美其名曰"培养"，而他负责的工作范围的确应酬多，出差多。这简直成了色欲最好的培养皿，有些事，不得不点拨。

"这次你们是跟着外交部的专员谢铭心去，这小子已经和我们开过会了，人虽年轻，却绝对不是什么简单人物。你的一举一动，都要格外小心，拉拢着他点。去到那，把事情干好。你这腿脚，也不失是个逃避脏活累活的机会。"

"哈哈，谁承想呢？因祸得福，因祸得福！"佟林一时差点失言，总算圆回来了。

"记住咯，少做事，多邀功！"江汉最后定性了佟林的作用。

此刻，身在一楼会议室的背锅侠程觅雪，突然感到鼻子痒痒的，忍不住打出一个喷嚏。

3.3
—
背锅侠的"拆弹"之旅

跟着佟林出差，当然没人管程觅雪出差的安排。她像求着和他出差似的，好不容易确认了航班信息，在最后一刻才订好机票，避开交通高峰，到了机场。

在过去的 72 小时里，程觅雪认真数了数，自己才睡了不到 6 个小时！排队值机的空当，她赶紧打量了一下四周，没瞅到同行的佟林和谢铭心，于是，小心翼翼地从护照夹里掏出一张黑色的信用卡，呲溜一下，排到了"天空联盟尊享乘客"的队伍中去。

"没有托运行李，只有一个随身携带的。"她紧张地把公司订好的票和一张卡递给柜台地勤人员。

"程小姐，您的积分可以在本段航程升舱，是否帮您做这样的处理？"

"不用！不用不用不用！就经济舱,给我一个靠窗的座位即可。

我要……最后面的！"

她刚才递过去的这张卡，是父亲程恭给的一张月限额 50 万人民币的信用卡黑卡，她平时几乎从未动用过。但因为积分共享，里面分值满满，可享受的福利非常多，除了刚才的升舱，还能使用头等舱乘客才准入的 VVIP 休息室。此刻的程觅雪，只想靠这项福利偷偷进 VVIP 休息室，吃点东西再睡一会儿，哪怕只有一小会儿！她实在是又饿又累又困，感觉就要扛不住了。

催促着，程觅雪从地勤人员手中接过机票，总算安心了，哼着小曲准备把卡和机票收好。这时，推着箱子的谢铭心不知从哪突然出现在她面前。

"喂！你在这干什么坏事呢？"他抬头看了一眼她排队的柜台，又看了看她手中没来得及收起来的黑卡，似乎一下子明白了什么，但还是转眼一下子挂上了阳光的笑容，顺势排在了无人排队的她的后面。

"那什么，谢铭心，你……你也是排这里？"

她赶忙把手中的黑卡拼命往护照夹深处塞，似乎做了什么见不得人的丑事一样紧张。

他从书包里掏出一本破旧的深色护照，指了指柜台上面的指示牌，说："因公护照，也是这里排队啊。怎么，只有你们头等舱能排不成？"

"不是不是，我可不是头等舱，真不是！你可千万别误会……"
她的脸刷一下红了。看来，小心思不能有，小便宜也不应该占。

"两位一起的吗？程小姐，您需要多开一位 VVIP 休息室的凭证吗？黑卡的积分是够的。"地勤小姐的热心，彻底把程觅雪推下尴尬的悬崖。

"好啊好啊，程觅雪，怎么样？一帮一，一对红？"谢铭心看上去并不介意，十分开心地接受了地勤的建议。

程觅雪尬笑着再次从包里抽出了那张黑卡，遮掩着，羞愧着，递给了地勤人员。她同时看到，谢铭心提了一个巨大的行李箱。

"你怎么一个男人带那么大个箱子？"

"代购啊。"说着，他从护照夹里抽出一张长长的清单。

"别以为我们外交部出国的人很多。大部分同事特别是基层同事，可能入职一两年也未必能出国一次，基层工作都是坐办公室，很枯燥的。听说谁出国呀，都忙不迭地把代购的东西列出来。就算这阵子在上海出差，他们也没放过我。你可别小瞧我，对你们女生那些香水啊，护肤品啊，我如数家珍。"

他还是一如既往地轻松谈论着一切，大大方方的，仿佛黑卡事件没有发生一样。俩人办完手续后，一起找到了VVIP休息室，谢铭心也是熟门熟路，放下随身包就主动去拿茶水饮料和小吃，俩人盘坐在沙发上狼吞虎咽起来。

"谢铭心，看你的样子，也不是第一次来VVIP休息室吧？"

"啧啧，我这个收入可用不起黑卡，但总有紧急陪同一些各国政要的时候啊。不瞒你说，我还坐过几次公务机！大概……和私人飞机差不多了吧。当然当然，那只是工作中的小幸运，和程总您那是没法儿比。"

"程总？哈哈，一般只有我爸被称呼为程总。"

一开心，程觅雪不小心又露出马脚，她的脑子也是累抽筋了。与其遮遮掩掩，面对谢铭心这位国家工作人员，她决定，坦诚交代！

"所以……刚才那张黑卡，不是我的，更不是公司的！其实，是我爸的。希望你别误会什么。我的收入水平和大部分同龄人一样，是绝对用不起黑卡的。"

谢铭心点着头，又从程觅雪的盘子里拿了一个小点心来吃，根本没当回事地回答："没关系，占了你便宜高兴还来不及。你也不要太压抑自己，父母希望的，都是子女轻松地生活。既然是给了你卡，需要的时候就用，和自己父母玩什么坚贞不屈呀？甭跟自己过不去啦！"

看着如同大男孩一样的谢铭心，总能不经意说出一些直戳人心的话。这温暖也让程觅雪在他面前松弛下来，多天紧绷着的神经得以舒缓。

"听口音，你是北京人？"

"对啊，我是土生土长的北京土著，毕业了工作也在北京。哈哈，你知道的，外交部嘛。其实我的人生也挺无聊的，我第一次出国，还是因为交换留学。如果不是因为上学和工作，可能啊，一辈子都走不出北京咯。"

听他这么说，程觅雪有点意外，他的外形十分 ABC，偶尔流露的英文也格外纯正，朴实的经历却表现出另一种人生，一种程觅雪不太了解的社会圈层。

"那程觅雪，程总您呢？"

"哎呀，我说了别再叫这个了！"她连连摆手制止他，慢慢说道，"我……我和我弟弟从小在清洲长大，是个浙江的小地方。中学的时候我母亲病故了，我父亲陪我们出国了一段时间，念了几年书，大学回到国内读的。工作了一段时间又去英国念书了，回来以后，就进了万国。"

谢铭心听了，顿时觉得眼前这个小不点的南方女孩，变得生动了起来。她倔强的眼神似乎也有了来处，不经意展示的财富，单亲家庭的背景，令他心中生出一丝保护欲。试想，如果家里只有一个女儿，从小没有了妈妈，父亲应是更加千倍万倍地宠爱。程觅雪拥有一份独立的工作，之前在他看来没什么特别的，现在却显得特别了起来。

"那什么，到了迪纳啊，你别担心，我对当地还算比较熟悉，你就跟着我就行！"

他不知为什么蹦出这么一句话来，潜意识里的保护欲无法被隐藏。说完了，他不好意思地挠挠头，为这份幼稚感到难为情了，赶紧埋头继续吃了起来，掩饰自己。

吃完东西，谢铭心戴上耳机开始玩"吃鸡"，程觅雪陷入软软的沙发里，迷迷糊糊地小憩起来。

梦里，她似乎被云朵所围绕，她越陷越深，周围的声音也开始慢慢消失。一片漆黑的寂静中，某个熟悉的声音又似乎在呼唤着自己。

"小雪……小雪……"

她可不愿意醒来，云朵中避世，舒坦又温暖，正是她此刻需要的。

声音却越来越近，她终于被轻轻地叫醒，模糊的视线里一个黑色的身影在她面前蹲下，她揉了揉眼睛，看清了面前的萧正礼。

"噢……你怎么也……这么巧啊？"她撑起身体，忙捋了捋头发，迷迷糊糊的没搞懂眼前这一切。

"巧？我是特意随便买了张机票进来劝你别去的。"萧正礼又摆出了阴郁低沉的腔调，以不可反驳的坚定语气，略为愤怒地看着她。

一旁的谢铭心摘下耳机，看了看两人，很快弹身起来，指了指远处的空位，躲过去，离开这情侣争执的现场。

"你们公关部那么多人，就派你和……刚才那个毛头小子去迪纳吗？万国是没人了吗？"说着，萧正礼把机票摔在桌上，坐在了她对面。

程觅雪的气来了："且不说刚才那个不是我同事，是外交部专业的国家公务人员，万国派的是一位总监和我一起去，当地还有大使馆和其他同事！Anyway，一切的一切都不重要，重要的是，你以为你谁啊？我干吗要和你交代呢？"

"OK，我来这里不是吵架的。迪纳目前在政变，政变你知道吗？你一个女孩子，就不应该置自己于这种境况之中！就算是作为朋友，我也会劝你别去，更何况……"

"更何况个屁！萧正礼，你也想想，我真正需要你的时候，当我坐在你对面哀求你别走的时候，你选择了什么！"

原本要继续争论的萧正礼，听到这句，顿时哑口无言。

沉默，填满了两人之间的距离。

去年这个时候，程觅雪经历了一次虚惊一场的小手术，拆除了一颗小小的子宫肌瘤。但她身体的前期反应并不像普通人的不规则出血，而是彻底停止了例假长达近三个月。与萧正礼还在交往中的她，最初的反应是怀孕，她在第一时间和他分享了这尴尬的健康忧虑。

当时，萧正礼的反应是"有了也没关系，我会陪你打掉"。

虽然程觅雪并没有想未婚先孕，但他如此轻松地说出这样的结论，无疑令人寒心。

"要知道，我并不是讨厌孩子或是你，而是讨厌我的哥哥。他刚刚风光大'娶'了对萧氏集团大有裨益的地产集团千金，此时如果我的女友未婚先孕了，我在家中的地位……"

两人在英国求学的时候，程觅雪就了解萧正礼家中三子夺权的局面。萧正礼作为老二，夹在中间，看似安全，实则压力最大。大哥萧正仁彼时已毕业进入家族企业，而分别躲在英国和加拿大求学工作的他和老三，在威严的大哥面前，一直被视为竞争者。

程觅雪一度欣赏并爱着他，因为他坦诚地把家族一切的真实斗争都事无巨细地告知。爱情之外，还生出一份共情。在她与弟弟之间，不存在这种残酷竞争，父亲程恭从不鼓励姐弟俩之间进行竞争。萧正礼看似潇洒的生活背后，以毕业进入家族企业工作为新起点，和过去的自己说再见，将余生都投入到斗争中。这种斗争，曾是萧氏家族的立命之本，当初，他父亲萧旸就是靠着家族争产得到的原始资金，在纺织行业掘到了第一桶金。

去年，程觅雪自己孤零零做完所有的上网研究和医院预约后，带着害怕的情绪和萧正礼沟通此事。

"我约了周三的医生检查，希望你能陪我去！"

"周三吗？这周三？抱歉，我要飞香港开会。"

"就一上午，真的不能抽时间来一下吗？"

"但会议就是上午啊，只是检查，不是吗？"

程觅雪的自尊心，不允许她再继续哀求什么。或许和萧正礼的财富相比，她没有可与之比拟的任何优势。她曾一直为两人的平等关系而骄傲着，努力追求着独立的事业和朋友圈，并不依攀男友的势力。习惯了这种骄傲，她无论如何低不下头，说出心中那句"求你留下，我很害怕！"

于是，检查果真是她一个人去的。结果是子宫肌瘤，并不是怀孕。

她没有报喜，也没有报忧，只是约好了次周的手术，安静地爬上手术台，完成了这一切。只是一片无用的、多余的组织离开身体而已，无创手术甚至没有留下任何疤痕让她感伤，手术的第三天，她就可以去上班了。但不知为什么，自从手术以后，她面对着萧正礼，却一天比一天无爱。甚至，她无法再接受与他任何形式的亲密。

渐行渐远的两人，终于由她，先提出了分手。

有时候，她想起两人始于异乡的热恋，在伦敦的雨中拥吻，坐彻夜的巴士去看远在苏格兰高地的摇滚演出，也是不禁感慨，两人是如何走到这一步。

程觅雪的思绪回到现实中，候机大厅的广播开始一遍遍催促起来："各位去往迪纳的旅客，这是最后一次登机广播，请还未登机的乘客……"

"呃，不好意思不好意思！那什么，TG663，我们的航班开始登机了。"谢铭心背着包，轻声又尴尬地打断了她和萧正礼的对峙。

"好的，我们一起走吧。"程觅雪的眼睛微微湿润，深吸一口气，起身拖起拉杆箱，跟着谢铭心一起离去。

"等等！"沉默的萧正礼疾步跟了上来，"至少，如果你还当我是一个朋友，在任何时候，随时联系我。"

紧接着，他从西服内里又掏出一张名片，递给了谢铭心。

"麻烦您，如果小雪这边有任何事情，请随时打给我。初次见面，这样拜托实在是无礼了，但是事态特殊，还望海涵。"

谢铭心暗自嘀咕着，我堂堂一个外交部工作人员，有事也犯不着打给你啊！但他还是挤出了一个笑容，点点头接下了这蕴含儿女情长的名片，挥了挥手，客气告别了这位充满忧郁气息的男子。

"这人你男友吗？够可以啊，随便买张国际票跑进贵宾室。绝对霸道总裁范！看名片，萧氏集团的萧正礼，应该是富二……"

"停停停停！"

程觅雪本打算客气地憋住，但谢铭心看上去并不准备停止话题。

"闭嘴，是直男最珍贵的美德。谢铭心，我希望你能拥有这份美德。"

"嘿……我还德艺双馨年度直男呢！"算了，吃人的嘴短。打着饱嗝的谢铭心，最终还是选择了闭嘴。

跑着赶上最后的队伍，两个人终于上了飞机。大概是因为万国事件的发酵吧，这趟航班的旅行者稀少。程觅雪瞥到了前排的佟林，打了个虚伪的招呼，就跑到了空无一人的最后一排，裹上毛毯靠在窗边。

飞机上，程觅雪的思绪又飘到过去。留学的时候，萧正礼和她经常凑着时间，在长假一起搭飞机回国。他每次都选择一部悲情的电影，两个人念"3-2-1"共同按下播放键，这样即便不在邻座，也可以一起看同一部电影了。

"为什么总在飞机上看这类苦情戏，平时你明明只看爆米花电影的呀！"有次，他一边看着《海边的曼彻斯特》，一边流泪的时候，她终于忍不住发问。

"噢，因为，因为飞机上环境是缺氧的，脑子比较少氧气，也会容易释放情感吧。"

现在想想，压力巨大的萧正礼，可能只是找一个理由让自己哭出来吧。正如此刻的她，也默默点开了一直喜欢却没勇气观看的，是枝裕和的《步履不停》。

此刻，在万尺高空中，她的心也柔软了起来，褪下坚硬的外壳，萧正礼过往的善意和冷漠，关怀与疏远，都一一浮上心头。烦乱矛盾的思绪化成一汪湖水，安安静静地在脸上流淌。

热带的天气，永远骄阳似火，却又可以刹那倾盆。

程觅雪步出迪纳机场的那一刻，明明感觉热浪铺面，眼前却是一片暴雨。

"接咱们的车子因为大雨堵在高架路上了，听说是有追尾的交通事故，还不知什么时候清好道路。我建议别耽误时间，直接打车或者乘坐大巴到事发地最近的城市玛琅。"

接了司机电话，谢铭心告知佟林和程觅雪。

"现在的治安状况，会不会还是坐公共交通比较安全？"程觅雪指了指机场大巴的牌子。

"好，那咱们就机场大巴吧！"谢铭心马上买好了票，带他们走了过去。

买完票刚排上队，一辆大巴马上要发车了，司机催促着大家赶紧上去。因为要迁就行动不便的佟林，三个人几乎是最后一批挤上去的，上去后放眼望去，座位都已经满了。这里的大巴可不像国内，通道上堆满了乱七八糟的行李，甚至连空调也没有，下雨天又无法像平时那样摇下窗户，整个大巴如同一个不通气的罐头，充满了令人糟心的气息。

"这边有俩座！程觅雪，快来快来！"眼疾手快的谢铭心冲在最前面，从通道一路挤到后排，惊喜地发现了座位。

等他挪挪塞塞包裹和箱子，先让程觅雪坐下来时，一瘸一拐的佟林也终于从前排以绿毛龟的速度挪了过来。

"程觅雪，你看，咱们是不是应该让来帮忙的外交部人员先坐呢？"

程觅雪懒得搭腔，自觉地站了起来。谢铭心看他这副油腻的赖皮样，也就请他先坐了进去，然后主动让位给程觅雪，自己选择站着。

她赶忙使了个眼色，摇了摇头。这佟林打小报告的功力了得，孙夕照她们已中招无数次，她可不要行程还没开始，就被揪住什么小辫子。谢铭心看了，也耸耸肩，把原本放在通道的箱子"哐"一声大力扔在佟林旁边的座位上。

"Well，既然她不坐，那我俩都站着就成！您好好坐着呗。"

对待佟林这种中年油腻男，谢铭心可没耐心哄着客气着。他读到了程觅雪眼中对佟林的顾忌和嫌弃，也感受到这人的四体不勤，不禁想"调戏"他几句。

"佟总这腿伤，是怎么回事啊？"

"噢，这不是我们北京的同事都急着来上海，心急如焚啊！我在机场的台阶上，就崴了脚。"

"机场台阶？北京机场吗？我就北京人，经常出差往返机场，不记得停车场到安检哪里有台阶啊。您这是磕在哪的台阶，我下次也得小心点！"

哼，还心急如焚？不小心哪摔了就说哪呗，扯这些有的没的表哪门子衷心啊。没句实话。

佟林怎料到谢铭心会打破砂锅问到底，总不能说实话是偷情途中着急回家崴了脚吧！这一问，他懵了，赶紧随口编起来。

"你看，我没说清，是从车上下来就崴了，停车场里崴了的。"

"噢，这敢情，您是开啥车？大 SUV 吧，得够高的，下来才能崴成这样。您开哪款 SUV 啊？我父母年纪大了视线不好，刚好想换台高点的车呢。"

"这，我的车是……"

"宝马 3 系，我记得的，佟总上次在北京载过我们几个去聚餐。

那车底盘可不怎么高啊！"

程觅雪听出谢铭心的本意蹊跷，也趁机来凑个热闹。她早看这帮不干活满嘴谎的人不顺眼了，也就是谢铭心吧，吃不下佟林这套动辄往自己脸上贴金的说辞，作为外人能故意怼他。此时不跟怼，此生无机会。

"……不是，我那天开我老婆的车，她是开 SUV 的。"

"啧啧，佟太太得是开的大切吧，高，实在是高。那您这一路，可得小心了，这去玛琅的路不平坦的，动辄就是颠簸，这腿脚啊，真是要遭罪。"

说时迟那时快，司机刚好经过一个土坡，车子如同过山车一样，车头突然扬起又狠狠落下。谢铭心话音刚落，原本放在佟林身边的他的大行李箱，就从座位掉了下来，刚好落在高大的佟林伸出的另一只未受伤的脚上。

"唉哟喂！砸着我了！"

看着佟林痛苦狰狞的表情，程觅雪差点没笑出声来！她和谢铭心因为站着，反而相互扶助了一把，没跌倒也没被任何东西砸着。于是，眼见要笑出声的她赶忙低下头掩饰，顺手把行李箱从佟林脚下捡起来，重新摆放稳妥。

"谢铭心，你看看你，非要带个代购的空箱子！砸到我们佟总了！"

"是我不好是我不好！佟总，您先休息，这一路颠簸的，我俩啊得再往后走走，看看还有没有地方能坐。您先歇着！"

谢铭心拉着程觅雪，挤呀挤，到了大巴的最后方，地上找了个空处，挨着别人臭烘烘的行李，倚坐在方寸间的角落。

"这什么人啊，满嘴胡说八道，谁知怎么崴的脚，故事都没编圆！"

"哈哈，我也不喜欢他！我只认带我的领导，就是你见过的孙夕照，那个胖胖的大姐。她知道这次是佟林和我来迪纳，还千叮咛万嘱咐了半天呢。"

程觅雪趁着嘈杂，和谢铭心交代了 S 集团并购进来的人和她们万国人的恩怨情仇。

"总而言之，我最讨厌的是他们一个个都不干活，职位却比我们都高，还动不动就让我们背锅！这世界我最讨厌的事就是不公平，我觉得啊，自己就是职场的弱势群体。刚才啊，要不是你，我还没机会怼他呢，太爽了！不过啊，你怼人也够讲礼貌的，一口一个'您'！"

"嘿，这你就不懂了吧。"谢铭心凑近了她，小声说，"我们北京话里，'您'有两面意思。一是尊重人，正儿八经捧着；二是看不起你，用尊称来划清界限拉远距离。对于他，那绝对是第二种'您'。加上你刚才说的，对佟林这种人，我只能说一句：您呐，您可歇了吧您！"

"哈哈，原来北京话那么有内涵，我还以为就是一堆儿化音呢！这么说，他是非常值得这个'您'字。够厉害啊谢铭心！"

"你这姑娘看着文静，怎么学的都是这些个北京话！啧啧！"

"您只是看我人比较瘦小，就觉得我文静了？傻眼了吧您呐！哈哈……"

笑着笑着，程觅雪一下子望到了前面拥挤的乘客，突然联想起万国人被劫持的大巴。自己还能笑着和人谈天说地，被劫持的同事呢？他们连生存的权利都未必拥有。相比之下，眼前面对佟林的这点委屈和迁就，简直不值一提。

她深深地叹了口气："唉，也不知道被劫持的大巴，现在怎么样了。"

谢铭心本来兴高采烈地正准备继续聊天，看到程觅雪突然停顿了，也默然了。

"总之，人质的事别太担心。刚下飞机我已经接到了使馆的电话，一切都在解决过程当中。"

程觅雪听了，眼睛顿时亮了起来，她兴奋地抓住了谢铭心的臂膀，充满期待又小心翼翼地问："真的吗？是不是我们的人都没事啊！具体的……你……能说吗？"

他摆出了一个尴尬的笑容，轻轻摇了摇头，表示不便再多透露什么了。

"嗯嗯，我不多问了。真的谢谢你！说实话，以前在国外个人主义意识特别浓厚，我不觉得需要祖国保护我。直到这次出了事，看到全体管理层还有我们员工手足无措的样子，我才发现个人真的太脆弱太无助了，特别是在国外，没有祖国就没有依靠。有你在，我心就安定多了。"

说着，她低下头去，用巴士票据划拉着地上从车顶漏下的雨滴，成为一个圆。

希望一切都圆满解决啊，她心中暗自期许着。

在更多人的生死安危面前，儿女情长，职场争斗，都变得渺小起来。程觅雪现在唯一的期望，就是可以齐齐整整见到每一个被劫持的同事。哪怕是他们恨公司恨到要揍自己一顿，她都可以接受。只要大家都好好的。

在谢铭心的眼里，认识不久的程觅雪充满了复杂性，高傲却真实，刻薄又顽皮。她来自富裕家庭，还有霸道总裁级别的疑似男友，平时却成日受着佟林这种人的欺负，又拥有比 CEO Chris 更加深刻的担忧。他接触的同龄朋友们，大都生活简单，关注自我。程觅雪在他的世界中，绝对是个圈层以外的异数。

随着大巴摇摇晃晃地一路南行，雨渐渐停了，阳光打进潮湿的车舱，不少人开始把窗户摇了下来。

微风，吹散了阴霾。

第四章
异国危情

4.1
—
混乱中的默契

因为天气和道路原因，从迪纳机场到达事发地城市琅玛的领事馆，原本两小时的车程足足用了四个小时。精疲力尽之后，在大使馆冰冷的长椅上，程觅雪坐立不安地又等了一个多小时。佟林则在另一侧的长椅打着呼，毫不顾忌什么公司的形象，躺在上面酣睡起来。

"请问……人质情况怎么样了？"

谢铭心从会议室中出来，身后还跟着一群使馆工作人员。在程觅雪看来，一切都如同好莱坞电影中那样，每个人的脸上都充满了职业的、无法解读的严肃，她不知道事态是否解决了，也不知道是否应该保持乐观。

"这个，目前……"

他走上前来，又四顾了一下，说："现在是由使馆人员作为代表，依靠当地政府与劫匪们谈条件。目前看来，事态和我们预想的一样，就是钱可以解决的问题。但是……"

"但是什么？"

"Ok，我接下来讲的内容，是希望你了解事态，而不是作为万国的公关人员，对外宣布。"

程觅雪赶忙点点头，举起了发誓的手势。

"但是，迪纳政府目前动荡不堪，现有政府有被推翻的可能。在这种混乱中，所有的执行人员都抱着某种自我放弃的心理，其中也包括腐败官员。我们的情报人员了解到，目前不排除劫匪与政府开始勾结，就谈判金额继续纠缠中方，使得原本可以迅速解决的劫持事件，进一步胶着。"

"钱？难道人命在他们的眼里不重要？旅行团里还有孩子啊！"

谢铭心看到即将情绪失控的程觅雪，用坚实的双手握住了她的臂膀，"冷静！在外交事件中，这一切都是可控的正常范围。我们和你一样，紧密关注着人质的一切。今天下午，在中方不断施压下，第一批妇女和儿童的人质将被解救。这意味着，人质人数由 27 名减少为 10 名。"

由悲到喜，程觅雪开心地用双手捂住了嘴，压抑着心中的惊叫。

"谢谢！谢谢！"她给了谢铭心一个紧紧的拥抱。

"哟，什么好消息啊？"握着手机的佟林在他们背后，如同黑山老妖一般阴暗地升起。

"没什么，就是可能有一些新进展。你们作为企业代表，可以有一个名额和我一起去到最接近人质的现场。佟总，怎么样，您级别比较高，不然您去？"

干活？佟林是永远不会主动接活的。

"是不是依然舟车劳顿，颠簸不已？"程觅雪把心里的话，略带不屑，大声问了出来。

"呵呵，这些咱都不怕。怕就怕啊，我这腿，再不歇歇，恶化了你们最后都要照顾我。等会我还有其他领导布置的任务，这趟出差，是一场战斗，我希望尽快好起来。今天就先歇着了，小程，不然你先替我去？"

谢铭心听了，和程觅雪交换了一个共识的眼神。又坏又懒，佟林简直是上一代职场人里最堕落最油腻的代表，而偏偏是这种人，靠着吮痈舐痔的本事，霸在领导位置上，外行人领导内行人，阻挡着满腔热血的年轻人前进。"甩锅"是他唯一擅长的业务，也可谓工作的主要内容。

"正好！大使馆安排的车子也到位了，那您赶紧的，别耽误您休息，先送您回酒店吧。"

半扶半搡着，谢铭心把他塞上了车。他们如同丢弃一袋恶心的流着腐液的垃圾那样，把甩锅的佟林甩掉了。

"赶紧吃点东西，这都下午三点了。咱们也要赶路的，距离出发只有一个小时了。"

他带着程觅雪朝员工餐厅的方向走去又突然想到了什么似的，"嘿，别在使馆吃大锅饭了。我带着你出去，到群众中去！使馆旁边不远处就有一个当地人的市集，里面各种小吃。绝对的地道便宜，就是……就是不怎么体面。"

"哈哈，到群众中去？我就是群众啊。什么体面？你知道我都几天没洗头了吗？"程觅雪指着自己的头发，自嘲着说。

迪纳的街道，空气中有种说不出的味道。不知是因为最近发生的事件，还是疲惫的身心，这种湿润中带着香料的味道，被程觅雪吸入体内，沉重又压抑。

"这就是这边最出名的姜黄饭，上面啊，还要撒上一层香料。"谢铭心捧着一个托盘，上面摆满了当地小吃。

"等会儿啊，还有当地的啤酒送过来。这种闷热的天气里，配着姜黄饭一起吃的，最合适的就是冰凉的带着气泡的啤酒了。"

香辣和酥脆的食物搭着，在她的口中形成了多层次的味觉感受。平时明明吃不了辣的，在这种环境中，一切都变得相得益彰。

黏腻的塑料桌椅，喧嚣的小贩叫嚷声，对面吃得大汗淋漓的谢铭心……这一切都离她的生活很远，却构建了此刻的真实。究竟什么才是生活的常态？几天前还在发朋友圈的旅行团同事们，也没有想到此刻深陷恶人之手。程觅雪胡思乱想着，这种矫情的心理状态她从未有过，她不愿把这些分享给任何人，却无时无刻不体会到此事对自己整个价值观的深刻震撼。

"干杯！加油。"

"谢谢，干杯！"

谢铭心什么也没多说，又似乎在沉默中什么都读懂了。两个刚认识不久的年轻人，就这样，在一个混乱的热带国家的市集里，建立了某种无言的精神默契。

"如果，我是说如果！咱们有机会再回去一起吃饭的话，可是要你请回我了！"

沉默了许久，谢铭心笨拙地挑起了话题，试图打破这种哀伤的气氛。

"噢……"

说到了吃，这一程觅雪真正在行的话题，误打误撞地把她从种种思绪里拔了出来。

"那你放心，我请你去我家乡清洲的市场去吃鱼获！从上海坐高铁就一个小时，只要你有时间，我必定全程招待！"

"呵！我以为啊你会请我吃什么米其林料理呢，外滩几号……"

"别以为我们家乡的鱼获就是便宜货呢，大黄鱼，一斤就要五百块，比你去清洲的路费还要贵呢！一看你就不懂吃，放心，以后认识了我，你就等于认识了全世界的美食。我就是爱吃美食，除此以外，都没什么其他的兴趣了。"

"我不懂……嘿，不是我说，你下次尝尝我的手艺，除了吃，我还会做呢！大小姐您一看就是十指不沾阳春水，会吃也要会做才是真正的美食家呢。"

"那等我去北京，你倒是做给我看啊，嘴上说个不停的才是不会吃也不会做的主。"

……

边吃边聊，时间也过得快了。两个人吃完以后，谢铭心带着程觅雪登上了大使馆的车，向事发地驶去。上了车，摇晃着，颠簸着，程觅雪又想起与萧正礼的各种。说到底，他们曾经在生活的某一个点相互撞击在一起形成同一个圆，但在这个圆圈中，两个人从融合到分离，在人生的进化中走入了不同的方向。于是，这个圆变得再也不够大，被越扯越变形，直到撕裂，进而分离。

恨意，当然有过。只要真心爱过的人，总归都有某种恨意。没有恨过的人，就没有真正爱过。但此刻，在其他人的生死面前，在这个陌生又奇特的国度，她突然释怀了过去纠结的很多情感问题。

4.2

—

谁也没有成为英雄

谢铭心一旦进入了工作状态，和其他使馆工作人员一样，精神高度集中，气氛严肃有序。接近目的地时，他在车上帮程觅雪戴上专业的通讯用具，同时穿好防弹背心，一切在他看来都是例行常规的动作和行为，却给她带来了极大的心理压力。

想象是一件事，而身临其境则是另一回事，没几个人能为了工作走到将生死置之度外的心境，程觅雪也不例外。

"防……防弹衣？确……确定这有必要？"

"我们外交任务，是分级别的，到了解救人质这个级别，每个人都有标准的装备配置，谁啊，也不能例外。"

谢铭心把耳机线绕在程觅雪耳后的时候，感受到她因紧张浸出的汗，"放心吧，你应该全程不需要下车的。和通讯人员一起待在车里。"

她点点头，又似乎想到了什么，"那你属于通讯人员吗？你要下车吗？"

他把通讯设备打开，调试到正确的接收频道，对着她笑了笑，"这次，我要下车的。"

程觅雪听了，不由更焦虑了，还有一层莫名的担忧。她张开嘴想说着什么，甚至想阻止，但在职业的专业度面前，任何人都不愿意听到质疑。

"记住，不要擅自行动，一切听指挥！"

说完这句话，谢铭心打开了车门准备下车，又想起什么似的，回头冲着她大喊一声："喂，好好的！我等着你请我吃饭！"

随着车尾门的打开，谢铭心和其他几个工作人员一起跳了下去，奔跑起来。车门被重重地关上了，程觅雪还没来得及向他挥手……她只能带着重重的心绪，将目光落在了窗外的暮色里，随天地黯淡了下来。

入夜，车在颠颠簸簸中终于停了下来。整个车队按照总指挥的命令，依次分开停靠，警灯的光线巡视着夜空，喇叭里轮番播着迪纳语和英语，焦躁，愤怒，是她唯一能感受到的。突然，程觅雪的耳机里开始响彻着各种沟通和对话。

解救人质的行动，正式开始了。

车上接入了无人机拍摄的监控图像和救援人员的现场直播，程觅雪看到人质的大巴被绑匪停靠在一个山涧旁的小坡上，这样一来，从背后的角度就无法拍摄到车内，而山涧的水流又在一定程度上干扰了通话的清晰度，绑匪之间的交流完全无法被高科技的收音设备所收录，只能隐约听到他们之间在不停地对话，以及捕捉到他们持续对外通讯的信号。

"绑匪出现，绑匪出现。"

"各部门注意，将空车驶入空白地点，司机下车，驾驶座的门保持打开！注意，保持打开！"

绑匪要求的赎金，放入一辆车里，由司机在指定地点停好。从监控图像上看来，绑匪方先是有一个人来到车上，拿着某种仪器仔细检查了是否有监控设备。他身材并不魁梧，动作却异常敏捷，全副武装看上去警惕而冷静，和程觅雪之前想象的粗莽武夫完全不同。

随着时代的进步，绑匪也在成长啊。

　　手持着专业探测仪器将车的前后左右、里里外外检查结束后，他挥手致意，另一名绑匪迅速从劫持人质的大巴中闪出，两人一起将车上的赎金提了出来。这时，两辆越野摩托车从劫持地的山林中迅速闪现，与此同时，大巴上的绑匪们一起冲出，摩托车迅速绕圈扬起尘土阵阵，无论是无人机还是地面的狙击手，都一下子失去了清晰的视野。可以检测红外热点的设备上显示绑匪迅速转移着各自位置，有些人冲向了逃逸的空车，有些人则冲入了山林，一片混乱中，大巴车反而成了最平静的地方。

　　这时，中方和迪纳军警开始行动，车尾部的一队人开始接近大巴，早已布好的直升机也从空中开始接近。程觅雪在车里，能听见螺旋桨嗡鸣盘旋的声音不断逼近。

　　一种不祥的预感涌上她的心头，她说不上来为什么，但心里堵得慌，感觉就要窒息。

　　"嘭！"

　　一声巨响，山涧上方的石头开始滑落，如同山体滑坡一般，伴随着水流迅速落下。大巴顿时被大批碎石洗礼，而即将要到达大巴的救援分队，也被滑落的碎石阻击。一时间，大巴破碎的窗户玻璃与巨石激起的尘土混杂成一片如同爆破现场的画面。直升机迅速拉起高度，原本的任务是追击绑匪，现在则是在可见范围中紧急寻找降落地点，自保的同时，拯救因为这场山体爆破所受伤的人员。

　　果真是早有预谋！选择在这里劫持，绝非一时因财起意的偶然事件。而绑匪，能如此有战略地进行逃逸以及在山体埋炸弹分散注意力，想必除了残暴，还有接触武器的资源和能力。然而，现在程觅雪什么都不想想了，她的大脑如同监控画面一样，一片空白。

她车上的一位高级通讯人员，作为紧急支援，打开车门冲下了车。车外的扬尘如同一片白色的惨雾，笼罩了一切。她发现车门并没被关紧，一道光从外面射入，她一时失了魂一样，从车厢中弯着腰跳了下来。

跌落在地面上，她抬起头才发现，眼前什么也看不见。悲惨世界的尘雾中，她用袖子捂着口鼻，试图更加顺畅地呼吸。顺着穿透的光线，她走到了一辆救护车的旁边，上面躺着两位迪纳的军警，头上和身上都是血，在医护人员的救护下，通过氧气瓶呼吸着，支撑着。

在完全没有方向的白雾里，她的脚步也失去了方向，只看到有人在她身边奔跑，还有更多抬着担架的医护人员迅速经过。人声开始密集起来，她听到了很多人的声音，也终于听见了中文。脚边踩到的，有硬硬晶莹的碎片，是玻璃，是大巴的玻璃！

随着踩到的玻璃碴越来越多，她隐约看到了黑色的坍塌的庞然大物的影子，继续向前走去，被砸得不成形的大巴如同战败的困兽，不堪地显现在她面前。

"你，这位姑娘，是中国人吗？会英语吗？"

车子后部的车胎旁边，两个穿着旅行团T恤的中国男人指着她匆忙地问，他们拽着一名迪纳的军警，对方的腿被砸得血肉模糊，和迷彩服黏在了一起。

灵魂游离在躯壳以外的程觅雪赶忙冲了过去，和他们一起压住他出血的腿。

"我会！我会的！你们要问他什么吗？"

"不是，这人身上对讲机，你通知一声，赶紧让医护人员来大巴前部车轮这里吧！我看他需要立刻止血。我们这样按着不是办法。"

她点了点头，从伤者的身上摘下对讲机，按住对话键吼着所需物资的信息，重复着自己的位置。

"Roger, on our way."（收到，在路上。）嘈杂的对话中，终于有人回应了她。

"你们，你们是万国的人质吗？"忙完了，她望着两位助人的男子，反应了过来。

"嗯，我们十个人在车里，一声巨响，就什么也看不见了。"

"但我们都没事，可能有人被玻璃割伤了。从大巴里出来一看，才知道伤的都是外面这些来救我们的。小姑娘，看袖徽你是大使馆的吧，你自己没伤着吧？"

"我……我其实是万国公关部的，叫程觅雪，从上海来，是跟着大使馆的人来现场的。我是你们的同事！"

三个人面面相觑，还没来得及继续说下去，当地的几名救护人员赶到了他们所在的地方。程觅雪连忙和他们用英语简单沟通了伤者的状况，回头对两个男子喊道："他们命令我们统一离开这个地区，山体的状况目前还没查明，不排除有其他落石的危险性。我们应该跟随大部队先离开这里，保障自身安全！专业的救护人员会帮助伤者的。"

一名身穿警察制服的当地人员，带着他们三个离开了现场。

就这样，程觅雪他们又被塞到了另一台车里。坐定了，她才发现忙乱中自己通讯设备的耳机不知道什么时候被挤掉了，一个碎了，一个耷拉在胸前，她赶忙拉起来塞到耳边，第一件事就是按下通话键："喂喂，有人听得到吗？我是跟随大使馆4号车的程觅雪，喂？"

耳机里除了嘈杂，没有任何回音。她的声音如同坠入黑洞一般，消失在另一个时空里。车辆开始缓慢行驶出这片落石区域,一路上,大灯照着山路,在黑暗中燃出一条曲折的前路。车上的每个人都疲惫而无力地瘫坐着或昏睡着,只有程觅雪,睁着一双眼无法平静。虽然对于其他人而言,此刻代表着安全,但对她来说,没听谢铭心的话私自跳下使馆的车,更没有他任何的消息,才是离开了安全的地带。

夜,逐渐消失在车后窗的尽头,前方,有一丝微弱的橙光从地平线升起。

在白日即将到来的时候,他们的车停靠在一家当地医院的门口。

"Anyone speaks English? Anyone?"(有人会说英语吗?)

医院的医护人员已经准备好一切,大家下车时,程觅雪才发现除了迪纳的救助人员,车上连同她和几名同事在内的,都是中国人。

她举起了手,带头的当地一位老医生开始迅速指挥起来。

"我是瓦克医生,这里的急诊主任。护士将记录每一个人的基础资料,接着我会进行身体检查,请帮我问清楚每个人的药物过敏史以及血型,不要浪费我们的时间。接下来还有一车伤者在二十分钟内抵达,我们必须尽快完成,明白吗?"

她赶忙点点头。作为临时的翻译,她尾随着护士们在急诊室里东奔西跑,填表的同时安排每个人进入不同的诊室。二十分钟过去得飞快,庆幸的是,瓦克医生宣布他们中除了脱水的一名人质以外,没人受到严重伤害。

"下一车的伤者,你还可以帮忙吗?"瓦克医生焦急得低头看着手表,头也没抬,大声问她。

"当然,如果您觉得我可以的话。"

他抬起头，皱着眉打量了一下程觅雪，"你自己也是现场来的，看衣服上的附着物，你应该有吸入不少粉尘。听着，在下一个拍片室空当，我需要你去拍一个 X 光片。"

说着，他开具了一张单子，递给程觅雪。

"我只是暴露在尘中十几分钟，远没有那么严重。完全可以等……"

"嘿！这里可不需要什么自以为是的机灵鬼告诉我什么是对的什么是错的。仔细听着，年轻人，我们的化验室还不知道绑匪使用的炸药材料，以及这起事件和恐怖袭击的关系。在化验结果出来之前，每个人必须查清楚体内吸入粉尘的情况！"

程觅雪原本只是不想给大家添麻烦，但看着瓦克医生严肃而不容置疑的脸，她收下了拍片单，赶忙点点头。

又一辆车子停在了医院门口，从车上下来两名人质，以及几个迪纳军警的伤者。混乱的景象开始变得有序起来，程觅雪帮院方统计了六名万国人质的身体伤害状况，除了两名轻伤之外，其他人都可以在粉尘成分确认后，当天离开医院。忙碌完，她也终于抓住了空当，去地下一层的 X 光室完成瓦克医生的医嘱。

"Ms. Cheng？ Is there a Ms. Cheng in this room?"（程小姐？请问程小姐在这里吗？）

刚回到一楼，她听见有人在广播中反复喊着自己的姓氏。循着声音，她走到了一楼前台一名正在广播的护士面前："是我，广播中找的应当是我！ C–H–E–N–G, cheng？"

前台的护士打量了一下她，"上帝啊，为什么你没有登记资料？我们的伤者名单里并没有你。"

"我一直忙着帮……没关系了，护士小姐，请问是谁在找我？"

"中国大使馆的工作人员已经到了，他们正在接走伤员！在问询名单中，你被列为失踪。请你在这里等着，我把他们叫过来。千万！不要去任何地方，待在这里！"

这句话，谢铭心也说过。想到这，想到自己的鲁莽行事可能给使馆造成的困扰，想到谢铭心，她一丝舒缓的情绪，再次被焦虑所覆盖。

"程觅雪？万国的？"一名高大的中方使馆工作人员拿着一叠资料站在她面前，他颇为冷漠地对比了一下档案照片和她本人，然后拿起手中的对讲机，"找到那人了，她在第二医院，与剩下的六名人质在一起，其中两名人质需要留院观察。程觅雪目测健康，不再列为失踪。"

"程女士！"

这时，瓦克医生急匆匆从诊室中跑出来，拦住了他们，"报告结果已经出来，粉尘的成分为山体石灰，一部分硝。我们的实验室人员初步判断没有任何放射物以及危险的生化成分，应该是成分最简单的土炸药而已。现在，你可以带人质离开医院，但保持观察72小时。"

程觅雪正要谢过，那位冷漠的使馆工作人员却接了话，"不介意我们拿一份报告的影印版吧，我们是大使馆的工作人员高唯。"说完，他出示了证件给瓦克医生。

瓦克医生看了看证件，把报告递给护士去影印。他看着程觅雪，又望了望他，"高先生，这位年轻的女士帮助了所有中国伤者，你们应该庆幸有这样的人在这里。"

"谢谢瓦克医生，感谢您。"高唯嘴上虽然说着谢谢，语气却依然冷漠无比。他向程觅雪使了个手势，跟上其他几个无需留院的人，离开了医院。

使馆的车队在医院门口停好，程觅雪有点不情愿地和这个高唯上了同一辆车。

这无疑是此行最舒适的一辆车了，而她却在舒服宽敞的后座上，如坐针毡。这车上似乎没人愿意主动和她沟通，可她所做的，即便是脱离了纪律，本质上也还是助人吧？这冰冷的气氛，似乎比事发现场，还要严肃。

"请问一下……"她憋了半晌，还是主动打破了这死一般的沉默，"请问你们的同事谢铭心，他没什么事吧？"

坐在前排的高唯和司机两人，突然交换了一个眼神，回过头，颇为不屑地看了看程觅雪。他的眼神中带着某种不满，又停顿了下来，转了回去。最后，不耐烦地回答："人是没事，我是说身体没事。其他的事，等下回去，你应该亲自问问他。"

这算什么回答？

听到谢铭心没事，她是放心了。但这种态度依然令程觅雪怒从心起，眼前这个高唯是幸灾乐祸，还是冷嘲热讽？无论如何，听着都令人不舒服。人质们被安全解救的好心情，也顿时被毁掉许多。

她压制着想反击的冲动，强忍着怒气，在一片死寂中，到达使馆的车程显得格外漫长。下车的那一刻，她如同浸在海底许久，浮起呼吸第一口氧气那样，深深吸了一口气。

依然被高唯冷漠地对待着，她跟随着其他人一起安检、交证件、进入了使馆内部。这时，她和其他万国的被解救人质们分开了，被带到一间僻静宽敞的会议室。

"卫生间在里面，你可以整理一下。就在这老实待着吧。"

没有关心，没有客气，扔下这句话，高唯转身就出去了，留她一个人在这里。

程觅雪叹了口气，垂头丧气地走进卫生间，看着镜子里狼狈的自己：灰白色的粉尘洒在头发里、衣服上，如同掉入了面粉团的老鼠一样。她拧开水龙头，洗了洗脸，再将毛巾蘸湿擦着一缕缕的头发，拢起来扎了个难看的马尾。把大使馆的派克外套脱下来，她将白衬衫整理好。镜子里的她看起来，终于有点像个正常人了。

刚从卫生间里出来，她就看到使馆的工作人员走了进来，跟着他们的，是西装革履、打扮得油头粉面的佟林。而走在最后的，是 Chris 本人！他同样打扮得整整齐齐，不知是什么时候抵达了迪纳。回想起佟林逃避责任时说的那句"还有事要办"，难道是等待Chris 来大使馆？

"辛苦各位，辛苦辛苦。" Chris 和佟林弯着腰，一个个向使馆代表们致谢。

他俩看上去感情真挚，眼神中饱溢着热情，然而对于背景中灰色的背锅侠程觅雪，却视而不见般。他们的演出如此投入，以致几位被解救的人质从门口进来时，进入表演高潮的他们竟然激动得马上流下了眼泪。特别是 Chris，虽然没到现场目睹惨状，但表现得极为动情，脸上浮现出甚至比程觅雪还要悲怆的表情。

"万国的同事们，同事们……家人们……你们受苦了！"

与其说是迎上去，Chris 几乎是扑了上去，他拥抱着每一个惊魂未定的人，颤抖着身体，轻轻地抽搐着。

"我代表万国的管理层，表达对大家的慰问和关怀！同时，我们将第一时间安排各位回国与家人团聚。至于旅行团其他先期被解救的同事们，已经在当地最安全、舒适的酒店等待着各位。感谢使馆，感谢国家，感谢你们每一位！"

他俩轮流握着每个人的手，继续热泪盈眶，继续热血沸腾。相比之下，被解救的几位同事反而因为疲惫难以配合这种悲情洋溢的表演，他们的脸上充满着失神和麻木，眼神迷茫地等待着这个环节的结束。

代表中的一位，正是和程觅雪一起被迪纳医护人员救出现场的两位男子之一。黑黝黝的他在房间的角落看到了她，跑过去大声说："就是她！这就是我刚才和你们所说的万国那位在现场的同事！"

他和其他人说了几句，万国的几位被解救代表一起向程觅雪站着的角落走去。

"我叫陈盛年，是万国技术部门的。"黑黝黝的他紧握住她的双手，接着一一介绍着其他人。

"这是王征，和我一样是技术部门的；这位是曾先志，物流部门的；这是……"

一时间，以程觅雪为中心，除了投入表演泪流的 Chris 和佟林以外，万国人都欢天喜地地围在这个房间不起眼的小角落，热络地聊了起来。

一切都没有如同佟林策划的剧本那样被展现，西装革履的他和 Chris，朴素弱小的程觅雪，这两个尴尬的角落并存了好一会儿，直到一名使馆工作人员走到程觅雪的这边，小声提醒道："万国的各位，辛苦大家了。我们还是尽快去酒店休息，这边我们合张影，报个平安，然后就回酒店怎么样？"

合影？

程觅雪作为 PR 的敏感性一下子恢复了。

人模狗样的佟林，原来是为了拍 PR 照片，为自己的行程交差加邀功，才特别在此刻、此时和 Chris 空降般出现了，还顺便拉了使馆人员进行官方背书。新闻稿的内容她都能大致猜想得到：

在使馆的帮助下，万国工作人员终于接到全体被劫持员工，图为万国 CEO Chris 和公关总监佟林与部分解救人员及使馆工作人员合影。

恶心！

忍耐着，忍耐着，她气得全身发抖，却没忘了自己还是一名 PR 工作人员。她配合着使馆人员，引领大家一起来到摆好的机位前面，自己站在这张并不情愿的合影的角落，面无表情地伫立着。

"咔嚓！"

随着摄影师的"ok"手势，这任务终于完成。

Chris 和佟林的鳄鱼泪，及时地收得干干净净。跟随着大家出去的时候，程觅雪走在最后一个，佟林拍了拍她的肩膀，用大家都听得见的音量佯装亲切地说："辛苦了，小程！"

厌恶的心情让程觅雪马上躲闪开，不愿和他有任何眼神的交流，刻意在离开时走了整队人的最后面，被护送的 Chris 一行人大步流星地消失在走廊尽头。这时，她经过一间会议室，一个高大的身影一闪而过，她看清那是高唯，想都没想，马上一个箭步冲了进去。

"请问您一下，我在哪里可以找到您的同事谢铭心呢？"她的声音充满卑微和哀求。

高唯俯视着她，依旧一脸的冷漠，不屑地回答："你还找他？劝你别再找他了！赶紧走。"

说完，他低头转身准备离开。

"喂！"

程觅雪愣了一下，疾行两步紧跟着高唯，气喘吁吁地问着："高先生，不知道是哪里得罪了你，或者给你添了麻烦？如果有什么我做得不对的、不妥的地方，我先郑重道歉！但现在我只是想知道谢铭心的近况，是触犯了什么条例吗，令你那么不想告诉我？至少，告诉我应该找谁、往哪去吧？指条明路有那么难吗？"

高唯停下脚步，缓缓转身，望着她认真又倔强的脸，摇了摇头颇为生气地说："你这副模样，感觉比我和谢铭心还要熟稔似的！告诉你，你这次的离队把他给害惨了，他执行完任务以后，听说你失踪，擅自返回危险地区找你。这是严重的违反纪律，他啊，正在接受调查呢。没工夫见你，更不想见你！"

程觅雪听完这番话，又急又气，几乎是喊着说："违反纪律的明明是我，为什么他要接受处罚？请告诉我，怎样才能为他说明情况，我不是刻意失联的，我的通讯设备在现场故障了，是真的故障了！这一切，我有物证有人证，我统统可以为他解释的！我……"

高唯终于停下了脚步，也不管什么礼貌了，指着她鼻子说道："我说大小姐，您就别添乱了！什么人证物证，在纪律面前，屁都不是！我们是公务员身份，是外交人员身份，你们企业那一套在这里行不通。就是你自以为是的这套行为做法，才把他害成这样，你知道这样的纪律污点对他来说意味着什么吗？"

"我……但我跳下车其实是因为……"

"好了！你给我听好了，我没兴趣知道你的理由和动机，你也犯不着和我解释！听说你们先期回国的同事明天就要走了，只希望你离我好朋友谢铭心远一点，别再伪善地替自己辩白什么了。认识你，算他倒霉！说实话，这整个事件都算我们倒霉！沾上你们万国这摊子自己惹出来的破事，简直了！"

高唯越说越激动，他意识到自己的失态，松开了衬衫最上面一粒纽扣，深呼吸了一下，叹出一口气。他现在不想再说什么了，抓紧时间帮助好友谢铭心摆脱眼前的麻烦才是要紧事。面对眼前这个弱小的女人，他生不出一丝怜惜，只想离她远远的，如同离开一个扫把星。

"我劝你，赶紧回酒店，把自个儿锁在房间里，直到明天上飞机之前，都别再祸害任何人了！"

他摇了摇头，从程觅雪旁边毫不客气地擦肩离去，头也不回地离开了。

违纪……调查……外交人员……

高唯说的每一个词，如同咒语一般盘旋在程觅雪的脑海里，嗡鸣着，嘶吼着，碾碎了她最后的一点信心。

迈着无比沉重的脚步，她是如何到了酒店，又是如何进了房间的，所有自我意识仿佛消失一般，程觅雪毫无印象。重重的疲惫与深深的内疚堵在她心里，油然而生的无力感令她倍感无助。在浴缸里，她将整个身体用热水浸泡，头埋在水下，与一切隔离，试图想出一种可以继续面对问题的方法，可以摆脱自责的逻辑。

然而，这一切都是徒劳的。聪明的她想到的每一条路，都如同高唯所说的那样，可能会更加"祸害"谢铭心。但她记得父亲程恭说过一句话，面对每件事全力以赴，即便改变不了任何结果，至少可以问心无愧。

浴缸的水变冷了，她的头脑也逐渐冷静了下来。裹着浴衣从这冰冷中脱身，她坐在书桌前，摊开桌上的酒店信纸，把每个可以帮助到事态的细节，一一写了下来，梳理着任何一点可以帮助谢铭心的线索。

迪纳，大使馆，纪律调查，公务员，万国，高唯，谢铭心，瓦克医生……

越来越多的词被她写在纸上，如同藤蔓般相连，她把所有线索拼成一张大图，死死盯着看着想着。不知过了多久，窗外的天色已经变暗，顿悟的灵光虽然没有闪现，但她却琢磨出了一个可能无效却是她唯一可以努力的方向。

于是，她拿起手机，拨通了一个熟悉却并不想触碰的号码。

"嘟嘟……"

"喂？是你吗小雪？你现在人在哪里？我看到万国的人已经被全部解救，新闻稿里没有写你们工作人员……"

"萧正礼，我没事，目前在使馆安排的酒店里，毫发无伤，健康安全。谢谢你的关心。我打电话是希望你能够作为朋友，帮我一个小忙。一个对我非常重要的、必须妥当办好的小事。"

"好，我听着，你说。"

"萧氏企业在东南亚有一些产业，在我现在所在的迪纳就有分公司，刚才我查到，你们曾经多次作为华侨企业代表参加使馆的活动以及受到接见，想必在大使馆里，总归是和工作人员说得上话的，对吗？"

"迪纳分公司？成立时间已经超过十五年，因为进出口业务都有涉及，在当地华侨企业中的确算是人脉还可以。但使馆的人，要看你需要什么级别的，具体做什么。"

"你放心，说了是小忙，绝对不会给你惹麻烦……我在这次行动中，连累一名使馆人员破坏了纪律，恐怕这事对他的仕途产生大大的影响。我只是希望借由我的说明材料，来帮助他解释清楚这件事。请麻烦你联系下迪纳分公司的负责人，把我的材料递交进去即可。每天使馆收到的信件不计其数，我只是想快一点让这份说明到达正确的人手上。除此之外，没有任何其他事情需要你做，我递交的都是文字材料，你可以让递交的人先看，如果认为有不妥之处，可以随时拒绝我。"

"小雪，大使馆的纪律非常严格，不是我一个电话就可以搞定的。但听上去，你这是又要帮人出头了吧？只是一份工而已，何必……"

"不好意思……"

程觅雪知道，萧正礼又要变身"萧总"，来指点她的人生观价值观了。

"我非常感激你帮我，但这不代表你可以指挥我、评判我。我有我自己做事的准则，你认为的'帮人出头'，在我看来只是最起码应当有的担当。甚至，在这件事上，还远远不够。如果你不愿意帮忙……"

"喂喂喂，我哪里有说过不愿意帮忙？我可是时刻留意你们的新闻，难道是关心万国？还不是关心……算了算了，现在这个时间点，我不想再陷入什么争吵了。OK，我会让分公司的人打听清楚这类给大使馆信件的合规投送渠道。我沟通后，会将你们彼此的联络方式给到对方。"

电话那头的萧正礼，拿一向强势的程觅雪没有任何办法。他早就知道两个强势的人不应该在一起，却不知道为什么，彼此排斥的两极所带来的无数争吵、对立和矛盾对他有着某种几近着迷的吸引力。如同此刻，明明是她打电话来要求帮忙，却使得自己如同一个做了错事的人，回复每个字都要小心翼翼。

程觅雪挂了电话，马上打开电脑，开始把事情的时间点梳理成文字，一段一段填进去发生的每一个细节以及与谢铭心相关的事件和人物。反复确认后，她又担心使馆做事的标准，把材料翻译成英文，一并打印出来。

这一切做完的时候，已经是凌晨四点半。她还有不到四个小时，就要踏上回国的航班了。

收拾完简单的行李，她将散乱头发用吹风机吹顺，两天两夜没睡的她，用粉底遮盖好自己憔悴的脸色，如同戴上一张面具一样，恢复了职场上的利落外表。她将所有材料又细细检查一遍，在末尾的联络人方式一栏，签上自己的名字，证明一切属实。将一切材料封印好之后，天早已大亮，早上七点，她下楼到了约定交付的大堂。

"感谢您帮我送信！如果……我是说如果您能说上话，请务必向对方表明，我愿意在任何时间配合调查，飞过来也好，打电话也好，一切方式都可以。"

虽然萧氏集团的联络人看起来十分可靠，但想到这关乎谢铭心的未来，她还是没办法让自己安心。

外表再如何坚强，内心的忐忑只有她一个人知道。她心虚得很，特别是想起高唯呵斥她的语调和气愤的态度，她不知道自己现在所做的，究竟能否帮到谢铭心，又能帮得到多少。

将信件交代妥当以后，她跟随着大部队到了机场。候机大厅中，程觅雪维持着职业的微笑，帮助旅行团的先批归国人员一一办理好一切手续，代表万国安慰宽解着他们的疑惑和顾虑，与他们共同登上了回国的飞机。

在飞机起飞的时候，她得以喘息，从天空的角度观察迪纳这个令她情感复杂的国家。这里的农田遍布，光线洒在丰饶的水土上，闪现出最质朴的橘色。一切陌生又充满了平和，与她此行所经历的一切，形成了鲜明的对比。

机舱中每个万国人的脸上，对离开这里都展现出无比的欣悦，相信他们中没有人希望再回到这里，哪怕连望向窗外也是不肯的。

程觅雪的心里，却似乎留下了什么在这里，仿佛整个灵魂被这陌生的地方牵绊住了，迈步向前，也无法不回头一再流连。

第五章
清君侧否

5.1

—

权欲面前的疯狂

飞回了上海，程觅雪的身体已超出了可承受的极限，发烧病倒了。她迷迷糊糊地吃了药，昏天暗地地睡了足足二十个小时。

她睁开眼的时候，看着纱窗外的天色，看不清那是天蒙蒙亮，还是即将入夜了。她心里一直寻求的光明是即将出现，还是已经远离？

摸到了手机，上面照例几百条未读信息，十几通未接电话。程觅雪摸了摸额头，不烧了，于是颓废地从门口的行李背包中抽出了笔记本电脑，打开了公司邮箱。一边翻看着信息，一边一条一条听着未接来电的语音留言，她心中寻找的唯一真正有意义的信息，是与谢铭心有关的任何信息。

翻过听过了所有的信息，除了亲朋的例行关心以外，百分之九十都是万国这场公关危机的收场。如同孙夕照在她出发迪纳前所嘱托以及预料的那样，这场人质营救行动，被江汉一党营造成了温馨动人的回归一幕。负面的声音虽然没有消失，但江汉用钱砸下的渠道宣传也不是虚的，有关"万国"的搜索被大使馆合影、机场亲人拥抱等新闻所冲刷，一时间任何的质疑和不满都成了少数派。即便在网上搜得到，也是少得可怜。

事到如今，大部分主流媒体已经被江汉们买通。和当初步步紧逼、使得严浩与尹冰招架无力的"正义之师"气势相比，他们如今哑了、聋了，发的全是营救新闻的正面通稿。

手机屏幕再次亮起，闺蜜尹冰的来电把她拽回了现实世界。

"喂，程大小姐，我们去机场接你扑了空！拜托，浦东机场耶，离我家要一小时车程，我来回俩小时连你个人影都没见到。哼！"

"尹大小姐，我下飞机以后就病着呢，差点没被检验检疫当瘟猪给拦下来。你啊，珍惜我这条生命吧。"

一听程觉雪病了，尹冰立刻想来她家里探望，却被拦了下来。两人约定了明天公司见面之后，不禁聊起最近的新闻风向。

"当初拦下我们言行逼供般那口口声声的新闻正义呢？宋艳那老女人的丑陋嘴脸简直代表了她那撮跑互联网新闻的渣滓，道貌岸然，欺软怕硬！"

尹冰的话虽难听，但的确点透了这些媒体的实质。

PR 做久了，程觉雪对这类套路也屡见不鲜。想当年 S 集团和万国对战时，江汉最拿手的就是"做黑稿"。

所谓"做黑稿"，就是大众经常看到的某些品牌的负面新闻。当然，里面诚然有如毒奶粉、过期外卖、专车平台乘客丧命等实打实的真新闻，但混杂其中的，不少是竞争对手有预谋、有节奏进行恶意竞争的"黑稿"。当初 S 集团打击万国，就是让专业记者扮成普通消费者，购买平台出售的货品，然后声称买到了假货和过期货物,正面狠狠打击万国引以为傲的交易平台百分百正品的企业声誉。

程觅雪还记得，那时孙夕照带着整个 PR 部门一边处理负面稿件，一边追查假新闻的来源；法务部门则忙着出具各种律师信给发布这些消息的新闻媒体；产品部门大力开展自查以证清白；物流部门配合出具各类产品进出口海关文件洗清污名……整个万国人仰马翻了足足一个礼拜，S 集团抓住时机，重磅上线了线上海外直营店。以"扫一扫，真假即刻知"的卖点，抢走了很多因为那次负面新闻而流失的万国用户。

事情过了十天左右，各类的澄清稿件以及律师信函也在网上开始出现，万国被污名化的事实摆在所有消费者的面前。但那一个季度，是万国当年营收最差的季度，股价应声下跌 17%。所有这一切，都要"归功"于江汉的下作 PR 手段。

孙夕照查明了事情来源，发誓要大干一场，以其人之道还治其人之身，将 S 集团进行反向污名化。

当时的钱远山却不愿意这样做。

"把自己拉到尘埃里和他们扭作一团，像是行业龙头的大企业的做法吗？这其实也反应出我们自身各个部门的反应速度和准备不足。这个季度的损失就当是别人帮我们练兵了，一切要向前看！"

高风亮节诚然令钱远山在行业里深受尊重，但孙夕照满腔的热血却遭受了不小的打击。谁又想到，昔日龃龉的对手江汉，如今不但没有被她干倒，反而爬到了她的头上入主了万国，掌管整个公关部呢？

黑稿做得好，白稿做起来也驾轻就熟。这次对于万国责任的撇清和形象的洗白，就是严浩他们"做白稿"的路数。拿着更多的预算，在乱世中开辟更多的渠道，购买、制作白稿。其中有多少中饱私囊？程觅雪想想也知道，这乱世下还能惦记着整治严浩的江汉，到了个人私利这方面，又哪能放过如此"良机"。

唉，什么世道。

"现在我们部门的太多事情，我是看不清也不想看清了。为什么要和 S 来的这些人共事？他们骨子里那么恨万国，又为什么待在这里？"

程觅雪和尹冰聊着聊着，天色彻底暗了下来。她的世界被黑暗笼罩，看不到一丝光明。出于对谢铭心的考量，她憋住没有将其违纪的事情透露，沉重的语气里所隐藏的悲怆和担忧欲盖弥彰。

"小雪，我们想不通的事情，可能原本就无法被想通。与其在家里胡思乱想，或许上班是才是分散注意力最好的办法。"

电话那头的尹冰，从未感到过程觅雪如此无助。她只想尽快将好友拽回正常生活的轨道中，消解这份迪纳归来读不透的忧愁。

程觅雪点点头，人也似乎有了些气力。挂了电话，她逼迫自己下了床，打开公寓里所有的灯光，拧开音响，将音乐的声音淹没脑海中和迪纳相关的画面闪现。她把行李倒在沙发上，一件件地整理归纳，整理完行李，又开始着手改造换季的衣橱，用最琐碎的日常最不喜欢做的打扫工作填满这空白的虚无的夜晚，没什么比筋疲力尽更能令她停止对谢铭心的挂念了。

终于，在凌晨时分，她感觉体内的电池已经被消耗殆尽，如同一个没了电的玩偶那样，瘫倒在一堆衣物中沉沉睡去。

第二天清晨，程觅雪到了万国以后，刚出了楼层电梯，就看到尹冰在电梯间蹦蹦跳跳地向自己挥手致意，"早餐和手冲咖啡！还有你最喜欢的可颂哦！"

"哇，大手笔！Pierre Gagnaire 店里的可颂很难买的，我是人品爆发吗？"

"人家对你好，你还要冷嘲热讽！我嘛，是要供房贷的人，平时小气那是应该的。哼！不是看你程大小姐载誉归国，成为英雄，也不会舍得呢！"

"充当英雄可轮不到我，毕竟有个不要脸的大块头'保安队长'站在所有镜头里。好啦好啦，我都看到了！他们发新闻稿把照片里的我裁掉了，除了 Chris，公关部代表的形象只留了他佟林。是不是孙老师让你先安慰一下我，免得我这个背锅侠冲上去发飙啊？"

尹冰听了程觅雪这话，眼珠子转了转，不置可否，只拽了拽她的衣角将其拉到了一边。

"你知道的，表面和平嘛。江汉这群人，心理阴暗，行事猥琐。怎么还会有发新闻稿裁照片这种操作啊？把互联网行业玩成时尚杂志圈女主编撕逼呀？不入流得很。但你知道的呀，孙老师以和为贵，以和为贵嘛。你在现场的贡献，她向上汇报时都提到了，管理层是都知道的。"

心里只惦念着一个人的程觅雪，本也没心思计较这些的，她耸耸肩笑着说："我嘛，至少看到被解救的同事们没被裁掉还算欣慰。人血馒头我不要吃的，扔给喜欢甩锅的癫狗们去争去抢着吃呀，我看最合适不过！我们背锅侠嘛只吃城中最好吃的可颂，别低头，可颂会掉！"

"你怎么能用狗形容佟林他们呢？狗得罪你了吗？"

"哈哈哈，说得对！我清洲家里的狗要不乐意了。"

两个人说着说着，大笑起来。于是骄傲地挎着胳膊，融入了上班的格子衫人流中。尹冰没想到孙老师交代的安抚任务她完成得如此顺利，平日里程觅雪的脾气也是不小的，这趟在迪纳背锅不说，还吃了苦头吃了亏，却不知为什么，回来后心态特别淡泊。

办公室里，公关部的乌云依然未散。

"尹冰，方圆，你们准备一下发送的媒体名单。呃，小雪，欢迎回来。你先进来一下，跟我一起把稿件再打磨一下。"

屁股还没坐热，程觅雪就被召到了办公室里。

"孙老师，什么稿件，我去打印出来？"

孙夕照眉头紧皱着："现在还是有员工不满意，一定要找领头人追责。一部分人已经闹到了 Chris 办公室里，对领导层没有第一时间亲自道歉表示不满。方圆和我拟好了提纲……"

看来，江汉有本事搞定媒体，通过粉饰太平来表功；内部的烂摊子，还是留给了孙夕照收拾。

"所以，一定要有高级员工背锅，并且要马上昭告天下。"

"孙老师，那么这回背锅的这个人是……"

各种名字在她脑中飞快转动，结合着孙夕照愁眉不展的表情，她大概猜到几分，又不敢确定。

"严浩。"孙夕照轻轻地说，轻到几乎不想被任何人听到，也不想相信这个事实。

"严总……严总他在最危急的时候已经被推到前台了，那时候，没人愿意站出来背锅！这整个项目和他是没什么大关系的呀，明明是 Chris 要搞政绩工程……"

"小雪，你说的这些，我能不知道吗？一路看着旅行团项目起来，帮着包装吹捧的，不正是我们吗？时至今日，我已经不知道什么是对的，什么是错的。把严浩推出去，现在想来，也不是一时的决定。第一天事件爆发时，江汉顺势推他去挡枪的时候，就算准了今天的到来。"

孙夕照揉着太阳穴，把亲拟的提纲扔在桌上，深叹一口气。

在危机面前，万国人没团结起来；在权欲面前，却一个比一个疯狂。

"偏偏这个时候，下手铲除异己？孙老师，这稿子，我写不下去！谁能写谁爱写谁写吧！"

程觅雪觉得，即便自己在新闻稿合影中被裁掉，也比不上此刻的寒心。她转身出了办公室，看着忙碌在电话上准备铺稿的同事们，想必，她们还不知道，现在所做的，无异于助纣为虐。

这时，黎娅带着几个手下从楼上下来开会了。跟在她身后的颜晓晓，经过程觅雪工位时，阴阳怪气地故意打着招呼："哟，瞧瞧是谁回来了？我们的程大小姐，光荣归国了呀？"

她的神经，还被情人佟林的冷漠无情刺激着，又不好当面发作，只能把火气撒在和佟林共同出差的程觅雪身上。她的世界里，什么迪纳不迪纳的，无论在世界什么地方，和佟林单独出差的应该只有她颜晓晓。在北京分公司，她仗着是佟林的情人，没人敢指摘，说话从不过并不存在的大脑。这次，可真真撞在了枪口上。

"不劳动最光荣，换句话说，你最光荣！颜晓晓，你父母给你的姓名里也有个'脸'的意思，什么时候你也要点脸，行吗？"

谁也没想到程觅雪会爆发得如此激烈，黎娅和颜晓晓顿时石化在现场。

尹冰跳起来伸出另一只手，把程觅雪硬拉到身后，用自己的身体将两拨人分开，直面着颜晓晓，"你们有事吗？下来开会还是找人？大家都忙着，你们难道没稿子要写要发吗？"

黎娅一看敌我形势，此刻受了气也没人撑腰，这群老万国人和她们的矛盾看来在人质危机的激化下再也无法粉饰。她原本是下来要严浩引咎辞职的稿子，谁知道颜晓晓管不住嘴，惹了这么一出，害她也平白无故被怼了。

此地此刻，她占不到上风。其他公关部的同事，纷纷从工位站了起来，力挺着刚从迪纳回国的程觅雪。于是，黎娅把颜晓晓狠狠往身边拽了一下，稿子也没拿，狼狈地离开了。

看她们走远了，尹冰赶忙转过身，规劝着程觅雪："你要冷静，大家都站在你这边。我已经劝过你，有些话，何必点在她们脸上？"

刚从会议室回来的方圆也走到了她俩这边，继续安抚程觅雪的情绪："颜晓晓的阴暗不值得你动那么大火气，礼义廉耻四个字不存在于她的世界和教养中，我们何必拉低自己？"

"不是的，你们都误会了。我发火不是因为她们。是因为……因为……"

"因为我们现在要发的稿子，是有关严浩引咎辞职的。"这时，孙夕照从办公室缓缓走出，低沉地说道。

"各位，我理解大家此刻的情绪，理解你们对事态的痛心疾首，对同事们遭遇的同情。我作为在这里工作年限最久的一个，只会比你们痛十倍、百倍。在其位谋其政，大家对公司的决策有看法，我理解，但如果我们不敬业完成本职工作，又比我们所鄙视的人好到哪里去呢？对于迪纳事件，无论谁有怨言，有不满，甚至想离开，我都和你们站在一起。危难时刻，我仍然希望可以同舟共济。我不放弃，希望大家也可以坚持。"

说完，她平静又哀痛地把稿件按照不同的媒体发送版本，放在了渠道组同事的桌上。

"小雪，还能坚持吗？"站在程觅雪身边，孙夕照轻拍了她的肩膀。

程觅雪也不说什么，拿起桌上的稿件，抓起电话开始和渠道组一起打电话安排发稿。其他同事也默默地在各自座位上坐下，机械地打开电脑，忙碌着有关"严浩引咎辞职"的新闻稿发布。

沉默，在空气中凝固，表面的服从之下，汹涌的是人心。

5.2

—

霸凌点燃"忒休斯之船"

"干得漂亮！我说佟林，她们不都说你不专业么？瞧瞧，是谁把解救人质的白稿件发得那么好。"江汉抽着雪茄，示意佟林在他办公桌对面坐下。

"可不是嘛，程觅雪这小妞儿，全程瞎忙和！还去现场了，搞得唉哟哟，那叫一狼狈！要我说啊，这群万国的人真是干活干傻了，还都说上海人精明，看看孙夕照调教出来的傻徒弟，一个个忙里忙外，嘿，还对我动不动冷嘲热讽！凡事啊，还是要结果论，结果是什么？就是咱们解救了人质，咱们上了媒体版面，一切啊，都是江总您指挥得好。"

佟林的伤腿，似乎在风光得意中恢复了不少，不停抖动着如同蟑螂的触须，散播着肮脏。

"严浩，已经……"江汉摆了一个斩首的手势，笑眯眯的眼神里流露出冰冷的残酷。

"哟，好事！大好事啊！没白瞎了咱一开始就把丫推出去的努力。恭喜，恭喜了！"佟林举着大拇指点赞。

"今天，为了欢迎你凯旋，你让黎娅她们组个局，找一个吃野生大黄鱼的地方，馋这口了。带上我那瓶21年的威士忌，庆祝庆祝。低调点，别让孙夕照那群人听到什么风声。话说我刚让黎娅带她们下来了啊，人呢？"

"甭管她们了，这事包在我身上，一定给办妥了！庆功宴啊这可是！"

佟林兴致高得很，包揽吃喝玩乐也是他这种油腻男的乐趣。聊完了，他转身就出去张罗好酒好菜了。

门外，是孙夕照团队的办公区域，大家因为严浩而悲伤，气氛跟丧葬场一样，每个人脸上都没有表情，也没有一丝生气，行尸走肉般敲打着键盘。

丧气！

他最讨厌的，就是孙夕照这伙万国人自以为高人一等的劲头。在S集团时，压着万国打习惯了，被收购后，何止是万国的人恶心他们？佟林觉得她们也恶心呢！孙夕照自以为是跟着钱远山打过江山的人，就有了某种特权、某种身份？除了对着直接领导江汉，他觉得孙夕照从没尊重过他在内的任何S集团的公关人员。

赶紧远离这片丧土！

他带着这份深深的不屑，往楼上黎娅的办公区走去。人还没走到，就听到嘤嘤的哭泣和此起彼伏的喧哗。

"她凭什么这么说我？她以为她是谁啊！"颜晓晓手拿纸巾擦拭着泪水，哭得长发都被泪水黏在脸上，委屈不已。

"就是，我觉得吧，这群万国的老员工们怎么总敌对我们！这不明摆着欺负人嘛！"

胖乎乎的彭小明平时在公关部是黎娅的手下，他最擅长的就是马后炮，总是在工作邮件里附和支持着小领导黎娅的所有言论。外表肥头大耳，内在脑满肠肥。

黎娅双手交叉在胸前，不说什么，也不阻止他们说什么。周围的同事三三两两望向激动的来自 S 集团的他们，如同看一场好戏。

佟林的火，顿时蹿了起来。或许是因为对梨花带雨的情人的怜爱，但更多是最近频频让万国以白稿见报的自我膨胀。他把江汉交代的事和话，通通忘在脑后了，只听了颜晓晓和彭小明添油加醋的复述，便忙不迭迈着伤刚好的蟑螂腿，哒哒哒地冲下楼了。

到了十楼办公区，他大声地喊着："孙老师，你出来一下呗！"

他不屑于与程觅雪这种小员工对话，既然是搞针对，就直接找最高负责人。特别他知道江汉刚刚外出开会离开了公司，时不我待对他的唯一含义就是此刻不嚣张更待何时。

"找我有事吗？有事说事。"忙着应付媒体电话的孙夕照才懒得应战。

佟林没料到孙夕照如此风轻云淡，他的恶劣语气已经把自己架起来了，现在连台阶也没得下，只能硬着头皮继续吵："你怎么能纵容手下辱骂我们北京的同事呢？如果压力大，可以休息啊，来上班骂人算怎么回事？必须道歉！"

"等等，我们 PR 最基本的叙事能力有五个 W：where/when/what/who/how。您这番指责，我真的一个 W 也没听到，谁骂了谁？

谁在场？什么时候发生的？为什么会发生？"

　　说起这帮 S 集团并进来的人，与个人素质相比，孙夕照更为厌恶的就是他们的专业素质。拿佟林来说吧，追随江汉之前据说在国企干什么行政采购，混日子的主，别说 PR，就连他写的邮件，每次读着都狗屁不通，特别费劲。可就是这种素质的人鸡犬升天了，和她同级，统领万国如此重要的政府关系工作。如今，又得了便宜出了风头，活却都是孙夕照的人干的。

　　没有感激，尚能忍受；前来挑衅，不可饶恕。

　　"好好好，我给你们留面子想你我之间解决，你不愿意，那就别怪我亲自就地处理！"

　　权欲令人疯狂并丧失了理智，佟林径直走到程觅雪旁边。

　　"你给我说清楚……"他指着程觅雪的鼻子，怒吼着，嘴里喷着吐沫星子，准备当众大骂她一场。

　　有些不明就里的同事也都聚了过来，八卦地看着公关部的自相残杀。

　　人群中，有个清冷低沉的声音从身后传来："Kelly，发生什么事了？"

　　大家纷纷转过头去，看到了 Chris 的助理 Kelly 以及发声的陌生男子。围观的同事虽然不知他是谁，却把 Kelly 亲自跟在他身后毕恭毕敬的姿态都看在了眼里。只有方圆一眼就认出了萧正礼，这位万国董事会的成员代表。

　　Kelly 原本是按 Chris 的吩咐迎接萧正礼来开会，因为赶时间选了一条近路，刚好穿过公关部的区域。对于 S 集团的人和万国人的纷争，Kelly 作为 CEO 助理早就了然于心。她进万国五年，跟着 Chris 不到两年，心，当然是向着万国人这边的。她无论如何也没料到，这跟随 S 过来的佟林，已经嚣张到直接在办公室对着万国女员工发飙的地步。

"萧总，我相信大家只是在危机面前压力过大，失态了。佟林，是这样没错吧？"Kelly 语带不满，故意大声说道。

佟林赶忙收起了指向程觅雪的手，谄媚地看着 Kelly，连连点着头，脸上的纹路扭曲得如同一只八哥犬，说不上那是想笑还是要哭。

他的狗胆虽膨胀变大，可也没不要命到连 CEO 助理都不放在眼里的地步。要知道，助理的级别虽比他低，但职场上的权力范围却不是以级别来分配的，她一个信息传给江汉或者 Chris 本人，佟林这条狗命就不久矣。迪纳的时候他好不容易在 Chris 面前混了个脸熟，别说抱大腿了，顶多算舔到了 CEO 的鞋而已。佟林要是想混好，以后要拜托 Kelly 的事多了去了。

Kelly 懒得对着他这张充满讨好的假脸，不客气地转过身背对他。然后欠了欠身，伸出手臂有请萧正礼："萧总，会议室这边请。实在抱歉！滋扰到您了。"

萧正礼用手托了一下眼镜，趁机将目光在程觅雪身上停顿了一秒，随即跟随 Kelly 离去。

程觅雪原本想来一场玉石俱焚，与佟林对骂个狗血淋头，萧正礼这一掺和，她涌上心头的热血被冷却了下来。在 Kelly 和佟林对话的全程，她连头都没抬，作为矛盾的中心，她从听到萧正礼声音的那刻，就已预料到事情的走向。对这位伸出援手的前男友，她心中有感激，但更多是意识到作为一名背锅侠在万国的无力和无能。不是每次都可以有萧正礼这种地位身份的朋友帮忙渡过难关的，往后的日子里，在职场道德逐渐沦丧的公关部，等着背锅侠的难关只会越来越多。

一场剑拔弩张就这样不了了之，众人纷纷散去以后，孙夕照把她叫进了办公室。

"孙老师，可能您说的对，我真的，我撑不住了……我……我想辞职离开万国！"

悲观的程觅雪，心里乱极了，甚至失去勇气再继续面对这一切了。

如果说，这场公关危机令她压力骤增，那么围绕这场危机所浮现的其他生活中的问题，她与萧正礼曾经的地下情，大家还都不知情的谢铭心事件，都在无形中压垮了她的身心。

"小雪，你对万国是有感情的，在这个公司用人的关头，能不能再坚持一下？"孙夕照诚恳地劝解着她。

"如果忒休斯的船上的木头被逐渐替换，直到所有的木头都不是原来的那些，那么这艘船是否还是忒休斯之船呢？"程觅雪反问道。

"忒休斯之船？"

孙夕照明白了，她所指的应该是 S 集团涌入的这群渣滓，对公关部病毒般的感染。

"我明白你的意思，这也是我在过去一年中反复自问的。江汉接管后，我曾经思绪万千，为什么明明是败兵之将，却可以作威作福？更可怕的是，他们带来的某种人浮于事、急功近利的价值观。不努力的人加官晋爵，兢兢业业者如你不但分甘无份，还要遭受今天这样的……这种不公正待遇。我曾经想为你们分担，很多事很多话，我能承受的，就不会让下属去承受。这次的公关危机事件，也并没有令他们收敛，可能是我过于理想化，甚至想过会不会大家在危机中可以求同存异，拧成一股绳，把过去的是非都抛开，产生某种向心力？现实真的是，你们年轻人说的，啪啪在打我的脸。"

孙夕照深深叹了口气。

"孙老师，您别这样，是我个人能力不足，并非不想和你们并肩作战，平时忍他们不干活让我们背锅是一回事，但受佟林这种人渣的无端霸凌……原谅我，我真的不行。"

看着如同恩师一样的孙夕照如此推心置腹，程觅雪心虽然软了下来，却不想面对可能会遭受的更严重的职场霸凌。

"我也不行！我真是受够了！"

程觅雪没想到，知识分子出身、一向与人为善的恩师孙夕照，竟然以愤怒回应了这一切。

"为什么要高风亮节地对待 S 集团这群人？难道我之前没有宽容和开放地对待他们涌入万国吗？我们做错了什么？我一直在问自己。现在我明白了，我一直在问自己的这个问题，本身就是伪命题。面对恶霸一样凶狠、蛇蝎的他们，为什么我要自省其身、兢兢业业、忍辱负重，还要求你们和我一样做到这点？是我错了，错就错在，做人太佛系了，没在一开始就撕下这层薄脸皮，狠狠和他们干一场！"

孙夕照狠狠地用拳头击向办公桌，力量之大，令余音都回响在办公室中。

程觅雪听了，刚才冷却的热血再次沸腾了。她和直肠子的尹冰虽然无比敬重孙夕照，但背后经常分析万国公关部犬儒主义的本质，说到底，钱远山时代万国人的那种孺子牛般低头做事的态度，不但导致了当初对 S 集团哑炮一样的公关战，更导致了江汉一派入主后万国公关人被压制乃至被霸凌的现状。这与孙夕照过于善良的职场信念有着不可割裂的因果关系。

"他们把万国的老臣严浩推出去的时候，我们忍了；把我从新闻照里裁掉不算，还要当面霸凌的时候，我们也忍了。万国人的底线被他们一踩再踩，工作的意义何在？做人的尊严何存？"程觅雪激动地说着，眼眶中升起一丝温热，"倘若正义的战争打响，我绝不离开！只要有用得到我的地方，我都愿意冲锋陷阵！所谓职场尊严，在看到严浩被问斩的那篇新闻稿时就被彻底践踏殆尽了。要离开，也要离开得有价值，有意义！我偏要好好留下，把兴亡看饱。"

上下级之间，两个年级相差十几岁的职场女性之间，咆哮着说出压抑在胸中的种种不满，嘶吼着对共同敌人的不屑，这似乎和程觅雪心中的精英女性形象十分不符，反而更像大学时代、甚至高中时代的自己。

但这，难道不好吗？

过去一年，在复杂的职场环境中，她和孙夕照，在某种程度上都选择了如鸵鸟般保守地维护原有的工作生态，在其他物种的肆意吞噬下，即便连最基本的价值观都屡遭挑战，仍然不愿意站起来正视现实并勇于抗争。幼稚，才能揭开某种真实；而真实，才能赋予一个有良知的人力量。

"孙老师，在您掌管万国公关部的年代里，我们从来不做假新闻，不诋毁竞争者，不破坏行业规则。即便说，江汉是因为鲶鱼效应[1]被引入万国，但他如同鲨鱼般嗜血的本性，这次我们领教够了。"

---

[1] 鲶鱼效应：原指作为猎食者的鲶鱼进入小鱼生存环境，可以激发其求生能力。现在多指企业中的负面激励，用来激发员工团队的竞争心态。

"斩江汉，清君侧。我相信万国还是我当初选择放弃记者生涯，投身互联网行业的那个光芒万丈的万国。用我的抗争来测试这个信念，无论输赢，我都认了！"

好一个"无论输赢，我都认了"。

程觅雪想，有什么比一个可以拥抱失败的人更值得敬畏的呢？江汉一派孜孜不倦所追求的，不正是万国一派的彻底垮台吗？当这已经不足以令她们产生惧怕，他们还有什么能力来制衡这权力的天平？

从孙夕照办公室里出来，程觅雪看似如往常一样平静，而实则完成了一场秘而不宣的职场进化。她的心轻盈得如同一只灵巧的知更鸟，虽身负重任，却没了平日的顾虑重重。眼看着尹冰、方圆接踵被孙夕照叫了进去又出来，她们的眼睛里，一一被共同的秘密点燃了火光，变得和周边每一个人都不一样了。

第六章
是非曲直

6.1

—

精致利己的真诚

"我只想知道你们是什么时候知情的？而又是为什么没有第一时间告诉我们？"

"为什么万国派代表去迪纳时，没有通知家属陪同？"

"作为管理层，从事发到现在，没有一次公开道歉，置员工于何地？"

……

人质归国后的第一次家属恳谈会，Chris 首次出现在受害者群体面前。在公关部的安排下，他一改平日精英范的打扮，全身素灰，搭配白色衬衫，名牌手表、领带、袖扣等也一一摘下，刻意以肃穆朴实、略带疲惫的形象面对群情激昂的家属们。

在沟通会开始之前，孙夕照绕过江汉，带着自己的团队和管理层进行了恳谈。特别推荐了程觅雪这个在英国辅修过心理学的下属，以唯一具有心理咨询师资格的公关同事的身份，从心理学结合公关的角度为 Chris 提供了各种专业建议。Chris 原本视江汉为重臣，但同样有海外背景的他在这次事件中也不是瞎子，佟林、黎娅这群废物除了有个壳子唬唬人以外，根本没办法解决他遇到的实际问题。无论孙夕照是否取得了他的真正信任，在真正需要用人的关卡，Chris 还是知道谁的团队更靠谱的。

"程觅雪当初师从 Emma Earle 教授，主攻公关危机中大众心理的研究，作为第二作者的论文还被刊登在英国的学术杂志"Psychologists Digest"上。此次万国的公关事件，绝对需要她的专业帮助。"

将手下人的优势高调展示，是孙夕照之前所不屑于做的。但既然已经决定宣战江汉一派，打法和战术都要有所不同，她必须确保每一个下属的战斗属性被管理层所欣赏和熟悉。

见过大世面的程觅雪，在这种机会面前比佟林黎娅这些人表现得要大气很多。她大大方方地接着孙夕照的介绍，把自己论文中的原文结合曾经遇到公关危机的世界五百强案例，一一为管理层进行展示和宣讲。她不卑不亢的态度和江汉的人跪舔对比鲜明，就连在迪纳也不曾注意到这个小个子女下属的 Chris，也从起初的迟疑转为信服，在她的指导下连连点头，甚至还亲自做了笔记。

通过专业技能被肯定的程觅雪，成就了孙夕照转型的第一步。

"愤慨是一定会出现的，也是正常的。与其用言语回击，不如以行动表示，善用肢体语言！"

家属恳谈会上，想起程觅雪的建议，Chris虽然还没来得及说一个字，先选择站到了讲台中央，深深缓缓地低下高昂的头颅，九十度地给所有人鞠躬，足足两分钟才再次站直。

"对于这次行动，我代表我本人以及整个管理层，给大家进行诚挚地道歉。对不起！"

接着，他的眼底开始泛起泪光。

"记住，要流泪，却不要流下来。在受害者眼中，他们才是弱势群体，而你高高在上。说白了，哭，也轮不到你哭。你只有在共情的时刻才能哭，也就是他们先流泪以后，你才可以跟着流下来。眼中要泛着光，让别人看到你真正感到内疚，就足够了。"

沟通会开始前，程觅雪对Chris一对一地辅导，特别指出这点。

Chris深吸一口气，开始一字一句背诵公关部准备的稿子："无论初衷是如何的，旅行团这次的遭遇，万国管理层负有不可推卸的责任。我们将彻查一切环节，并从根源上杜绝任何可能伤害到我们员工的事件的再次发生。大家也看到了，在初步的调查中，我们已经开除了管理层副总裁级别的高级员工，同时，更多的内部调查正在展开当中。此外，在保险金以外，万国还将为每一位遭受事件影响的员工和家人进行进一步补偿，成立委员会，令大家可以随时与管理层沟通。"

"我的女儿……我的女儿才刚刚九岁，在这次事件以后，没有一个晚上不在噩梦中惊醒……"台下一个不起眼的位置上，一位戴眼镜的女员工哭诉了起来，"我不要你们的赔偿，我就想知道，你们打算怎么解决这种永久性的创伤！"

Chris在台上有点慌，闪烁了一个求助的眼神，程觅雪在台下跟他打了一个"7"的手势，提醒他此刻应该回应的正确方向。

Chris 调整了一下呼吸，镇定地继续说道："王晓芳女士，您好。对于您女儿，不，是对所有这次事件影响到的人，我们安排了上海市最有名的 7 位心理专家为大家提供心理治疗，所有费用，由万国承担。我们提供两种方式，一种是在公司内的心理诊室进行，一种是在员工所居住的区域由专人进行就近预约，中间的所有环节都将由委员会稍后解释。同时，如果因此产生的假期，将一律视为带薪假期。我没有资格对您的境遇表示感同身受，只能说，同样作为一名父亲，我在管理责任失职的同时，还有着个人情感上深深的自责。如果您愿意，我希望能够以个人的身份，试图作为一个同事，随时提供倾听和帮助。稍后我的秘书会将我个人的微信给到您。"

在这次沟通会前，孙夕照还召集了所有下属，令她们记住二十位人质的全部资料包括家庭情况，以便在沟通会上其中有人发难时，管理层可以随时以其姓名直接进行对话。

"千万不要说'我同情、我理解你的遭遇'这类居高临下的话，在问答环节，任何的回答都要把自己低到尘埃里，以乞求对方的原谅为大前提，放下高管的姿态，从人性的共情出发来帮助对方发泄负面情绪。在这个沟通会上，大家寻求解决方案的同时，也在试探你们作为高管的真实态度。如果想令对方原谅，绝不能高高在上。"

在会前的沟通中，程觅雪已对 Chris 指点到每一个细节，确保他在任何责难面前保持最正确的态度。"7"字的手势，就代表 7 名心理专家，从而唤起了 Chris 对于这方面准备内容的记忆。

"为什么钱远山不出现？我们这个沟通会，难道不值得万国的创始人亮个相，出个面吗？"一名义愤填膺的中年男子在前方站了起来，刚刚被 Chris 得体平复的局面，再次波澜起伏。

"您好，王工程师。我想说的是，我们是充满诚意地来进行这场沟通会的，当然安排了钱总的出现，他正在从另一个城市赶来的路上，遭遇了飞行管制，无法按时到达。但我承诺……"

Chris 正渐入佳境，侃侃而谈着，会议厅的大门就被重重地推开了。

"各位，抱歉抱歉，我刚刚从机场赶过来，飞机延误了。"

钱远山穿着一身皱得不像样的西服，疲惫地出现在众人面前，从秘书手中拿上递过来的话筒，气喘吁吁地站在了台上。

台下的中年男子看到钱远山突然出现，一时间顿住了。

和代表资方入主万国的后来者 Chris 不同，钱远山在万国人心中的地位，不夸张地说，如同神一样。当初，作为首批技术类海归，他放弃了在国外稳定的生活和工作，选择回国创业，在一个电脑城上面用两间房作为办公室，开创了名不见经传的"万国网"。从最初的两名员工，到今天的两万名员工，他创造的不仅是中国互联网行业的佳话，也是两万员工的职场信仰。

尽管名义上他已退居二线，仅在董事会担任职务，但作为万国的创立者，他在员工心中的地位，是任何其他管理层都无法取代的。Chris 打造的精英形象和招牌，即便在人质事件前，大部分万国人心里也是不买账的。更别说时至今日，在万国最大的公关危机面前，只有钱远山的出现，才能平复他们心中的不满。

"集团出了这样的事情，无论大家如何激动，都是可以理解的。虽然迟到了，但刚才从机场到公司的路上，我还在和大使馆的同志们进行电话沟通。Chris 说了委员会成立的事宜，我呢，觉得第一件事是要给大家一个交代！为此，委员会里有一个席位给到大使馆的工作人员，跟我们万国随时沟通整个事件的进展。同时呢，所有的赔付将以最快的速度进行。请大家相信，我会和你们站在一起，共同解决剩下的所有诉求！"

疲惫的声音，却字字句句掷地有声。神一样的钱远山，让现场平静了下来。跟公关部各种准备和演练的Chris，拼尽全身气力，顶多也不过做到不出错而已。

在场的程觅雪，听到"大使馆"三个字，如同被触动了一条脆弱的神经，痛感沿着太阳穴蔓延至整个躯体，一时间动弹不得。然而接下来钱远山的话，则再次震动了她在内的所有公关部同僚。

"从创建万国开始，我对万国的情感就是纯粹的，说员工如同我的孩子，可能你们现在听了觉得矫情，但我就是这么想的。孩子出了这样的事情，作为家长，除了自责和补偿，难道不应该担负任何责任吗？我，钱远山，作为旅行团的最初倡导者，在迪纳事件处理完成之际，将正式退出董事会，代表管理层承担起这份责任！"

话音落下，全场安静了。这种安静中，每个人脸上的表情各异，心中却都充满了某种敬意。程觅雪则更加迷茫了。她不明白，在这乱世中，严浩无端受难，钱远山走下神坛……为什么担责的始终是对万国最有情感、最真诚的那些人。

接下来的沟通会，程觅雪几乎是强忍着这份精神的痛感坚持下来的。她不安地、焦急地等待着漫长会议的结束，行尸走肉般敲击着键盘记录下点点滴滴。

"嘿，程觅雪，最近怎么样了？没想到在这里看到你！"鱼贯而出的人流中，在事故现场结识的陈盛年主动向她走了过来。

"我……我没什么特别的。反倒是您！您身体怎么样了？您的家人怎么样了？我试过用公司电话联系您，但好像您一直在休假，也没能联系上。"

"我们都还好，谢谢挂念。唉，别一口一个'您'的了，听得我别扭。这个事啊，我们每个人的意见和态度都不同，对于怎么处理，始终无法保持一致。我心里是向着公司的，毕竟公司派了你这样的代表到现场，我也一再和大家说，公司能做的，都做了。今天钱总还……唉！"

陈盛年是受害者中的温和派，在现场也没有责难发问任何管理层。

"公司的确很有诚意让事情圆满解决！"程觅雪说出这话，心却有点虚。

"我看你精神也很差的样子啊，年轻人不要太自责了，还是要好好保重身体。"

陈盛年在离去前，握了握她的手表示鼓励。两个人相互加了微信，建立了联系。

程觅雪有点愧疚地想，倘若陈盛年知道了在这次事件中，出了江汉这种趁机铲除异己、佟林这类毫不关心受害者的所谓管理层，是否还能保持现在这份对公司的理解和大气呢？

沟通会结束以后，程觅雪回到了公关部。每个同事的脸上都挂着凝重的表情，想必大家都听说了钱远山决定彻底退位的消息。她小心翼翼地坐回了工位。坐在对面的方圆一个信息发到她手机上，孙夕照组织的天台小团体会议又要开始了。

尹冰、方圆和程觅雪为了不引起其他同事的注意，分别离开了工位，依次到达了天台。天暗下来以后，天台的风也大了，在风中，沉默都变得如同呼啸。孙夕照、方圆、尹冰和程觅雪，在这里如同默哀一样，面对敬重的钱远山即将离去的决定，难以开口说出什么。

"一个时代落幕了。"方圆说道。

"时代落幕无可避免，而难以面对的是新时代的接班人。Chris？江汉？万国栽在这种人手上，还不如关门算了。"尹冰也叹气着说。

"我原本以为可以拼尽全力为万国、为我们打个公关的翻身仗，现在呢？这一切的努力，是为了什么？为了让Chris这种精致利己之人继承万国吗？"程觅雪再也不想压抑心中的怒火了。

"各位。"孙夕照倒是成了表现最平静的那个，"退位的事情，钱总是让我提前知道的。"

什么？

程觅雪她们惊了，一直认为这是钱远山作为创始人的一份任性，即兴发言没有与PR报备，想来也没人会对他进行批评，他就一意孤行地去做了而已。没想到，退位竟然是他和孙夕照商量后的结果。

"抱歉，小雪，让你在现场却没有提前告诉你。这实在是钱总的个人意志，他希望越少人知道他的决定越好，除了我，整个集团只有他的助理提前知道了。"

"那么，退位是刻意为之，还是去意已决？钱总，是不是真的要离开我们呢？"程觅雪心中迷惑重重。

"是离开，也不是。"孙夕照语带玄机地说。

"是离开，是说他的确不再担任董事会职位了？也不是，是说，他在管理层另有安排了？听您这样说，想必一切应该有新的格局了？"方圆以财经记者的敏感性，洞察了孙夕照话里的玄机。

气氛，顿时没有那么冰冷了。程觅雪参透了，这是所谓的以退为进，钱远山完全不需要通过在集团担任任何职位来彰显自身的影响力。影响力才是商界最有价值的资产，它拥有随时变现的底气，也拥有随时退出的自由。而钱远山，则选择了后者。

"所以，即便借由这次事件彻底从幕前消失，也未必代表'退位'。反而，会让 Chris 等人放松警惕，令其暴露出更多破绽，从而一一攻破。到时候，一个新时代才真正掀开大幕？"程觅雪大胆地推断着。

孙夕照点头，没有把话说满："总之，你们是聪明人，但 Chris、江汉也不是什么笨蛋。好戏才刚刚开始，危机危机，有危就有机，凡事不要只看表面，要多听一层意思，多看一份人心。"

夜幕用黑色将天台染成黑色，而天空却是清朗的，只要你肯抬头望。

深夜里，程觅雪睡前养成了一个新的习惯：点开谢铭心的微信头像，望着一个傻乎乎的戴着墨镜的太阳，出神地盯着。

他们的对话记录里，全都是程觅雪单方面发出的信息。每天晚上，她都会在睡前，向这个如同人间黑洞一样的对话框里敲入"晚安"两个字。

"晚安，晚安，晚安……你到底在哪呢混蛋！傻太阳！"

她敲击完今天的"晚安"，生气地把手机丢掷在床前毯上，翻身用棉被捂住整个头，长长地、发泄式地大喊了一声。

思念和牵挂并没有像程觅雪预想的那样随着时间而淡化，相反，这份夹杂着内疚与亏欠的情感，反而在程觅雪的心里愈加升温了。她和谢铭心之间既陌生又熟悉的关系，令她为之吸引。尽管对方渺无音讯，她的惦念却浓得化不开。

与此同时，北京一栋朴实的老楼房里，同样无法入睡的谢铭心，盯着闪亮的手机屏幕，几次拿起又放下。

"我说你们年轻人，平时这手机拿起来就不放下，够让我烦心的了。现在你一会拿起来一会放下的，我看了更闹心！你给我放下那手机甭折腾了，过来吃橘子！”

谢妈妈把剥开的橘子推到他面前，用老年人特有的八卦而敏感的眼神，望着这个神情慌张的儿子。作为大院广场舞的带头人，她对人心的观察敏锐，可谓思想工作的一把好手，民间心理学的大师。

“自从从迪纳回来了，你这休假时间怎么那么长呢？以前休个假，还去部里三天两头地加个班，这次倒是挺消停，天天窝里蹲，不健身了，也不吃东西。我看你啊，该不会是为情消瘦吧？”她鹰一样的犀利眼神，直望向儿子的灵魂。

“妈，您就别问了！看我不顺眼，我可以出去。窝里蹲，还不是因为要资格考试，我在这儿天天复习呢。”

“复习？打小我就没见你被学习难倒过，咱家这么点地方，你在里屋唉声叹气，甭告诉我是为了做题！谢铭心，你是不是被甩了？你是不是抑郁了？咱家住五楼而已，有什么事儿千万别跳……”

“妈！”谢铭心把橘子推回去，生气了，“我就说我搬出去，您死活不肯，说什么空巢老人易患癌症！我留在家里，平时出差多您抱怨，这下休假不出差了，想在家里清静清静，还各种看我不顺眼！您多跟我爸学学，早睡早起少八卦，摆正心态，尊重下年轻人，我也有我的隐私。”

“什么隐私？不就是男男女女那些事嘛。你也三十了，我支持你谈恋爱，我还觉得外交事业耽误你恋爱了呢。如果有合适的，带回家来让妈看看，我看人啊那可是一流的！”

猜对了儿子的心思，谢妈妈精神来了，她就知道，这孩子每天唉声叹气的，绝对和工作无关。

“你今晚搁这儿和妈妈坦白，我就只想知道，对方是男是女，基本信息。其他的啊，我保证什么都不问，你说了，我马上去睡。明儿啊，咱俩再也不提这事！"

"再也不提？"

"我发誓，以 7 号院广场舞队长的名誉！"

谢铭心因为被停职，心里堵的难受得很。这份爱恨交加的情感，让他无法面对程觅雪，也无法面对自己。

"南方女孩，工作认识的，人靠谱，也好看。就是……就是家庭条件和背景太好，做事不管不顾的，让我感觉……感觉和她是两个世界的人。加上也不在一个城市，我没有……"

"没有自信？"谢妈妈凑了上来。

他点了点头。这一点头，头上马上被谢妈妈狠狠敲了一下。

"唉哟，不是说坦白就行了，怎么还动手呢？家庭暴力！"

"暴力？我还袭击国家公务人员呢，你能怎么着啊。我怎么生出你这种窝囊废！"谢妈妈说着又敲了他头一下。

"感情就是世界上最公平的事情，房子，车子，这些物质上的东西总有三六九等的阶级，只有感情，只要喜欢就可以追求可以尝试！无论是你比她强，还是她比你强，都没有什么关系。再者说了，听你这意思，连相处都没试过就放弃了？不管不顾有不管不顾的好处，瞻前顾后的主儿，怎么会明知你是普通收入的还愿意放低身价呢？要我看啊，不管不顾不虚荣，挺适合你的。甭以为带着个'外交人员'的光环就得端着，现在这个年代啊，你不追人家，人家姑娘可就跑了。谢铭心，给我勇敢点！"

说完，她就利落得如同承诺的那样，关上电视，准备去睡了，一句废话也没了。反而是谢铭心，对妈妈的这段话感触颇深，在沙发上呆住了，还在消化刚才闪电般的对话。

"对了妈，你刚才问什么'是男是女'，是几个意思啊？"

谢妈妈也不看他，嘟囔着："噢，那什么，你看你成天又吃蛋白粉又健身的，过分注重身材了吧，我这不是感到……谁知道你是为了保卫祖国还是什么其他的！总之，妈妈是很开放的！睡了睡了！"

随着妈妈拉下客厅的灯，谢铭心在黑暗中摇头笑了笑。他得益于这样开明的父母，也成就了这份心里的敞亮。再次在黑暗中拿起手机，点开那个白色水晶雪花的头像，他在对话框里打入了"晚安"，还没来得及发出，好哥们高唯的电话就进来了。

电话结束以后，他再次把对话框中的"晚安"二字删除并退出了。刚刚开始拨开迷雾的心情，又被笼上一层愁云。

6.2

—

钱所能买到的一切

外滩的意大利餐厅 Lugo 里，程觅雪报了名字，前台的侍者上下打量了一下她上班忙碌一天后的颓废模样，接过她的大衣寄存。

"请您稍等一下，我马上带您进去。"这充满批判的眼神，是上海所有高级餐厅侍者的基本功。他们不消几秒钟，就可以看穿你全身上下的名牌价码，寄存大衣时，也会注意下品牌标志的贵贱。至于是安排你坐在餐厅最好的位子，还是边边角角或厕所对面的阴暗角落，则完全看这几秒钟他对你的判断了。

什么是有权势的人？此刻，掌握你整个晚餐气氛和心情的前台侍者，就是最有权势的那个。

程觅雪厌倦了这些物欲游戏，无论是年少时被父亲培养着见世面，还是和萧正礼在一起时主动或被迫参加的圈子聚会，她对这种所谓上流法则，从陌生到精通，因精通而反感。

这就是为什么她约了萧正礼在这间 Lugo，这里符合他的消费习惯，也离他公司近，但在外滩的顶尖餐厅里这家顶多属于二流。可能前台侍者自己都不知道，因为就餐时长较短，每一道菜之间的间隔时间不够久，Lugo 被食客们暗自觉得高级程度不够，排名在逐渐下降，听说那颗米其林星星也即将不保。然而，这正合程觅雪的心意，她并不想与萧正礼共度什么浪漫晚餐，她只想体体面面拿到自己想得到的，然后，尽快脱身。就餐时间相对短的高档餐厅，是符合她目的的最佳选择。

"程小姐这边有请。"

侍者带着她穿过长长的走廊，与以往周末夜晚略微喧闹的 Lugo 相比，今晚这里出奇安静。

跟着侍者向前一路走去，来到窗边，她才意识到，今天餐厅里除了他们，其他桌均没有食客，甚至连餐具也没有摆放。每个圆桌上，只有中心位置孤独地摆了一小束她最喜欢的白色郁金香。

"你又修改我的预定，包了整场了啊？"程觅雪把手机拍在桌上，不等侍者拉开座椅，就重重地拉开真皮座椅，一屁股坐下了。

"我不喜欢 Lugo 的喧闹，这礼拜还没好好吃过一顿饭，难得你约我，我只想安安静静地和你吃顿饭。也不是很过分吧？"

萧正礼说着，把冰在香槟桶里的起泡酒亲自为她倒上。气泡从金色的香槟杯中升腾，透过杯中望去，一切都变得暧昧而朦胧。

在萧正礼的金钱世界里，包下餐厅安静吃一顿这种事，不足为奇。如果不出所料，等会儿主厨还会亲自出面问候他们，客气地请他们评点菜品和配酒，让他们觉得足够特别。

钱所能买到的一切，对于他都不够珍贵。

程觅雪曾如同所有女人一样，无比享受这种特殊的虚荣。毕竟其他同龄人哪怕在外滩吃一顿饭都会放上所有社交平台轮番炫耀，而和萧正礼在一起的几年间，她数十次在国内外的米其林餐厅享受过这样的清场用餐服务。对于两人为数不多的共同爱好——美食，萧正礼是会不计代价提供最好的条件来享受的。

"我知道你找我出来想问什么，不如先告诉你，免得吃饭时还要虚伪地为此铺垫。"说着，他拿起手机打开邮箱，翻开一封英文邮件，将手机递给程觅雪。

"你的陈情信递交给大使馆后一直没有回音，看来涉及他们的内部流程，即便熟稔，也是不便透露的。当地的下属倒是打听了一下你帮忙的那小子，也并不是什么底层文员，官至使馆二秘级别。如果一个这样的人被处理了，相信是会有公告信息的。"

程觅雪一边听着萧正礼的解释，一边紧皱眉头一个字一个字地认真阅读迪纳分公司总经理给萧正礼的邮件。通过他，程觅雪的陈情信件通过正当的渠道抵达了大使馆，并且有被签收的签字等证据，却没进一步处理的信息。但一切正如萧正礼说的那样，这样的事情，没有消息可能就是好消息。

"晚上好，萧先生和您美丽的女伴，今晚的菜单如下，有我们最具特色的……"

意大利主厨如约走近二人，试图上演每间餐厅都会为萧正礼奉上的俗套环节。

"最具特色的意式鱼片前菜，加配您意大利普利亚地区自家的橄榄园初榨的橄榄油，做成 Carpaccio di tonno。这个季节虾和扇贝也不错，选最新鲜的做份 Capasante al buro e limone。另外你应该推荐现在存货的白松露了吧，我要加在 Risotto ai funghi 里作搭配。至于萧先生嘛，他晚餐从不吃碳水，一份 Cacciucco 就好了。"她连菜单都懒得看，如机关枪般迅速完成了点菜，果真是不想在这里多待一分钟。

萧正礼向主厨无奈地点了点头，笑了笑。

"另外。"主厨正要转身离去，却被程觅雪拦了下来，"今天的预定是我做的，姓程，C–H–E–N–G。萧先生只是多余地包下了我预定以外的桌子，今天这桌是我定我请的，不作为任何人的女伴。"

骄傲的主厨今晚算是见识了一位不喜欢配合他表演的女士，他重新以"程女士"问候了她，她也奉上进门以后第一个亲切的笑容作为回礼。大块头的主厨小心翼翼地回到后厨开始准备菜品，嘴里嘟囔着说："很少见到中国女人和我们意大利女人一样凶悍，至少在上海，我还是头一回碰到！太有趣了。我们那有句谚语，小个子的人都有大大的自尊心！说的就是程小姐这种人吧。"

"小雪，你买单，至少让我挑一瓶贵一点的酒吧？"

"贵的酒，开了就一定要喝完。我没有心情和你喝光那么多酒，我们现在只是普通朋友，请不要让我每次见面都提醒你。再怎么说你在外也是个领导，想必也不喜欢听人成日的说教。"

只有程觅雪，会这样批评自己，并难得地令他愿意顺服。在商场上，他遇到的经常是两类女人，一类把他当成霸道总裁真人版，带着欲望和贪婪吹捧他；一类则是以丝毫不惧怕他的反套路来吸引他，万种风情带着叛逆。两个极端他都体验过了，前者他鄙视，后者他怀疑。期间还有门当户对却乏味到极点的所谓富贵千金穿插其中。

情情爱爱真真假假之间，只有程觅雪让他始终无法放弃。她不是以上任何一种，又是。她外貌娇小可人，让他愿意去保护去怜爱，但其内心又有足够的底气拒绝他过分的关心和恩宠。她的知识体系丰富又复杂有趣，总能在听了他的故事以后，发表出不愚蠢又充满新鲜的见解，在眼界足够宽阔的萧正礼面前，程觅雪思想的深度毫不逊色。两个人你追我赶的关系当中，让他充满了互不让步又共同成长的情感体验。她不是最出色的那位美人，却拥有了所有优秀品质中最好的平衡点，令他欲罢不能。

"那这位'普通朋友'程小姐，我可以关心一下你的近况吗？"

"我的近况？你应该很清楚啊，坐在会议室里第一时间了解万国现在这个烂摊子的，是萧总你而不是我这个小小背锅侠哦。"

"万国？说到底，我不明白你为什么还待在那里，要不是上次目睹那位粗鄙男同事和你争执的丑态，真的是难以想象！"

"平常人的世界就是这样的，不是每个人都毕恭毕敬对你。我的世界不如你的高贵，但却有你所体会不到的真实。我们就待在各自的世界里，挺好的。"

"我不和你争论价值观，在商言商，迪纳事件最后没影响到股价，父亲已经让我不必再每次列席董事会议。虽然会没开过几次，但我可以感受到两代管理层之间在理念和商业信念上的矛盾。长期来看，我并不看好这个公司，甚至在劝说父亲进一步减持股票……"

"嗳！"程觅雪做了一个住嘴的手势，"这是你不应该告诉我，我也不应知道的商业信息。"

萧正礼摇头苦笑，"你辞职，不就没有冲突了吗？我们可以纵情畅谈一切，何必让一份工作毁掉你我……你我的……这份普通友情？"

"辞不辞职，这份工值不值得做，都需要我自己决定。你应该比其他人更清楚独立的意义和工作的价值。不然你为什么明明可以无限制从家族基金提取生活费，却一定要起早贪黑上班出差，赚一份按月领薪的工资呢？"

"程小姐，你这套独立主义的说辞搪塞别人还行，我却总觉得你在隐瞒什么其他目的。"

他始终还是留了些余地和面子给程觅雪，没继续说下去，只是举起酒杯致意，"无论是什么，我相信你做人做事的准则。万国现在人心涣散，百鬼夜行，记住，无论做什么，记得保全自我。你对职场的恋战，我虽不理解，依然祝福你能赢。"

程觅雪听了，眼眶突然一酸。人生茫茫几十年，说得上了解她的，真心没几个。在异乡求学，异地工作，她的心境也是一名异乡人。辗转腾挪间，朋友少得可怜，恋情短得可悲。就连曾经一度认为可托付终身的萧正礼，经历种种磨难后不仅没有历练成珍宝，反而成了一个不想过度交集和回首的普通朋友。

"我会努力赢，你也多珍重。"关于爱，关于恨，她都凝成这句真心话。

萧正礼听了，沉默了许久。两个高傲的独立的人，一旦渐行渐远，分离的速度比任何人都快。他心里也知道，白羊座的程觅雪不是可以被挽留的对象，但他却依然愿意以难看的姿态去纠缠一番，至少这样，未来的某日才不会后悔吧。

望向窗外，浦江上的邮轮划开夜的波澜，撩动着都市男女散落的心绪。这城市拥有全世界最美的夜景，美到可以忽略任何不愿意进一步、不甘心退一步的遗憾。很多事，就如同这刚刚还在眼前此刻却开远的船一样，连消失的轨迹，都不被记起。

　　第二天，程觅雪罕见地睡过头上班迟到了。尹冰一如既往贴心地买好了她的咖啡，递过去给不在状态的她一点今日份清醒。

　　"我说，你是不是宿醉了？看上去状态糟糕极了。"

　　"什么？我……我怎么可能，昨晚倒是和朋友出去了，但根本就没怎么喝。"

　　可能只有她知道，虽然分手也说了，两个人的确也不在一起了，但昨天和萧正礼的晚餐，似乎才为两个人的关系彻底画上了句号。也正是因为这种外人所难以察觉的巨大的个人世界的悲怆，重重击向她的内心，导致她连床也起不来。

　　"哦……好的吧。"

　　尹冰也不想追问什么，毕竟，扮演一个情绪稳定的成年人，已是职场女性的日常艰难困苦。好朋友偶尔演得不好，她绝不会继续拆穿，追问对方不想说的真相。

　　"说正经的，等会外交部的代表要来开会了。孙老师让你和我一起去接待呢！"

　　听到"外交部"三个字，程觅雪心中一惊，滚烫的咖啡没端稳，倾洒了出来。

　　"没事吧！还说不是宿醉？"尹冰忙从包里拿出纸巾，帮慌神的她清理着，继续说道，"话说，小雪，这次的代表，按理应该是一直跟着我们万国事件的那个机灵鬼，就是和你去迪纳的那个，名字很娘的，那个谁？"

　　"谢铭心。"程觅雪说出他的名字，如同心中压着大石，轻得让人听不见。

"但其实哦，因为你刚才不在嘛，我被派去接待了，这次来的是另一个人，叫高唯。个子高高的，板着副面孔，看起来居高临下的！还是那个姓谢的亲切和蔼。虽然没和高唯说上几句，但他的官腔打得不要太重，年纪轻轻，啧啧啧。我们要和这种人沟通，有的受咯！"

尹冰抱怨着，会议室的门也打开了，这次的沟通会似乎很短暂，委员会的成员们陆续走了出来。程觅雪赶忙缩在尹冰身后，害怕又有点期待地等待着每个人的出现。明知道不可能，她却期冀着一张温暖的、熟悉的、只属于谢铭心的脸，能够再次出现在眼前。

等着，躲着，望着，离自己越来越近的却是高唯，而孙夕照则伴在他的身边，似乎在一起讨论着什么。她的脑海里想起在迪纳时他近乎咆哮地指责自己的自私与无知，顿时步步紧退，恨不得钻到地缝里去，整个人陷入了一种惧怕的应激反应中。

"程觅雪，是你吗？"高唯的声音如同之前一样，严肃又令人紧张。

"噢噢，小雪，这是外交部的代表高唯。他说你们早就见过了，以后你来对接他这边，我们的对外口径出去之前，务必要与他先确认信息准确性。"孙夕照自然不明就里，交代着日常工作的安排。

"孙老师，我……"程觅雪想说点什么来拒绝，又在一种巨大的恐惧中一时词穷。

孙夕照还不知道谢铭心遭受处分一事，她也不想说什么惹出更多的麻烦来，说多错多。

"行了，就这么安排了。那么你们先聊，我还有另一个会。感谢高唯，我们随时联系！"

眼看孙夕照走进电梯,程觅雪是无论如何也要面对这个煞星了。

"高唯，你好。我知道孙老师安排我对接你，不过，我们还有另一位同事，嗯，就是这位刚才接待您的尹冰。你放心，她工作经验比我多，人也稳妥得多！"

"嘿，你这姑娘，我说想换对接人了吗？你还自作主张给我安排上了？"高唯手插在口袋，话语间依旧犀利，却全不似在迪纳时的那般凶神恶煞，甚至还冲着尹冰点头笑了笑，这还是程觅雪第一次见到他笑，一点也不习惯。

"程觅雪，能不能，借一步说话？"

于是，尹冰非常识趣地伸了伸舌头，退到了更远的地方佯装玩手机，让程觅雪和高唯能够继续对话。

"我说，你是有什么大本事，能帮谢铭心平了这件事？我特别好奇，但他小子也不肯告诉我。你们万国的事，他出了错，内部处分还是有的。所以这次，我被要求接手剩下的工作。无论如何吧，我以前对你的态度……"

"他没事了？你是说哪种没事？他降职了吗？什么处分？你们外交部的处分是多严重，有没有案底？是不是以后再也没法……"程觅雪眼睛亮了，机关枪般地问着高唯，不再怕他了，所有的问题都指向一个方向：谢铭心究竟有没有因为这次事件遭受任何职业伤害。

高唯听着她业余但关切的问题，感到幼稚，又感到欣慰。他很庆幸好朋友谢铭心当初是去救了这样一个人。她的背景，他略微调查过，各种资料综合在一起，看上去只是个想混混职场的无知富家女。但经过了这些是是非非，从迪纳到中国，程觅雪这个陌生人在他格式化的认识中，逐渐活了起来，变成了一个有血有肉的真实的个体。

于是，他也不厌其烦地一一向她解释了外交部对谢铭心的处分和即将产生的后果。总结下来，谢铭心不会降职，但会被暂停一次升职；在没有更严重的处分的情况下，他会在一年后结束这种处分，回归到正常的职业轨迹。可谓经历了一场有惊无险的职场缓刑。

"无论如何，给你们添了那么多麻烦，想必谢铭心……"听的明明是高兴的消息，程觅雪却心里忍不住酸酸的，"总之，希望你能转达我的歉意。我实在太愧对你和谢铭心，今后在这边的对接工作，可能没办法继续了，真的对不起，以后请找我的同事尹冰吧。"

高唯看着她，这个他曾经因为好友遭遇而无比憎恨的人，此刻，她低着头红着眼，令他不知道如何开口安慰。又想起他之前站在道德高地上向其吹的强冷风，到如今，终于明白了什么叫高处不胜寒。

于是，他只是懵懵地点点头，目送着程觅雪小小的身影消失在深深走廊的尽头。

他曾以最恶毒的想法揣度过程觅雪这个人。为充当英雄，全然不顾再三强调的"不要下车"的命令，是想让万国人揽着"拯救人质"的头条，谋求一次升职？私企人的自私自利，他在以往的工作中也接触过几分，在他看来，这是两种职场价值观的碰撞。他们这种时时刻刻把国家利益放在第一位的想法，可能在私企人眼里一文不值。钱，才是他们关心的一切。

然而，他预料的一切都没有发生。上头条的是神龙见尾不见首的佟林，对外交部的感恩戴德也足足体现在每一篇新闻稿中。反而是程觅雪，同谢铭心这种幕后人员一样，如同蒸发在整个事件里，毫无存在感。

这一切，却令高唯现在阴错阳差地成了跟万国对接的联系人。走出黑色的万国大楼之后，谢铭心的关切电话马上响了起来。

"喂，你见到她了吗？她还好吗？"

"我说，你既然结束停职了，这趟就应该和我一起来上海啊，亲自和她说清楚。我夹在中间立场很奇怪，我只能说她看上去还是挺难过挺自责的，全然没了在迪纳那副正义的样子。"

"那你劝劝她啊，什么立场不立场的。万国的人，都不是什么善茬，你可别和别人提我的事，务必保护好她！"

高唯没想到，平时开朗又乐天的谢铭心，此刻因为程觅雪变成了畏手畏脚的胆小鬼。谢铭心在他来之前，表示为了避嫌要停止对万国项目的跟进，同时也断了与程觅雪见面的机会，作为哥们儿，高唯颇有种怒其不争之感。

"听说钱远山为此要引咎退出董事会，不知这会不会影响到程觅雪她们？其实，这没什么必要，你可以从第三方的角度给他们谏言！"

谢铭心在高唯来之前，仔细地梳理了万国不同的利益集团和派系关系，听得高唯头昏脑胀。

"我说，这些谏言，完全也可以由你的口说出啊！何必要躲在这些好建议的背后，当个幕后英雄呢？把我当传声筒也就罢了，难不成，还让我替你跟程觅雪谈恋爱不成？"

"以后……我会和她亲自说的！现在，我不想再碰万国的事情了，这些事肮脏又复杂，让我们之间的关系也变得复杂。她有能力保护自己，但是，现在的局势，我就是无法放心。"

谢铭心急了。他是个有精神洁癖的人，虽然外交部的工作也充满复杂性，但个人生活上他从来就喜欢单纯的情感，无论是友情还是爱情。这点，也是他希望万国事件告一段落之后，再亲自见程觅雪的原因。这种老套的情感诉求，令他在过往错过了不少，但他却一点也不后悔。但是，这次他却感到某种急迫，某种不愿错过程觅雪的压力，这些令他不停地将焦虑转嫁于接手其工作的好友身上。

"好好好，怎么还喊起来了！怪吓人的。唉，你啊你，也有今天！"高唯想起了好友有精神洁癖这回事，无奈地摇了摇头。

他远远回望着压抑的大楼，身后的万国庞大而神秘，令他明白了几分好友的想法。工作上的复杂交集总会令情感得以污染，特别是万国这些牛鬼蛇神们。倘若当初，佟林能尽自己一份分内之力，不让小小的程觅雪去承担一切在迪纳的任务，想必如今这对年轻人不会被分离得如此彻底。

在恶人的价值观里，任何人任何事，都可以沦为一己之利的炮灰。高唯挂了谢铭心的电话，越看这大楼越感到晦气，迅速地逃离了。

6.3
—
趁火打劫还是雪中送炭

今天的管理会，是围绕迪纳事件的赔偿金进行的。

"赔偿的金额问题，始终是需要一个有逻辑的清晰计算方式。"Chris 继续纠结着赔偿金额。

"逻辑？什么叫逻辑，这整件事就是缺乏逻辑的。目前，已经有美国媒体跟进报道，到时候股价跌下来，哭都来不及！"

万国的 CFO 陆欣仪，香港人，虽和 Chris 一样是外企出身，但却没站在他这边，完全唱起了反调。她在万国是低调管理层的代表，不接受任何采访，不出席任何行业论坛。她常年留着的短发有着陡峭的线条，整个人犀利又干练，如同早年 TVB 电视剧中的香港职业女性那样，不苟言笑，不屑人设，高冷又讲求效率。在万国，当 Chris 的高调把职业经理人的名声推到一个耐人寻味的位置时，陆欣仪的存在，却又令众人对这个群体的印象扳回一城。

自从钱远山宣布"退位"之后，管理层中风波又起。一向低调的陆欣仪突然变得强势起来，几近收尾的迪纳事件，似乎成为了她的某种转型工具，令她极度关注又事事亲为。

"所以，我也想听听江汉对投资者关系方面的反馈。"

听到陆欣仪冷冷的问询，江汉用一贯的谜之自信回应着她充满寒意的目光："我已经安排 Vincent 和华尔街的分析师们开过一轮会议，目前的市场反应良好。"说着，他差使佟林给大家分发文件。

"大家也可以看看啊，华尔街对于我们的信心！我们的正面……"

"等等。你找的分析师，来来去去就我们平时维护的那几家券商和私募基金，光看姓我都可以辨认出这几个人，别说其他业内人士了。难道在这样危及股价的危机面前，不可以联动 PR 部门一起来看一下华尔街媒体的反应吗？那么我们合并 PR、IR 两个部门的意义在哪里？"

陆欣仪从来不给任何人留面子，对就是对，错就是错。哪怕是 Chris 的决策导致的这一切，在事实面前，她也毫不顾忌。

这种在领导面前邀功的时刻，孙夕照和团队永远坐在最后一排。是啊，佟林才是亲生的狗，那么，哪只狗冲上去，就哪只狗被陆欣仪的明枪打回来咯！佟林一如往常收拾得油光粉面，陆欣仪却连看都没看他一眼。在她的质问下，佟林连个屁都放不出来，平时的油嘴滑舌，此刻全都哑了火，便秘的表情涌上他的面部，颈部的青筋轻微抽搐，感觉就要当场因窒息而暴毙。

"我们，我们回去就和国际媒体组的同事商量对策。"江汉连忙帮不争气的佟林挡下这颗子弹，匆匆撤了。

会议结束后，孙夕照派程觅雪跟着这废物，奔向黎娅所负责的国际 PR 组。程觅雪不情愿地跟着他们，走上了十一楼。

黎娅一如往常，永远在工作时间呈消失的状态，她肥嘟嘟的下属彭小明正在啃着一块巧克力，而另一名属下张艺在对着桌子上的小镜子补妆，这俩奇葩完全没看到江汉气冲冲地过来。江汉正要发作，黎娅和颜晓晓搭着肩膀，拿着咖啡从电梯间走出来，说说笑笑，一副轻松模样。

看到江汉等人还带着程觅雪，黎娅感觉不妙了，赶忙从颜晓晓旁边弹开，不等江汉发作，自己先高声呵斥起来："不是让你们继续发邮件给外媒吗？小明、张艺你俩在干什么？颜晓晓，你的外媒名单也要快点给到！"

说完，她满脸堆笑，把颜晓晓手中还没开的咖啡夺了过来，递到了江汉手上，温柔地说："我们和外媒已经开始联系了，这不，我都给他们安排好工作了。我正准备和孙老师商量着稿子怎么写呢，刚好程觅雪在这，太好了，可以直接沟通起来！"

跟着江汉五年，黎娅可是摸清了他的性情。程觅雪看着这场戏，心里翻着白眼，却说不上对黎娅这人是应该鄙夷还是佩服。职场上，伺候好直属老板，比 CEO 认识你要重要得多。从这点上说，尽管和万国其他人的关系一塌糊涂，但不得不说，对付江汉，黎娅真可算研习有道，把他伺候得熨帖舒心。

这么一来，江汉要发的脾气，要说的气话，都借由她黎娅的口说出来了。他，也就没什么可说的了，特别身后还杵着程觅雪这位

"外人"，只能没什么好气地扔下一句"注意工作效率，佟林，你盯紧点！"就拂袖而去。这群懒惰的小喽啰，也赶紧地打起不知真假的十二分精神，终于进入了百年难遇的工作状态。

哼。程觅雪心中一声冷笑。

指望佟林盯着这群小喽啰？他盯着颜晓晓的胸看的样子，就展现了此人真正的工作注意力所在。自从去年团建，颜晓晓被方圆目睹半夜从佟林的房间里穿睡衣出来，这两人的奸情在 PR 部门就已众人皆知。也是为难了程觅雪她们，还要和颜晓晓进行日常工作对接，和不正经的人沟通正经事务，是怎样一番尴尬的职场体验？她羡慕孙夕照，总归爬到了职场鄙视链的上游，不用和颜晓晓这类脏货说半句话。

沟通完工作，程觅雪回到十楼的办公室，把刚才楼上的好戏汇报给孙夕照，孙又召集了方圆、尹冰进来，把刚才陆欣仪和江汉的针锋相对细细分析了一下。

"总之，陆欣仪那边，最近动作不断，你们要继续打听口风。尹冰，我记得你和她助理王可可是大学同学，这事就交给你。方圆，你和程觅雪加加班，把英文稿件梳理好，随时准备 plan B。"

打击江汉一伙，孙夕照是铁了心的。但和江汉不同的是，她绝不准备拿公司利益来冒险，特别是在这个时候。趁火打劫，是江汉一伙的强盗做法；雪中送炭，是孙夕照一派的处世哲学。在当下这个混乱的万国，她不知道这样的战略能否奏效，但至少，无论成败，如此处理这场战役，她才对得起自己的职场良心。

三个人从办公室出来，不动声色地开始各自为孙夕照效命。是什么令她们愿意如此虔诚地追随她，不惜背负上各种潜在的危险，甚至是丢掉饭碗的代价？

三个人在自己的小群里也经常讨论。

　　　方圆：我觉得，在工作产生的价值之前，工作是有尊严的，我们，也是有尊严的。而江汉一伙的存在，不仅仅是欺压万国人这么简单。他们做事做人的方法，都是在践踏我们的尊严。他们的工作态度，是对认真工作的万国人的侮辱。我是一名母亲，工作除了赚钱以外，更是希望给我的孩子树立榜样，让他想成为我这样的人。如果今天在职场上面对霸凌没有任何反应，那么我如何教自己的孩子面对社会的霸凌？我，不要做这样的人，不要做这样的母亲。

　　方圆的这番话，是最初听到孙夕照复仇计划后在群里的回应。其实，如果不是孙夕照信得过的人不多，是万不想把有家有子的方圆拖进来的。毕竟，她不像尹冰、程觅雪那样的单身职场女性，不需要对自己以外的人负责。但没想到，最有行动力、最坚定的那个，竟然是方圆。她这番话，也坚定了程觅雪和尹冰的信念，大家为了同样的目标而努力着。

　　这段时间，加班也成了常态。

　　"程觅雪，上次被颜晓晓那样无礼对待，现在还要被迫对接工作，你恨吗？"加班时，方圆问着。

　　"说实话？"程觅雪的视线离开了电脑，揉了揉眼睛，"并没有呢。我爸以前说过一句，当你质疑他人价值观的时候，要记住不是所有人都有和你一样的优越条件。我以前呢，对颜晓晓这类人成见特别深，但想起我爸这句话，就释怀了。"

"哈哈，这是你爸引用菲茨杰拉德的名言呢，看不出啊，叔叔还是个文化人！小雪，你能这么想最好了。"方圆觉得眼前这个程觅雪，有种同龄人不具备的智慧和大气。

"真的啊？我因为这句话，足足佩服了他十几年呢！"

"我听你平时说你们俩关系剑拔弩张的，还以为你是不尊重父权的那类人呢。既然从你爸那学了这么多东西，平时也要多付出一些关心才是。"

程觅雪听了，点点头。想起她已经有很长时间没有给父亲程恭打电话了，她摸起手机，不好意思地闪躲到一个无人的会议室，开始了难得的一段父女温和的对话。

方圆从会议室落地窗里，瞥见程觅雪时而嘟嘴抱怨，时而撒娇微笑的样子，想起了自己帮助孙老师的那份初心。尽管这些额外的活，都需要她在工作时间以外完成，她依然把整体的工作分配好，下班回到家里陪孩子，然后趁孩子睡了，才开始按部就班和程觅雪配合着工作。这段时间，她经常因此工作到深夜，但不知道为什么，看着儿子稚嫩的熟睡的脸庞，她却有了角斗士一般的力量。

谁不想要为孩子创造一个更好的世界呢？

实用主义的商人程恭，尚能为子女培养一种正向的价值观，令程觅雪成长为内心正直又宽宏大度的人。自诩为知识分子的她，难道不应该为下一代的成长环境付出更多吗？倘若职场上每个人都变成利益动物，只为了保全自己而违心做事，那么大厦将倾之际，覆巢之下安有完卵？

更好的世界，需要每一个人改变，需要从现在这刻开始改变。

第七章

问心有愧

7.1

—

华尔街投下的阴影

"你是说，陆欣仪和华尔街的媒体，有单独的沟通渠道？"

"嗯，对的，就是呀……"王可可很快扫了一眼咖啡店里有没有脸熟的同事，然后悄悄说，"就是 back channel（秘密渠道），但我不知道他们具体的沟通内容。总而言之，你们孙老师的暗度陈仓，她已经知道了。不过放心，她没有多嘴地和任何人说。"

尹冰和可可同样毕业于华东政法大学，还是辩论社社友。她俩一个中文系毕业进了万国公关部，一个经济法系毕业进了万国战略部。在可可被陆欣仪选中做助理之前，两个人虽不在一个部门，却经常来往，关系更胜过大学时期。陆欣仪上位后，心心念念想选个有香港背景、懂广东话的助理，人力资源部划拉了半天，找到了王可可。她在香港城市大学进修过半年，半桶水的广东话虽然达不到陆欣仪的高要求，勉强算合适。于是，一下子由一名普通财务员工升到了 CFO 助理的位置。

原本陆欣仪也只是抱着试试看的心态，没想到王可可是个不服输的性子，不但业务上日益精进，还请了老师周末学习广东话。陆欣仪出了名的难以被打动，工作上不知骂哭过多少男男女女，却对留在身边的王可可，满意至极。可可也因此备受重用，职级和收入都比尹冰高了不少。

尽管知道尹冰这次来问陆欣仪对旅行团一事的看法，远没有八卦那么简单，但她却愿意帮助尹冰了解全局，甚至透露陆欣仪作为 CFO 的真正立场。

"我也知道，集团不少老臣子认为我老板陆欣仪没有跟随钱远山打天下，平时又是一副事不关己的冷漠态度……加上，她和喜欢出风头的 Chris 同是外企出身的职业经理人。但不是护主，我必须得说，陆欣仪的冷静客观正是一个集团 CFO 所需要的品质。她从来只对事不对人，尽管这样，这次，我也感受到她对受害者的无限同情。"

尹冰没想到，王可可会分享那么多。

"所以，如果孙老师这边有什么是需要通过我来推动陆总的，我十分乐意帮忙。并且，我相信，她也会愿意出一份力。此时不同往日。"

尹冰点点头，想到当今时局，领悟般地微笑了一下。

"对了，虽然现在不是一个好时机，但我还是想把这个给你看。唉，你不找我，我也是要找你说这件事的呢。"说着，王可可把一封邮件打开，给尹冰看。

"我记得你以前特别喜欢'Runway'这本杂志，现在他们新媒体副总监离职了，这个职位刚刚空下来。出版人是陆总在香港的好友，正托她找个合适的人。'Runway'虽然规模不如万国，但可以满足你进入时尚产业的梦想，新媒体接触的也都是互联网圈子，不算浪费了你积累的工作资源。怎么样？考虑一下？"

没想到，王可可反客为主，还给自己介绍了份工作！尹冰心里暗自羡慕着，她投简历都无门的高大上的"Runway"，王可可做了陆欣仪助理，竟然就可以直接拿到还未公开的招聘信息。并且，有陆欣仪的人脉加持，总归到面试一轮是有希望的。

"谢谢可可，我的确，从大学开始一直喜欢这本杂志！但如今，不是一个离开万国、离开孙老师的好时机，我不能选择在危难关头离开。"

"哎呀呀，没人说要让你现在离开了呀。"王可可轻快地说，"换换心情，去面试一下嘛。总归让我也给陆总交个小差，说帮她推荐到一位候选人。职场上，无论换不换工作，都要保持时刻面试其他工作的小野心，不然，怎么知道自己在外面的真正价值呢？怎么样，考虑下？年薪差不多是你现在的两倍哦。"

两倍的年薪？尹冰突然想到了每个月交完那套小一居房贷后捉襟见肘的狼狈样，倘若年薪能翻倍，她也终于可以像买房子以前那样，没事旅行一下，偶尔买个包包，过上更惬意和体面的生活……想着这些现实的困境，她有点动心了。

"这么说，你也有背着陆总面试过其他工作咯？"

"岂止呀，刚才那句话，就是她教我的。'时刻清醒认识自己的职场价值。'"

尹冰听了，不禁佩服陆欣仪的大气和智慧，被王可可说动了心。

暗自答应了她的善意邀约，从此，两人抱着各为其主的心思，随时就旅行团事件互通有无，缔结了孙夕照团队与陆欣仪一派的初步同盟。

华尔街的负面稿，终究还是发出来了！

PR 部门检测舆情的同事，深夜在工作群扔下这枚炸弹。

第一家深入报道万国人质事件的国际媒体《华尔街观察》，是一家创立了 80 年之久的公信力媒体。他们的内容以美国经济和民生为主，兼顾全球资本市场的报道。万国的这篇报道，出现在他们的纸媒以及网站上，作为世界经济板块的重磅文章，在显著位置刊出。

最要命的是，万国作为在美国上市的企业，在如此重要的境外媒体上被披露此次危机，无疑是对股价直接的打击。

　　……尽管目前人质事件得到了控制，但由此暴露出的万国管理层的问题却十分显著。我们不禁思考，管理层的重心是否还在核心业务上？而在中美贸易摩擦的大背景下，这样的管理层能否面对即将到来的种种挑战？

读到这一段，每个人都感到不妙。

江汉得知这个坏消息后，在办公室里第一时间召集了忠犬们："佟林，你手下的人每天监测、维护的都是什么？《华尔街观察》是 Chris 和钱远山这些高层都会订阅的媒体，你们不是有一份名单吗？这家，不是应该第一时间去维护的吗？"

他气得把杯子直接砸在地面上，着实惊了坐在他对面的佟林和黎娅。

"您消消气！我们当然第一时间就去维护了，只是跨着美国的周末，经济板块的记者一直没联系上。"黎娅试图安抚江汉。

"没联系上？没联系上难道不应该时刻关注，没联系上也是一种工作的结果，难道不应该告诉我？知道这篇文章是谁第一时间扔在委员会群里的吗？不是我，而是陆欣仪！你们是都活腻歪了吧，不想干了？就算是坏消息，也理应是我第一个知道，第一个被告知！"

江汉此刻的怒火，没有任何人可以平复。

"你们俩又知道，现在是谁被 Chris 和钱远山叫去开会商量对策吗？是孙夕照和那个成天背锅的程觅雪！黎娅，我时刻提点你，搞好和高管助理们的关系，平时有什么消息她们好第一个告诉你。你们是谁得罪了 Kelly？她绕过你俩直接去找了孙夕照？"

佟林心一沉，想起那天因为颜晓晓和程觅雪的小摩擦，被 Kelly 怒目相视的情景。这事他谁也没敢告诉，本来想着趁拯救人质见报的个人英雄时刻，替小情人出出气，谁想到，竟然那么倒霉，不小心得罪了 Kelly。做惯了狗腿子的他其实想着，事后要去送点礼品给 Kelly 弥补一下，东西都买好了，就差送出去了。这节骨眼上，就出了《华尔街观察》的事。

"Kelly？我……我没和她有什么隔阂啊，平时您教导的我时刻记着呢，有什么好处都没忘过她，每次出国都带了礼物。她这临阵倒戈，是唱的哪出啊？"

黎娅丈二和尚摸不着头脑，怎么就得罪 Kelly 这小妮子了？这位她时刻逢迎的大内主管，明明和她姐妹相称，今天却带了孙夕照和程觅雪！特别是程觅雪，只是个她呼之即来挥之即去的背锅侠而已，现在也直接和 Chris 对话了？

别说江汉了，她也疑从心起，琢磨不明白。

"倒戈？你确定人家从一开始就站在你这边吗？我看未必吧。"
江汉并不买账。

"哎，我们现在还是解决问题吧。记者要继续联系着，同时抽
经费做一些稿件冲掉这篇。"

心虚的佟林圆着场，不想让黎娅继续追问。打着干活的幌子，
赶紧从江汉的怒火中退出，拉着黎娅一起制定工作计划。他口中的
"冲稿"，就是在危机文章无法被公关的时候，花钱让业内的其他
热点文章迅速发酵起来，模糊公众对原本事情的关注点。

"冲稿"和"做黑稿"都是他们在 S 集团学到的一身"本领"，
并因此为傲。作为江汉的左右手，佟林和黎娅想着的，永远不是如
何提高万国本身的公关水平，而是通过这类有作弊嫌疑、治标不治
本的补救方式，为各类公关危机东贴西补。

这类伎俩，需要的只有钱。只要有钱，就可以挤下原来的热搜，
换上新热搜；同样用钱，可以买通无良的记者，写出抹黑文。当然，
这笔经费的名目自然是"渠道赞助"这样冠冕堂皇的分类。即便是
CFO 陆欣仪查起来，也是一笔糊涂账。

偏偏黎娅是个处女座，任凭佟林怎么想绕过 Kelly 的话题，她
都不会放过一丝一毫的疑点。对于 Kelly 莫名其妙的敌意，她始终
希望搞清楚，自己做错了什么，究竟哪里得罪了她。

当晚，难得黎娅的海外 PR 组有加班，散漫惯了的彭小明和张
艺一副无精打采的蔫样，给海外媒体一一打电话发邮件。颜晓晓，
其实只是临时从北京借调来的，大家都心知肚明为什么佟林要选她
过来，虽然表面维持的友情不错，但不得不说，颜晓晓就是个花瓶，

在这种时候，根本帮不上同事们任何忙。

"晓晓，已经九点半了，我们继续，你先走吧。"

"黎娅姐，没事，我陪你们。我刚给大家叫了宵夜，这会儿下楼去拿。"

一听见吃，肥胖的彭小明来了精神："我去我去，哎呀叫了啥吃的，晓晓你真太贴心！"

"贴心？搁在你身上，那叫贴膘。"就算是亲下属，黎娅也越来越看不惯人胖脑懒，肚子比孕妇还大的彭小明了。

"哈哈，我叫了好多呢，不知道你们平时喜欢什么，还有代购跑腿买来的网红奶茶呢！恐怕得两个人下去才能拿得了。"颜晓晓被逗乐了，边笑边说。

"那我去！"同样想偷懒的张艺，趁机和彭小明一起溜了出去，喘口气。

眼看两个小喽啰都不在了，黎娅又想起 Kelly 这档子事，不禁佯装无意地打探起来："对了晓晓，你上次把我美国出差买的海蓝之谜送给 Kelly 了对吧？"

"送了啊，你交代的事情，我肯定记得。当时，Chris 办公室里没别人，趁她一个人的时候塞的。怎么了呀？"

"噢，也没什么。今天有事她没找我，竟然找了孙夕照还有那个鼻孔朝天的程觅雪去和 Chris 开会。我这就想着，是不是哪里得罪她了？思前想后也没琢磨出来啊，纳闷了。"

听见程觅雪的名字，颜晓晓的怒火就压不住："什么？叫上孙夕照那个老女人也就算了，程觅雪？她算哪号人物？她还在万国已经是佟林的恩典了，就不能消停点？"

整个公关部，黎娅是第一个知道佟林和颜晓晓有不正当男女关系的，两个人最初勾搭在一起的时候，正是在她的眼皮子底下。她和佟林同为江汉的左右手，无论心里怎么想的，眼前也只有一条和颜晓晓搞好表面关系的路。与她和和气气，就代表给佟林面子。就算颜晓晓在她眼里除了一副皮囊一无是处，那也不能表现出来。相反，和她这种职场低智商动物培养点塑料姐妹情，说不定还能套出一些佟林给她的枕边信息，百利而无一害。

"是吗？我也在想，上次她那样骂了你，佟林应该把她彻底开了！恩典，你指的是什么恩典呀？"套这种蠢人的话，对心机重的黎娅来说，实在太容易。

"当天，佟林就去找她对质了。听说当众把她骂了个狗血淋头，替我出了口恶气，要不是……"颜晓晓空洞的大眼睛里充满了得意。她对这些佟林当天回到酒店房间、在她身体上时所描述的一切，至今都深信不疑。

"要不是……什么呀？"黎娅不安地继续套话。

"要不是当时 Kelly 带着一个什么董事经过，佟林为了顾全大局，在大家面前摆出一副领导的宽宏大量态度，肯定就把程觅雪当场开除了！留下这条贱命，她还不珍惜，还敢去和 Chris 开会，反了她了！要我说这种人呐，迟早……"

喋喋不休的颜晓晓，在黎娅的脑海里，已经被她用锤子砸破头颅，当场死在地板上。而现实中，黎娅皮笑肉不笑地继续听她面目狰狞地咒骂着程觅雪，死死咬紧牙关，终于明白了自己是如何挨了 Kelly 的暗箭。

当天颜晓晓挑衅和程觅雪吵架，她在场一句话也没说，不想让人感觉她有所偏袒。然而精虫上脑的猪队友佟林，则毫无全局意识，为讨好一个小情人，竟然冲下去和孙夕照团队当场对质了！要知道，

Kelly 的关系黎娅维护得辛苦,因为她内心明白 Kelly 始终是万国人,在大是大非面前,未必会向着她。所以,与佟林相比,她虽然同为江汉的走狗,整体态度还是相当低调。

站在 Kelly 的角度,不要说带着一名万国董事,就算是她一个人单独路过,看到佟林横眉怒对孙夕照的团队,也看得出是 S 集团将旧恨发泄在万国派身上。Kelly 怎能不迁怒? 不仇恨? 就只有颜晓晓这种智商,才会买单佟林的鬼话。什么顾全大局? 宽宏大量? 他如果心里有这个想法,一开始就不会当众和孙夕照团队起任何冲突。

蠢货! 统统都是蠢货!

黎娅恨这群自私的猪队友恨得牙根痒痒,此时,彭小明吸吮着一杯珍珠奶茶,和张艺嘻嘻哈哈地走了过来。

"烤鸭! 颜晓晓,你厉害啊,竟然能叫到正宗的老字号北京烤鸭。大气! 大方! 棒棒哒! "

整个团队差点就要翻车,彭小明这头猪还有心情吃! 黎娅真是太低估这群手下的愚钝程度。

她深吸了一口气,努力保持最后一丝挂在脸上的假笑: "我要打个工作电话,你们先吃。"

她抓起桌上的手机,从电梯间一路向天台疾步走去。猛地推开铁门,点上一根烟,深深地将郁闷吸入身体,再吐出充满怨恨的污浊,划开手机,拨通了电话: "喂? 妈,今天身体怎么样了? 医生是怎么说的? 嗯,我这两天没法过去了,公司有个特别紧急的事,我交代了护工……对的,你放心……医药费已经打到二姨卡上了,她会处理的……哎呀你就省省力气别啰嗦了,我都挺好的。"

天台的风很大很大,黎娅甚至听不太清母亲在电话那边的声音,她把自己要说的都说了，要流的眼泪也悄悄流下。感恩今夜的冷风啊，及时把她的狼狈吹干了。

黎娅生长在北方的三线城市，这个曾经以重工业出名的城市，随着经济转型，越来越多的人开始失业下岗，她的父母，也是这波洪流中被冲向社会底层的那群。从小，她记忆中的一切都是拮据的，在她升入高中的时候，父亲决定去深圳打工为家庭的命运一搏。钱，开始慢慢有了，而父亲，却在深圳有了另一个家，高考那一年，他彻底和母亲摊牌，离开了她们母女。

父亲的抛弃，给当时青少年时期敏感自卑的黎娅带来了沉痛打击，直接影响了她的高考状态。分数不理想的她下定决心复读一年，压抑、屈辱，统统转化为这一年的动力。到了第二年，她终于以优异的成绩考上了北京的 985 高校，离开了那座小城。

上大学以后，她就拒绝回到家乡。她拼了命一样地学习、打工，积攒一切可以积攒的实习经验，终于在毕业后被一流的电视台录取成为记者，拿到了万里挑一的留京名额。但这个黎娅认为的金字塔顶端，才是职场屈辱的开始。进了电视台，她才发现，这里靠本事考进来的人屈指可数，有背景的关系户占据了大部分好的职位。她拼尽全力所得到的，只是别人挑剩下的苦差，而好的新闻报道选题，从来和黎娅无关。

但绝对不要回到家乡的黎娅，是个没有退路的人。没有退路的人，只能咬紧牙向前走。

她住过群租房，连吃过一个礼拜的面包，从月薪两千五到过万，从实习记者到编辑，再到跳槽到工资几倍的 S 集团。黎娅在职场吃了足足十年的苦，才终于租了一个自己住的公寓，可以把母亲从家乡接到上海来和她一起生活了。这时候，她的母亲却查出了乳腺癌。

多年分离后被接来上海的母亲，第一个入住的地方，竟是医院。

"不能不说，这和你母亲的长期抑郁有一定关系。我们观察到，她的身体对治疗的反应不太好，有空，你还是要多开解她……"

从家乡到上海，医生的诊断都不算乐观。黎娅当然明白母亲长期抑郁的原因，在这种家庭里，哪个女人不会长期抑郁？可为什么，为什么她拼尽全力得到的一切，上天连让母亲享受的机会都不给。以前她看到电视里有这种故事情节，总会嗤之以鼻地笑话这俗套的设计，而命运真正抵达面前的时候，她才明白作为当事人的无力和痛苦。

为了能经常逃班，黎娅刻意把整组人搬到孙夕照目之所不及的十一楼，这样就能经常去医院探望母亲。她神不知鬼不觉地溜出公司迟到早退，也不会那么显眼。而这段时期的怠工遇到了迪纳事件，如同被引爆一样，平时从不练兵的她手下的员工，无能也无力处理这种规模的公关危机。一步一跌，人仰马翻。她只能亲自收拾残局。

想到这，黎娅把手中的烟，狠狠扔在脚边用力碾碎。

她恨！

她恨愚蠢的狗男女佟林和颜晓晓，恨对她团队充满敌意的孙夕照，恨百般讨好却临时倒戈的 Kelly。她恨离她而去的父亲，恨常年哭泣的母亲，恨家乡看她们母女笑话的亲戚，恨同学们看到她高考第一次落榜时嘲笑的眼神。

生活的一切，都令她充满恨意。然而，在母亲的病情和昂贵的住院费用面前，她依然是一个没有资格恨的人。她只能把一切恨意吞下肚子，继续扮演一个情绪稳定的成年人，紧握住工作这最后一根稻草。烟，熄灭了，她下楼回到了工位，微笑着谢过颜晓晓递来的宵夜，面不改色地敲打着需要被发出的邮件。好像刚才那场天台的大型情绪崩溃，只是发生在另一个陌生人的身上。

黎娅从那刻开始，再次清晰地认识到，职场上没有任何一个人值得她依靠和信任。要继续活下去，她只能和人生其他任何没有退路的时刻一样，咬紧牙关排除异己，自私自利地硬撑下去。钱和前途，她都要牢牢抓住。

"我们连夜做了分析和一切补救，《华尔街观察》的文章在国内主流媒体上不会被传播，在外媒的控制上我们无法联系上对方报道的记者。但是，我们在三大主要门户网站的财经板块都释放了对万国利好的文章，会陆续发出。"佟林把黎娅团队通宵工作的结果，战战兢兢地在管理会上报告。

"所以，你是告诉我，一家美国媒体刊登了负面新闻，你在中国媒体上释放利好消息，来令美国投资人重拾信心？认真的吗？另外，我还看到了几家外媒的小报在报道这件事，这简直是一边放火一边扑火，根本不奏效的！"和股价有关的事情，陆欣仪毫不留情面，直指江浩团队的要害。

"另外，我想问我们的 IR 团队呢？在忙什么？"她看都没看支支吾吾的佟林，直接转向了江汉。

"噢，IR 团队在联系分析师和美国的媒体，试图……试图在美国释放利好消息。"江汉脑子转得比佟林快，一次回答了陆欣仪两个问题。

Chris 有点坐不住了，他看了看还在傻站着的佟林，失望地环顾会议室。

陆欣仪看了，转向会议室角落的方向，问道："孙夕照，你的团队有什么对策吗？我希望听到一些实际有效的举措。"

佟林在场的时候，江汉一直不愿意给孙夕照机会。若不是此次事关重大，恐怕孙夕照都不会被允许参加这个会议。江汉是知道了Chris和陆欣仪单独找过她，不希望把部门内部的亲疏远近掀开，才勉强带她和程觅雪来了这次管理会议，却安排她坐在最后面不易被看到的角落。

"这个问题，请我们团队毕业于伦敦政经学院的程觅雪来回答。"孙夕照知道陆欣仪最重视员工学历，对程觅雪来担纲汇报，她充满了自信。

程觅雪站了起来，沉着地继续说："陆总好，Chris 好。《华尔街观察》的美国记者我们虽然联系不到，但《华尔街观察》中文版的主编却是万国维护了很久的媒体朋友，我谈好了一个我们管理层的深度采访。与其去压制这个言论，不如正面回应这个言论。就以'万国的全球化战略'作为主体，全面阐述和回答'管理层究竟在做什么'这个话题。至于几家外媒小报，我想负责海外媒体的黎娅组可以控制下负面言论。"

这时，IR部门的实际负责人，老万国人Vincent也站了起来："我十分同意程同事的策略。华尔街的投资顾问也纷纷表示，这类负面新闻只是无数据和信息支持的猜测，如果可以有一个机会，由万国来提供更多的真实信息，对于投资者来说，他们自会甄辩。而目前我听下来，没有比《华尔街观察》中文版更合适的发声媒体了。小报的坏消息嘛，不是金融类，不会对股价有影响。"

Chris 听了，点点头："我喜欢 Vincent 这个答案。既然是财务投资者有问题，我建议由陆总接受采访。"

他的实际想法是，这件事风险太大，责任自然要陆欣仪担着。

"好的 Chris，责无旁贷。程觅雪和 Vincent，good job。"

陆欣仪果断接下了这个责任，同时表达了对程觅雪的肯定。

程觅雪听了心里别提多开心了，这还是她第一次和最高层直接就工作进行对话，并得到了积极的响应。看来，努力和积淀就算不如废物们的跪舔看着热闹和明显，但在关键时刻，还是可以帮助她绽放属于自己的光芒的。

接着，陆欣仪对江汉说："江汉，你那些做什么黑稿件的事可以先放一放，现在没有新闻就是好新闻。再说，你部门这部分的投放费用我目前也在审核，有很多疑问。请和我助理王可可约一个时间，我会让有关负责人来和你开会。"

这脸打的，江汉笑眯眯地应承着，愤怒已烧透了胸膛。

会议结束，王可可径直从后排走向江汉和佟林，开门见山："江总，陆总希望佟林可以和我们的财务经理聊一下本季度和上季度的投放费用问题，当然，贵部门的财务也欢迎参加。"

"噢，可可，你看我是很乐意配合的，但刚才也说了这《华尔街观察》中文版的采访，他们的总部在北京，我得陪着陆总北上吧，恐怕这周没时间了。"佟林别的本事没有，逃避工作的说辞有个海量词库，从来都是张口就来。

"噢，你说那个采访啊。程觅雪已经联系了对方的主编，她们今天下午就出发。你不用去了。我都不去，你去干吗呢？我们啊，还是好好把账目理清吧。"王可可才懒得和佟林客气。

江汉拍了拍佟林的肩膀，示意他配合一切，别再继续说了。

这局势，江汉怎么看都不妙。陆欣仪按理说和 Chris 一样，算是"新万国人"，平日里，和孙夕照这些"老万国人"不怎么相熟。但今天的会议上，却如同唱双簧，一唱一和地把佟林给钉死在上海了。在目前的局势下，江汉又是不能离开上海的，加上眼前王可可这副强势的样子，这一切的一切，看上去都铺陈得太巧了。

他心中固然有各种猜测，却不敢断定什么，只是越想越被动。职场上，没人喜欢这种被动感。

他要回到局势主宰者的位置上去。

"呵呵，可可你放心，从现在起，佟林就是你们财务部的人了，尽管吩咐！佟林，你好好配合着，赶紧把事情解释清楚，别耽误干活！"

佟林不明白主子怎么就把自己推到了财务的虎口里，脸上堆着假笑，心里虚得很。投放和做黑稿的费用，他背地里吃的回扣太不干净了，大部分流向江汉，小部分流到了自己这里。总而言之，真查起来，就要看王可可她们的本事有多大了。

江汉，转身则打给了部门的人事，要求急调广东入职不久的田恬来支援，补位佟林。经过佟林之手的纰漏，有多少，有多严重，此刻，他没底。

既然陆欣仪已经在台面上与他翻脸，与其在这种危机时期寻求和她关系的缓和，同时顾及佟林的生死存亡，不如把和 Chris 的关系梳理好，放出另一只早就招募好的忠犬。在不利自己的局势面前，江汉手中的棋子，也并非是孙夕照全能算到的。

田恬，是广东电视台跳到万国公关部的媒体人。和黎娅、程觅雪这些媒体记者出身的公关人不同，她，是一名没有任何实际业务经验的电视台女主持。尽管在省台里，混到三十岁的田恬也不过是个三线小主持，但鸡头凤尾的道理到哪里都一样，她的外形条件，远甩开公关部一众女将小花们。她偏居广东，入职时间也短，却几次三番被当做万国的对外发言人使用，还为万国主持了几次线下活动。

几次活动做下来，江汉没想到，本只是作为花瓶招进来的田恬，歪打正着，入了 Chris 法眼。

"田恬和我同声同气，都是潮汕人。以后的对外活动，可以多让她来代表万国的形象。"

Chris 很少在江汉面前点评其下属，特别是女下属。但田恬的得体和高情商表现，却得到了他少见的夸赞。于是，田恬这个 2.0 版的颜晓晓，在机会的面前，终于飞上了枝头做凤凰。

这段时间，江汉已经安排了田恬从广东转岗，不但给了一个月几千块的转岗租房补贴，还破格将刚入职不到一年的她，又升了一级职位。这样，接近最高管理层 Chris，也更加师出有名了。至于一个花瓶被破天荒提到这样高的职位，别人会怎么想，对努力工作的普通员工又是怎样的错误示范，急功近利的江汉才不在乎。

"江总说，这次只要你能在旅行团事件中出力，就再升你到总监级别，与佟林同级。"人事在电话里，向田恬郑重承诺。

电话那边，人还在广东的田恬赶忙语带感激地答应了，心都已经飞到了上海。

如果搁在十个月前，田恬怎么会看得上升职加薪这种事。嫁给广东当地土豪的她开着红色的奔驰跑车在电视台上下班，和别人不一样，别人混十年混成三线主持人是四体不勤的正常下场；她，则是自己并不想成为优秀的主持人。

"田恬姐，嫁得那么好又何必和我一样来上早班呀？早间新闻五点就要起床了，多辛苦！"大学刚毕业的电视台实习生不解地问。

"哪里呀，辛苦算什么，和大家一起奋斗的感觉才是人生啊。"漂亮话，田恬永远说得比她的漂亮脸蛋还要美。

当时，她心里的真实想法是：这么靓的跑车，这么多的名牌包包，这么多次的海外旅行……不来电视台上班的话，她跟谁显摆？跟自家别墅小区里那群贵妇相互攀比吗？都是有钱人，谁又没有这种优越感呢？优越感这种东西，就是要在穷人多的地方才能获取。

拿眼前这个啃着麦当劳早餐、刚从学校毕业的年轻实习生小倩来说吧，对着这种人，田恬的优越感才会爆棚，她作为土豪太太的人生才能溢价到最高点。

"小倩，等下录完节目，告诉大家我要请节目组吃黄油蟹午宴哦。明天开始我要去塞班岛休假了，《早安广东》就辛苦大家和代班主持人亲密合作了！"

小倩的眼里放了光！一只一千块的黄油蟹，她也是来电视台做美食节目长见识了才听说过。田恬却可以随便就请节目组差不多十几个人午餐随便吃，连她这种实习生也叫上。这才是人生赢家啊，此刻的小倩，好想成为田恬姐姐那样的人！

对的，就是这种不谙世事的人眼中充满羡慕的闪着光的单纯眼神，足以支撑田恬熬过在塞班岛陪着粗俗的老公在赌桌前杀红了眼的无聊日子。即便在二手烟缭绕中眉头紧皱，想起实习生小倩的眼神，她依然可以劝自己，丧气的婚姻，陪赌的旅行，虚假的幸福……这一切可以被继续下去。

塞班岛的短暂旅行以田恬老公在赌场输了大笔钱作为结束。他在最新建成的赌场输了赢，赢了输，赌了又赌，陪赌的田恬被拖累得连赌场酒店都没走出去。

即将返程，在塞班岛的科布勒国际机场休息室，输掉了裤子的他冷漠地告知田恬："喂，同你讲下，返广州后你要卖掉你那辆车。这趟欠下三十几万，我无可能同阿妈伸手要钱，你知她最憎我赌钱。"

"你阿妈憎你赌钱？有没搞错啊，我也憎你赌钱，为什么我要为这件事买单？这车是我们结婚周年的礼物不是吗？卖掉？亏你说得出，你也不怕晦气吗！"

田恬听到这话气到全身发抖。这几天来，她的愤怒，她的隐忍，统统在这一刻爆发。婆婆从她入门开始就一直刁难，没用的老公从未维护过她一次，因为他没本事，只能靠家里的生意拿钱，在田恬和婆婆的战争中，他也只能扮演缩头龟了。

"有没搞错！你到底有没有搞错！"田恬越想越愤怒，把挂在肩头的香奈儿链条包当做武器，一下又一下地砸向老公。

"喂，你够了哦！卖车晦气？我都不想讲是你这张整容脸晦气，害我这次输这么多钱！"老公指着她的鼻子，毫不客气地高声反驳着。田恬听了，更生气了，用力将包砸向了他的脸。

"哐"的一下，包上的链条和眉骨撞击，他踉跄了一下，捂住了眼眶。

"死八婆！"他什么也顾不得了，红着眼，冲着田恬的脸就是一拳。

"你有什么东西不是我们家给的？贱货！"

塞班岛，因为战争原因被美国接管，属美国领土，近年来为了发展旅游业开始对中国免签。当然，没文化的土豪老公和没见识的田恬在离开的时候，依然还不太清楚这个信息，他们认为这里应该和泰国以及其他东南亚海岛一样，法纪淡薄。夫妻俩打架这种事，没人管的。

直到婆婆请了律师，亲自飞过来，把俩人从警局接走。

回国下了飞机，田恬就收到了离婚协议书。

"不瞒你讲，车子我给你真的无所谓，但你也看到了我妈的态度，怎么可能留任何东西给你？这套房子，已经是我再三争取后的妥协结果了。田恬，你以后不要联系我了，我妈说了，一辈子都不会原谅你打我这件事。"

实际上，田恬后来知道，在废物老公的故事版本里，打起来的原因是赌博输钱，而赌博输钱的人却是田恬，不是他。恋子的婆婆自然不会听田恬一句辩白的，要不是律师的意见是把婚姻关系中的另一半也从警局保释，婆婆原本的计划是把她永远丢在塞班岛的监狱里，死了都好。

房子？无非是土豪老公的封口费，给一点点恩惠，让田恬不要再去自己家闹事了。恋爱加结婚，五年闪着黄油蟹色泽的金色岁月，和田恬彻底说再见了。

回到职场，没了豪车，没了请同事们吃黄油蟹的豪气，田恬背后的冷言冷语越来越多。从简入奢易，从奢入俭难。花不起钱，抬不起头的她，想要寄情于工作的时候，发现她三十多的年纪在电视台已算"高龄"，而曾经羡慕她的实习生小倩，被台长亲自点名，响应扶植新生代电视人的方针，成了早间节目的正式女主播。田恬，则被分配到了一档收视惨淡的公益节目，没事就被派去农村扶贫献爱心。山里田间，常和猪牛相伴，尽管猪牛的样貌还比丑陋的土豪前夫可爱些，但可惜它们不会买单买包，难以令她真正的快乐。田恬，再也没了之前的风光无限。

当人生路越走越窄的时候，在一次万国赞助的公益活动中，她结识了"慧眼识珠"的江汉。

"我的事业需要转型，之前接触过万国的公关团队，他们专业的风格给我留下了很深的印象。如果有机会，我也希望能进入互联网行业学习，为江总您略尽绵薄之力。"

就连求份工作，田恬也能把漂亮话说的令人听了舒坦。什么专业风格？她记住的，只有万国这种互联网企业豪气出手的车马费不仅高出了其他企业足足三倍，还动不动就请记者出国旅行。以此类推，想必待遇也肯定比省级电视台这种地方要好很多。更何况，她明白，自己在电视台已经走到了死胡同，人挪活树挪死，而且，听说互联网行业草根富豪单身汉一大把！她在江汉身上嗅到的，岂止金钱？还有大批人傻钱多的下一任老公散发的犹如黄油蟹的油腻味。

"呵呵。"江汉意味深长地上下打量了一下田恬。没说好，也没说不好。

那之后不久，江汉通过佟林叫田恬去了万国招待媒体的一个酒局。这酒局，就是田恬的面试了，她心里比谁都清楚。于是，该喝的酒都喝了，该坐的大腿一个没少坐。到了第二个礼拜，她连笔试都没有参加，就被作为优秀人才，"特招"进了万国的广东分公司，隶属华南区公关部。正经的公关工作，自然是什么都不会的，但万国作为大企业，大大小小的媒体发布会也不少，这些活动以往总是需要外聘临时的主持人撑场。于是，其他活也干不了的田恬，就这样担任了这些活动的主持人，离开了体制内的电视台，成了万国高薪养着的御用活动主持。

别人的职场，天天都被工作围绕，田恬则生活在意淫当中，除了串场做做发布会主持，她的时间都用来思考如何攻陷职场上每一个她遇到的互联网钻石王老五，无时无刻不在为二婚祈福。有次，程觅雪在帮各个组统计行政支出，发现整个公关部近百人，名片印的最多的不是江汉也不是孙夕照这些对外的高层，反而是当时名不见经传的新员工田恬。为什么田恬的名片消耗量如此之大？这一直是萦绕程觅雪心头的一个谜，她永远不知道，交换名片和微信，对于她来说是联络工作的方式，对于田恬，则是征婚启事。如同发情的蚊蝇，田恬的名片只发给雄性，每一张都带着她深情款款的注视，印着的都是荷尔蒙啊！

入职半年后，她在上海主持了一次 Chris 参加的公司发布会，发布会后的庆功酒局上，她终于被有心的江汉"引荐"给了 Chris，成功进入管理层视野。

> 田恬：今晚您喝得不少，建议明天起来泡一杯蜂蜜绿茶，解酒又健康。晚安。

从认识 Chris 的那晚开始，她就开始润物无声地通过温馨留言的方式，开始了谋划已久的"万国攻略"。

开始呢，Chris 这种职场金字塔的老油条，对着这样的讯息会心一笑，从不回复什么。但田恬的讯息每次来的时间合适，措辞得体，不赘述任何过分的关心。渐渐的，Chris 也开始礼貌地回复个表情加几个字，看着田恬做主播时的形象照头像，抬头再看看周围的女下属，不禁觉得前者赏心悦目太多。心防，在充满心机又细水长流的温柔攻势下，渐渐放下了。

在公关部人事的打点下，田恬以火箭的速度调职到上海。配合财务调查的佟林脱不开身，江汉就伺机安插田恬多多在管理层面前露脸。于是，她把握机会，频频向 Chris 示好。

> 田恬：最近的事情令您很疲惫吧，看着消瘦了，注意休息。好的身体是一切的基础！

除了微信短信攻势，她还在某些场合，大胆地和 Chris 眉目传情起来。这一切江汉看在眼里，欣慰在心里，这次，总算没看错人。佟林捅下的篓子，专业方面的让黎娅拼了命去补足，人情方面的就靠田恬了。里应外合，他的位子又稳了。

"田恬，锦上添花易，雪中送炭难啊！我们这组人马，在上海处境不妙。想必人事也和你说了我对你未来职业规划的一些想法，在佟林被调查的日子里，你在这边多帮我看着点。黎娅似乎没搞定几个高层助理，风吹草动都打听不到。你情商高，多走动一下。"

江汉这么一点拨，田恬就领悟了。看上去风光，实则一无所有的她，于公于私，都会加倍把握这次调职机会的。

"知己知彼，百战不殆。我来了以后啊，还特别去孙夕照那边用香港带的礼物打点了一番。尹冰、程觅雪几个小姑娘对我不熟悉，待我比较客气。但和她们聊起佟林，一个个都反应不小，想必芥蒂很大。最近有什么需要出面解决的，您尽管吩咐。"

才刚来没几天，就把局势摸清了，江汉觉得田恬虽说是作为绣花枕头招进来的，也知道她的心思不止于做一名万国公关，但此刻除了田恬，他在万国内部，也没有什么更好的牌可打了。

"你从广东来，又是新人，这份独立性就是最可贵的。佟林，关系户不说，跟着我时间也久，养的脾气越来越大，心性越来越浮躁。加上……呵呵，这色字头上……总而言之，谨小慎微，多听多看，少说少闹。是你的，终归是你的。沉住气，先把工作做好。该甩的锅，要第一时间注意到，让孙夕照那里的人接着祸。只要你甩得够快，锅就追不上你。"和聪明人说话，江汉从来都是点到为止。

职场就如同下棋，从来没有什么不可以被牺牲被利用的棋子。

田恬最聪明的地方就在于，她知道并心甘情愿成为江汉的棋子，也没有佟林那种被养大的野心和色欲。从江汉的办公室转身出来，她深吸一口气，看着万国公关部一片忙乱的紧张工作气氛，感觉步入了战场，硝烟四起。

万国这乱世，正是她这类边缘人物投机上位的最好时机。华尔街投下的阴影，于背锅侠程觅雪们是横在面前的巨大难关；于田恬，则可称得上是照亮前程的阳光了。

7.2
—
无处躲闪的重逢

北京，雾霾轻覆着 CBD 的天空，程觅雪陪同陆欣仪和孙夕照一起步入了《华尔街观察》中文版所在的办公大楼，忙着为海外媒体的负面新闻灭火。

"小雪，外交部的引述不知今天能不能同步拿到？"在等待陆欣仪接受一对一采访的同时，孙夕照关切地问道。

和国内媒体不同，国外媒体在对企业领导者进行采访时，一般会希望第三方的权威机构可以在场发表针对采访事件的看法。尽管，陆欣仪的采访大部分是从企业战略和财务的角度进行，但为了稳定人心，孙夕照希望外交部的高唯能提供一段对于事件的引述。

"外交部的高唯说，他会亲自来现场沟通，确保对外媒的信息正确。现在也该到了。您在这里陪着，我去楼下大堂接他。"

程觅雪赶紧下了楼，在大堂来来往往的人群中，寻找着高唯的身影。没多久，就看到了旋转门中他高高的身影，程觅雪赶忙招手示意，笑着迎了过去。刚要开口，却发现旋转门再次一闪，一个熟悉的面孔出现在眼前。

是谢铭心。

她的笑容凝固了，说不上来是羞愧还是激动，只觉得脸上热热的，话也说不出。面对着三个人的尴尬，高唯挠了挠头，打破了沉默。

"那什么，我们的规定是和外媒交流的过程中，最好两位同事在场，确保信息的一致性。你们，你们俩也早就认识了吧？"

程觅雪眼神闪躲着，点点头又低下了头，"采访在十楼，访客证我办好了，请跟我上来即可。"

她无数次想过，再次面对谢铭心，应该如何自处。是跪求原谅，抑或奉上厚礼？是转头逃走，又或解释自己？

当真正面对的那一刻，她发觉自己还是不够勇敢，甚至，连抬头看他的勇气都没有。

匆匆扫过的一眼，她发觉，谢铭心瘦了，头发也变长了。这过去的一个月在多数人的眼中，甚至不配称之为岁月，却在他脸上留下了明显的沧桑感。程觅雪的心头酸酸的，却一句话也说不出。大家都进入采访室后，她自觉地退了出来。漫长的五十分钟里，她思绪联翩，直到孙夕照第一个推门出来，才把她拽回了现实。

"小雪，送一下外交部的两位。采访非常顺利，我会先和陆总回北京分公司开会，我们稍后汇合。"

程觅雪再次和高唯、谢铭心走在一起，三个人无言相对。

"我得赶回部里了，谢铭心，你不然和程觅雪对一下刚才采访的内容？"

看似稳重的高唯，尴尬地扶了扶眼镜，呲溜一下就从大堂给跑上了车，人影都看不见了。留下谢铭心和程觅雪俩人，傻傻相对，呆站在原地。

"采访内容……是不是就是高唯刚才发邮件的那些？难道有什么变化吗？"

"这倒是，没有。我想，高唯他是让我留下……和你聊聊吧。"

谢铭心盯着大堂的大理石地板，程觅雪也低着头。若目光真的如炬，恐怕这俩人目光里的尴尬，足可以把这大理石穿透了。

"总之，没什么的，你也……这些事情我相信你都是无心的。咱们……我……我得去地铁站了，去办一个别的事。"作为男人，他还是主动开了口，努力在脸上堆了个笑，又瞬间消失了。

"那我，送送你吧。"程觅雪凑上前去，紧跟着他。

有多久没见过他的笑了？这仿佛是上辈子带给她的温暖。看到他笑，她如同闻到了迪纳街头那潮湿又充满热带气息的空气，那里面有说不清的水果香气，夹杂着街边电动车排放的柴油味，还有路边充满人间烟火的香料。经由阳光炙热的照射，潮湿迅速地散发又聚集，沁透了她的记忆。

他还是那样，如同穿透乌云的一道阳光，直射在她心底。

"你们陆总表现得不错，不像 Chris，那么急于撇清一切。"

"嗯，我也觉得一切都在变好起来。在事情变糟到极点以后，一切只能变好，因为没有其他的路可走了。"

仿佛什么都没发生，她随着谢铭心的脚步，走到了离报社办公楼最近的金台夕照地铁站。两人继续聊了聊工作和北京的交通，一起步入了这人流最多的一号线站内。

"北京地铁的人，真多。"被挤到一边的程觅雪说。

"不必再送了，都送到闸口了。我说，程觅雪，相识一场，就此别过了。别总是把我的事挂在心上，我和高唯都知道你竭尽全力挽回一切了，对着我们呀，别再哭丧着个脸了。你问心无愧的呀！"谢铭心将手举了起来，在眉头摆了个致敬的手势，向程觅雪告别。

她站在原地，看着他即将被前方排队的人流吞没。有一股力量突然从心中涌起，她快走几步，扯住了他的背包。

"谢铭心，对你，我始终，我……问心有愧！这些天，无论工作再怎么紧张，这种愧疚无时无刻不在吞噬着我，我……"

"问心有愧？以为自己是金庸笔下的周芷若，'倘若我问心有愧呢'？你这算是，变着法子夸自己漂亮吗？哈……"

谢铭心正要继续戏谑说笑，却看着对面的她，垂下眼睑，晶莹的泪珠断在了衣裳上，也打湿了他心底最柔软的一片地方。

能言巧辩的谢铭心，一下慌了神，只觉得这热闹的金台夕照站，此时其他人都不再存在。自己，也是一个局外人。程觅雪忧郁而单纯的泪水，把她包裹在一个与大家都隔离的气泡里，隔绝着，远离着身边的一切。

他就这样静静看着她，如同无数向她投射窥视眼神的路人一样，不知过了多久。终于，面对这个为了自己付出并毫不顾忌体面的她，谢铭心再也不想让她一个人这样被孤立、被远离，被嘲笑、被同情。他要把她从这个悲伤的气泡里拯救出来。

谢铭心是多么的心疼她，想拯救她。在迪纳解救人质的当晚，虽然山体的爆炸是所有人都没有预料到的突发事件，但绝不是他谢铭心在国外第一次遇到的紧急情况。一向冷静的他保护好自己以后，还帮助其他同僚以及当地的警察完成工作，安全回到了车里。

直到对讲机里报出了"确认程觅雪失联"这句话。

一片黑暗和粉尘中，他几乎什么也看不见，眼前浮现的，就是程觅雪那张傲气满满的脸。

"我的家乡啊，到处都是河流，和你们北方完全不一样，反而有点像迪纳这里。"

"等我们回去了啊，我请你吃一家特别好吃的辣肉面，整个上海都找不到的好味道哦。就是店有点脏，老板娘态度也很差的哈哈，你可不准嫌弃！"

"我最大的期望？当然是世界和平啊。别笑我啊，我真是这么想的啊……笑什么啊笑，有那么好笑吗？"

……

她的声音，她说过的话语，她精明却无比明亮的眸子……明明刚刚认识，却似乎令他无比熟悉，就如同，遇见了世界上另一个自己。善良，尽管可能被职场各式各样的利益面具伪装起来，令自己显得不那么容易被拆穿，但一旦碰到另一个善良的人，会如同引力一样被迅速吸引。

就是这样一种引力，令他坚定地，从归途的车上跳了下去。

"谢铭心你疯了吗？这是违纪！"

当下，他就知道自己要面对的一切。高唯拼命试图阻止他，但他，还是义无反顾跳了下去。

如果时间给他另一次选择……他在过去的一个月里，持续地问自己。

如果时间给他另一次选择，他还是要跳下去。处分、失职、冒险、受伤……种种的后果，他在跳下去那一刻，早就心知肚明。他不想和程觅雪分开，他要拯救她，他希望能和她度过更多的时间，甚至共享人生的一部分。

于是，回到现在，此刻。

他伸出了双手，用力把她拉向自己的胸怀，紧紧地，紧紧地抱住了她。

　　周围的其他人逐渐开始流动，并再次嘈杂起来。但在爱人的胸怀里，这所有的一切，都不再与之有关了。

　　因为爱而紧紧抱紧的两人，刹那拥有了整个世界。

第八章
势均力敌

8.1

—

野心此起彼伏

引起万国股价波动的新闻，终于在陆欣仪的专访露出之后，逐渐被平息。

"这次，我们要特别感谢孙夕照团队的程觅雪同期安排的外媒露出。不但报道了我专访提及的核心信息，也在舆论层面覆盖了《华尔街观察》的第一篇报道。"

管理会议上，陆欣仪将此事归功于孙夕照团队。江汉的面子肯定是过不去了，再加上陆欣仪的助理王可可还在调查佟林，应接不暇的佟林这次连管理会也参加不了。孙夕照在 PR 部门作为职级仅次于江汉的高层员工，崛起，几乎是必然的。

"陆总说的对。同时，我也让黎娅团队把其他的小报报道摆平了。此外，我在国内安排了公益项目的露出，低调地进一步洗刷因为旅行团事件而下跌的企业声誉。目前，我部门安排的活动是联合国在西部贫困地区的救助项目，简称 WPI，对方属意 Chris 参与到这次活动中。"江汉不疾不徐地铺陈着下一步的布局。

"我都可以，有需要我的地方，随时愿意效劳。"Chris 附和道。

"WPI 我知道，World Poverty Initiative，是联合国直属的扶贫项目。江总的手下，哪位来负责呢？"陆欣仪追问道。

"噢，是我们广东调派来的新同事，田恬。她以前是在省级电视台负责公益活动的……"

"不，我的意思是，无论谁负责，都需要英文水准足够好，不给万国再丢人。所以，如果这位新同事英文不够好，那么还是交给孙夕照派一名英文好的同事和 WPI 跟进。"

江汉顿时被堵了话头。这香港女人，果然犀利得很！好不容易安排了已经成功接近 Chris 的田恬来洗刷前耻，却没料到 WPI 是陆欣仪熟悉的公益项目。田恬怎么可能英文流利？她念名牌的能力可以从英文、法语到西班牙语都流利，但正经事怎么能让花瓶承担呢，还不得碎一地成了玻璃碴子。而海外组的黎娅等人，此刻却忙于监控和处理外媒的负面报道。孙夕照啊孙夕照，这不是白白捡了个便宜。

"呵呵，好的。"他心中千怒万怨，只化作一句呵呵。

会议结束后，孙夕照来到江汉办公室，微笑着说："江总，方圆、程觅雪英文都很棒。你看谁和田恬配合比较好，随便挑。"

"呵呵，我看就程觅雪吧。"

江汉心想，程觅雪最近风头正劲，刚刚又被陆欣仪夸赞了。田恬这只涅槃的九尾狐，拿这种傻白甜练手然后狠狠干掉，再适合不过。

田恬知道了是程觅雪和她搭档，赶忙去把该甩掉的锅一一安排了："小雪，你看我刚来，什么情况也不知道。我们电视台出来的，英语在大学还算不错，工作中早丢光了。WPI 这个项目真的是要劳烦你多帮忙了。"

程觅雪最近沉浸在与谢铭心相知的喜悦中，和前段时间的低落相比，心中充满光和热。田恬是新来的，和佟林他们也走得不近，甚至和黎娅一群人连朋友圈相互点赞都很少。她初步判断，尽管来自敌营，属性却较为中立，WPI 项目做完应该会回到广东分公司，没什么值得担忧的。

"嗯嗯，放心吧。WPI 的来往邮件你先给我看一下，回头如果有需要用英文沟通的，叫上我就行。麻烦你这边拟定一个项目推进表，我和 Chris 的助理 Kelly 跟进下。"

"Kelly 吗？Kelly 我认识的，上次黎娅匆匆介绍过加了微信。我看孙老师这边也挺忙的，不然 Kelly 这边我直接跟进，邮件都抄送你，我们保持信息一致。辛苦你啦，小雪。"

田恬脸上堆满了笑，欠欠身，从手中的小黑本里抽出一张星巴克礼品卡，"我看你们忙，都不敢约你们喝咖啡，这是别人送我的卡，我是不喝咖啡的，麻烦你收下请大家喝。"

程觅雪刚要拒绝，田恬已经翩然离去。收买人心嘛，就是要润物无声。程觅雪知道她是在拉近乎，可即便是女性，谁会拒绝一个新同事如此低调的示好呢？尽管孙夕照再三叮嘱，江汉派系的任何人都不值得信任，她却不由自主地对田恬产生了友好的同事情感。

Chris 的 Kelly，陆欣仪的王可可，半退休状态的钱远山的助理，并列为万国的三大助理。钱远山的助理随着他的半隐退，几乎很少坐班了；Kelly 和王可可则可见度很高，出现在每一个管理会议中。Kelly 柔和稳重，王可可强势高调，助理们就如同高管的影子一样，性格也逐渐受其影响，显现出各自不同的特点。田恬有个小黑本，上面写满了需要去讨好的人物，这些人，都认真记在她的讨好名单上。

"Kelly 您好，这是我初步拟定的 WPI 时间推进表，其中需要 Chris 总配合的部分已经标为高亮。麻烦您先过目，我再发正式邮件出来。"

她客气地和 Kelly 公事公办地交代了 WPI 的事情，然后就步出了 Chris 的会议室。

江汉的人，从佟林到黎娅，都是 S 集团时代就追随的旧臣。他们来了万国以后，无一不像田恬一样准备了小黑本一样的万国势力图，对 Kelly 热切地巴结着，就差连厕所都跟着她进去，以便在最短时间内成为其职场好友了。

可是，万国有上万员工呢，三大助理这种一人之下万人之上的职位，要巴结她们的人不要太多。Kelly 自然知道佟林和黎娅的小算盘，尽管上供的礼品琳琅，她心中还是明白的：有所求，才有所为。加上上次亲眼看到佟林对着程觅雪失态，她对这些 S 来的乌合之众，便没了半点好感。

田恬这种来路不明的电视台妩媚女主播，又是江汉特招进来的，自然不会在 Kelly 心里留下什么好印象。原本以为她是和佟林他们一样的路数，可交往过程中，田恬除了公事从不和她多聊，总是保持专业沟通，客客气气的，也没送过任何礼物。Kelly 说不上喜欢她，但却和程觅雪一样，没那么讨厌这个明摆着替代佟林的新来者。毕

第八章 势均力敌 | 183

竟佟林的做人标准已经低到地心了，江汉团队只要换一个稍微正常点的，就已精进万里。

随着 WPI 项目的推进，Kelly、田恬和程觅雪三人的交际逐渐变多了。看着田恬和程觅雪的关系不错，Kelly 就也放开了胸怀。说不定……说不定江汉也烦了佟林这种垃圾职场人，真的开始招些靠谱的人进来帮自己呢？

抱着这样危险的想法，Kelly 和程觅雪，被田恬以不同的方式拉拢到一起，投入到 WPI 项目中去了。

加班夜里，程觅雪的手机突然响了。

> 谢铭心：我后天的飞机去新加坡，申请了从上海往返，今晚高铁去上海待 30 个小时。

谢铭心的信息闪烁着，她悄悄看了，嘴角禁不住微微上扬。

"方圆姐，要是没什么其他事，我跟孙老师汇报完 WPI 进度，就下班了。我……我家亲戚要找我吃饭！"她撒个小谎，逃避周五加班的命运。

方圆看破也不点破，她总认为程觅雪和上次为她在佟林面前出头的萧正礼在一起，这两人依然是职场地下情的关系。

"嗯，亲戚吃饭嘛，总归要回家打扮打扮，体体面面的才好。汇报完就赶紧回吧，我这边没什么需要你帮忙的了。"

北京的那个拥抱之后，程觅雪和谢铭心还没什么实质的恋情进展。两个人的误解被解开后，一下子跳入爱情海，有点太快了。作为成年人，他们都依然紧绷着克制着，却又悄悄通过一个问候，一段留言，拉近两人之间因异地产生的地理和心理距离。而这个周末，浪漫的相处眼看就要展开，程觅雪一边步出万国园区，一边暗自为这一切开心得小鹿乱撞，忍不住哼起了小曲，全然没注意身边的人和事。

"程觅雪？"

一个熟悉的声音传来，她转过身去，看见了迪纳事件中共患难过的同事陈盛年。

"呀，陈工！"她惊喜地迎了上去，"我以为你们还在休假。怎么，已经开始上班了吗？"

"嗯，算是吧，我们技术部还是很忙很缺人的。你这是……要下班吗？不然，搭我的车？我送你一程怎么样？"

看陈盛年欲言又止，身边陆续开始下班的人流也变得多起来。程觅雪点点头，取消了搭地铁的计划，随着他上了车。

车子慢慢驶上中环，憋了半天的他终于张开了口："实不相瞒，今天不是偶遇你，而是……而是有个不情之请，算是个小忙，不知道你能不能帮？"

"陈工，同是万国人，加上迪纳……我们也算是过命的交情了。您有事不用那么大费周章，下次直接一个电话就成！"

"迪纳的事就是我今天来找你的原因。委员会的情况你可能更了解，但员工团这边的情况，我相信你还不知道。"

万国人质事件以后，管理层成立了处理委员会，而受害的员工也成立了员工代表团。钱远山的初衷是，这样双方的会议可以更加有效地进行，不需要每次拉上几十号人马，你一言我一语，低效沟通毫无进展。

委员会的组成部分包括钱远山、Chris 和陆欣仪这三座大山，独立第三方律所代表以及人力资源部的代表。员工团则由二十多位受害者票选出一名男性代表，一名女性代表，再加上他们的律师团队。这些天，双方的交流趋于稳定，有些时候，程觅雪甚至会诧异于员工团的克制和忍耐。公关团队在外面还各种防备着挖负面新闻的人找到受害员工采访什么的，但这种情况完全没有出现过。

"员工团里，现在分为两派。温和派是希望通过双方谈判进行赔偿，激进派则希望打官司。这两派人之间的意见也是不统一的，但万国的律师让大家都签署了 NDA[1]，换句话说，我接下来要和你说的，已经违反了 NDA。"

程觅雪点点头，让陈盛年放心，自己定会守口如瓶。

"我呢，是温和派的，我在万国十年，我老婆也是万国员工。我们说白了，除了热爱工作这种冠冕堂皇的理由外，还因为手里有很多没有到期的股票和期权。两个外地人在上海，房贷、车贷都是现实问题。员工团里一些人，也和我们情况相似。但激进派的人里，也有人有通天的本事，听说，已经……已经联系了美国的律所，决定启动集体诉讼。"

她听了，忍不住心中一惊。

集体诉讼这件事，程觅雪是有概念的，就是受害人联合起来，在国外作为一个群体进行控告的行为。万国虽然是中国企业，却在纳斯达克上市，受美国企业法的监管，从法律层面上来说，这绝对是可能发生的最糟糕的结果之一。

"陈工，我很感激您告诉我。听上去事情没有表面那么风平浪静，但不知道您说的帮助，具体是指哪方面？"

---

[1] NDA：保密协议，保障在事件正式结束前信息不被泄露，从而使双方利益不受到侵犯。

程觅雪心里有点怕。虽然是过命的交情，之前，陈盛年还特地找到孙夕照对她进行了感谢，但涉及敏感的公关部内容，她不知道什么样的忙，是保持专业的同时可以帮助到他的。

"小程，我的想法很简单，我无法阻止别人，也没有立场去劝说他们不要诉讼。但我希望，有个中间的桥梁可以把事态的严重性充分估计，也提前做好应对。说到底，我希望你能帮助委员会，在法律程序启动前，阻止激进派的诉讼打算。"

"我……我只是个小员工，我只能尽力而为。陈工，您放心，有什么进展和消息，我也会通过适当的形式和您继续沟通。这件事，我将小心翼翼地处理。"

陈盛年的车子，停在了程觅雪家的小区门口，两人告别后，她下了车，脚步却很沉重。想了想，她拨通了孙夕照的电话，约她在安福路的一家咖啡馆见面。没了主意的她，只能期待领导有更加专业和权威的判断了。

"孙老师，事情就是这样。集体诉讼一旦开始，无休止的负面浪潮会把万国淹没的。皮之不存毛将焉附，想想就可怕。"

坐在她对面的孙夕照慢慢搅动着杯中的咖啡，反应比程觅雪想象中要平静。

"凡是危机，有危就有机。这件事我会全面思考一下，你直接打给我是对的。就集体诉讼一事，我们从此刻开始，不再与其他人沟通，保护陈盛年，也保护自己。"

从咖啡馆里出来的时候，夜幕早将魔都染成暗色。程觅雪慌忙摸出手机，划开十几通未接来电，全都来自谢铭心。她这才想起，自己预定了餐厅说好了请他一起吃晚餐，只说了时间是六点，却没来得及告知其地点，就被陈盛年拦截了。

"对不起！简直太抱歉了！我……你现在在哪啊？"

"哈哈，你啊，话说了一半就把我给放鸽子了！下了高铁一直联系不到你，我以为……总之，我现在就近在高铁站附近的酒店入住了。"

"啊？你已经入住了酒店？我真的抱歉，突然有个急事，我刚才处理了一下。总之无论如何，原本的餐厅……估计那么晚也被取消预定了。如果你不介意的话，我现在去找你？"

"也行。刚才发现这家酒店就有间不错的粤菜餐厅，你要是还没吃，我问一下还能订上吗。"

"对，我是还没吃，现在几点啊？"

"大小姐，马上九点了。我觉得你还是打消做饭的念头吧？"

什么？已经晚上九点了？

程觅雪内心内疚又着急，从下火车到现在，足足等了三个小时的谢铭心，肯定对她的突然失联很失望吧。她顾不得什么了，拦了一辆出租车，直接奔向酒店的方向。

"春卷，螺片，还有花胶鸡汤……我记得你是没什么忌口的，总之菜、肉、海鲜都点了，你看你喜欢吃什么。"

她人刚坐下，菜已经陆续上来了。谢铭心在她来之前就点好了菜，只是招呼服务生把上菜的节奏安排在她来之后。

"明明是你来上海，怎么反倒还招呼起我来了？你这样客气，让我如何自处啊。"越是接收到他的好意，她越是觉得愧疚。

"这没什么的，你忙到现在都没吃饭才是不容易。就算是等你也是应该的。"

说着，他夹了一个春卷给她，"那你刚才，你刚才是在忙万国的工作吧？"

"啊……对！你还记得孙夕照吗？就是那个胖胖的女领导，我刚才就是和她在一起呢。"

不知为什么，听了这句话，谢铭心的笑容才正式展开。和前面客套的热情相比，知道了她是在与孙夕照聊工作，他终于放下心来。

"孙老师！当然记得，为人和气，思维敏锐。工作辛苦了，多喝点汤！这里的汤啊，经过了……"

"老火煲了整整四小时，连鸡都是广东运过来的清远鸡，餐厅马上要冲击米其林，所以这里的服务也是超一流的。"

出于对美食的热爱，程觅雪对上海每间好吃的馆子都略知一二，心里也默默地感慨，不知怎么的，自己交往的对象无一例外都很喜欢吃。从迪纳的街头到上海的星级酒店，看来谢铭心对吃也是热爱得不得了。好在他不像萧正礼，爱吃，但却只选贵的。

两个吃货惺惺相惜，在一碗暖汤的开场中，温暖了这尴尬的相见气氛。从吃聊起，他们恢复了热烈的交流，通过美好的食物，达成了某种共情。饭，吃完了；心，也近了。

"那你现在怎么打算？"

吃完饭，步出餐厅，俩人反而有点尴尬了。谢铭心主动打破沉默，却也不知接下来会发生什么。

"谢铭心，这旁边的商场有个影院，今天是 DC 新电影的首映，你有兴趣吗？"

三十个小时，程觅雪已经浪费了其中六分之一，她决意好好利用剩下的时间。

"哇，DC？太黑暗了，不适合我。我是一名漫威迷！"大直男谢铭心，绝对是个说话直来直去的白羊座。

听了这话，程觅雪笑起来了："哈哈，这么说来，你是不想看咯？还是不想和我看呢？啧啧，漫威迷，你们最近主要角色不是都快死全了吗？谁比谁黑暗还说不定呢。"

程觅雪从未谈过这种恋爱，她从小被教育要做淑女、要扮演男人的崇拜者。事实上，她谁也不崇拜。在过去的恋情中，家庭教育的这种暗示，把她变为不折不扣的付出型人格女友。而且，成年后，她只交往过一个性格阴郁的萧正礼。当你对他人付出过多时，所产生的期待即便因为"不要为别人增添麻烦"的心理而不说出来，始终还是会积累在内心，化为浓重的怨恨。

倘若不是经历了一场痛彻心扉的漫长分手，怕是她也不会如此珍惜眼前人。失去的和获得的，上天可能都为你安排在同一个时间点。在迪纳的两人，尽管做出了彼此都不知道的牺牲，但最终的选择都是一样跳下车。命运啊，总会令人做出鬼使神差的行为。

最后，两个人还是一同走入了电影院，在黑暗中感受 DC 宇宙。看到中途，谢铭心伸了个懒腰，顺势把臂膀轻轻地、慢慢地在黑暗中绕到程觅雪的肩膀上。这种高中男生才会用的幼稚伎俩，对于程觅雪而言，却感到一种久违的温暖。当你和一个令自己开心的人在一起的时候，所有的获得都变得加倍。付出，即刻可以得到回应。没有萧正礼那样一掷千金的华丽恋爱背景，一个小小的动作，就可以让她感到快乐了。

彼此依靠着，大银幕反射的光，照亮着他们的笑脸。她还不确定这是不是真爱，但真的快乐，想必与真爱的距离很近才对吧。

8.2

—

没人在乎棋子的感受

三十个小时，对程觅雪而言，如吉光片羽。转眼间，一对恋人就要面临分离。

"那你去完新加坡开会，不能返航经停上海吗？"

"我们是集体回程的，都是要飞回北京的。"

谢铭心把行李打包整齐，放在门口，转身回头笑着说："长距离恋爱很辛苦，不然你再考虑考虑呗？咋样？"

"嗯，我啊，就当为祖国的外交事业做贡献了，绝不拖你的后腿，如同一个真正的革命妻子那样！"

"哟，代入得很快啊，革命妻子都想出来了？历史上的革命者往往三妻四妾啊，程妃莫怪朕还要周游列国，雨露均沾才好。"

"贫嘴！出个差而已，这就脑补出一部《铭心传》啦？你这说话直来直去的，活不过三集，不是死就是被阉。"

笑着闹着，眼看谢铭心的车子停在了他们面前。临别前，程觅雪突然想起了什么："话说，我这个月估计要去一趟北京呢。我在跟进 WPI 的西部扶贫项目，推进得挺快的，说不定能赶上你刚好从新加坡回来。"

WPI？听到这个名字，谢铭心突然眉头紧皱。

"WPI？ World Poverty Initiative？"

程觅雪点点头。

"小雪，你们对这个机构了解多少？对他们的资金流向又掌握了多少？"

"这……是另一位广东的同事负责，我还没有了解那么深。这不是联合国的项目吗？难道有问题？"

"进入中国的国际非营利机构，很多在国外和联合国共同开展过项目。WPI 的美国总部和联合国扶贫计划开发署 UNDP 的合作的确很多，但进入中国以后，他们按照法规，资金挂靠在某个扶贫基金之下。小雪，WPI 挂靠的基金最近反馈了他们的资金流向问题。很多在国内的非营利机构，资金去向都很有问题。特别是最近修正的《境外非政府组织境内活动管理法》出台以后，很多事，只是东窗事发的速度问题。"

温情的谢铭心一旦聊起工作相关的话题，一脸的玩笑相都不见了，充满专业人士的口吻，语气不容置疑。程觅雪听了点了点头，表示回去要问清楚这件事。一场送别无端端地和工作扯上了关系，将谢铭心送到机场以后，程觅雪回到公司，第一时间就找到田恬询问 WPI 的资质问题。

"WPI 的资质？噢，放心吧小雪，我已经查过了呢。"

"请问你查的是美国的 WPI 还是进入中国的 WPI 分支机构啊？"

程觅雪的热心，在田恬看来就是疑心。她心里是不爽的，几个意思啊？堂堂的 WPI 怎么会有问题。这可是她为了打翻身仗辛苦勾搭上的高大上机构，符合万国的发展方向：国际化、关注弱势、人人受益。

"我意思是说，既然我们要开展这项活动，是不是在资质方面更谨慎一点？例如最近刚刚因为善款问题出事的'助力中国 Learn For China'，它也是美国组织'Learn For America'的分支，风头无两。我们公司的几位高管太太还牵头助力捐赠了很多钱，结果它们因为洗钱被彻底撤销在中国境内募资的资格。我只是不想……"

程觅雪对助力中国的了解，来自父亲程恭以企业名义向其进行的捐赠。在求学路上历尽艰辛的程恭，对帮助贫困儿童的求学一直很有热情，没想到，助力中国东窗事发，让他的善款成为了一个笑话。父亲为了这事，罕见地抱怨了许久。他常说，生意被骗钱那是交了智商税，但是，骗慈善款，是真真丧尽天良的人才干得出。

"小雪，我也略知助力中国的事，只是没想到万国的太太们也有捐钱啊。"田恬心里一沉，知道这些太太们吃过亏上过当，可不会轻易再相信什么慈善了。

"WPI 的事情，我会再去查查，的确不能再出事了。谢谢你。同时，我也想看看有没有什么其他的机构可以比较稳妥地把万国的钱捐出去……我的意思是，把这份爱心献出去。"

脸上挂上职业假笑，田恬心中感慨，也难怪江汉一伙人干不过孙夕照的团队。单单是和程觅雪在 WPI 项目中不多的接触，已经感受到她们对公司内外形势的掌握程度，非佟林一流可望其项背。这种消息灵通的小姑娘，拉拢好过得罪。

"你看，我平时在广东，很多万国的事情都没有全貌的了解，还要多多靠你提点呢！另外，如果有什么靠谱的其他机构，我们也一块看看？"

她轻抚着程觅雪的肩膀，心里充满嫌弃，表面却如同一个相识已久的老朋友那样关怀她："辛苦你了，你看，这么大个黑眼圈！有空还是要好好休息，我们女人啊，要注意保养。"

程觅雪听着这客套话，心里却总觉得别扭，平时慈善慈善挂在嘴边的田恬最终关心的点，和贫困地区压根没什么关系。话听起来暖心，内核却十分冰冷无情。她礼貌地接着这份客气，心中存着小狐疑，默默回到了工位。

"小雪，我叮嘱过的受害者资料分析，你做得怎么样了？"

孙夕照从办公室里冲出来，程觅雪赶紧抓起笔记本电脑，匆忙走进了她的办公室。

"孙老师，我整理了一份文字资料，包括每个人的基础信息、背景、万国的资历和人际关系等。"程觅雪展开加班做完的整整三十页资料在电脑上，颇有自信地陈述道。

仔仔细细地翻完每一页，孙夕照并没有如同往常那样称赞她，反而皱起了眉头："今时的你，不是往日的小小背锅侠了。在这次迪纳事件中，你已经成长为可以直接与高层平等对话的机要员工了。可以说，我对你的未来抱以厚望。这份资料，如果只是如同以往随便交代一下，我可以打满分；但现在你是要呈现给高层看的，必须化繁为简，提纲挈领！"

看着程觅雪懵懂的样子，她继续教导着："拿外交部那个谢铭心的 PPT 来说吧，你还记得吗？动态的画面展示，大量信息的呈现方式，即便初次见面也令人佩服和信服。你就按照那个标准来优化吧！记住，时间紧迫！"

听到"谢铭心"的名字，她脸上突然泛起一阵娇羞，又要强忍住笑容，赶忙点了点头，退出了办公室。

唉，做PPT是程觅雪最害怕的事情，写文章才是她所擅长的啊！想到这里，她不禁连连叹气。三十页的资料，如何压成几页 PPT 呢？这难度系数也太大了。

"叮咚。"微信响了起来。

程觅雪百无聊赖地划开手机，竟正是来自谢铭心的问候。

　　谢铭心：20 分钟后，请准备接收一份下午茶的问候，
biubiubiu。

幼稚鬼！

刚从上一段阴郁恋情走出的程觅雪，实在对这样彩虹般的甜蜜难以招架。前男友萧正礼高冷得很，从来不屑于在日常生活中展示情感，在他看来，说俗气的情话不如去包场吃一顿米其林餐厅。但其实程觅雪的内心十分向往这类日常小确幸。她曾在与萧正礼的第一个情人节，花了一整个晚上手工制作了松露巧克力作为礼物，捧在手心送给对方。结果，却换来一句"今晚吃饭的 Robuchon 的松露巧克力就非常出名，何必浪费时间自己弄"。

不一会儿，接到下午茶外卖的程觅雪发现，谢铭心不但为自己点好了，还多点了差不多五份让她分享给同事们。

　　谢铭心：你们公司也不让外卖上楼，买太多怕你不好拎
上去，别累着咯！

为 PPT 伤的神，一下子在下午茶的甜蜜中消散。甜到心里的程觅雪喝着红丝绒拿铁，不禁感慨这重重苦难的迪纳事件中，自己收获的这丝明媚。

　　程觅雪：我想请教一下，你上次的 PPT 模板，有没有下
载的链接？不会是外交部的知识产权吧？
　　谢铭心：PPT？我的迪纳 PPT 吗？哈哈，你想多了，那
是我自己发明的模板，我现在就发给你。

谢铭心说着，直接丢了模板过来。

程觅雪心头的郁闷顿时烟消云散！原来碰到对的人，一切都变得顺利起来。

> 程觅雪：谢谢！你也太大方了，这模板的复杂程度，完全可以放在网上售卖了！
>
> 谢铭心：啊？我没想那么多，高唯也有啊！我发给过不少人呢。你啊，还是要好好看看，也不是所有的资料都可以套用的，看不懂的地方随时问我。

利益，在谢铭心的心里就那么不重要吗？难道职场上不是每个人都要藏着掖着自己的工作成果，生怕被别人偷了抢了？程觅雪反思着，或许，万国并不是所有职场的模板，有些地方，是太阳下敞亮的宽阔空地，所有的人都可以为丰收奉献，也可以分享自己的收获。而自己太久没被阳光照耀过，心底难免滋生阴暗。

无论是作为恋人，或仅仅是作为工作上认识的朋友，此刻的程觅雪都对谢铭心的出现万分感激。带着这份感激，她把 PPT 模板融会贯通，学习着精简已完成的资料。夜幕降临了许久之后，她终于完成了孙夕照所交代的 PPT，带着疲惫而满足的心情结束了一天的工作。

翌日清晨，迪纳事件的会议被要求提前召开。程觅雪的资料还没有进一步整理就被孙夕照叫着一起开会，事情的节奏比程觅雪估计的快了很多，虽然有所准备，但如此突然的紧急会议还是令她充满了忐忑和担忧。

"举报邮件里写得很确凿，我们也在内部追踪了几个涉及谋划集体诉讼的员工的公司内部沟通数据，一切都指向这是他们的共谋。"法务总监把一项项证据陈列在眼前。

举报邮件？

程觅雪懵了，难道是受害者内部出了"叛徒"，主动地把集体诉讼这件事给捅了出来？

"这怎么可以？在美国诉讼的话，我们刚刚压下的公关危机又要卷土重来。上次如果是暴雨，这次，则是海啸！美国有多少上市公司都是被集体诉讼给拉下来的。我希望能查明他们到底有几分把握来进行这次诉讼呢？"

陆欣仪第一个火了。这件事，Chris 并没有第一时间告诉她，环顾在座的所有人，她目测，至少有一半的管理层已经知情了。

Chris，作为 CFO，我有权在第一时间知道所有事情！

她压下了心中这句话，种下了职场仇恨的种子，却忍住没发作。Timing is everything（时机就是一切），她在心中默念，还没有上位，姿态和情绪一定要收敛。

"孙老师，江汉回北京了，我想知道 PR 部门在这方面有没有什么想法。"抱着解决争端而非挑起争端的态度，她转向了孙夕照。

事发突然，江汉正好因为人质事件，亲自返京安抚北京的几家全国性媒体。驻守上海的孙夕照因为他的缺席，被顶上了前线。

"我这边，我……"孙夕照一副没有准备的样子，将目光转向程觅雪。

程觅雪赶忙从随身的笔记本里东翻西找，请正在发言的法务总监让出位子，接上投影仪，打开最上方的文件。

文件在大屏幕上展开，在座的每个人，都抱着质疑的态度。

"我这几天刚好把受害者团体的资料做了一份梳理，目前大家所看的，就是根据他们每个人在万国的年限、职位、部门关系所列的网状图。"

陆欣仪看了不禁赞叹，这哪里是分析，这是一份专业程度非常高的为案件所制作的线索图。从一开始的简单网状，程觅雪一层层叠加从每个人身上获取的其他信息，这些网状图一张比一张密集。她如同一个织网的蜘蛛一样，攀爬在信息中，汲取最有相关性的点，将所有线索联络起来。程觅雪虽然借了谢铭心当初那份PPT的模板，展现的形式却完全不同，每一页的内容更加具有相关性，呈现出来的细节也细腻很多。

而这繁复又充实的材料，到了最后一张图，一切线索网线却都不见了。程觅雪将所有线索化繁为简，仅留下蓝红两条简单的线条，将相关人士连在一起。

"这也就是我通过数据结合事实，分析出的大概两派人马。蓝色代表温和派，其中以技术部门的中层员工陈盛年为中坚力量，他们和红色代表的激进派不同，没有组织性和黏性，换句话说，缺乏领导者和决断力。红色则不同，他们的代表大部分来自我们万国核心的物流部，对公司了解更深，利益谋求更大。换句话说，野心不小。"

看完这整个精彩的PPT，会议室中所有人都沉默了数秒。作为师傅的孙夕照也在心中叫好，程觅雪不愧是自己亲手栽培的弟子，领悟力和展现力都比预期更加优秀。

"这样，我想知道这些分析以外，我们有什么对策？"Chris第一个打破了沉默。

"唉，我让程觅雪做这份资料的时候，完全没考虑过集体诉讼这件事的可能性。说实话，不知道对大家有没有用，纯粹只是为了工作时有个清醒的头脑。"

孙夕照开始以退为进了，她需要有人铺设一条华丽的红毯，接着计划继续进行下去。

陆欣仪及时接了话："清醒的头脑正是我们所需要的，没关系，让年轻人大胆地说，事态已然超出我们的想象。"

程觅雪谦逊地点点头，接着说下去："集体诉讼的诉求，需要所有人持有同样的观点，其诉讼的内容需要是同一类情况。倘若说，蓝方提供证词，证明万国在此次事件中并不承担主要责任，那么红方能否起诉，我想，还是未知数吧？"

说完，她看了看法务总监。

"的确，接着程觅雪的分析我来补充一下，如果在美国进行集体诉讼，此案应按《联邦民事诉讼规则》进行规范适用范围。其中一个重要前提，就是集体成员具有法律上和事实上的共同问题，并且当事人能够公正妥适地代表所有成员的利益。如果这个前提受到质疑，起诉的基础就并不存在。"

"这样，综合刚才的分析，只要我们……"陆欣仪不知道"收买人心"该如何体面地被表达出来。

"只要我们妥善处理受害人团体之间的关系，善用信息，就可以把这场危机在发生之前熄灭。"

程觅雪为她及时想到了"收买人心"的合适表达方式，并大胆地接着她的话，说了出来。

"没错！"随着赞许，陆欣仪对她投去肯定的目光。

听完孙夕照团队和陆欣仪完全在相同智力层面的精彩对话，Chris 的心情是复杂的。江汉是他培植已久的心腹，而在这次人质事件中，拼尽全力，不过做到了不过不失，甚至几次置万国于险境。孙夕照代表的，是顽固的老万国人，他一向支持江汉将其慢慢洗刷，淡出权力中心。但在如此形势面前，气势不如别人，是江汉的过错，也是 Chris 高估江汉的结果。

而他，是所谓识时务者，尽管惋惜，却不想承担任何江汉的过错。

"孙老师，我看这件事紧迫异常，有必要成立一个专门机密小组，在委员会的谈判同时平行进行。会后我们会讨论下，感谢你对公司的用心，我十分希望你在这个小组里起到领导的作用。"

与其让孙夕照觉得是陆欣仪挺她，不如自己先开口。毕竟他 Chris 才是堂堂的 CEO，孙夕照想爬上江汉的位子，也要知道，江汉是他 Chris 扶上去的才好。既然江汉失势了，那他宁愿自己扶新人上位，也不想让日益增加存在感的 CFO 陆欣仪捞个便宜。

会议在悲观的情绪中开始，在乐观的态度中结束。临危上阵的程觅雪，散会时默默跟随孙夕照回到了她的办公室，克制着欣喜的孙夕照终于在关上门的那刻，爆出了爽朗的笑声："哈哈哈，没想到啊，老谋深算的江汉还在出差的飞机上，还不知道这次错失先机！小雪，你在这次事件中功不可没，机密小组的成员一定要有你。而每个进入这个组的人，都会在事件结束后加官晋爵，闯入万国的核心。从此，和江汉势均力敌！"

此刻，程觅雪心中却满是困惑并夹杂着一丝不满。

若不是她告密了陈盛年的集体诉讼信息，孙老师能不能梳理出整个 PPT 的逻辑？利用信息并没有什么，利用她的信任才是她最介意的。这就相当于，在某种程度出卖了陈盛年不是吗？

"孙老师，举报邮件把陈盛年告诉我的信息都罗列了出来。这邮件不会是……"即便心中隐约猜到了答案，她还是抱着最后一线希望，望向了得意的孙夕照。

孙夕照春风得意，俯身向前，直面程觅雪眼中的问号："你猜得没错，这封举报邮件，只能是我来安排发。小雪，从这一刻起，你要记住，你已经是机密小组的一员了。如何走到这一步的，不重要，更不需要再被提起或讨论。"

父亲告诉过程觅雪，不想让别人知道的秘密，就不要讲给任何人听；讲给人听了，就要准备好被利用。

所以，她是那枚被利用的棋子吗？一向敬重的孙夕照，不但是她的职业标杆，也是一直教诲她的恩师。再说，在职场上被上司利用，是不是每个人的最终使命？此刻的她，不得不说对这位恩师第一次感到失望。

程觅雪越想越乱，越乱却又越止不住继续想。人质事件说到底是场人祸，难道公司不应该从人心出发，在保住公司声誉的同时，力求抚平每个人的伤痛？哪怕是从这样一件可怕的事件中收获了谢铭心，程觅雪到现在依然会半夜惊醒，噩梦般的人质营救经历，一直挟持着她的记忆。更不要说，陈盛年这种亲历者，如果知道万国已经把他们当成被解决、被攻克的对象，又会作何感想？

这一切的一切，从一开始江汉除掉人力资源部的眼中钉严浩，孙夕照再黄雀在后攻击漏洞百出的江汉一伙，还有今天会议上感受到的陆欣仪和 Chris 的暗自角力，又或者站在鄙视链最顶端的钱远山的某种计划……职场上的人性和善良，究竟在哪里？

失去职场准心的程觅雪，头昏脑胀，从孙夕照的办公室出来以后，独自跑到了天台，第一时间拨通了谢铭心的电话。她想不到还有谁能帮助深陷阴谋旋涡的自己，尹冰、方圆……每个人都纠缠其中有利益冲突，只有谢铭心，阳光的谢铭心，才能作为一个局外人，帮助她理顺这一切。

"所以,这件事还远远没结束?站在我的角度,我不太懂私企的运作方式,只能说我接触的其他私企虽然复杂,但并非如此黑暗。或许在自我怀疑之前,你应该多一些自信,相信直觉。有些事,没有什么对错,在这个环境中它就是对的,换到别的环境可能是错的。你要问问自己,是否能适应这个环境。"谢铭心的分析一如往常,理性却又带有鼓励的温暖。

"我能说句实话吗?尽管鄙夷他们的做法,但今天在 PPT 宣讲的时候,我内心也升起一丝骄傲和满足。嘴上说着鄙夷,心里却享受这乱象所带来的机遇。可以说在整件事中,我也是个既得利益者。"

她决定坦承,尽管这并不为自己的形象加分,但既然不是个傻白甜,也没必要在喜欢的人面前伪装什么。

谢铭心沉默了。他惊讶于程觅雪的坦承,却不知在这种黑暗的坦承面前,应该赞赏还是劝阻。可能在这段关系中他始终不够自信,程觅雪娇小的身体中蕴含的力量远超过他的想象,是他此前的生活中从未出现的类型。他原本以为,万国里的黑和白两派,程觅雪必然会站在白的那边,但现在看来,整件事中,可能一开始就不存在什么绝对的黑白。倘若对一段关系不用心,"加油啊我看好你"糊弄两句就过去了。可谢铭心是真心喜欢这姑娘,更珍视这段从毁灭中发芽的爱情,每个她的决定,她内心的想法,都引发了他内心深处的思考。

"既然你能清楚地认识到自己是既得利益者,那如何走下一步,只要遵从内心即可。但我觉得,做人不能去主动伤害别人,这是底线。"

"我明白的。我不可能去伤害别人！"

接着，他沉默了，程觅雪在电话这头也能感受得到这份厚重的沉默。两个来自不同背景的人，能享受这份不同带来的甜蜜，也必将承担这份不同所带来的痛苦。换做萧正礼，绝对会支持她一路走向更加黑暗的权力顶层，而对此显得无措的谢铭心，则来自另一个世界。这世界的温暖，她无限欣赏，但能不能融入，谁也不好说。

"喂，我看最近北京降温了，你可记得保重身体啊！"

"嗯！"谢铭心先挂断了电话。

程觅雪却没有离开电话，"嘟嘟嘟"的声音在她耳边响起，她第一次在被挂断的电话面前失魂，以否认的姿态试图劝说自己对这段关系要充满无限的信心。眼神，却撒不了谎地黯淡了下来。

第九章

使贪使愚

9.1

—

黑暗中被点燃的一切

举报邮件事件发生后，随着管理层的命令，集体诉讼的机密小组风生水起地建立起来。程觅雪一边忙于 WPI 的公益项目，一边分出精力在机密小组中筹谋。本以为人质事件的危机高峰已经过去，程觅雪却比初时更加忙碌疲惫。

父亲程恭来上海办事，顺便来看她。最近的忙碌令父女俩的见面虽然难得，却掩饰不了疲惫。

"你看你，又瘦了。都不明白你们公司出了这么多事情，为什么你还选择留在这里？"

听到父亲的这句开场白，程觅雪就不开心了。看不上她的职业选择路，是他打击女儿的一贯套路了，而不回应这种套路，也是她多年摸索出的反击模式。

沉默却并没有阻止程恭的攻击："你弟明天也会过来参加一个会，他最近也忙瘦了，可再怎么说也是为了我们家的家业。你呢？为了在万国这个烂摊子里和稀泥？不心疼我也就罢了，忙到弟弟也不理不见了吗？"

"爸，我没有不见啊，他忙我也忙，大家都是年轻人平时会聊微信的啊！他和我都那么大人了，难道还要天天手牵手才叫亲姐弟？"

"好，讲不过你们做公关的，最近万国的坑掉进去，倒是把你口才锻炼了！我不是来吵架的。周五晚七点，外滩荟的庆功宴，你必须代表家里郑重参加。"程恭把一个请柬丢在她面前。

程觅雪接过请柬，翻来覆去地看。这可不是父亲的商业作风，一直秉承闷声赚大钱的风格的他，从来不会设什么庆功宴。"迅科基金成立暨首期募资答谢宴"的大字映入眼帘，烫金的字体旋转着印在华丽的暗红色雾面纸张上，充溢着奢侈感。

"什么基金？靠谱吗？爸，这年头金融产业坑可是多得很，你可别马失前蹄，被骗了啊！"

"我说小雪，你能不能不要说话那么丧气？金融产业，能比你们万国这种自诩的互联网产业坑多？何况，迅科基金是有清洲市政府背书的，以基建产业作为投资重点……算了算了，懒得和你解释。总之，这是小霖作为投资人出席的活动，我希望你作为家人可以去支持。在这个破……乌七八糟的万国以外，别忘了这个家！"

父亲这么说，反而让程觅雪心有愧疚了。她告诉自己，因为父亲那次无疾而终的再婚带来的隔阂，无论如何也不应沿袭到弟弟身上去。程觅霖与她虽然聚少离多，但从小一起长大，姐弟情还是有的。父亲的第二段婚姻，很大程度是为了娶个照顾他们姐弟的人，这份好心在当年令敏感的程觅雪格外别扭。刻意拉近关系的后妈，人前人后两幅面孔，她和弟弟一直在心照不宣地配合后妈演戏，父亲常年出差在外，他俩在后妈独自在家时遭了多少委屈和冷眼，只有她还记得。没想到，嫁过来五年时间，她也没能如愿生出自己的血脉，分多一点家产。好后妈再也演不下去了，拿了笔巨款遣散费就走人了。

彼时总是躲在她身后的那个孱弱年幼的弟弟，如今，已成长为独当一面的家族企业继承人。他第一个项目落地，尽管是程觅雪不看好的金融项目，但无论如何都是要支持下。

"好了，知道了。后天周五嘛，我不会加班的，一定准时到！"她敛起戾气，乖乖把请柬收下。

程恭本还想再评论几句万国的事情，但看着女儿的黑眼圈，也就把原本要说的话收回去了。这么多年，他以为单亲家庭里叛逆的都会是儿子，没想到作为大姐的程觅雪才是那个最令他头疼的。反而是程觅霖，规规矩矩地听了他的话，出国念完书就回到国内在自家的公司打工，直到做出今天这样的小成绩。一路风平浪静，比他想象得更顺利。这个女儿啊，在他眼中事业高不成低不就，家庭也没有，程恭的心里总有一份扼腕。

周五转眼到了，程觅雪等同事们都下班了，悄悄在办公室换上长裙和高跟鞋，闪入提前叫好的专车，准备奔赴基金晚宴了。

谢铭心：程大小姐，周末晚上什么安排啊？约吗？

在路上，谢铭心俏皮的短信闪烁了起来。

尽管因为集体诉讼事件暴露了两个人世界观的不同，但谢铭心还是大气的，他一如往常地积极对待这段关系，阳光而充满正能量。程觅雪瞧着这几个字，眼前浮现了他那开朗的笑颜，下垂的眼角看上去人畜无害，却总喜欢说些有的没的贫嘴话，让人直想捶打其胸口，又恨不得钻入他的怀抱。

> 程觅雪：周五晚上约了其他男人，下次请提前预约！

她说的没错啊，父亲、弟弟都是其他男人，字字属实呢！

考虑到自己家庭和谢铭心家庭的巨大差距，她不乐意在现阶段过多提及程家的生意。今天的基金晚宴，也在这个被保护的范围内。倘若情深几分，她想，这样开心又正式的场合，带着谢铭心去给父亲认识下，应是再好不过的机会了。但现在，不是一个成熟的时机。

手机屏幕上，传来他一张难过的脸的自拍照，用美图秀秀，插上各种被乱箭刺穿的小心心。

程觅雪看了笑了起来，人也松弛了下来，尽管这段感情和上一段一样，短暂的相聚总是奢侈的。但谢铭心阳光的本性，无疑让程觅雪开始摆脱萧正礼那压抑、黑暗性格所笼罩的感情阴影。起初，她还会不自觉地将两人在心中比较，现在，她越来越少想起那些和萧正礼有关的伤神事了。

坐在车后座，她瞄到了后视镜，镜中的自己柔和而充满善意，这是久违的一种表情。程觅雪发现，原来和一个人恋爱，是可以轻松而快乐的。沉重的，阴郁的，充满压力的上一段恋情，有来自萧正礼的，也有来自父亲的。两家交缠在一起的生意让父亲对她嫁入萧家充满了期待，这恐怕只有出生在生意人家庭的人才能理解。两个年轻人除了相处以外，还要谨慎小心地处理这其中的利害。都说富二代之间的联姻顺水推舟，呵呵，程觅雪觉得，说出这种充满柠檬酸味话语的人，对生意场上的复杂人际，恐怕连万分之一都未体验过。

"您好，外滩荟到了。"

"谢谢！"

从车上下来，她踩着高高的红底鞋，从外滩荟的旋转石阶上一步步向另一个世界走去。侍者们恭敬地推开了高到天际的会场大门，绚丽的水晶灯从天花板垂落，折射出的光线打向各个桌的香槟色台面的水晶杯上，闪耀出金钱才能创造的盛景。

这一切似乎都是她曾经熟悉的，无论是父亲还是前男友，都令她一度认为这才是生活的真相。而经历了人质事件和结识了谢铭心之后，这熟悉的一切都变得悬浮而虚幻，显得那么不真实又百无聊赖。

念念不忘，果真必有回响，无论你是否想碰到对方。社会圈层越向上，圈子就越小。每当想奔向新生活的时候，旧生活就死死拖住你敲打你，用力提醒其存在。衣锦夜行的人群中，萧正礼从簇拥着他的几位客人中挤出来，拿着一杯香槟，向程觅雪的方向走来。

"好久不见了，程大小姐。"

"萧总！真是好眼力啊，难得那么多高个儿里，你还能看到我这小矮子。"

她瞥了一眼他身边的女伴，一如既往，一名来历不明又千篇一律的模特。她们美丽而空洞的眼神里，似乎人在这里，而灵魂不知在哪里。很多时候，程觅雪觉得这些穿上高跟鞋身高就超过一米八的职业女伴如同机器人一样，来来回回，总伴随富豪流连于各个社交场合。每个人她看着都眼熟，却没有一个叫得上名字。

"说话毒就算了，怎么还带上儿化音了？假扮北方人吗？"萧正礼听出了她的讽刺，回起话来也是不吃亏的。

因为我在和北京男生约会啊！程觅雪话到嘴边，还是咽了回去。善良，善良……她还是决定不刺激人近中年依然流连在不具名模特们身边的他了。

顿了顿，程觅雪转了话题："你管我带不带儿化音呢。你在这里干什么？是讯科基金的资方？"

"我以为你知道，程觅霖亲自送请柬，叫我来捧捧场而已。这种基建类基金，我并不怎么看好。"

一时间，程觅雪终于知道父亲为什么坚持让她来基金晚宴了。恐怕除了支持弟弟以外，更多是促成老父亲心中理应和好的萧正礼和她。于是父亲给自己送请柬，弟弟给萧正礼送。在父亲的眼里，什么都是可以被调解、被弥补的。他多次提及两人的家族渊源，试图化解分手这件事，他哪知道在年轻人的世界中，尽管分手不久，已然斗转星移。

"晚宴即将开始，请各位贵宾按照请柬所指示的座位尽快落座……"

随着主持人的提示，程觅雪迅速结束了这不愉快的尬聊，来到了请柬指示的十号桌与弟弟、父亲坐在一起。没想到，不一会儿，萧正礼也坐到了对面。

她狠狠瞪了父亲一眼，知道这肯定是他的安排，颇有种被算计的感觉，却不愿屈服。

"萧总带了女伴，我看还是我把座位让出来吧。"

说完全不嫉妒，那肯定是假的。程觅雪自卑的地方不多，身高就是一个，也不知萧正礼是中了哪门子邪，和她谈恋爱前前后后找的都是模特。看着这些衣服架子一样的美人，就算个子高的一般人也会自形残秽，别说她这种只有 160 的矮子了。看着就生气！几个意思啊？交往了矮子受了刺激，再也不找 180 以下的了？极端！反社会人格！她心里暗暗地咒骂着。

还没等程觅雪起身，模特已经颇具专业精神地站着和萧正礼耳语了两句，接着转身离开了。反而是放话耍狠的程觅雪，被钉在原地，站也不是坐也不是，还是被弟弟拽着才坐回了原本的位置。

"放肆！"程恭侧身小声却厉色地教训着她，"这是什么场合？你弟弟的大日子，轮不着你戏多。给我老实坐好！"

脸上红一阵紫一阵的程觅雪，面对父亲的呵斥，也无言反驳了。体面二字，她向来以为是自己的长处，而此刻不给任何人面子的她，为刚才的失态感到羞愧。

晚宴剩下的全程，她都老老实实跟着家人的节奏，该敬酒敬酒，该寒暄寒暄。在万国急速上位初露的锋芒，放在家庭情境中显得十分不合时宜。此刻的程觅雪，是一个清洲商人家庭的大女儿，她要时刻表现出驯服和乖巧，在生意的场合中说着言不由衷的话语，黏合起各类人马的关系，为主战的弟弟贡献和培养好的人脉。

晚宴的高潮，是第一期基金主要几位投资人共同上台，敲碎代表基金金额的十亿元人民币的数字冰块。整整八个零一个个被破冰，寓意破土重建，响应基金未来将扶持的基建项目。

掌声雷动中，程恭和程觅雪都只是暗处的喝彩者，被弟弟在台上的光芒所笼罩。

"小雪，这才是实现人生价值的正确方式。你在外面选择的职场路，对于自己，对于家族，究竟有什么价值？"

　　程恭在这暗色里，掷地有声地投下这重重的话。几乎击碎了程觅雪作为成年人的一切信念，令这个诡异的夜晚彻底崩塌。在万国人质事件以前，她充满"莫问前路但行远方"的人生自信；而人质事件所暴露出的种种职场险境，令她开始慢慢质疑工作的实际价值。父亲的问题，如同一句咒语，让她的一切质疑彻底浮上水面。藏在心房的大象，一直不看不听不问的自己，都通通因为这句来自于原生家庭的咒语，走入了现实。

　　这平行宇宙般的夜晚，令程觅雪心中百感交集。虽然万国的形势复杂也不善，但在某种程度上她是有所选择的，甚至选择离开，也是一种自由。一旦进入家族企业，这就是一种逃不掉的责任，血脉相连。她需要为自己从未参与过的基金项目拼命鼓掌捧场，也要为认都不认识的长辈献上最恭维的话语。

　　直到晚宴结束，程觅雪也没搞清讯科基金的盈利模式，以及托管方究竟是谁。交杯换盏后的一晚，她疲惫又头痛不已，终于在最后再次恭喜过弟弟以后，独自准备离去。摇曳的长裙，在沉重的心情下不再美丽。面对外滩五光十色的夜景，程觅雪心中更加彷徨，只感到头晕目眩。她等司机的时候，摸出手包里的手机，想拨一通电话给谢铭心，在混乱中找回基准线。一辆熟悉的迈巴赫，骤然停在面前。

　　"上车吧，不要害司机吃罚单。这里黄线不能停车的。"车窗被降下，萧正礼阴郁的脸不出意外地在她眼前浮现。

　　对于此刻的她，任何能把她带离此处的人都是一种救赎。她没想太多，在被打开的车门面前，接受了这来意不明的邀请。

　　"你看上去糟糕极了。虽然身着华服，却满脸的不悦。说说，最近怎么样了？"如同一个老朋友，萧正礼熟悉的声音，此刻给她带来某种温暖的感受。

"我……我还好。就是，不太明白今晚的这个基金是怎么回事。"她试图掩饰着真正的不安，以免陷入某种更深的低落中去。

"难得你关心自家的生意。这期基金呢，当初也找了萧氏企业募资，我是在最后一秒决定退出的。而你弟所认领的基金份额，基本就是我选择退出的那部分。"

"最后一秒决定退出？这其中是有什么原因吗？"

"这些嘛，就是商业问题了。只能说，我看项目不仅仅是看数字，也要看人。基金所投向的方向，由两个并没有基建项目经验的管理人才所控制，这两个人的背景调查我认真看了。并不符合我对基金管理者的要求。"

"那你……你也是程觅霖的朋友，你为什么不能和他分享这个信息呢？"

萧正礼看程觅雪急了，推了推眼镜，慢悠悠地说："你又知道我没和他说过？现在的年轻人是会听任何反对意见的吗？况且，你们程家人骨子里都逞强好胜。你弟弟看似温和，其实和你一样，偏向虎山行。中国有句古话，富贵险中求。说不定，我求稳的心态才是错误的。突然关心起家族生意，你是不是也要过我这种'令人唾弃的人生'？"

令人唾弃的人生。

这是在闹分手的时候，程觅雪某次吵架随口抛出的利器，说完就后悔了。当时她和萧正礼经历了长期的聚少离多，以及手术的事件。在心理没有被及时补偿的情况下，那个阶段的程觅雪，是充满怨念并期待报复的。

从萧正礼口中，在今晚这个心态下，再次听到这句伤人的话，她反向想到父亲刚对自己刺出的言语利刃，不由自主地内疚了。

"你的人生，并不是令人唾弃的。对不起，萧正礼。请原谅我当时的口不择言。"

惊讶？窃喜？心愿得偿？

当时被侮辱的萧正礼，以为这句等待已久的真诚道歉会令他有以上各种心理反应。然而，夜的流光游动在两人身旁的车窗上，令一切都变得温柔起来，就连平时总是高昂头颅的程觅雪此刻脸上的忧伤，也变得动人。他心底浮现的，是一种平静流淌却温暖的爱意。

静静的，把手搭在她的手上，两个曾经相爱的人，此刻什么也没有说，却胜过千言万语。

可能对彼此，他们始终陷入各自的解读中，从未真正了解过对方。但此刻，某种和解，通过这双手传达；某种善意，经由这双手释放。并不漫长的车程结束，黑色的车在夜色中搁浅，抵达程觅雪家门口，她自私地沉浸在这片温暖中，在车上坐了一会儿，才走下车来。

"喂。"他再次摇下车窗，将半个身子探了出去，"可以，最后拥抱一下吗？"

她回过头去，望着这个陌生又熟悉的面孔，微笑了一下，上去轻轻拥抱了他。

车子转眼离去，她刷卡进了小区，却在小区雕花的金铜色镂空铁门后面，看到了站在行李箱旁的谢铭心。

"你……你怎么……"

最愚蠢的话语脱口而出，程觅雪意识到应该住嘴的时候，已经太迟。

"我下班以后买不到机票，搭了高铁来的。"

谢铭心孤零零站在拉杆箱旁边，显得局促又悲伤。

"哎呀程小姐，我们没见过你这位朋友，不好乱放人的。"传达室内的保安三步并作两步迎出来，对程觅雪说道。

"我们小区最近管得严，不然我肯定是会放他到大厅等的。我有说过让这位先生打给您，我听个电话也行，他一直打不通……这不，只能让他在外面等着，您多多理解……"

程觅雪羞愧极了，谢铭心在这里足足等了几个钟头，她却在交杯换盏，和前男友叙旧。她没脸面对眼前的谢铭心，千言万语堵在胸口，却急得一句话也挑不出来道歉。

"对不起。"

憋了半天，她只能说出这一句。眼泪在眼里打着转，又知道错都是自己的，她甚至没有扮演可怜虫的资格。

"你是不是……和前男友和好了？"他沉默了许久，冒出一句轻轻的话，重重击中了程觅雪。

前男友？

程觅雪这才想起来，在去迪纳之前的贵宾休息室里，谢铭心是见过萧正礼的，当时萧正礼还自我介绍了一番。刚刚那个拥抱，刚刚那个拥抱所需要她付出的代价,恐怕远比她可以承受的要多得多。

"我没有！我们不是……"

"好了！我不想听了，请你也别说了。你的世界和我的世界距离太远了。这段时间，我不明白我们在做什么。"

谢铭心说完，拉起拉杆箱，招拦了一辆出租车，头也不回地离开了这伤心的现场。道路两旁的梧桐如同卫兵一样，在疾驰的出租车驶离时轻轻摇动着树叶，似乎在宣告着一场无声却庄重的告别。

在黑暗中被温暖过的，终究被放弃在黑暗之中。程觅雪站在原地，心中的一片光亮，被这个夜晚无情熄灭。

9.2
—
利用者和被利用者

迪纳事件略为平息后，万国的公关政策就是以慈善来挽回企业声誉，挽回用户和社会对其的负面印象。田恬所负责的企业CSR[1]首当其冲，时势可以造就英雄，也可以成就婊子，这段时间她变了心性，渐渐颐指气使起来，要求整个公关部都要配合她的慈善发布会。

"'西部微光'，如同它的名字一样，代表了贫困儿童的希望！唯有教育，可以照亮西部乃至整个中国的未来！"

字正腔圆操着播音腔的田恬在台上表现得十分感动中国。她用戏精一般饱含深情的眼神，望着台下的各位受邀嘉宾，最终柔媚地把目光落在 Chris 的身上。

"万国集团从今天起的一年时间，将在每一笔交易后按比例给西部微光项目捐赠善款。同时，我们的一亿用户也可在客户端选择点击'点亮微光'的按钮，进行自愿追加捐赠。小小的按钮，撬动亿万人的爱心，而这一切，都要感谢我们的 CEO——Chris 张国明先生的规划和创想。尽管，他今天非常想作为普通捐赠者，坐在台

---

[1] CRS: corporate social responsibility，企业社会责任。大多指企业为回馈社会进行的公益项目及慈善捐赠。

下，但我还是希望，能够请他上来，为大家讲两句！"

雷动的掌声中，站在最后一排的尹冰撇着嘴，和身旁的程觅雪吐槽："啧啧，女主播是不是还要上表演课啊？昨天还和我们对Chris的发言，今天上台装起即兴发言了。年度最佳女主角，赶紧的，为田恬女士鼓掌吧！"

她俩无奈地笑笑，装模作样地从众鼓起掌来。事实证明，只要是江汉招进来的，人的本质不可能好到哪去。最近经历了这么多，程觅雪的心态倒是调整得平和，她认为田恬也没什么错，都这把年纪了，要上位就要努力把握每一次机会。

Chris 的发言结束后，捐赠发布会也接近尾声，接下来就是专访环节了。公关部只安排了三家关系比较好的通讯社对 Chris 进行访问，通融记者们在发问环节不要提起人质事件。尹冰和程觅雪作为 PR 支持人员，带领十余位媒体记者跟随田恬和 Chris 进入了采访室。

"Chris 你好，我来自《财经万象》，据说项目原本计划和一家更加国际化的慈善机构合作，最后是什么让您选择了相对不太为人所知的西部微光项目呢？"

"一开始的确是考虑过另一家国际性机构。项目负责人，也就是这位主持人田恬女士，是她经过层层审核，大力举荐了西部微光这个项目，并搜集了很多资料给我了解。这还不够，她还建议我亲自去一趟甘肃，一起进行探访。在这样的因缘际会下，我很幸运地真正了解到……"

田恬举荐的？还层层审核？

西部微光，明明是程觅雪通过大量的调研以及在媒体圈的访查，去伪存真千辛万苦挑选出的靠谱公益机构。当时推荐给田恬时，她只说会呈给 Chris 看看，最后告诉程觅雪搞定了合作。中间略过的，岂止是三百字。去了一趟甘肃？对学校进行探访？ Chris 说的这一切，程觅雪如同一个完完全全的局外人，田恬暗度陈仓的不义之举成功惹怒了她。

她意识到，自己又被利用了，被这只伪善的九尾狐耍了个底朝天。

专业场合，不便发作，她只能向端坐在被访席、被浓妆所覆盖的田恬投射出质问的眼光。田恬呢，自然是读出了程觅雪的不满，却依旧保持嘴角向上的假笑，和 Chris 一唱一和，时笑时聊，轻松面对记者提问。

程觅雪只恨自己此刻不是坐在媒体席，不然就有身份可以直抒胸臆，问问这忘恩负义的田恬，西部微光的来龙去脉！

"哈哈哈，对的！我一直就比较关注贫困儿童呢。"

台上的田恬假装着充满爱心的样子直令程觅雪反胃！这次不同以往，拿贫困儿童为自己脸上贴金？一般人可真是干不出。

尽管慈善项目不是她的绩效，但此刻程觅雪依然感到了前所未有的愤怒，愤怒中，她看到了来访记者中一个熟悉的背影：《东方新闻》的记者 Tina。Tina 是个热心肠的东北姑娘，与程觅雪相识已久，两个人还共同参加过一期在苏州的新闻研讨会，分在酒店的同一个房间，有着短暂的室友情谊。

她看着 Tina 嚼着口香糖百无聊赖的样子，就知道平时一腔热血爱跑突发新闻的她，肯定是被领导临时逼着来拿这份万国的车马费的。于是，程觅雪灵机一动划开了手机。

程觅雪：Dear，介意帮我问个提纲外的问题吗？只提问即可，不用播出。

Tina 收到信息，环顾了一下偌大的场地，瞥到了站在后排的程觅雪。她微笑着，露出一排标志性的整齐牙齿，冲程觅雪挤了挤眼睛。

Tina：没问题！小事！

程觅雪最爱 Tina 这份爽快，迅速地把问题打给了她。不消两秒钟，Tina 就高高举起了手臂，试图发问。然而，台上心虚的田恬早在发布会前，就安排好了五个提问的记者，答案也都是提前排练好的。现在，已经问完了前四个问题。她看到并不相识的 Tina 在举手，假装顾左右而无视，似乎没看到一样，带着假面具一样厚的妆容，正要伸手示意排练好的第五名记者起身发问。

可惜 Tina 才不吃她这一套，跑突发新闻的记者和跑旅游生活类的记者作风完全不同，见缝插针地提问是一项基本功。她直接从座位站了起来，冲着身边拿话筒的工作人员亮了亮记者证，就把话筒拿到了。

"我想提问一下这位具体负责项目的田大姐，以您对西部微光如此深入的了解和刚才提到的多年关注，为什么万国却选择了探访只接受物资捐赠不接受款项捐赠的甘肃，这和刚才解释的捐赠方式完全不同，是不是对甘肃有什么特别的关注点？能给我们的观众讲一下吗？"

田恬偷奸摸滑的职场经验虽四舍五入也算是个电视人，却从来没面对过前线记者的突发问题。她看到失控的提问现场已经开始冒汗了，而 Tina 以飞快语速问出以上问题时，她脑子里只听到"物资捐赠"和"款项捐赠"两个词，什么回答思路也没有。

僵掉的笑脸依旧挂在脸上，拿着话筒的她却半晌说不出一句话来。过了许久，她才用哆哆嗦嗦的声线回答道："感谢……感谢这位记者的提问。我想，甘肃是一个……西部的重点省份，也是一带一路的参与者，扶贫和教育我们都关注着，不对，我们关注的是教育问题！回到教育本身……"

一段驴唇不对马嘴的回答，加上 Tina 那满脸的鄙夷和看不起，田恬之前准备的答案背得有多流利，此刻被戳穿得就有多狼狈。台下的记者听了如此没水平的答案，纷纷窸窸窣窣开始耳语，看的 Chris 也十分尴尬。整个场面难看极了。

程觅雪和尹冰，作为没有被田恬重视过的公关背锅人员，此刻却被台上光鲜亮丽的田恬寻着，投来求救的眼光。两人相视了一下，程觅雪先说："田恬没嘱咐过要我俩待到最后吧？站半天了真累，下楼喝咖啡去？"

尹冰听了，笑了笑点点头："是的呢，人家今天紧贴着 Chris，都不屑于和我们说句话呢。咖啡好啊，走啊！现在就去！"

说完，两人高高兴兴地挽着胳膊，推开了会议室的门，拂袖而去。留下一个在台上筛糠般颤抖的空壳子田恬，面对 Tina 接下来的犀利提问。

喝完咖啡，程觅雪还捎了一杯给到孙夕照，办公室里，刚被告知田恬发布会最后失控的孙夕照反应平静，丝毫没怪罪两人。

"被她抢了功劳？她是江汉的人，这不原本就应该在我们的意料之中吗？发布会失控？万国最近失控的事太多了，这没什么。"

"是啊，明明采纳了我的方案，回复时却长吁短叹，搞得好像
Chris 对西部微光很不满，最后选择是无奈之举一样。我过去数周
的工作，都似乎没什么价值，仅仅是提供了一个备选方案被勉强采
纳。而实际上，Chris 不但很爱西部微光，还跟随田恬去了一趟甘肃。
我甚至都不知道这个行程！胆敢赤裸裸地说谎，背弃职场信义，那
就自己兜着这份报应吧。"

"哈哈哈，甩锅给人背，背完连个谢字都没有。江汉入主万国
两年来，发生了多少桩多少次这样的事？这群白眼狼！"

"这次最恶劣！因为……因为这是慈善，是儿童相关的，怎容
玷污？有没有良心！"程觅雪说到这点，还是愤慨的。

孙夕照收起了笑意，突然向前探身对她回应道："既然田恬背
信弃义，你也没必要压抑自己。这么喜欢饱含深情在台上扮演圣母、
扮温柔接近 Chris，何必不趁机捧杀呢？"

仇恨，一旦有了火光，就会轻易被煽动。程觅雪内心深处的某
片黑暗，就这样被点燃了。虚伪的田恬，是戳破她近来满腔怒气的
一根刺，"嘭"的一声，情绪爆炸。

"对了，现在西部微光告一段落，最近陈盛年这边，你有没有
什么新的消息？"

程觅雪从怒火中被拉出来冷静，才又回到了近乎双面间谍的集
体诉讼机密小组的工作状态中。在陈盛年面前扮演泄密者，在孙老
师面前扮演投诚者。她需要集中全部精力，力图角色不会混乱。

"他们已经在紧锣密鼓地与美国的律所共同收集资料。接下来，
就是集齐所有人质的签名了。有弃权不参加的，而起诉的积极派在
努力争取陈盛年这类摇摆不定的。如果，你们要有所动作，目前就
是提出筹码的好时机。"

"明白了。我们这边已经准备好了几个不同的方案，但正如我之前说的，没有谁是百分之百值得信任的。和陈盛年的会议一定要谨慎安排，不能留下任何把柄。"

收买陈盛年，无异于一场位于灰色地带的商业贿赂。孙夕照对此也是第一次接触，尽管希望一役成名，但成功欲越大，风险就越高。她力图让自己保持一种尽量中立的态度，更加客观审慎地看待全局。

"我有一个想法。"通过和陈盛年日益紧密的接触，程觅雪的思路产生了变化。

"更加传统的筹码可能直接，却会带来风险。相对的，如果以资源的某种置换，帮他解决钱不能解决的问题，其实无论对于他还是对于您，风险都降低了。他也很担心，在事后无法全身而退，被作为'叛徒'而排斥甚至针对。"

她总结了陈盛年眼前的三大需求：金钱、前途和儿子的教育。其中，儿子的教育是他最为头疼的。他作为互联网行业红利期发家的中产阶层，如同很多新贵一样，早早把儿子安排在了上海的某所私立双语学校中就读。然而，这个学校在国际学校面前毫无知名度，和公立学校的知识体系相比又没有竞争力。现在是他儿子升高中的关键时候，面临中考必挂，出国又申请不到好学校的困境。

"美国的 Dover 高中，是陆欣仪的两个子女就读的重点学校，即便放眼全美，也是排名前五名的私立学校。并且，随着学校的扩张，他们在波士顿的郊外新建立了一所比较新的学校，接收国际学生，共享 Dover 的教材和一部分师资。作为 Dover 的毕业生家长，加上一部分的捐赠，陆欣仪几乎可以保证陈盛年的儿子就读这所新校。"

子女教育，是所有新贵面临的难题。这是需要人脉、金钱和经验才能得出最好结果的一场博弈，而陈盛年的段位，显然目前是不具备这样的能力的。

"这点，我可以去和 Chris 聊聊看。至于在万国的规划，也需要和陆欣仪商榷。小雪，感谢你的建议，理顺了我的思路。"

孙夕照对于下属程觅雪在这次事件中的进步异常欣喜，但更加激动的，当然是自己有这样一个机会发挥江汉所不具备的才能。

如今的万国，只有能被领导看到的光和热，才具有正面意义。

"另外。"孙夕照继续说道，"再三思考后，我觉得谈判当日，你出面比我出面更加合适。"

"可是孙老师，我的级别，会不会令陈盛年感到自己不够被重视？毕竟，您才是领导。"程觅雪并不想置身于利益交换的风暴眼。

"不，陈盛年的思路非常成熟，从一开始就知道自己想要什么。既然已经清楚是一场利益交换，那么由他最信任的人去进行这一场谈判，他才能放下心防，更容易谈判成功。"

志得意满的孙夕照，今时不同往日，语气坚定而不容置疑。

"您是指……我吗？"程觅雪领悟了，只能点点头，接下这口恩师亲自甩在头上的锅。

从办公室里出来，她不禁思考，是不是孙夕照才是对的，这只是一场一开始就被谋划好的利益交换呢？自己和陈盛年相识的时间并不长，对方愿意主动透露那么多，到底是自己过分聪颖，还是被当成一个出口在利用呢？

讯科基金晚宴过后，父亲对程觅雪的否定，彻底打击了她内心的自信。尽管她看上去踌躇满志，在孙老师的带领下似乎在集团的地位不断上升，成了少壮派的中坚分子；而她的内心，是非常不安的。这种不安来自于对工作的怀疑，也来自对个人生活触礁的焦虑。

谢铭心这个曾经给她灰暗生活带来无限光明的人，如今却把她推入了更深的黑暗。

北京的夜空下，谢铭心在无聊地帮老妈在小区里遛狗。参加朝阳区中老年广场舞大会的谢妈妈，已经冲入了团体十六强，他一时成了家中的"顶梁柱"，在比赛期间担负了遛狗、做饭、打扫卫生的工作。

这也好，不用多想程觅雪了。他暗自想着。

"喂！谢铭心！"好友高唯突然出现在他面前。

"你怎么来了！"谢铭心看到他，还挺惊喜的。高唯最近一直在美国出差，俩人虽然同在一个部门，但已经很久没有见面了。

"听办公室的人说，最近你成了'家庭妇男'，喏，我特意买了食材和啤酒，怎么样大厨？给我露一手吧！"

高唯亮了亮手中沉甸甸的环保袋，谢铭心家的柴犬一下子跑了过去，东闻闻西嗅嗅，兴奋地摇着尾巴，围着他一圈圈地跳跃着，对于晚餐充满了兴奋。

"走！"

两人带着柴犬，一起上了楼。

喜欢下厨是与谢铭心外表十分不符的属性。一开始是因为健身的关系，要控制碳水，他开始尽量减少外食。后来，在巨大的工作压力下，他发现下厨可以起到平静身心的作用。每每将食材收拾干净、切整齐，似乎各种职场的问题都被烫平捋顺了。如同此刻，在厨房里洗洗切切的他和高唯，也不必客气着说什么，就在这样的共同劳动中有了某种无声的交流。

"刚从美国回来就迫不及待来见我，是不是有啥不方便在办公室说的？"谢铭心先开了口。

"哈哈，你这洞察人心的功夫可以啊！我也实话实说吧，是程觅雪那个好朋友尹冰让我来的。她也是热心肠，就是想调解一下你俩的关系。我不爱掺和这事，可是架不住她天天烦我。你看看，事就是这回事，爱聊就聊聊，你不爱聊就算了。"

"哗！"

鱼片下锅过油，谢铭心的脸被火光照亮，表情十分沉重。高唯没想到他的反应那么负面，不明就里的他也就没说什么。

对着满桌子的菜，谢铭心、高唯和谢爸爸一起，还是高高兴兴地吃完了一餐。月亮爬上了夜空，高唯也不便过多打扰，就先告辞了。谢铭心再次牵着柴犬，把他送到了楼下。

"就是……其实守着我爸我不想多说什么。你也知道我的精神洁癖，程觅雪她……撇开大家来自两个世界，她和前男友之间剪不断理还乱的关系也是我难以去处理的。"走到了小区花园，谢铭心主动开了口。

高唯知道，精神洁癖这件事是谢铭心绕不过去的点。他虽然双商极高，但涉及感情，他是纯粹而简单的。以他的外形条件，不要说办公室的女同事了，就算是领导，也不停地介绍各种女儿、侄女、外甥女给他相亲。尽管接触的女性很多，谢铭心却心中有种坚持，他认定一个人不容易改变，同样的，也不希望对方改变。让他动心不容易，但一旦动了心，他是全心投入的。

"我明白你是个重感情的人，对另一半有着自己的执着。但是你看，咱们工作也接触过很多国家的人，你在工作中充满了理解、包容以及尊重，怎么到了感情当中，就不能适当让步呢？再说，我也打听了，她那个前男友，就是那个什么萧氏集团的，和程觅雪家应该是有一定商业上的来往。你让人家彻底断了联系，这也不是她一个人说了算吧。"高唯尽量地劝说着。

精神洁癖这件事，谢铭心从不认为是个优点，但这就是他性格里挥之不去的一种特质。他试图从各个角度去解读程觅雪和萧正礼的那个拥抱，企图合理化其动机，却依然如同一个过不去的坎，在心中无法被逾越。但他对程觅雪的那份爱，同样也没有磨灭过。

"唉，我也明白，这个时代背景下我的精神洁癖是那么的格格不入和过时老套。其实，我也没有结束这段关系的想法，只是，可能需要更多的时间来消化这一切吧。"谢铭心叹了口气。

"时间？你再等下去，人家条件那么好的人可未必会等着你。这可是个公开公平的市场，你啊，可别最后自己后悔咯！"高唯有点儿生气了。

尽管对程觅雪的第一印象不怎么样，但在经历了那么多事以后，特别是和万国里的魑魅魍魉相比，她的人品他是绝对信得过的。经过尹冰的解释说明，他才知道原来在工作中愿意低到尘埃里的程觅雪，有着一个怎样的背景。最重要的，是她在迪纳事件中拼了命一样地为好友谢铭心的付出，他全都看在眼里。那宁愿忍着他的无礼和指责，也要为谢铭心付出一切的劲头，不是每个人都愿意为另一个人牺牲那么多的。

"哎呀好了好了知道了！对了，你不是马上要跑一趟万国开会？把这个替我捎给她吧。"

说着，他把拎着的纸袋丢给高唯。

"前阵子说是睡眠不好，这是三个月用量的褪黑素，托咱部门出差的同事从欧洲带回来的。我也是这两天才拿到。那边的药监比较严格，成分应该更健康。"

高唯低头看了看这沉甸甸的纸袋，摇了摇头："你啊，明明还是关心人家的，却不肯表达。这隔空投递的关怀，算是网恋吗？"

谢铭心笑了笑，想说什么，又止住了。他拍了拍高唯的肩膀和他告别，带着狗溜达了一会儿就上楼回家了。

门打开，家里的灯还没开，刚才饭菜的烟火气犹然还在。一片黑暗中，坐在沙发上的谢爸，点起了一根烟。

"咳咳！咳咳咳咳！"

"唉哟爸！您平时不抽烟，这是哪儿弄的烟抽起来了！"谢铭心赶紧把烟接过来掐了。

谢爸却招呼他坐下，坐在他对面，表情十分严肃。

"儿子，我想和你聊聊。"

"您有事说事啊，抽烟没必要。"

谢爸低下头，深吸了一口气叹出来："这个高唯，来咱家不止一次了吧？这次还怎么着，刚从美国回来就来见你了？我刚才瞅着，你还送他礼物了？你爸我……我想问一句，你俩是不是……"

谢铭心听了顿了顿，然后领悟了。不久前，在同一张沙发上，他和妈妈也有这样一段对话。他憋红了脸，哭笑不得地回应："爸！你怎么跟我妈一样呢，连自己的儿子都……算了算了，我啊，也甭解释了，我服了！"

他摇着头，就准备回屋。突然想起程觅雪曾经说过，自己的嘴碎早晚会遭报应的，不知亲生父母对他如此执着狂热得猜想，算不算一种"报应"？

"我是个开明的人，但就是你两个姑姑！一直盼着咱谢家有后！唉，你不是也经常出国，不知你有了解过那种合法代孕吗？"

谢爸依然在他房间门口自顾自地叨叨着,谢铭心戴上降噪耳机,打开电脑游戏,如同一个青少年一样躲避在这方寸之间。

幼稚的,单纯的,充满爱的环境里长大的谢铭心,可以轻易温暖他人。而这份暖,是否足够在复杂的世界中建立一份信任呢?谁,也没有答案。

位于外滩的 M 酒店商务楼层会议室里,程觅雪深吸一口气,整理了一下白色衬衣的袖扣,将长发绑成一个马尾,再次调整了一下坐姿,稳住身心。

万国外聘的第三方团队将房间的电子设备进行扫描,确认一切人等都没有携带电子设备以后,他们带着检测仪器,退了出去。黄浦江反射的夕阳余晖,打在会议室的墙壁上。偌大而冰冷的空间内,仅剩下陈盛年和程觅雪。曾经在迪纳相互扶着跄跄地走出爆炸区的两人,如今则分坐于谈判桌的两边,相隔万重险恶人心。

"签字后,您将成为技术部门副总裁,同时增补 17% 的股票和期权。后者在五年内,还可以破格进行递增。在同级别的副总之中,额度最高。"

程觅雪把牛皮信封里的职位聘用合同拿出来,摆到陈盛年面前。

"当然,陈工,以您对公司的贡献,副总裁是早晚的事,我也只不过是争取到了一条职场快车道而已。为表示更大的诚意,这是一份 Dover 新校的推荐信,由陆总亲自写就。她的大儿子是 Dover 本校的学生,今年还拿到了斯坦福大学的提前录取通知书。作为 Dover 本校的家委会卓越成员,希望她本人的推荐,可以为您儿子的就学之路提供另一条快车道。"

接着,她从包里又拿出一份文件,展开来,铺在他眼前。

两份文件摆在面前，陈盛年毫不犹豫地拿起了推荐信。

"Dover 新校今年的入学申请马上要截止了。对于我们来说，时间可能显得没有那么快，但是对于您儿子，截止日意味着命运的分割线以及未来教育质量和生活走向的分水岭。"

她不疾不徐地催促着，丝毫没提集体诉讼的事情。作为一名凤凰男，从底层爬上来，出身和交际圈都受限的陈盛年自己应该最清楚"生活走向"所蕴含的意义。进入了 Dover，拥有的不仅仅是美国著名私立学校的中学文凭，而是整个生活圈层的攀升。到时候，他儿子将会和世界上最精英阶层的二代们成为发小，进而升入常青藤大学，拥有更加深入的社会联系。这，才是陈盛年真正看中的。

陈盛年用一般水平的英语，仔仔细细，努力地读完了整封推荐信。信是程觅雪起草的，里面把陈盛年儿子的每一项爱好都进行了合理包装美化，将其大大小小的成绩挑出亮点罗列出来，同时以长辈的心态，赞扬了其性格中的闪光之处。一切都妥当又显得如此真实，仿佛落款的陆欣仪，真如信中那样"用最积极的心态期待着他在美国的学习和成长，以最骄傲的心推荐他成为学校中的成员"。

早在一个月前，程觅雪就通过孙夕照推荐的资深顾问公司的背景调查专家，对陈盛年的家庭特别是儿子的情况进行了资料获取。尹冰在拿到一切公开平台上的资料后，对所有信息进行二次整合和倒推，整理出有关他儿子的资料包。而方圆则通过对 Dover 新校招生的了解，以及与招生办公室的来往沟通，罗列出学校所看中的学生素质。最后，孙夕照与家委会成员之一的陆欣仪商议后，借用她在学校的影响力，综合正确的语气和角度，写就了这封沉甸甸的推荐信。

"最后一份，是一封 Denson 律所起草的委托书。"

程觅雪将一式两份的法律文书，推到他手边。

"Denson？就是他们要起诉万国所委托的律所？"陈盛年听到这个大律所的名字，不由疑惑。

"没错。"她故作轻松地笑了笑，"就是那个 Denson。跟您说实话吧，我们不可能孤注一掷，将希望全放到您这边。我们和他们的委托律所 Denson 进行了深入的沟通，这么说吧，无论有没有您这份委托，他们的集体诉讼都不会被代理。当然，有了您的帮助的话，这一切都会更加顺利。"

深入的沟通？

在互联网行业的热潮中摸爬滚打了十余年，商业利益这种事情陈盛年还是懂的，况且在几次人质事件的代表会议中，他也侧面了解到主张起诉的激进派的一些顾虑。听程觅雪这么一说，恐怕是万国以其他的案子作为筹码，希望 Denson 不要接手这本来胜算就不明朗的案子。而他，则是一枚加速器，有了他的委托，Denson 可以有证有据地说服激进派们不要进行诉讼。就算他们找了另一家律所代理，手握陈盛年委托的 Denson，也可以发送这份文件给下一家律所，以证明案件的立足点不成立。

"陈工放心，这份文件受到法律保护，根据当地的商业法规，是不会透露您个人信息的。换句话说，就算您本人和其他人一起去了 Denson 律所，面对面坐下来，律师也不会透露，是您签署了这份文书的。匿名法律文书，受到联邦法律的保护。"程觅雪补充道。

"我恐怕，要咨询一下自己的律师，确保一切的合法性。"陈盛年希望守住最后一点坚持。

他并非无备而来。他私人委托的律师，也具有美国的律师执照，此刻，就在大堂等待着他的召唤。收费五千元一小时的律师，什么都没干，枯坐在大堂喝咖啡，就赚到了顾问费用。陈盛年赶忙把他召唤到会议室，经过一系列的检查后，他进入了这个房间，戴上眼镜，仔仔细细研究了这五页委托书。

最后，律师冲陈盛年点了点头，表示一切如同程觅雪所说，又重新梳理了他的权利与风险，最后总结道："陈先生，通过这份委托书的签署，您充分表达了万国没有在人质事件中失职的立场，并且为万国因此所提供的资料作为当事人给予诚信的证明。基于此，其他人质代表所提出的集体诉讼的根本，也就是所有人权利被侵害的事实，就无法成立。换句话说，其提出的集体诉讼，在现有联邦法律的范畴下，是无法被受理的。"

盛惠上万元律师费以后，陈盛年不想再拖了。于是程觅雪也召唤进来万国的律师，在双方律师的见证下，陈盛年签署了委托合同。

度过千难万阻，虽然质疑事件本身的正确性，但作为身处其中并为之努力的人，程觅雪心中还是不由生出一份窃喜。她严肃并郑重地送走了陈盛年。在陈盛年和律师进入电梯后，她冲回这空旷的会议室，紧紧拥抱着从另一个方向走进来的尹冰、方圆和孙夕照。

"我们做到了！我们做到了！阻止集体诉讼，我们做到了！"

窗外的灯火，渲染了黄浦江上的波光。绛紫色的夜幕笼罩着繁华的天际线，她们四个人在这片几乎美到不真实的背景前，激动地相拥。

程觅雪的内心，却越来越迷惘了。这光景，令她回忆起讯科基金开幕晚宴那天，她身处在同一条街相隔几百米的外滩荟。无数次与孙老师她们奋战加班的夜，也一一浮现在眼前，她们相互打气的情景，共同拆开外卖盒子的情景，都比此刻豪华会议室中眺望璀璨江景显得更加真实。

做到了江汉所没有能力做到的，为管理层铲平了危机，作为公关人员，程觅雪无疑学到了很多，也获得了很多。她为孙老师的布局感到骄傲，为整个团队的协作感到振奋。但回到事件本身，是否人质代表们，没有提出集体诉讼的权利呢？

"因为陈盛年是有选择的，他可以选择不接受我们的条件。况且，一切没有牵扯到金钱交易，这并不是商业贿赂。"

孙老师曾经和团队一再解释过她的逻辑。一度，程觅雪也被其说服。

但扪心自问，把工作细致完成到如此程度，又紧紧握住了对方的软肋进行利益诱惑，即便换成是家境优越的她，能否经得住这样的考验？

紧紧扼住的，明明是对方最渴望而不可得的，难道无关金钱，就不是贿赂吗？至少，这算是一场计算无比精准的威逼利诱吧。

如此用心用力地工作，为的就是威逼利诱一个在利益链中的同僚吗？

"你在外面的职场路，究竟有什么价值？"

父亲那句刺穿她自尊的话，在这个应该共享荣耀的时刻，再次在她耳边重重地响起。

9.3

—

东京塔下的告白

清晨，为了准备管理会，程觅雪早早来到公司。

点了一份小馄饨的外卖，早上起得太早的程觅雪脂粉不施，在工位上油光满面地整理着资料。尹冰，却带着外交部的代表高唯，也来到了公司。

这次，他带着公务来到上海，同时也挟着私心，想找程觅雪聊聊。他跟在尹冰身后，远远看见程觅雪时，她刚刚打开小馄饨的盖子，随着尹冰一声"小雪小雪，快看谁来了！"，她抬起头，正好和高唯纠结的眼神交汇在一起。

"哐哧！"程觅雪一紧张，不慎将整碗小馄饨倾倒在白色西装裤上，她被烫得大叫一声，从转椅上跳了起来。

"哎呀，怎么那么不小心，搞成这污浊样子！"尹冰边说着，边拿了包纸巾帮程觅雪收拾着。

裤子被黑色的紫菜，黄色的蛋丝，粉色的虾干所涂鸦，如同程觅雪糟糕的心情一般，人间惨境。

冲进厕所，程觅雪匆匆把健身备用的瑜伽裤换上，狼狈地走出来。高唯带着几分自责，局促地说："不好意思，害你把早餐打翻了。要不，我请你们一起出去吃吧？"

"离开会还有一个半小时呢，来得及的，一起去吧？要我看啊，就食堂吧。高唯，你还没见过我们公司的食堂吧？还不错哦。"不明就里的尹冰热烈响应着。

被爽朗的尹冰催促着，三个人挤进了电梯，来到地下一层的员工食堂。由于过度紧张，程觅雪连看都不敢看高唯，因为对谢铭心感到愧疚，连带对他的朋友也有了歉意。她真的很不希望面对高唯，每次面对，总充满着不安。

小笼包，油墩子，粢饭糕……尹冰把食堂里能点的上海小吃都点了一遍，满满地摆在桌面上。

"57块？这么多吃的？"高唯对万国食堂的物价感到惊讶，这和他以往所体验的上海物价，天壤之别。

"嗯，本来就是员工福利，应该不赚钱的。"

"这么一说，你们的员工福利还真挺好的。当然，除了旅行团这种。"

哪壶不开提哪壶，尹冰不高兴了。

高唯意识到自己的失言，赶忙补救："来来，我以豆浆代酒，这也是我最后一次来处理万国事件了，一切已经得到相对妥善的处理。以后江湖，有缘再见！"

程觅雪不情愿地举起了纸杯,这令她又想起很久不见的谢铭心,怯怯地问高唯："那最近，谢铭心他……他怎么样了？"

"他吗？他还托我给你带了东西。"高唯说着，从包里拿出了装有褪黑素的纸袋，"这是他特意托出差同事从欧洲带的，说是可以帮助的你睡眠质量。程觅雪，他还是很关心你的！我觉得，无论有什么样的芥蒂，人和人之间还是要沟通。没有什么比面对面的沟通更为重要了。"

程觅雪接过纸袋，心酸又感动。

"谢谢你，只是我不知道，应该如何在不给他增加困扰的情况下出现在他面前。我甚至觉得自己的存在就是给他的人生添堵的，是一种负担，是多余的……"

程觅雪越来越不想继续说下去。心里想要见到那个人，想到祈求高唯也不为过；却又不想见到他，不想再增加他的坏心情。

"小雪，你的戏未免也太多了吧。"尹冰对闺蜜的纠结感到不争气，又能感受到她是真的很在乎谢铭心，谈到他，仿佛换了一个人，没了毒舌，只余温柔。

"想见一个人，哪需要那么多坚定的理由和妥善的思考？总要踏出第一步，就算被拒绝了，又怎么样呢？拍拍屁股走人呗。多大人了啊，何必为了这点面子放弃一段感情呢？"

"对！"一向稳重的高唯也有激动的时候，"他现在就在东京出差，但正式行程明天就结束了。我不知道，这是不是一个好主意，但管他呢！如果我是你，我就会跑去东京找他。"

在两位朋友的鼓励下，程觅雪终于下定决心做一件可能会丢脸但却不会让自己后悔的事情，她立刻从手机上订好了去东京的机票，决定勇敢地再为自己和谢铭心的未来努力一次。

从上海到东京的飞机落地后，程觅雪按照高唯的指点，直接奔向位于六本木的会议中心。根据他的说法，谢铭心所参加的正式会议即将在今天结束，只要他愿意，是可以有时间两个人见一面的。

每一次，都是谢铭心主动跑到程觅雪的身边，为她制造惊喜。这一次，程觅雪决定不管付出什么代价，都要等着他，为他付出同样甚至更多的时间来等待。

程觅雪：六本木之丘，森美术馆。我等你。

给谢铭心的短信，除了这些，她什么也不敢再发，生怕希望越大，失望越将压扁自己。

电梯升到六本木之丘大楼的 53 层，程觅雪恨不得打开电梯门就能看见谢铭心。然而周末的美术馆人来人往，她的目光流连在每个人的身上，却遍寻不见那张打动过她的笑脸。今天展出的是日本艺术家 Mariko 的装置艺术，以气球和灯光为主题的空间里，却没有气球平日带给人的欢欣，而是在白色的空间中以更多的白色制造出虚无的感受。人来人往中，她的孤寂反而被展览所放大，她感到窒息、压抑，寻觅着整层美术馆，找到一张长椅，坐了下来。

面前的落地窗，刚好正对着东京铁塔。在等待的时候，时间显得格外漫长。她握住手机，如同握住一个火炬，期待着谢铭心的回复可以点亮她的屏幕，让她在这个白色的空间里不再显得那么孤独。

面前的景色随着华灯初上，变幻成东京最美的样子。蓝紫色的夜空中，橙色的东京铁塔是温暖的也是寂寞的，程觅雪想起看过的无数日剧和电影里，都有眼前这幅景色。这景色一般与爱人和希望有关，她没有想过人生第一次冲动的旅行，就这样以漫长的等待献祭于这番美景。

晚上十点，展览即将结束，枯坐了三个小时以后，程觅雪在工作人员的提醒中，悻悻然起身离去。低着头，她跟随着人流在巨大的装置气球中穿梭，麻木的双脚如同麻木的身体一样，带着她有气无力地来到了电梯口。

从展览离开的人群鱼贯进入电梯，这时，里面冲出了一名背着双肩包的男人。

"我想知道，还有没有人在里面。"他用流利的日文向门口的售票人员问道。

"虽然展览还有十分钟才结束……但很抱歉，所有的参观者都已经离开了。"

"你确定吗？麻烦再确认下好吗？"

"真的没有人了。"

电梯门关上了，程觅雪小小的身影，被落在了外面。

"喂！"

虽然听不懂他们的对话，程觅雪却从背影认出了他。这个背影，在不久前充满了失望，在她面前消失。

"谢铭心！"

她心里欢喜，却又委屈，更不敢冲上前去与他热烈地相认。

他猛地回过头来，看到了这个小小的她。他急忙冲了过去，站在她面前。

"你等了多久？我收到我的信息了吗？"

"信息？什么信息？"程觅雪赶忙划开手机。

"你不接电话，我发的微信啊！"

"我……我为了免费上网，换了漫游电话卡，现在是本地号码。"

她这才意识到，因为换了漫游卡，唯一接收新信息的方式是重新登录微信。而在美术馆里的三个小时，她完全忘记了登录这回事，也因为伤神，一眼微信也没有看。

"我临时有个事情处理，所以要跑一趟吉祥寺。发了信息告诉你，可能要到 9:30 才能赶过来，现在已经迟到了二十分钟，急匆匆地跑上来……你这样，等了我多久？"

谢铭心满是心疼，又不想表现得太过关切。他退后一步，尴尬地望着她。

程觅雪顿了顿，又立刻展现了笑容。当她知道这只是误会，不是惩罚以后，对于三小时的等待，多少释怀了。她径直向工作人员走去，用很烂的日文，努力沟通着。

"十分钟，可以让我进去吗？我的确买了两张票，上面是允许……"

谢铭心赶忙上前，迅速和美术馆的工作人员耳语了两句。

"那么的话，两位请进去吧。我们的灯光应该不会重新启动了，所以，请从设计方面尽量感受这个展览吧。"说着，工作人员拉开了闸门。谢铭心赶忙拉着她冲了进去。

"我们只有十分钟的时间在这里。这里有一个地方，可以看到最美的东京铁塔。"他介绍着，几乎用跑的，把她带回了她刚才坐过的长椅。

革制的姜黄色长椅上，还因为呆坐了三小时的程觅雪，留下了久坐过的痕迹。程觅雪停在长椅面前，突然笑了。

"我刚才，就是在这里等了三个小时啊。"她指着那个痕迹，"喏，这就是我屁股坐过的痕迹啊。是不是特惨？"

谢铭心好想抱住她，跟她说对不起。他之前预想过各种再见她时应该有的情绪，所有的场景里，都包含着对她与萧正礼剪不断理还乱的暧昧的愤怒甚至怒骂。但不知为什么，真的见到了这个人，却怎么也没有办法哪怕说一句狠话。穿着白色卫衣的她，站在这落地玻璃面前，和不远处的东京铁塔一样，骄傲地孤独着。

这个刚刚尬坐在美术馆里三个小时的人，此刻却可以笑着和他描述，哪里是首先亮起来的一区，哪里的堵车最为严重。仿佛这三小时内，她已经消化吸收了东京夜色中的所有信息，来喂养心中的失望和难过。

"程觅雪，你到底喜不喜欢我？"

他决定结束这没有意义的聊天，把憋在心中的疑问彻底倾倒出来。

"我？"

她有点愣住了，这难道不是她这趟专门来问的那个问题吗？站在答题人的位置上，她一时不知自己应该怎么回答。

"……我从来没有这样先承认过自己喜欢一个人。但我愿意告诉你，我喜欢你。谢铭心，我喜欢你，但我不知道为什么。是因为我们在万国事件中的共患难？还是你实在和其他出现在我生命的男人太不同了，我仅仅是因为一种好奇？无论如何，我想，我来东京并没有什么逼迫你的目的，没有任何目的，甚至说，可能仅仅因为尹冰和高唯的鼓动。我是个立场不坚定也没有什么主心骨的人。"

"既然你喜欢我，那么，那个萧……就是你的前男友。你，还喜欢他吗？"谢铭心把憋在心里的第二个问题，也倾倒了出来。

"我，我和他，其实分手并不久。从任何考量上，我都不认为自己应该这么快投入另一段恋情。我不想违心地说，我一点也不喜欢他了，怎么可能和一个人分手了，就把所有的情感如同电脑清存一样一笔勾销呢？况且，我们不是因为什么恶性事件而分手的，最大的原因来自价值观。我对他，不能说一下子就不喜欢了。但提出分手的是我，我有足够清醒的认知，知道我和他不可能会在一起了。"她深吸一口气，既然那么远来了东京，至少，要做到对自己和对谢铭心都真诚吧。

"那么我是否可以理解为，你喜欢我，但也还喜欢你前男友？我不知道在这样的情况下，你对我的期待是什么呢？心无芥蒂地当做我看到的一切没有发生，然后继续和你走在一起？"终于，谢铭心把压在心口的大石头搬开了。

上海一别，他除了难过和愤怒，更多的是感到不公平。跨越了两人之间的巨大不同，无论是背景、家庭还是事业，他都认为自己是付出更多努力的那个。而他所期待的，仅仅是程觅雪的一份真心而已。然而每次他来上海，她都处于失联的状态，这令他觉得一切都很不公平。自己是不是处于一个随时被选择又随时被放弃的位置？不公正，是他在世间最厌恶的一件事。

从谢铭心考到北大，又通过国考和层层选拔进入了外交部以后，他所追求的一切就是让整个世界变得更加公平公正，无论是对国家，还是对个体。然而到了儿女私情上，他却成为了最不被公平对待的一个。这种对于程觅雪的怨念，是超越了妒忌和猜疑，最令他不忿的。

"程觅雪，我无法接受不公正的待遇。虽然都说感情里没有公平不公平，但你这样一次次地忽视我甚至向我隐瞒，根本没有尊重我。并不是说，因为你是个女生，你此刻花了很大气力站在我面前，这一切的感情上的不公平就可以一笔勾销了。"

说到这，他已经用尽了全身气力。作为北方男人，他很难承认其实面对感情，他是个极其小气的人。除了要求公平公正的基本价值观以外，他还有一己的占有欲，他并不接受这种爱我也爱他的答案，这令他清醒，更令他失望。

"我只是想坦承自己的感受，很抱歉这种感受令你觉得不公。正如我说的，我来东京并不是为了从你这里获取什么，只是希望我们能够沟通。"

"程觅雪，我很感谢你的坦承，但这的确不是我想要的答案。对于爱，我是有私欲的，我是不想和任何人分享的。我无法接受。"

"但我和萧正礼，不是说断就断的，除了我们两个人之间的关系以外，两家的生意往来很多。我来自一个小地方，没有办法说摆脱就摆脱这种家庭带来的人际。这就是我，一个人不可能和自己的背景割断。可以说，过去的十年我都在拼命摆脱原生家庭，但唯一获得的认知就是，我是无法离开的。"

程觅雪并不是来撂狠话的，她原本是来求和的，甚至不介意以祈求的姿态挽回谢铭心。但当她知道谢铭心对这件事是如此介意的时候，她察觉到了两个人之间的摩擦，并非只有萧正礼的拥抱，而是两种认知，两种来自不同背景的价值的碰撞。

"从迪纳到现在，我们所经历的，真的比不上一句'生意往来'？我要求的难道很多吗，你就不能彻底放弃他选择我吗？我的精神洁癖是很奇怪，但难道答应我这件事就那么难吗？"谢铭心声音不知不觉高了起来，却全然不是愤慨，仿佛祈求的那个人是他而不是程觅雪。

"我已经放弃他了啊！只不过，不是你想要的斩断一切联系的方式。你要求的，是我的处境无法做到的。我并不是不愿意妥协，而是想让你知道，在我的处境，我的家庭，很多事情我就是不能按照你的看法和做法来实施的。这是两个世界的碰撞，退让并不能解决冲突。"

程觅雪曾经为了爱情，退让过很多，而在即将步入三十岁的年纪，她明白了，退让无法保全爱情，在她的世界观和做事原则中，退让甚至是毁掉爱情的加速剂。在别人看来合适的灵丹妙药，到了自己这里很可能根本行不通。

"程觅雪，不能退让就是不够爱。我明白了。"

"你明白什么了？爱不一定是占有！"

"对不起，两位，我们的美术馆正式闭馆了。十分抱歉，需要两位离开了。"森美术馆的工作人员礼貌地走过来，告知他们。

两个人道谢过，走进了电梯。沉默中，程觅雪突然想起了什么一样，转头问他："对了，你刚才说了什么，他们才允许我们再次进去的啊？"

谢铭心低下头，望着地板轻声地说："我瞎说的。我说，我是从中国特意飞来这里，希望在东京最美的景色前，向你表白。请求他给我十分钟就够了。总之，只是随便说的。"

电梯打开了，周末的六本木夜生活才刚刚开始，喧嚣的声浪冲散了这片刻的温柔低语，连感动的时间都没有给到他们。走入人流，程觅雪无目的地跟随着谢铭心，他的手插在口袋里，沉默着向前。

两个人逆着人流，走在了一条两边满是树木的小道上。晚樱几乎已经落尽，衰败的落花被夜风卷向不明的方向，飘荡在路人的热闹里。踩着落花，程觅雪无言地踢着地上的石子，落在谢铭心的方向，再接着踢，踢到更远的地方。

"你怎么还会日语啊？"她尴尬地寻找打破冰点的话题。

"噢，就是大学学的第二外语，我又比较喜欢漫画，挺有兴趣的，就主动去考了翻译证。但其实工作主要的需求还是英语。考证是我的爱好，我还有好几个证，谈判专家什么的，和工作有点关系的几乎都考了。"

谢铭心是个"别人家的孩子"，从小的学霸。尽管家庭一般，但他就是靠着学霸的身份，走上了外交官的人生。

"真羡慕，我就没语言天赋，更没什么其他的证。你真厉害。"

"嗯。"

显然的，他并不想继续和讨好他的程觅雪对话，但又不想和她分开。两个尴尬的人，就这样沉默地走着走着，不知不觉走到了东京铁塔的下面。

在森美术馆里看城市的整体，这座橙色的铁塔如同一个灯塔一样照亮都市男女。但此刻站在塔下，则有种莫名的压抑感。此刻的程觅雪仰望这并不高的铁塔，如同仰望他们两人之间遥不可及的未来。

"那么，你什么时候回万国？"

"明天。我们还要开管理会呢。"

"哦。"谢铭心似乎并不准备挽留，却也不说分开。

两个人面对面站着，程觅雪想着，不远万里跑来，却此刻才是隔了千山万水，不禁悲从中来。

"谢铭心，我不想和你分开。"

"我也没有这样的想法。但只是不知道，如何和你在一起。"

"我也不知道。我不想骗你，说些你爱听的，做些表面的事情。我曾经隐瞒过你的，最后都变成伤害你的事情。但显然，绝对的坦承也不是你能接受的。"程觅雪叹了口气，"可能在一起和不在一起，爱和不爱之间，都比我想象的要复杂。我并不是不想改变，但改变如果是违背现实和违背本性的，那所谓的爱，还有意义吗？"

"小雪，你说的这些，我也不知道。我觉得爱太复杂了，我处理不了。就算外交工作的压力和挑战那么大，却都没令我体会过这样无能为力的时刻。"

"可能我们现在并不应该以恋人的身份相处？"

"可能是吧。"

浪漫的东京铁塔，自带日剧音乐的恋爱最佳地点，两个人的对话却越来越失去了温度，变得冰冷。谢铭心走近一步，站在程觅雪面前，把她轻轻揽入怀中，什么也没有说。

程觅雪以为自己会哭出来，但其实并没有。她觉得周围突然安静了，自己甚至可以靠在谢铭心的胸膛，听到他的心跳。这一刻，永远留在了她的人生中，这场还没开始就结束的恋情，甚至比很多在一起却分手的情感更令她念念不忘。

不知过了多久，她紧紧拥抱了谢铭心，然后转过身，向相反的地铁方向走去。

谢铭心站在原地，一动也没动。

东京塔和他都在程觅雪离去的背影中越变越小，她不敢回头，也不想去想太多了。做到了对自己诚恳，即便换来的并不是恋情，也令她在这种痛苦的沟通中得到了成长。可能在别人看来，她与昨天的自己并没有不同，但程觅雪知道，这漫长的一天令她的情感成长了多少。

她和他，人生本来就是两条平行线，因为万国事件短暂相交，然后又迅速分开，如同铁路轨道一样。程觅雪想着，不禁又叹了口气。

或许有一天，我会作为朋友行走在他成长的道路上，在更长的岁月里走在一起呢？程觅雪心想。

她终于不在结束感情的时候痛哭到不能自已了。她只是闭上眼睛，和这疲惫的一天告别，进入东京的夜里，在天空中，她的梦里或许有谢铭心，而谢铭心的梦里也会有她。两个美好的人，总会再次相遇的吧。

第十章

鸿门恶宴

10.1

—

如何逼疯一只狗

管理汇报会上，江汉重新回归了主管的座位，与 Chris 和陆欣仪坐在一起。而他的心腹爪牙佟林和黎娅，也分别从北京和欧洲赶了回来，适时扮演忠犬的角色，坐在他身后的位置上。

"看来公关部，越来越重要了啊。"他环顾了一圈熟悉的面孔，不由发现，原本每个部门只有两个席位的例会，加上孙夕照和程觅雪，居然有五位公关部同事。

狗性敏捷的佟林，还没搞清程觅雪是机密小组的一员，用他一贯低下的双商判断后，回头看了看程觅雪的方向，摆了个让她出去的手势。

这手势如同驱散乞丐一样，居高临下，令人作呕。殊不知，今天程觅雪在集团的地位通过种种事件的处理不断上升，有实力者在机会面前日行千里，早已不是往日那个随意他们欺辱的小小背锅侠了。

"你有议题汇报吗？"

今天当值记录会议纪要的，正是前阵子和佟林进行审计工作的陆欣仪秘书王可可。他不礼貌的手势被她看在眼里，怒从心起。

"噢，那个，我是作为总监列席的。"他看王可可同样不爽，却碍于她的职务，按捺住这份不爽。

"我重复一遍问题，你有议题汇报吗？"王可可的声音不再客气，提高了一度，引人侧目。

"我……我今天没有。"

"那就没必要列席。在座的每个人都有议题汇报，请你离席。"

江汉听到王可可声色俱厉地对佟林说出这番话，不得不说是诧异的。再怎么是 CFO 助理，和被扶到总监位置的佟林相比，还是级别低的。究竟是什么仇什么怨，令小小一个王可可胆敢当场让一名总监离席？俗话说得好，打狗还要看主人呢。这丫头，是打谁呢？

然而此刻不宜发作。

他使了个眼色，佟林离席。这会上的小尴尬似乎只影响了他一个人的心情，甚至连黎娅都在暗自看笑话。

"我们先汇报一下人质事件的进展。经过四轮谈判和无数次会议，我们将赔偿金额制定在十至二十万不等，一次性赔偿的同时，所有受伤害同事在两年内的心理咨询假期将以带薪假期形式给予。目前，旅行团项目无限期暂停。"法务总监沉着地叙述着一切，在他的心中，人质事件可以就此画上句点。

"噢？十万至二十万？这个金额，是如何计算的？"陆欣仪发问。

"是这样的，我们根据每个人的伤势治疗情况进行排序，通过一对一的谈话了解了他们的期望赔偿金额。每个人的赔偿金由律师进行保密签署。同时，我们要求所有人都在同一时间签署，换句话说……"

不等他继续阐述赔偿计算方式，陆欣仪接过话来："换句话说，如果有一个人不签署，所有人都拿不到钱。这样，就算少数派希望对公司有更多索求，也禁不住大部分人的压力。"

"陆总，您总结得正确。"他小心翼翼地附和完，会议陷入一片长久的沉默。

坐在后排的程觅雪望着在座的管理层，这些钱远山不拘一格亲自甄选的继任者们，心中感受复杂。在座的每个人都有着自己的诉求和欲望。旅行团，原本是钱远山一个小小的善意，在各路人等的不同目的下被炒作成畸形的企业政绩工程。在所谓迪纳政局不可预知等冠冕堂皇的借口下，隐藏的是万国管理层的种种野心和漏洞。

如今，就连给受难员工的赔偿，他们也把企业利益放在首位，精打细算支出和受益之间的平衡。十万？二十万？在如同编程程序一样设置好的职业经理人面前，他们体会不到这些人真正的痛苦。程觅雪甚至在想，放眼房间里的几十号人，有没有人如同她一样，时至今日依然为受害员工感到心痛。

或许，所有的一切在他们眼中只是一个个顶着数字的人头而已。

"如果陆总没有进一步问题，我们请公关团队的程觅雪汇报一下机密小组的应对。"法务总监小声地继续推动着会议。

程觅雪赶忙收拾了悲戚的思绪，恢复了职业的状态，简单地将基本情况介绍了一遍，在没有提及陈盛年利益交换的前提下，云淡风轻地表示一切交由了 Denson 律所全权解决。

江汉听了这四两拨千斤的汇报，顿生疑窦：集体诉讼牵扯的利益关系复杂，一个外资律所怎么能这么快搞定？短短的时间里，孙夕照的团队哪里来的本事压下这颗炸弹？

"非常好！至此，人质事件就告一段落。未来，事件委员会还将继续运行，检测和解决过程中产生的其他问题。"

就这样，随着 Chris 的肯定，在管理层的会议中，人质事件已经被"解决"了。

"我想补充几句。"陆欣仪却不想由 Chris 结束这个话题，"在这次事件中，我们每个人都需要反省，深刻地问问自己，在万国的迅速发展中，我们是不是走得太快、太不计后果了。我希望委员会继续活跃，转型成为对万国价值观进行重塑的组织。在未来的一年，我希望从管理层做起，每个人提升对自我、对万国的责任心，重振旗鼓，开展一场价值观革命。"

她的话，触动了在座的每个人。Chris 觉得，这是对他任职CEO 的某种正面不满和挑战；孙夕照认为，陆欣仪的高调势起就是自己作为陆派上位的好时机；江汉揣摩，革命，正是兴风作浪的借口，而他第一个，就要干掉孙夕照。

"都是些什么玩意？"佟林回到座位，把笔记本恶狠狠地摔在桌面上，惊呆了一旁的颜晓晓等人。

"佟林哥，怎么啦？"脑满肠肥的彭小明第一个凑上来，"消消气。"

"刚才那个王可可！竟然……"嗯，怨气要出，但也不能在下属面前丢了面子。他又组织了一下语言，"总之，不知程觅雪她们给管理层吃了什么迷药！现在各个对我们都很针对。让你们盯着点形势，该维护的关系要维护。你们一个个做了吗？"

颜晓晓低着头，装作没听到。

张艺被发怒的佟林吓着了，赶忙补锅："我们最近在帮田恬姐弄那个西部微光的事，程觅雪退出了，我们手里一堆乱七八糟的活。维护……是说和管理层助理们的关系吗？我试着去送过礼物，都被退了回来。"

"她们几个势利眼，也不是什么礼、谁的礼都收的。你的级别低，和她们也不熟悉，这种事情，就应该是黎娅来亲自做！"

佟林向来是谁不在场就说谁坏话的，而此时，黎娅刚刚散会从电梯里出来，很不巧地从他身后听见了这抱怨。

"哟，怎么，自己被驱赶出来，火气撒我头上来了？"

"佟林哥，这话我们可得掰扯清楚。Kelly 她们的关系我一直维护着，究竟是谁，在办公室当面得罪了她们？作为上级以及一位男性，对女下属破口大骂被传得全集团都知道了。现在，想让我去维护去跪舔去送礼，我还想问呢，张艺买礼物的钱是不是您个人出钱报销啊？"

佟林的失势，已成定局。从江汉没有在他被陆欣仪团队审计时发力相助开始，黎娅就摸出了端倪。顺势而为，踩低捧高自然是情理之中的事情，但她是真心恨佟林，用猪队友形容他，都属于物种侮辱了。

"我说黎娅，你意思是我对团队好的策略是错的了？难道不应该维护这些关系吗？扯这些别的有意思吗？"

无力地反驳着黎娅，佟林环顾四周，哪怕是作为情人的颜晓晓，也审时度势地没有站在他这边帮腔，更别提墙头草彭小明和本来就是黎娅心腹的张艺了。

不得人心，他终于食到了种下的恶果。

没人回应佟林的指责，他只能深吸一口气，坐也不是，站也不是，抓起桌面上的钥匙和手机，逃离了办公室。丧家之犬，也不想如此留在被侮辱的现场。开着车，他不断思考着导致这局面的前因后果：Kelly，得罪不起；孙夕照，得罪不了……只有无足轻重的背锅侠程觅雪！

当初，倘若不是因为骂了她，这一切就不会如同多米诺骨牌一样连环发生。这一口恶气，就要发泄在这类低级员工身上。他的车飞驰在中环上，仇恨随着速度也开始聚集。程觅雪，就这样成为他一切仇恨的爆发点。

管理会结束后，江汉截住了孙夕照。

"孙老师做得好啊。"

"多亏江总的教诲，这一年多来，跟随您，我意识到自己工作的作风需要改变，需要变得更加主动。"

此时的孙夕照，已经通过机密小组的工作证明了自己，并且借助人质事件得到了陆欣仪的赏识和器重，成功加入了陆派。反观被Chris带入万国核心管理层的江汉，存在感已经逐渐削弱。上下级的关系，那只是汇报线，权力的流动，则从来不需要沿着这条线。

如今的局势，江汉瞧得出来，孙夕照已经彻底不再是自己的背锅侠了。尽管在内派了田恬安排CEO Chris的形象工程，在外派了黎娅打点各个海外媒体的渠道，算来算去，还是落下了CFO陆欣仪这个缺口。而昔日的背锅侠孙夕照，则紧紧抓住了这个机会，一举上位。

江汉人到中年，见惯了商海沉浮的大世面，自己算错的，不会如同佟林一样将一切都甩锅归罪到别人身上。他手下可用之人太少太少，哪怕佟林没有被审计，派百无一用的他去接近陆欣仪，恐怕也会弄巧成拙。想到这，失算的他苦笑了起来。

"是你的，终归是你的。孙老师的手下，各个低调能干，在这样紧张的事件中搞定了多方的利害关系，我还是很佩服的。"

孙夕照不知道江汉的话有几分真心，这葫芦里，又是卖的什么药。沉默着，不知怎么应对这番恭维。

"要我看，作为大的公关部，我们需要为人质事件告一段落庆贺。你看时间安排一个吃火锅的地方，大家围坐在一起，把好的坏的事，通通都圆了。工作始终还要继续，你说呢？"

"……这样，那好的。巨鹿路那边有个老房子改的火锅店，环境还可以。您要是不介意我来定一下。"

原本的剑拔弩张，聊着聊着，变成了一片和气的招安吃饭。事情的发展和孙夕照所预料的不同，却也无从拒绝。结束了这尴尬的对话后，她回到办公室，将明天吃饭的事告知大家。

"这是鸿门宴吧？"尹冰并不想去，"孙老师，我不想去！谁爱去谁去。装什么团结友爱呢？佟林怎么指着鼻子骂我们的，我可是还记得呢。"

"我老公出差，周末要自己带小孩，去不了的。"方圆也表示了拒绝。

程觅雪成了最后一个需要表态的人。她望着孙老师一脸的为难，刚想说什么，却被孙老师先发制人："都不去，未免太不给面子。况且，我始终要去的，你们，总归要相信我吧。"

这么一来，程觅雪无法再推辞了。

"我原本计划明天回清洲，实在不行……实在不行我结束后搭晚班高铁或者第二天再回吧。"她不情愿地加入了这顿诡异的饭局，以求助的眼神望向了好朋友尹冰，期盼着某种救赎，"巨鹿路，尹冰，那不就在你家附近吗？你，真的不来吗？"

尹冰白了她一眼，甩了一下齐耳的波波头，叹了口气，摆摆手说："是啊，就是那个最近很网红的'合气火锅店'嘛！真烦人。那我也去好了，那店离我家近，结束了我带你们去附近一家酒吧喝一杯。"

听她接了话茬，程觅雪开心地拉住了尹冰的胳膊："就这么说好了，我们明天火锅店见哦！"

孙夕照的眉头终于展开，心中却依旧有隐隐的不安。但无论如何，她会保护好眼前的下属们，这是她心中自始至终没变过的坚定信念。

"吃饭？和孙夕照团队吃饭？！"听了江汉的吩咐，佟林简直不敢相信自己的耳朵。

"嗯，不然呢。你还准备在万国继续干吗？在外面，把别的部门得罪光了，在内部，还不想表面和平？"江汉吞云吐雾，对着他说。

"我理解您。我们团队的人，一定都会去的。"卖乖的时候，黎娅总是第一个。

这下，可把佟林给架在台上下不来了。他按捺住怒火，从牙缝里挤出来几个不情愿的字："我们团队，现在在上海的只有颜晓晓。我们两个也会去的。"

黎娅心中不禁冷笑：这对职场的狗男女，还真是形影不离，错将奸情当真爱了？她现在一心想趁机干掉逐渐颓败的佟林，想到这里，黎娅心眼一转计上心头，回到工位，就微信约了颜晓晓喝咖啡。

咖啡馆里，黎娅亲密地揽住颜晓晓的肩膀，虚情假意地扮演着职场姐妹，实则铺排着一出好戏："晓晓，听说你马上要回北京了。这些天在上海，你看被人质事件折腾的，说好一起逛街看电影做指甲的，都没腾出空来。"

颜晓晓智商不高，几句客套，就真把黎娅当了姐姐一般："黎娅姐，迪纳事件令你跑来跑去的，可比我辛苦多了！我觉得自己在这里只是打杂的而已，没能帮上大家什么。你还有事没事请我吃饭喝咖啡什么的，我倒过意不去了。"

"哪里呀！我们团队的彭小明和张艺，没事就跟我夸你情商高呢。你啊，简直是一面美丽的镜子，让团队每个人都看到自己很多不足。拿最近来说吧，我们的表现不如孙夕照团队，我的心情的确受了影响，脾气也大了，有时候言语间情绪上来了，还冲着你领导佟林发火。你看在眼里，可别怪罪姐姐才是！"

"不会不会，都是对事不对人。我完全能理解的。"

"那就好。"黎娅说着，笑眯眯地从包里拿出一个白色的盒子，上面印着诱人的苹果标志。

"我这趟去美国出差，刚好碰上苹果新机发售！自己买了一台，给你带了一台。想想啊，你走了，我们这姐妹缘分可能就断了。都说微信聊，可我这天南海北的工作，知道很多感情是不见就散了的。"

说到这，黎娅的眼角泛起一丝鳄鱼的泪光，着实令人动容。颜晓晓虽然这些天偶尔掏钱给大家买点吃的喝的搞好关系，希望黎娅能对自己好一点，容忍她工作上的能力不足，但得到如此厚重的回报，着实没想到。她欣喜万分地从黎娅手中接过沉甸甸的"苹果"。

"黎娅姐，太感谢了。我特别希望能继续跟着你多学习学习，在北京的时候，常常感觉工作没有这么充实。"

这倒是实话。在北京，颜晓晓被佟林成日拖拽在大佬的饭局酒局间，充当军妓一样的角色。劝酒猜拳，她学习的是另一种"公关"。想到这里，内心还未泯灭的那最后一点廉耻心，令她羞愧地低下了头。

"别那么妄自菲薄，未来还是属于你们年轻人的。你看彭小明，还是名校毕业的呢！依我看，不仅长得跟猪一样，智商连猪都不如呢！远远不如你。我觉得你的高情商就是出色的职场优势啊，不要和别人比短板。拿明天的饭局来说吧，江总指名道姓让你去呢，这就是一种职场上的肯定啊。唉，说到这饭局，我还没时间好好打点呢。"

"真的吗？我……我只知道是代表北京的团队去，佟总没提是江总指名道姓让我去的。黎娅姐，你这里有什么其他的，需要我做或者准备的事情吗？"

"说到这事……"黎娅故作为难地叹了口气。

"您尽管说！只要是我能力范围内的，我都乐意帮忙。"

"其实，你也应该知道，我们和孙夕照团队的真正关系。现在敌强我弱，总归是要想个办法平衡一下的。我们这边，你、张艺还有彭小明，在管理层面前毫无存在感，好不容易拼出来个田恬，又是个只管自己上位、不管其他人死活的。唉，我觉得最好是能拉一个孙夕照那边的人下来，制造点冲突，让对方犯犯错。总归权力的天平要被安置回原位，我们每个人才能出头啊。"

"黎娅姐，你说的，我能明白。"

昨晚，佟林就在酒店房间和颜晓晓大肆发泄，把程觅雪一顿大骂。当时，她也有想过两派之间的斗争问题，只是明哲保身地没接话。既然，今天黎娅也提到了，加上她之前的确和程觅雪也有私人过节，她觉得佟林说得对，干掉一个算一个，从程觅雪开始，灭灭孙夕照一派的威风！

"姐姐没什么别的希望。"，黎娅入戏了，伸出手，轻抚着颜晓晓垂落的长卷发，"只希望我们从 S 集团出来的这些姐妹们，不要再被万国的人欺负了。你说呢？"

这轻抚，令颜晓晓感到一阵温暖涌上心头。自从毕业以后，还没人跟自己这样推心置腹地分析过部门的问题呢。她对眼前的黎娅既感激又崇拜，甚至在想，如果刚毕业就被分到黎娅团队，会不会现在已经成长为一位团队里核心的公关人员，能和黎娅一样，跟随管理层一年公费跑数十个国家参加国际活动，过着国际精英般的体面生活。

由此，她心里也不禁对佟林产生了某种恨意。这个已婚男人，显然是不爱自己的，从当初在天不亮的高速公路把她扔在路边起，她就清醒地认识到了。为自己离婚？那百分之百不会。她在佟林的眼里，只是个肉体工具。只可惜付出了那么多，颜晓晓却目睹着佟林在职场的节节败退。而眼前的黎娅姐姐则不同，她是职场的女性榜样，她是光，是偶像，是未来值得信赖和依靠的新靠山。

黎娅望着面前充满感激的颜晓晓，嘴角微笑着，心中黑暗的火光熊熊燃烧了起来。这火光中，颜晓晓和佟林一起被绑在耻辱柱上，尖叫着颤抖着，活活被烧死了。

10.2

—

阴谋还是阳谋

东京一别，程觅雪和谢铭心之间的关系已彻底冷却。曾经热恋的两人，现在只是朋友圈的点赞之交，偶尔会在共同朋友尹冰和高唯的状态下互动一下。程觅雪心中虽有遗憾，但在忙碌的工作中还是无奈接受了这样的事实。而那厢，高唯和尹冰的关系反而因为撮合这二人变得升温起来，程觅雪可以感受得到，最近总是对着手机傻笑、又格外注意打扮的尹冰，应该是有一份甜蜜的惊喜会和自己分享。

鸿门宴之前，程觅雪和尹冰说好，先在尹冰家汇合，然后一起去街尾的火锅店占位。刚进尹冰家的小院，一个熟悉的身影就映入她的眼帘。

"这不是，高唯吗？你怎么……"

高唯正在把一个大箱子从楼上搬下，衬衫袖子卷到了手肘的地方，裤子也被污迹沾染，额头流着汗。他看见程觅雪，惊了一下，手没稳，箱子整个滚落到地上。摔开一角的箱子里，满是书和摆件。

还没等高唯开口，尹冰的声音就从楼梯上由远到近地飘过来："哎呀，侬做事不好小心点？我的书都是宝贝呢！"

她急匆匆地跑下来，却看到正在和高唯大眼瞪小眼的程觅雪。尹冰的表情极为尴尬，她摸出手机看了下表，脸上拧巴着一个表情，对程觅雪说："小雪，我们不是，不是说 5 点家里见吗？"

"是 5 点吗？我看错了，看成了 3 点。不然我先找个地方坐一会吧，你们继续忙。"

"唉，别！只是那个……"

话还没说完，楼上又一个人走下来了，同样搬着一箱子书，只是没有封住开口。"我说尹冰，没想到你还看《战无不胜的汪小姐》这种畅销书啊。高唯不是说你只关心经济吗？看来小妞文学也……"

谢铭心！

这下子，轮到程觅雪尴尬了。她如同走到了一个被压迫的空间里，无法呼吸，眼睛也不知该往哪里放，整个人僵硬了起来，只能求助式地望着闺蜜尹冰。

尹冰焦急地让谢铭心先把书放下，别说话了。然后三步并作两步跑到了程觅雪的面前，连连解释着："你先别误会！我这是要搬些旧物到公司附近的新家里，高唯他们这两天来上海开会，我是和高唯约了喝咖啡，谢铭心就也……"

程觅雪摆了摆手，让她别说了。她转身就要离去，带着尴尬，也带着不舍。

一双有力的大手，却坚定地从后边拉住了她的手臂。

"小雪，我们……我想，我们能不能找个地方坐坐？我和高唯等会儿就离开上海前往香港参加会议了。就坐一会儿，行吗？"

"那什么，剩下的东西，我和高唯两个人搬上车后备箱就没事了。两个人足够！你赶紧的，和谢铭心去吧。"尹冰从身后，推着程觅雪往外走，"出去右拐，有个书店咖啡厅。人少，安静。"

程觅雪就这样和谢铭心走在了上海初秋的马路上。这里梧桐落叶满地，而政府也特别地不去清扫，保留着只属于上海的季节限定份美丽。街边不乏咔嚓咔嚓拿着专业相机拍照的路人，入画的风景里，两个人选择了靠窗的座位，坐了下来。

"去香港，怎么从上海飞呢？"程觅雪尴尬地打破了两个人的沉默。

"噢，那是高唯安排的。我们本来是可以直接从北京飞的，他决定自费先来上海看尹冰，我也就算是个电灯泡吧，跟了过来。"他脸带尴尬，挠了挠头。

"电灯泡？你这体量，可真是个大电灯泡，得差不多一千瓦那么亮。"

两个人笑了起来，和这季节最搭配的，莫过于年轻人的笑颜了。然而此刻的程觅雪又是那么的感伤：尹冰和高唯的甜蜜，正映衬着自己与谢铭心的微苦结局。即便跑去东京都无法挽救的恋情，此时此刻又能意味着什么。

"我们北京啊，这个季节是银杏叶落。和梧桐不一样，是一种鲜亮的细腻的黄色，现在越来越少的街道有了，但我们小时候，每到秋天，我就会去银杏落叶的地方拼命地奔跑，扬起来的有尘土也有叶子，每次都玩到脏兮兮的才肯回家。嘿，被我妈打得，那真是往死里打！现在都记得那种疼。"

谢铭心总是喜欢谈起童年，在高压的工作环境之外，似乎只有童年能让他感到可以为所欲为。而在交往的过程中，和程觅雪分享童年趣事也是两人固定的话题之一。

"你还有妈妈打，我的记忆里，妈妈已经很模糊了。但我因为我弟跑去河边弄得一身泥，倒是像你妈一样狠狠打过他。他也说这句，什么'现在想起来都疼'。哈哈。"程觅雪也回忆着。

和谢铭心相反，失去妈妈的童年，是程觅雪一直试图忘记和逃避的。她和弟弟相依为命的日子里虽然有父亲物质的加持，但也因为要赚取和维持这份物质，父亲很少和他们一起。期间有过亲戚，有过阿姨，还有过后妈。但这和"妈妈"相比，都无疑是差之千里的。

"小雪，你……为什么你说起这一切如此轻巧？甚至带着某种冷漠。"

谢铭心听了很多次她回忆的童年，那里面的苦与泪都被掩盖，似乎她心里有个硬硬的壳，把有关痛苦的一切都掩盖了。之前在交往的时候，他不想触碰，如今回到朋友关系，他才敢把这疑问坦然说出来。

"冷漠？可能单亲家庭的小孩，始终都有一种比其他人高的忍受痛苦的能力吧。对于感情也是，我不会轻易接近一个人的，但接近以后，也不会轻易和对方分开。这份冷漠背后，是一种一旦投入就无法脱身的不安感。我这胡言乱语的，也不知你能明白吗？"她轻轻地答道，眸子深情地望着眼前的良人，期盼着某种回应。

"我，我也是一个没有安全感的人。而你，如此的自由、洒脱又充满神秘，不瞒你说，交往的时候，只要你不接电话，我就会开始胡思乱想。不仅仅是针对萧正礼，而是任何人，有时候我甚至大开脑洞想象你是个特工，总在执行任务！所以，永远不接我的电话。嗨，这都过去了。"

他笑着说着，如同一个真正的老朋友那样。只可惜这笑容中，却没有了程觅雪习惯的那种依恋，只是纯粹的一份回忆中的快乐而已。

"说起特工，你才更有条件做特工啊。什么多国语言，谈判专家证，还有这身腱子肉！啧啧，这么一看，我的脑洞真的不够大。你们这次去香港，是不是也是要执行什么徒手爬上摩天大楼，暗杀他国政要的任务？"

"哈哈，我怎么会徒手，我们现在都用无人机！"

"真的吗？那你是不是还有无人机驾驶证？"

"哈哈哈哈……"

看似轻松的对话，其实并没有达到爱情的和解，它更像是一种关系的修复，将两个人之间的基本信任重新建立了起来。程觅雪的心，始终是感伤的。她不知道如何改变自己，改变过去，改变每一个没有接起的电话，改变那晚投入萧正礼怀中的愚蠢决定。人生走过的每一步，即便没有意识到是错的，却都是累积到今日结果的原因。她望着谢铭心，笑着，聊着，心里却后悔地哭了。

大约过了一小时，高唯和尹冰也悄悄来到了咖啡馆，他们要去赶飞往香港的飞机了。

"祝任务顺利哦！"程觅雪挥着手，和尹冰一起，与他们告别。

"什么任务？咱执行啥任务？"高唯丈二和尚摸不到头脑，跟着谢铭心上了出租车。

望着他们远去的背影，程觅雪再度陷入了一片忧伤。尹冰看着她失望的眼睛，戳了戳她的臂膀："喂喂，看看你，无精打采的。既然不开心、不乐意看他把你只当朋友，为什么不低下身段，去求他、去请他再给你一次机会呢？"

"如果换做你，你会去求吗？特别是在我已经去过东京以后。"

"我不会啊！他以为自己是谁啊！"

"那不就得了！每个人都是有自己的骄傲的，我再喜欢他，也不可能放下自己的自尊。可能愚蠢，但臣妾真的做不到啊！"

程觅雪挤出了一个微笑，搂住了尹冰的肩膀："话说，他刚才说高唯是特意绕到上海来看你的，你这个嘴啊可真够严实的！怎么，怕我嫉妒吗？"

尹冰不好意思了："我，我这不是……真的不是瞒着。不要说是高唯，就算是别人，也不能我闺蜜刚分手，我就跟她说我正在热恋吧。这不人道啊！你可不准怪我。"

两个人结伴在书店逛了一会儿，就决定早点去火锅店等位了。周末的"合气潮汕牛肉火锅店"，人声鼎沸，排队的人群更令小小的店面显得热闹非常。尹冰只能说尽好话，和矮个子上海老板通融了半天。

"我也住这条街上啊，都是街坊邻居，您好心多理解理解嘛。"

老板眼也不抬地说："你们人没来齐！人不齐，不该占位子的。对其他等位客人不公平。"

"大周六的，都堵在路上，您说怪谁呢？怪就怪我们这是市中心最好的位置，风水好，人气旺，不然您生意怎么会那么好啊？我家就住这条街前面一个路口的新里，看着您这半年从装修到开业，天天排队，给我们这附近带了多少人气！都是街坊，通融通融呗！"

涂了蜜一样的嘴，谁听了能不开心。老板抬眼看了看机灵的尹冰，笑了笑，终于让尹冰占到了店里最大的桌位。

六点钟到了，孙夕照准时来到店里。

"小雪，你吃火锅还穿件白色西装外套，想什么呢这是？"孙夕照揶揄着。

"我前面听说是网红店，又在如此好的地段，谁想到环境那么市井啊？连个存衣服挂衣服的地方都没有。"

程觅雪真没想到这里连包房也没有，所有的人在大平层里坐着连座椅靠背都没有的普通小凳子，挤在一起吃饭。

"大小姐，你就别计较啦。这类潮汕牛肉火锅，就是要热火朝天的气氛才正宗，环境肯定不会太优雅的。喏，你看墙上，多少明星大腕都来吃过！"尹冰接话道。

"话说，这饭局不是江汉他们约的吗，怎么还迟到啊？就算江汉排场大，最后一个到，佟林、黎娅，没理由不到吧？"

"来了，你看那是不是黎娅啊？"尹冰指着门口的方向。

她们向门口望去，平日里端着精英范的黎娅，今天特意换上了休闲装，程觅雪差点没认出来。她带着一胖一瘦的彭小明和张艺，低调地坐下来了，没睁眼瞧程觅雪和尹冰俩人，一如既往的鼻孔朝天，皮笑肉不笑地和孙夕照打了招呼。

"江总马上就到了，这店面太小，刚才他司机没看到，错过了这个路口，掉个头就到。"

不仅是黎娅喜欢端着，她的小喽啰彭小明和张艺也喜欢用诡异的眼神打量着孙夕照团队。作为陪同者，他们不敢显示得过度热情，却也不能完全冷漠。彭小明的眼睛盯着从他们身边传过的一盘盘牛肉，肥胖的脸上渗出了对美食的向往，忍不住吞咽口水。这画面，看得尹冰和程觅雪差点没忍住笑出声来。

"点好了吗？上菜吧。"人还没看见，江汉的大嗓门已经穿过熙攘的大厅传了进来。

"谁点的菜？"他问着。

尹冰举了举手，大方地说："招牌的都点了，锅底没得选，只有一种。"

"好好好，赶紧上吧。饿了！"

他倒是接地气得很，进来一屁股坐在了孙夕照和黎娅的中间，其他人按顺序排开。

"佟林人呢？"

黎娅眼珠转了一下，不怀好意地回答："噢，说是接颜晓晓，怕她不认路还是什么的。佟总对下属的关爱，那真是值得我学习！"

江汉瞄了她一眼，趁孙夕照她们还没反应过来，赶紧岔开话题："好了好了，喝点什么？有人开车吗？来几瓶啤酒吧。服务员！"

锅子上了，啤酒也开了，大家围坐着一团热气，达到了某种画面上的和谐。才刚起筷，佟林带着颜晓晓，从门口大声打着招呼，挤了进来。

迟到本身已经很令人讨厌了，整个饭局上，就算江汉也在努力活跃着气氛，佟林却一直冷着脸，看都没往孙夕照团队这边的方向看。只在江汉和他说话的时候，热情如狗一样地汪汪汪回应着。

"颜晓晓看你的眼神，怎么那么让人难受，让我想起日本恐怖片！"趁着上菜，尹冰在程觅雪的耳边耳语着。

"你说什么呢，怪瘆人的。她不一直那样吗？婊里婊气的，特别是跟着那只佟狗的时候！颜晓晓？'颜小三'这名字更适合她呢！"程觅雪顺势低声悄悄回复她，几杯啤酒下肚，她也放松了一些，恢复了一贯的毒舌。

"我怎么觉得颜小三今天的眼神特别的怪。当然，也许是我想多了，可能仅仅是佟狗今天没能满足她？"尹冰皱了皱眉说。

程觅雪噗嗤一下笑了。平时在背后说说这对狗男女是一回事，隔着半张桌子，这对人间奇葩就在眼前，她一下子有了画面感。这一笑，害得她酒瓶差点没拿稳，她狠狠用手肘碰了尹冰一下。

"行了行了，别再说了。正经点！"

将近两小时过去了，这顿鸿门宴，吃的真叫一个难受。江汉给大家挨个敬酒，每个人再回敬给他；孙夕照和黎娅、佟林相互敬酒，说着团结友爱共同进步的鬼话。程觅雪都不知道是怎么熬过来的，得亏选的这地方嘈杂人多，老板规定每桌最多吃两个小时，他们也就在一片虚假和谐中最后碰杯喝光桌上剩下的酒,等司机的等司机,叫车的叫车,准备散了。

出了火锅店的门,江汉的司机已经在门口接驾了。喝得有点跟跄的江汉拍着孙夕照的肩膀,寒暄了几句,最后说:"孙老师,希望大家能一起努力!未来,把公关部做得更好。我,必须得送你一程!"

"我叫的车也到了,谢谢江总好意!未来我们多的是时间聚!"说完这场面话,孙夕照终于把江汉扶着上了车,远去了。

目送江汉上了车,程觅雪和尹冰也彻底放松了。演戏演了几个小时,心够累的。

"我们要去街角酒吧喝一杯,孙老师一起来吗?"

"还来?你们年轻人够可以的!我不去了,你们也别太晚回家。"

孙夕照这一晚上假笑得最累,赶忙告别了尹冰和程觅雪,钻进了叫好的出租车。

"那我们走吧!就在前面一条街的尽头,转个弯走到底就是。"

尹冰挎着程觅雪的胳膊往前走。她们看到几个江汉的人:黎娅在打电话,其他人似乎在路边等车。她俩趁没人注意赶紧快步离开,不想再和他们多说哪怕一句闲话。

这时,一个挑衅的声音却从她们背后传来:"程觅雪!"

她俩回过头去,看到了颜晓晓。她不知什么时候离开了黎娅几个等车的人,跟上了她们,走在了大部队的相反方向。

"你有事吗?"程觅雪停下了脚步,回头不解地看着她。

"有!我就想问问你,为什么那么无耻,那么下贱,到处破坏我们的名声？"

她的问题掷地有声，直指程觅雪，似乎道理在自己这边，语气还充满了正义感呢。

"乱七八糟说什么呢？你这小姑娘脑子抽了吗？有病吧。"

程觅雪以为她是喝醉了，莫名其妙地上下打量了她一下，就拉着尹冰，转身继续离开。

尹冰不干了。

"骂谁呢？你当这是什么地方，由得你放肆？你算是个什么东西！"

这条街，是尹冰长大的地方。她家是典型的上海普通人家，虽可以卖了这套老房子去远一点的地方买一套大房子住得舒服些，但老上海人就是喜欢这小街小巷的温馨感。就这样，她在这里度过了整个童年，即便现在买了小公寓搬出去，这里也永远是她的家。对她而言，颜晓晓冒犯好友是错，但她和程觅雪一样可以忍；可是在她家门口无缘无故出口骂人，就是踏穿底线了。

"尹冰，算了算了，她可能喝醉了。我们走！"程觅雪试图拉她回来。

这时，颜晓晓却不知什么时候拿出了手机，开始对着她俩拍摄，同时带着哭腔大声喊叫："快来人啊，要打人了。快来人救救我呀！"

程觅雪当时就懵了。不远处，她看到佟林几个人似乎也听见了，聚在一起，朝她们的方向望了望，成群结队疾步走了过来。

"颜晓晓你疯了吗？你胡说八道什么呢？谁稀罕打你了？"她气愤不已，原本拉着尹冰的手也放开了。

尹冰一下子冲了上去，试图夺下颜晓晓的手机："还碰瓷？说我打你是吧？我让你见识见识，这条街上是怎么打人的。"

程觅雪慌了，也急了，一边想劝尹冰冷静，一边却也不知道这种场面应该如何收场。还没反应过来，颜晓晓拿着手机逼近她的脸，更高声地叫嚣着编造着"程觅雪，你为什么打人啊你说！"

她实在不明白这波操作，身体本能地用一只手挡开了进击的颜晓晓，另一只手死死地掰住其手腕，把手机夺了过来。两人扭在一起的时候，手机掉在了地上。尹冰马上捡起了手机，没有丝毫停顿，顺势用力扔在了车来车往的大马路上。

"咔嚓"一声，一辆路过疾驰的车将颜晓晓的新手机碾碎了。

"啊！你敢摔我手机？我跟你拼了！尹冰！"

颜晓晓觉得从体格上，她的战斗力远在尹冰这种上海软妹子之上，凭借这种没有科学依据的自信，她挣脱了程觅雪，再向尹冰冲过来。

程觅雪一时情急下，又冲上去挡住了颜晓晓，没想到反而被猛推了一把，差点倒地。稳住脚步，站定以后，程觅雪的眼神变了。从小，父亲程恭就教育过她，在外不要主动冒犯别人，但如果被冒犯了，绝对不要让步而被当做弱者。

于是，她死死抓住了冲向尹冰的颜晓晓，上去反手赏了颜晓晓右脸一巴掌，等她回过脸还没发作时，又正手扇了第二个巴掌在左脸上："不是诬陷我们打人吗？现在两边都打均匀了，你满意了吗？"

颜晓晓被打得眼冒金星，两边的脸只觉得火辣辣的疼，她大吼一声："程觅雪！我今天非揍死你！"

这时，佟林和黎娅这群人也跑过来了，再看马路上，颜晓晓的手机又被碾过几次，"苹果"已经碎成了玻璃碴子。

颜晓晓陷入了疯狂，整个人就要扑上去扭打。黎娅没想到只是想指使颜晓晓恶心一下她们而已，小心思乘以颜晓晓的低智商，竟发展到这样不可控制的场面。于是，她急忙示意胖子彭小明，用体重优势将颜晓晓死死拦下了。

"你们还打人？你们敢打人！"佟林的火蹿了起来，这就要冲上去替自己、替情人出口恶气。

这时，瘦瘦的尹冰一个箭步挡在程觅雪前面，她想，最坏的打算就是佟林这个长得像保安队长的北方男人把自己打倒在地，但不能退！为什么没有做错事，在自家门口，要被恶人们这样设计陷害！

程觅雪仗着个子小，从尹冰的背后一弯腰，钻到了她前面，背对着佟林，面朝尹冰抱住了她。如此混乱的时刻，她脑子里几乎是空白的，只有一个念头：如果非要有个人被佟林打，她宁愿冲在前面，做一个保护者而不是弱者！

两个人就这样拥在一起，心跳加速，面对不知道会发生什么的下一秒。

黎娅眼看佟林彻底丧失了理智，试图阻止事态进一步恶化，于是扯住丧失理智的佟林，张艺也上前拦了一下，可他用巨大的力气向前冲去，一下子把她俩一起撞开了。而此刻抱住颜晓晓的彭小明，也分身无法。眼看着，他黑暗的庞然身躯挥起了拳头，打向两人。

这时，一个巨大的不明物，横向从街边的铺子飞了出来。所有人还都没看清的时候，它狠狠地砸在了佟林的头上，在地上四散了一片狼藉。

众人都停止了动作，紧紧抱着的程觅雪和尹冰，也在一声巨响后回过头去，望向地面。

是大半个菠萝，砸在了地上，翻滚着流淌出粘腻的汁液。这碎菠萝的气味芬芳清新，迅速弥漫开来，令混乱不堪的斗殴现场，出现了某种魔幻现实的味道。

"在俺果栏前面欺负小姑娘，不太地道啊。"

路边的店铺里，一个大汉慢悠悠从台阶上一步步走下来，挂在脖子上的围裙上四溅着果物残迹，手上还拎着一把鲜切菠萝的砍刀。他不疾不徐从包里掏出一根烟，在黑暗中划开火柴，点了起来。用手挡住风的时候，火光照亮了他粗糙的脸庞，也令他手中的刀刃更加闪亮。

抬头望去，众人只见一块"山东水果店"绿色灯箱招牌，这店铺与城市里其他的水果店没什么不同。只是，尹冰每次下班，都会在地铁口走到家里的路上，光顾这家店，问店里这位切瓜大汉有什么水果是新进的、最当季的。上次程觅雪来她家做客，她还在送她的时候光顾了这家店。久而久之，大汉对这个留着波波头的小街坊也熟稔了几分。

醉酒打架，在这条街上发生了太多次，做小生意的水果铺大汉可是从不管这种闲事。但在这地界开店五年，他是头一遭见到个大男人冲着俩姑娘挥拳头，定睛一看，其中一个还认识！打女人？他不能不管了。

佟林，哪有什么男人的真胆量？不过是个欺软怕硬的杂碎罢了。血即便罕见地从他的下半身终于涌到了头上，但看到砍刀的一刹那，他这份"热血"还是流回了平时待着的局部身体。此刻，即便被菠萝砸得剧痛不已，捂着头，他也不过声音都不敢高地嘟囔了一句："你，怎么能砸人呢？"

其他人也纷纷镇静了下来，这时，从"合气潮汕牛肉火锅"店里，急匆匆走出一小队人马。其中打头的，就是对尹冰不耐烦的那位矮个子老板。

"什么情况？醉酒打人闹事吗？"他带着几位伙计，大声嚷嚷起来，"小姑娘，侬赶紧回家！搞什么搞，乌七八糟。"

火锅店老板直冲着尹冰和程觅雪走去，她俩如同惊弓之鸟，眼神中依然流露着惊慌。他回头看了看还在和水果店老板小声争执的佟林，转过身来说："侬住哪边的新里，怎么回去？我们把你们带回家！"

缓过神来，尹冰指了指家的方向，火锅店老板忙叫几个伙计和他一起，护送着她俩离开现场。

"刚才吃饭时听到说你们还是同事？你们在什么破公司，招进来这些垃圾货色……"

火锅店老板一路走，一路用上海话把佟林他们骂个狗血淋头。本来惊魂未定的两人也没刚才那么紧张了。

不一会儿，进了尹冰家门，她俩千恩万谢过，就扑通坐到了沙发上，回着神压着惊。这时，孙夕照的来电狂响了起来。

"你们俩在哪？我现在被江汉召到他住的酒店去了，说是佟林要报警，说你们打人了。然后颜晓晓要去验伤！究竟怎么回事？我前脚才离开，这才前后不到半小时，这是……"

又惊又急的孙夕照，自然是不会相信佟林所说的程觅雪先动手打人，还把颜晓晓伤得不轻这些话的。难就难在对方恶人先告了状，江汉在电话中怒不可遏，她此刻已经在去江汉酒店的路上，只能赶紧了解一下情况。

程觅雪把事情的前因后果都清楚地叙述了一遍，尽管颜晓晓挑衅在先还推了人，但她也没回避自己扇了她两巴掌的事实，以及手机是因为她拍摄两人而摔碎的原因。

"谁先动手的，都有人看着。佟林还挥起了拳头，我们真的……"

没想到，明明是被设计陷害的，还要自证清白。程觅雪哪经历过这种事，她只想着"报警"两个字，开始怕了起来。回溯刚才的一切，她依然不明白一切是怎么发生的。

"和我想的一样。先挑衅，再拿手机拍摄，颜晓晓的智商哪干得出那么流利的事情。这场鸿门宴简直荒唐，我就不应该逼你们去参加的！这比我预计的最糟糕的结果还要糟糕一百倍！"孙夕照心痛又后悔，痛自己的下属被置身于如此危险的情景，悔不应当道德绑架她们来这所谓的和解饭局。

孙夕照紧紧咬着自己的嘴唇，疼得就要出血。她几乎发着抖强迫自己冷静下来，划开手机，打了几个电话。

等她到了江汉入住的酒店套房，江汉已经把不直接相关的人员差遣回家，只剩下她，佟林和颜晓晓坐在客厅的沙发上。颜晓晓抽泣着，娇弱地扶着自己的手臂，仿佛受了天大委屈。

"孙老师，我已经报警了。颜晓晓在医院急诊被诊断为软组织挫伤，程觅雪这回逃不了！还有摔碎的手机，那叫侵犯他人财物！是你们那个尹冰干的吧？"

孙夕照站着，什么也没说，从手提包里拿出一个崭新的苹果手机礼盒，"哐"一声，拍在茶几上。

"颜晓晓，别哭了。喏，先拿着新手机，我替尹冰赔个礼，破坏财物这件事她承认了。手机，你收着；人，你就先走吧。接着我要和江总，佟林聊点正事。"

他们看孙夕照表情严肃，赔的虽然是礼，但说话硬气着呢，东西拍在桌上没半句废话。江汉使了个颜色，颜晓晓用刚才还捂着的"伤手"，灵活地拿过手机收进了包里离开了。

佟林觉得先报警就占理，先咄咄逼人："说吧，你下属打人，接下来警察是要调查的，报警了，这事可不是赔个手机能平的。"

这些年靠着无耻套现了太多红利以后，他认为全天下的人都吃这套霸凌的把戏。

"报警？嗯，派出所接警了吗？出警了吗？我了解了一下，都没吧。拨个110说被打了，是你佟林的权力；去医院验伤，是颜晓晓的权力。我就是想看看，接警的通知书，和验伤的报告单。哪一样你有？"

在上海从基层记者开始职业生涯，工作二十年，孙夕照和各个派出所当初的小民警们就突发新闻建立了良好的联系，而这些小民警在这二十年里，也都爬到了领导的位子。搞清了事发地所属的警区，孙夕照找了个熟人问了一下，佟林的确报警报了程觅雪的名字，要求调查，却不肯说到底是什么情况。

说到底，就是知道先动手的不是程觅雪她们，而自己也挥了拳头。这么多人看着呢，他佟林也是打肿脸充胖子，狐假虎威，企图吓唬一下孙夕照团队。

看到她的态度那么硬，江汉猜到，孙夕照已经联系了警方。而佟林的诉苦和颜晓晓的眼泪，究竟有几分真实，此刻，他也不想去猜测。

看佟林不说话了，孙夕照继续说，"城市监测系统，不知道佟总了解吗？您平时多在北京，可能对上海这边的情况不甚清楚。上海今年为了保障城市市民安全，全面升级了全城的监测摄像头，现在不仅能变焦捕捉画面，甚至已经智能到可以通过人脸识别技术，直接识别出被监测人员的真实身份，称为'深目'行动。无论是在交通管制，还是犯罪破案方面，都是一项大突破。"

说着，她划开手机拿在手里，给江汉和佟林展示了一张照片。

佟林的拳头举得很高，面目狰狞，而在他前方，程觅雪抱紧了尹冰，紧紧闭上了眼睛。

"举个例子，这张照片的清晰度，就足以人脸识别佟总的身份啊，您看，证件号都直接显示在屏幕下方了。当然了，这件事两边都有错，我承认。但既然我们这边没人报警，估计也没人会查得那么细。您说呢？"

佟林的脸僵着，盯着手机屏幕，说不出一句话。

"听说，在场的还有人证，我没在现场不知道有多少会向着您说话，又多少会站在姑娘们这边。不然呢，我联系联系管区的派出所，我们索性重新报警出警，把这个事彻彻底底明明白白地翻出来看一看。别的锅可以背，这么大的锅，没人背得起！"

说着说着，孙夕照颇有点扬眉吐气、看热闹不怕事大的意思。

没什么比佟林的一副丧脸更让人兴奋的了。恶人的恶报，可能真的是等不来的，但是只要主动出击，这种人的黑料，一抓一大把。

"行了，今天晚上大家都累了。佟林，你也先回吧。"江汉的脸很黑，点起了一根雪茄，抽了起来。

佟林所希望的一切并没有发生，只得垂头丧气地离开了这失望的现场。他走了以后，江汉让孙夕照坐下。她另外拉了一张椅子在沙发对面，两个人隔着茶几，孙夕照坐在椅子上还高一点。此刻，两人是平等的，各自代表着不同的利益群体。

"看来孙老师了解了不少情况，但始终我们俩都不在现场。部门内部的事情，谁也不想把事情搞大。佟林这边呢，为自己下属出出气，报了警，也就得了。我也找过黎娅了解当时情况了，她本是想拦着的，结果也没拦住。总之，事情就是这样一个事情，我建议大家都收手，你说呢？"

孙夕照并不相信江汉，尽管此刻的他看上去如同一个无奈的中年男人一样，诚恳地诉说着自己的想法。她思前想后，感到并没有万全的方法摸清对方的立场，那么，不如阐明自己的底线。

"程觅雪和佟林的梁子，听说由来已久。而佟林和颜晓晓的关系，也不需我赘言。整件事看上去是什么样的，每个人都有自己的解读，是一场罗生门。但有件事，我本来一直本着尊重员工的原则不想说，事到如今，我觉得也没必要替程觅雪继续低调了。万国的股东之一是萧氏集团，而程觅雪和萧氏集团现任总经理，也就是萧老先生的次子萧正礼，是恋人关系。"

江汉心里一惊。

以前听下属们八卦，听说程觅雪家境还不错，留学英国什么的，他也没怎么太在意。看她平时干活的时候特别努力，觉得不太像富贵人家的孩子，顶多就是个小康之家。原本，他的计划是，让自己人别闹了到此为止，但为了不灭威风，让孙夕照把程觅雪给开掉，以安人心。

这么看来，这个人是开不掉，惹不起的了。

他心里咬牙切齿，佟林在孙夕照进来之前，还在说程觅雪是个软柿子，想怎么捏怎么捏，什么背景调查也不做，就是凭着直觉做事情。此刻，江汉的冷汗都出来了，试想如果孙夕照和他一样，是把下属当成炮灰的人，不告知他程觅雪的背景，任由他欺凌到辞退的结果。萧正礼，会是怎样的反应。

"既然孙老师把话说开，那我也打开天窗吧。佟林呢，也是个关系户，他是北方报业总编辑的小舅子。北方报业这么多年以批判为名，为什么最近几年就是没动过万国？我啊，也是用心良苦了。"

听江汉那么一说，也印证了孙夕照以前的猜测。以佟林的双商，在万国得罪了那么多人，依然毫发无伤，自然是有点背景的。只是她没想到，原来他背靠的是北方报业那么大的传媒集团。每个大企业的公关部几乎都会养一些这类的关系户，才能从舆论上游牵制媒体的负面报道，以及开拓更加稳妥的利益贿赂渠道。北方报业前两年也做过不少万国的负面报道，她也能猜到，突然停火，背后一定有故事。

孙夕照低下了头，没说什么。双方都是关系户，也着实出乎她意料又有种黑色幽默。看来，佟林是一时半会儿动不了了。

善良是善良者的软肋，卑鄙是卑鄙者的通行证。江汉感觉劫后余生之后，马上抛出了另一个代替品。

"本来我也没觉得是程觅雪的错啊，现在的实证，就是一个碎掉的手机呗。应该是尹冰抢手机的时候把颜晓晓的手给伤了吧？这个人，不能留。"

他吐出一口烟圈，如同一袭白绸，绕在孙夕照的颈间。

"不可能说，出了那么严重的事情，我们自查没有任何人承担责任。这件事肯定会传出去的，到时候无论对你还是对我而言，最好的结果就是有个合理的结案方式。无论怎么说，是我这边的人被摔了东西，你那边不可能所有人毫发无伤的。"

孙夕照想说什么，又无法张开口。江汉已经在一定程度上示弱，她如果继续表示强硬，似乎缺乏谈判合作的精神。

"江总，我也希望部门内部的矛盾可以留存在部门内部解决。但您的解决方式，容我思考一下再答复您。"

他点了点头，掐灭了烟："回吧，让我司机送你。"

上海夜晚的美丽，映衬在车窗上，周末的霓虹灯似乎比平时还多一些，街上的年轻人依然游走欢笑着，令坐在车里的孙夕照的忧愁，显得与城市格格不入。

"唉。"她重重地叹了口气。

江汉的司机是万国指派的，在江汉来上海的时候，全程跟车跟人。他人到中年，在万国也差不多十年了，相比江汉这个直接老板，孙夕照和他，还算相识得更久一些。

"孙老师，有句话，不知当讲不当讲。"

听着她如此沉重的叹息，虽然知道司机的职责是不听不看不讲，但再老实，遇到这种事，他也是憋不住了。

"师傅，您说。看我这唉声叹气的，给您添堵了吧。"

"孙老师，都是万国人，什么添堵不添堵。我刚才载江总回酒店的路上，他喝了酒，接电话开了外放。佟林这个……他不是个东西！他口口声声说，先打人的是他们没错，但是一定要先报警！谁先报警，谁有理！您说，这不是恶人先告状吗？"

孙夕照没想到，就连江汉自己的司机，也忍不住把事实的真相说了出来。

"师傅，谢谢您！我其实猜也猜得到，我们两个小姑娘，发了疯才会主动打他们一群人。您要是不介意，我问一句，江总的意思是什么呢？"

"江总，接了电话以后，和您一样直叹气。他最后挂了电话，自己说了一句'看来怎么努力，也是没法相处的。一切都是徒劳。'"

看来，江汉已经失去了对下属的控制力。今晚的阴谋，他没有直接参与。孙夕照坐在车后座，突然对这个对手产生了一种同情心，就连她自己也没有想到。

"孙老师，你……江汉，他们……"程觅雪打了过来，怯生生地问道。

"嗯，都没事了，放心吧。周末了，你们先休息。这件事不愉快，但希望你们能尽快平复心情，正常阳光地生活。早点睡。"

孙夕照能回复的，只有一片温柔。她如同一个母亲，抚慰着她们的心，希望一切都能如同她所期望的那样吧，新的一天，新的开始。

第十一章
兴风作浪

11.1

一

表面的平和

周一的万国公关部例会上，程觅雪和尹冰都缺席了，在万国消失了。

"方圆，最近程觅雪和尹冰都在休假。目前，她们的工作由你暂时接手，也可以找其他的同事来支持。"

不知内情的同事们面面相觑，方圆也维系着表面的平和，试图把这尴尬又难以解释的现状蒙混过去。鸿门宴之后，江汉再次返回了北京，佟林和涉事的颜晓晓也跟随他回去，两派人马的隔阂变得如同马里亚纳大海沟一样，深不见底。

"凭什么我们的人要自查停职？还一次就是俩员工？"

会议结束后，方圆按捺不住心中的愤怒，她也是事发当晚的第一批知情者之一，那时帮助着孙夕照联系各路关系，调取可用的信息。整件事最令她愤慨的点就是处理的不公。江汉风平浪静地带走了惹事的人，而孙夕照这边则损失两员大将。

"凭什么，不是你应该问的；为什么，才是你理应思考的。先去和 Kelly 以及王可可打个招呼吧，无论是程觅雪对接的 Chris 的西部微光项目，还是尹冰跟进的下周福尔斯财经论坛陆欣仪的发言稿。怎么跟进你知道吗？具体到哪一步，也不要去问停职的员工了，直接去问助理们吧。"

说完，孙夕照笑了笑，沏上一壶上好的普洱。

"这茶啊，平时总不舍得喝，觉得那么贵，要找一个合适的人，合适的机会喝。但如今啊，我觉得每个时刻都是合适的。想做什么就尽管去做，不要压抑自己。"

她温了一盏绛青色渐变的骨瓷茶杯，斟上给方圆递了过去。方圆接过来，明白了孙夕照为什么会如此温顺地接受江汉对两人停职的提议。

无论是田恬霸着功劳的西部微光，还是迫在眉睫的陆欣仪的论坛发言，实际操作的层面都是程觅雪和尹冰在负责。若是高管助理无法及时拿到各自老板真正需要的东西，必定是最最着急的。Kelly 和王可可都有通天的本事，这来龙去脉若是知道了，那么，离 Chris 和陆欣仪，甚至钱远山知道这场鸿门宴闹剧，也仅仅是一层窗户纸了。

顺水推舟，顺势而为。这水，是被 S 集团接管后万国公关部的穷山恶水；这势，乃被职场霸凌许久的万国人的犄角之势。

"所以，Kelly，恐怕西部微光所需要的这些增补材料，需要由你来牵头让田恬亲自填写了。程觅雪，她这次能不能回来上班，还是一个很大的未知数。"

"方姐姐，田恬怎么能做得了这些材料，她根本不是一个能沉下心做事的人！这事闹的，听说还打起来了？"

果真，江汉的人已经开始散布谣言了。所谓的保持缄默，只是针对受害者而言。

"Kelly，别的不说，佟林的个头，跟保安队长似的。小小的程觅雪，能有本事和他打起来？唉，嘴人人都有，良心却不一定。"方圆苦笑着。

"我是坚决不信！当初亲眼见到他凶神恶煞在办公室吼程觅雪的时候，就知道此人并非善类。西部微光项目，也让我彻底看清了田恬，看似温柔无害，而内心却极度自私自利。"

西部微光是一个临时上马、代替 WPI 的项目，期间无论交接、还是和媒体重新叙述整个故事，都需要大量细致和重复的工作。程觅雪什么也没说，任劳任怨地每天加班补齐需要的资料，Kelly 也为了老板的利益，经常腾出时间帮她。而田恬，则真的做到只为台前的风采彩排，幕后十指不沾阳春水。

坏和懒，是相辅相成的；而懒和蠢，又是种因结果的。田恬每次展示她主播般的假笑试图拉近与 Kelly 的距离，但对唯一负责的西部微光项目的核心内容却知之甚少。除了为她准备的台词外，她恐怕以为，做一个慈善项目，就是把钱打出去，把名收回来那么简单而已。发布会上她因为《东方新闻》记者发问出的丑，Kelly 早就听说了。

程觅雪被卷入了打人事件，让原本就人手紧张的西部微光项目的下一步跟进落在 Kelly 一个人的身上。这原本也不是她的 KPI，帮忙就算了，还要一个人撑起整个项目？拜托。Kelly 常伴君侧，可不是傻子。她算了算年假，还有整整十天没休。

于是，Kelly 也给自己放了大假。西部微光项目，如今只剩田恬一个人张罗了。

"小雪，Kelly 放假了，你也……也不知道还能回来吗。西部微光第一期报告马上就要公布了，这……"四面楚歌的她，只能放下身段，亲自致电屡屡利用的背锅侠程觅雪求援。

"噢，黎娅呢？无论按职能划分，还是亲疏远近，你都应该先问她们不是吗。你看，你自己都说了，我们还不知道能不能回来。"程觅雪才懒得搭理这种投机的甩锅恶人。

殊不知，田恬之前刻意和江汉一派保持距离，现在，有能力的如黎娅也不会分半个人给她，乐得看她赶紧垮台。

押对了，就是一路通天；押错了，堕入万丈深渊。她没派系并非出于正直，而是为了完完全全地避免风险。这要是放在平时，那是明哲保身，但可千万祈祷别出什么事，出了事啊，就是现在这副样子。在她需要为集团出具西部微光项目报告的时候，没有一个人乐意伸出援手帮助她一把。暧昧关系的 Chris 也并没有说明，为什么这个项目草草地被结束了。

"田恬，你背着我和 Chris 去甘肃的时候，有想过今天吗？你把西部微光所有的功劳都归给自己的时候，有想过我吗？这两个问题的答案，就是你今天要求我帮助你的答案。你这种职场的精致利己主义者，随时准备攀附任何人，也随时可以背叛任何人。别总以为自己是那只运筹帷幄的九尾狐，却连背锅侠的基本业务素质都不具备。"

经历了鸿门宴之后，程觅雪更不屑于讨好和同情任何人。

"我没想那么多，去甘肃，那是 Chris 的提议！我想，不带你去，应该是他自己的什么想法吧。这和我无关，我不该背这个锅呀。小雪……"田恬这种人急了，把锅甩到 Chris 头上也在所不惜。

"噢，你是在暗示 Chris 因为某种不可告人的想法带你去甘肃探访学校？挟慈善为名和你游山玩水而已？"

"我，我不清楚。总之，我的心里只有万国的慈善事业。所以，这份报告对我至关重要。小雪，你想要什么？你说，我能满足的一定——满足。要不，这件事以后，我申请你和我共同负责万国的慈善项目？你看行吗？"

哼。程觅雪心中冷笑一声。

这种张口慈善，闭口慈善的人，往往是最不关心慈善和最虚伪的。口口声声"万国的慈善事业"，当初 WPI 出问题时，连一个替代的公益机构都找不出来。程觅雪自问自己也并不是慈善领域的专家，田恬反而是因为参与了电视台的几次慈善活动，被以"在慈善事业方面经验丰富"让江汉特招进来的。这个每天妆容厚到像面具一样的女人，心思过于复杂。慈善，如同她脸上的妆，如同她每天打了过多发胶固定的头发，都是对肮脏欲望和内心的伪装而已。

只是可怜，偌大一个万国，原本可以和其他企业一样，好好地拿营收的一部分投入在公益慈善项目中去的。落到了田恬这种人手上，程觅雪想着就惋惜。

"可惜，倒霉的万国的慈善项目负责人就是你田恬啊。在其位谋其职，好自为之。"

"喂？喂喂！"

被挂了电话的田恬，终于尝到了众叛亲离的滋味。这以人品换来的下场，有多苦涩只有她自己知道。

接下来的整整两个通宵，她都在加班加点地工作。田恬这辈子，也没试过用两个通宵的时间研究任何东西。程觅雪的每一张表格，她拆分开公式，一项一项地填进新的项目表。每一个数字，找财务的同事要过来，一行一行地对过，再按照分类解释清楚。没人帮自己的那份孤独，是她就算婚姻失败时也没有体会过的。这次她甩掉的锅，被程觅雪狠狠甩了回来，压在自己身上才知道，原来背锅的滋味，如此苦涩。

一份勉强过得去的项目报告，终于在截止日之前，从她的手上交了出去。而 Chris，也在失联许久后，终于联系了她。

熬完两个通宵的田恬，站在相约的俯视黄浦江江景的酒店落地窗前，黑眼圈如同夜色一样深，而心情，则没有景致那么璀璨。

"我太太，正式提出了离婚。很快，我就是个自由人了。"Chris 从身后紧紧抱住田恬。

这女人在他的生命里，和其他女人相比没什么特别，但巧就巧在她出现的时机。早在甘肃探访学校的时候，她就爬上了 Chris 的床，以最原始的方法换来了整个慈善项目的平稳落地。她在 Chris 面前苦心经营的"离异弱女子"形象，终于打动了这个职场钻石男人。巧的是，婚姻陷入危机的 Chris，拖了许久的离婚财产协议，终于在最近得以签署，何不放纵自己？想到这里，他拥抱得更紧了，在她的脖子旁边摩挲着，轻轻地说出一句不值钱的："我爱你。"

田恬听了，并没有如他所预料的那样热烈回应。她转过身，把他轻轻地推开，理了理他颓丧的领带和衬衫，温柔地说："你爱的不是我，你爱的是你自己。"

在甘肃探访学校的时候，Chris 就坦承了自己正在办离婚的事。Chris 夫妇早就是假面夫妻，各玩各的，只是缺少一个借口离婚而已。田恬当时很期待成为那个借口，发生关系之后，她以最快的速度委托了人调查 Chris 的身家几何。然而，调查人却带回来一个令她晴天霹雳的消息：来自律师家庭的 Chris 前妻，早早就铺排好了一切，带着儿子离异并分走了几乎全部财产，可以说，Chris 在这场离婚中，得到的只有自由。而可惜，这份自由的起因还不是为了她，而是为了另一个远在美国的女朋友。她自问，本质唯利是图自私自利的她，会不会跟随比自己年长二十岁，净身出户且用情不专的 Chris 共度人生？

答案是否定的。

"Chris，我也很爱我自己。但很遗憾，我并不爱你。恭喜你恢复了自由身，西部微光项目结束了，我也会回到广东继续工作。祝你一切顺利。"

说完，她拿起了手包，离开了这个房间。背后的水晶灯，和天鹅绒一样细腻柔软的地毯，都那么温暖，闪烁着物欲独有的光芒，但这些与未来的可能性相比，却都黯淡了。

就这样，众叛亲离的田恬结束了在万国集团总部惊艳却短暂的职场生涯，再次"涅槃"，回到广东重谋一段新的人生。Chris 离婚后，整个人也变得不在状态起来，频频请假前往美国。西部微光就这样结束了，万国一闪而现的慈善光环，如同流星一样，只进行了一期，再也没人关心什么贫困学童了。

陆欣仪出征福尔斯经济论坛的事，成了公关部最新的焦点。

尹冰虽没上班，却在孙夕照的安排下，在家继续撰写完了陆欣仪需要的全部发言稿和 PPT。她特意晚交了几天，让陆欣仪的助理王可可着急了一阵子。

"孙老师，陆总这次是第一次在国际论坛上进行独立的发言，我这边不能出半点差池的。"一向强势不客气的王可可，在这件事上，完全放低了态度，主动来求孙夕照。

"我比你着急的呀可可，可是我们这边正儿八经财经记者出身的，只有尹冰和方圆。现在这码子事情一出，唉，尹冰和程觅雪都被停职。我们每天连轴转的，你每天下班也见到的，我部门这些人饭都是在工位上吃，没时间出去。"

利用王可可的急脾气，孙夕照把大家都在八卦的鸿门宴，从工作层面的影响上讲开来。虽然没向着自己人，但影响了王可可的工作，她自然作为借口，以最快的速度传回了陆欣仪那里。

"噢，公关部门乱成了这副样子？那么可可，你怎么看这件事情？"陆欣仪在办公室里，问王可可的看法。

"打人？不可能。佟林您见过的，程觅雪您也认识，说后者打前者，我不用在现场我也不信。至于停职只停上海这边的涉事者，怕只是江总包庇 S 一派的而已。"

王可可对自己的老板，从来说话直抒胸臆，她被牵连得交不上发言稿，气还不打一处来呢。

"前阵子让你审计的事情，你继续跟进。审计这种事情还用我教你怎么查吗？佟林这种 loser，万国少一个更好。"陆欣仪金手指一点，佟林在万国的命，就等于没了。

孙夕照拖延发言稿的小伎俩，无非是希望借她陆欣仪的手煞煞江汉一派的威风。这种你来我往的事情陆欣仪经历得太多了，她知道，孙夕照想要的和她一样，都不止眼前这一时一刻的输赢。从她帮助自己代表万国上了《华尔街观察》中文版之后，她就知道，人人觉得佛系温和的孙夕照，野心勃勃。

陆欣仪喜欢野心，野心源自于欲望，而在职场上，只有有欲望的人才有无限前进的动力。于是，在发言稿终于交稿之后，她以讨论新闻稿为由，主动约见了孙夕照。

"我看孙老师的发言稿里，阐述的不仅是今年论坛的主题，更有不少对万国，甚至对中国电商经济的展望。战略和展望，理应是Chris的对外发言内容，我作为CFO，这样的内容，会不会不合适？"

"陆总，作为CFO，的确应该只谈和财务、经济有关的内容。但如果没有几句有战略高度的话，如果有一天您当上了CEO，别人就会指摘您以前的思想局限在财务方面，没有战略眼光。"

如今的孙夕照，彻底和陆欣仪结成了统一战线。钱远山退位后，人人都等着看她这位旧臣随旧主跌落谷底，而她孙夕照偏偏攀上了陆欣仪，路越走越宽了。

陆欣仪也不说什么，意味深长地点了点头。她早就指使过王可可和孙夕照手下的尹冰利用同学关系互通有无，人质事件中暴露出Chris各种管理问题，她和公关部几乎同步了所有信息。如今，借着鸿门宴这突如其来的机会，不如把事情炒大。CFO哪是她职业规划的终点，当上CEO，掌管整个万国集团，才是她的最终目标。

"谢谢你的好意。作为回报，我也会好好处置江汉手下的佟林的。这场罗生门，也是时候有个结局了。只是，他不是一颗小棋，你这边，也要准备好必要的牺牲。"

"北方报业，right？"

孙夕照心里一惊，自己才知道没几天的信息，陆欣仪早就了如指掌。

"北方报业，最近业绩很差，有的是需要钱的地方。只要有办法送钱，一切就都不是问题。活在媒体寒冬里，钱，才能烧了取暖。人情，谁还认？"陆欣仪的话，又准又狠。

作为外企请来的高管，大家曾经一度认为她这中英夹杂的国际精英范，和万国格格不入，反而是 Chris 很快融入大陆互联网圈子的油腻男人群体，显得更接地气。但通过最近几次的交往，孙夕照觉得陆欣仪才是那个不动声色的狠角色。她对互联网及中国经济的认识更加深刻，对时局和公司政治的判断也无比准确。即便没有孙夕照的推动辅佐，她的上位，也是必然的。

幕后大老板钱远山布置的任务，总算顺利完成了。

已经宣布退位的钱远山，其实才是一切事态的主导者。早在人质事件爆发之前，钱远山就有了更换 Chris 的想法。最初，他召集了自己的心腹旧将，包括孙夕照在内，秘密地商讨如何推进此事，保守的做法是，先提升 CFO 陆欣仪的影响力，掣制 Chris 的势力范围。然而，就在这个时候，人质事件爆发了。

一切的计划，都被打乱了。在这场事件中，万国混乱的管理问题暴露得比钱远山想象的更严重。而他的人事计划还没有实施，Chris、江汉等人纷纷拎起刀枪棍棒，赶尽杀绝敌对的派系。钱远山以退位作为烟幕，实则是利用这乱世洞察各派的实力和人心。很显然，Chris 令他极度失望。

于是就有了陆欣仪的节节上位，从《华尔街观察》为公司正名，到拿江汉的人内部审计开刀，以及现在的参加一年一度投资界最重要的福尔斯经济论坛。渐渐的，从对外的公关角度，陆欣仪被扶了上去；从对内的威严方面，陆欣仪彰显了地位。

钱远山站在这一切的背后，将权力局势再次洗牌。退位，只不过是不再出现在前台而已，一旦拥有了真正的力量，谁又需要站在众人面前呢？大隐隐于世，万国到处都是钱远山渗透的人和事。只有 Chris 这种骨子里没有自信的人，才需要人人都看到听到"职场男神"一样的他。

作为幕后一枚重要棋子，孙夕照也被承诺尘埃落定之际，就可以升为梦寐以求的 VP 级别。虽然万国有十几名 VP，但在男性化、年轻化的互联网行业，孙夕照在万国的职业生涯，高级总监几乎就已是尽头。除非像陆欣仪一样到了 C 级[1]，否则她这个年龄的互联网行业女性从业者，基本被无情的行业判为死刑。

加之，江汉一派的打压进一步激怒了她。职场上，前途和尊严，她以前以为维持一个就可以，但自从 S 集团的坏血溶入万国以后，她才清醒地认识到，两者一旦放弃一个，就无法同时拥有任何。

程觅雪等一个个爱将在她的铺排下前赴后继，终于干掉了江汉。身为棋子，孙夕照也将他人作为自己的棋子，步步铺排，时时紧逼。但鸿门宴事件的恶劣程度，远远超出了她的想象。

程觅雪她们，都不清楚整件事中孙夕照的真正角色。她更无法向她们说明，一切都是钱远山的深谋远虑。出于一腔热血和回报恩师的心，她们为孙夕照的计划作出了各自的牺牲。而如今，是她最后一步棋了。

当孙夕照约尹冰在思南路见面时，尹冰就感觉微妙。没想到，竟然是劝退自己。就在前一天，她曾经因为王可可的推荐去面试的"Runway"杂志，给了她一份薪酬翻倍于万国收入的 offer。当时，她只是听王可可那句"换换心情，了解自己的真正价值"，以轻松的心态去面了试，自问作答和沟通都表现一般。没想到，对方竟录用了没有时尚业工作经验的她。

---

[1] C 级: CEO、CFO、COO 等最高管理层的职业经理人，因为开头为 Chief，简称为 C 级。

当然，这背后陆欣仪的亲自打点，是她永远也不会知道的。

"尹冰，我需要你，离开万国。"听了这样的开场，尹冰不禁心中一惊。

"你先听我说，这件事无论如何，最后都是要有人以卵击石，把江汉一伙人的勾当全部捅出来。至于这件事，你是否愿意做，我会完全尊重你的意见。"

手握"Runway"必须一周内给予明确答复的 offer，此时的尹冰，原本是不介意牺牲自己的。可孙夕照来找上门的时机，令她顿生疑窦。原本，她还想主动约孙夕照，坦诚地聊一聊"Runway"的机会，对方却那么巧，在此时约谈自己。按理说，面试"Runway"的事，只有王可可知道，而孙夕照怎么有信心自己一定会离开万国，借机达到她的政治目的？

"孙老师，您说的，容我想想。我一定尽快给您答复。对了，您见程觅雪了吗？听说她回清洲休假了。"

同样的牺牲，为什么程觅雪不能做？偏偏找她？尹冰也想知道里面的衡量标准。难道，在孙夕照眼中，自己更值得牺牲？

"尹冰，你别误会我的意思。同样的话，我也会去问程觅雪一遍的。如我所说，这里面没什么强制性，你们不做，我就来做，我只是看不下去江汉一派毫发无伤的这份恶势。"

尹冰点点头，谁不是呢？想起佟林和颜晓晓当晚的丑恶陷害，她现在还气不打一处来。她攥紧了拳头，暗自下定决心要最后发挥一次光和热，帮助孙老师完成这件事。将一切的真相以辞职邮件的形式说出，以退出万国作为代价，拉下这批恶鬼。

但在那之前，尹冰还是希望能"死"个明白。她想先见见好朋友程觅雪，把心中种种疑团都理一理。和孙夕照告别以后，她就买了一张高铁票，去了清洲。

清洲，虽然从上海搭高铁只需要一个小时，开车也仅仅两个小时而已，作为上海人的尹冰，却从来没去过这个小城。高铁车窗外，如同一幅幅江南山水画，满眼都是绿色的稻田和黑白相间的建筑群。尹冰的眼和心灵都被洗得清清爽爽，似乎随着身体的远行，把万国的灰暗时刻都真正抛下在上海了。

按照程觅雪给的地址，她从高铁站打了出租车，到了位于清洲市区边缘的一个别墅区。虽然一向知道程家有企业，但她以为的"富裕"和眼前的"奢华"相比，还是有所差别。程觅雪带着自家的狗，早早站在门口候着。

"这是我的狗弟弟白胖！白胖，这是尹冰姐姐。"

程觅雪牵着的这只法国斗牛犬，又肥又憨厚，长长的舌头伸出大嘴外，热情地凑上来，舔了尹冰的脚腕一下。

"哎呀！"家中养猫的她被吓了一跳。

"别怕，哈哈，白胖温和得很。看来它还挺喜欢你，平时啊，蛮害羞的。"说着，程觅雪拽着狗绳把白胖猛拉了回来。

"走吧，进家里休息休息。我让阿姨做了好多好吃的海鲜，我们这里最出名的就是海鲜了。醉虾你吃的对不对？"

跟着程觅雪和白胖，尹冰走入这庭院深深的别墅区。"清墅雅园"，整个区如同其名，并不像上海大部分仿欧的别墅区那样不伦不类，反而全部以新中式为设计元素进行规划，每一栋宅子都自成一格，低调又沉稳。尹冰没想过这种小城里有如此令人赏心悦目的审美格调，心里连连惊诧着。弱小的程觅雪牵着狗如其名的白胖，形成一种反差萌，走在这样一个空间里，格外生动起来。

　　进了程觅雪的家，她才知道，原来每一户的大门里，才是别有洞天。门推开，先看见的不是房子，而是亭台水榭，程觅雪家的尖角亭下修葺了水塘，里面的水清澈见底，而游动的，竟是一条条日本锦鲤，色彩斑斓，流动着金钱的味道。

　　"你家也太……你说你去上海打工图的什么啊？"她不禁把心里话说了出来。

　　"哈哈，我说你怎么说话和我爸一模一样？我们这的地便宜，房子不如上海值钱的，人人都买大房子，没什么大惊小怪的。这房子在上海，也就买你家旁边一小栋。"

　　"地便宜，你看你家停的宝马奔驰，养的锦鲤名狗，蒙谁别蒙我啊，我可是一名财经记者。透过现象看到成本，是我的立身本事。"

　　两个闺蜜笑了起来，程觅雪伸伸舌头，做个鬼脸："你可别回公司到处说。就算谢铭心，以前说来清洲看看我，我都说等我回上海再说，怕就怕他的反应和你一样，大惊小怪。"

　　在这青山绿水中，尹冰似乎明白了"清洲"的含义，和上海不同，这里的节奏慢慢的，白墙灰瓦的建筑特色延续到了当代，亭台水榭打理得不比她在日本旅游时见闻的逊色半分。很难想象，仅仅一小时的距离，有这样一个生活在慢节奏却享受着富裕生活的小城。

　　天空清朗，绿水无垠。饭后，在户外的亭台和程觅雪喝着龙井，尹冰依稀想起徐克版的《青蛇》的场景。虚虚实实的职场上，什么是真，什么是假？和眼前美到不真实的程宅相比，丑恶的人心更加难以令人置信。

　　"你说，我要不要按孙老师说的，把他们的'事迹'在辞职信上一并表明，抄送相关管理层？我觉得，从拿到几乎不可置信的好offer到被孙老师建议背起锅成为炮灰，这一切，未免太巧合了吧！"

程觅雪轻轻摇了摇头，叹了口气："虽然我回家名曰休假，但这儿大还是卷在万国的各种事务中，还借机把一个锅甩回给了田恬，让她彻底干不下去了。现在的万国已经全然不是我入职时的那个万国了，这场'正义的战争'有多正义，我也不清楚了。但既然我们选择了上阵，就要杀敌，卸甲？没那么容易的。"

尹冰听了，点点头："这次被迫'休假'，反而比平时在公司还忙！没想到你也是一样。"

"我啊，经过鸿门宴，对很多事都有新的想法和看法，再看孙老师，情感也与之前不同了。我们在万国，一味地盲从她的指挥，但退一步看大局势，她步步为营又是在被谁指挥呢？这些时机都来得太巧合了，你难道不觉得吗？"程觅雪说道。

"听你那么说，我也有很多疑问。例如怎么就押宝在陆欣仪身上，而陆欣仪怎么突然火箭式地从沉默的CFO变成了进击的巨人？又是如何从遵从江汉一下子跃进到事事忤逆？这一步步孙老师未免押得太准太迅速，完全不是她一向的做法。你觉得，谁又能、谁又配给她指导呢？"尹冰不解地问。

"从来，孙老师盲目听从和追随的，不都只有同一个人吗？"深邃的眸子里，程觅雪的眼神充满了某种冷漠。

尹冰望向她，所有的话和所有的委屈都在这眼神中化为灰烬，她终于意识到，从头到尾她们都是不知情的牺牲者而已。而"Runway"这种天上掉馅饼的机会，恐怕只是某种变相的补偿金，令她可以妥善地退场，不要成为历史遗留问题。钱远山，孙夕照，在这些顶级职场玩家的世界里，她们作为背锅侠处于鄙视链的哪一层已经不重要了。

"那么小雪，如果你是我，你会不会继续配合孙老师演到底呢？"

"职场上，现实中，戏，在哪里都是要演的。

"那你父亲所盼望的，让你回来清洲帮忙的事呢，不考虑了吗？"

程觅雪把手中的茶杯放下，指着亭子下面一汪池水："这是我爸当初亲自找的鱼苗，说是日本皇室同款的锦鲤品种，他当时说，一定在清洲把它们养大养好。结果呢，你现在看到的这些鱼，都是阿姨死了换，换了死，不知道是什么品种的锦鲤了。我爸终其一生，连鱼都留不住，我妈也离开了我们，这就是他奋斗的结果。钱，的确赚了，但他根本没时间花啊。自由和爱，他最后都没有得到。我不知道跟随他、继承他的意义是什么。可能，这一切根本没有意义。"

"那么，在万国难道就有意义了吗？"

"可能也没有意义啊。但至少，我有一种自由，朝九晚五看上去呆板，实际公司只买了你这八小时的时间和精力。如果回到家族企业，我除了睡觉，就要全身心地投入在工作当中，没有一分钟、一分钱不是和自己切身相关的。可能现在的我，还没有做好准备，在外面打打工学学东西，是吃苦也是偷懒。"

以前，尹冰一直觉得程觅雪是个简单的人，这也是她们成为朋友的最大原因。直到现在，听了她说这些，她才意识到程觅雪的智慧。尹冰聪明，审时度势，每次都在职场的跳板上步步高升。而现在，她觉得职场上的人生智慧，是聪明无法比拟的。但和嫉妒相比，她心中油然而生的反而是一种开心，能够通过工作结识这样的朋友，可能才是万国这份糟心的公关工作对她唯一的意义吧。

11.2

一

阴霾散去

程觅雪亲自开车把尹冰送到清洲高铁站才回家。回家到别墅区门口，便一眼看到那个背着背包、熟悉的背影。

"程小姐，这个人说是你朋友，我见都没见过！是不是……"

她从车上下来，看着谢铭心，又感动，又哭笑不得，眼角留下了欣喜的眼泪，怕被察觉，赶紧揉了揉眼睛。

"你这人！怎么不打个招呼就来了啊！再说，你怎么知道我家在哪的啊？"

"我，我跟尹冰说了啊！她还说她和我同一天来看你。我说你，什么时候能改一改这个不看手机不回信息的坏习惯啊。"

她破涕为笑，说："你练成个肌肉男的样子，也难怪哪里的保安都不让你进小区啊！看着就不像好人。"

"谁让你在哪都住这种戒备森严的破地方？你来北京我家小区试试，'海王'来了也没人拦啊！"

"尹冰前脚刚走，我们刚刚就在这喝茶呢。"

她把谢铭心带进小区以后，进了家门坐在凉亭中，白胖也识趣地凑过来在他脚边磨蹭着，似乎知道这是主人喜欢的人，完全没了平时的狂吠。

谢铭心和尹冰一样，打量着这个脱离现实的美好院子，心中压力倍增。他原本是从尹冰和高唯这边听说了鸿门宴这件破事，出差结束后，就着急请假来探望程觅雪。到了这个环境里，这个到处透露着奢华却唯独又没有彰显奢华的新中式院落，他突然觉得自己格格不入了，这份关心，是不是有点多余？这是她需要的吗？

"我是听说了……总之，打起来也太恶劣了。你们万国就没有人站出来说句公道话吗？"

"是尹冰告诉你的吧？谢谢你能来。我已经很感激了。"

程觅雪把事情的原委，从头到尾尽量平静地描述了一遍。

"我真的，从来没有被暴露在这样恶劣的人面前。你可以说我是被保护得过度了，或者是接触的人群过于单一？对于这件事的走向我根本没法预料。应激到出手打人，这是我想也想不出的会需要在职场做的事。"

"你还自责和自我怀疑？"谢铭心听完整件事以后，忍不住急了。

"这是有预谋的陷害和霸凌，游走在法律和道德的灰色地带，是要多恶劣的人性才能想出这种无中生有的伎俩？你主动防卫了，说是打人；你被动逃避了，会编成更无耻的情节。无论如何都是为了拉你们下水，没什么好自责的。整件事情，卑鄙至极！"

之前，尹冰和高唯的转述，都令他无法真正了解程觅雪的立场。直到此刻，他才知道职场霸凌可以去到这样难看的地步。

"教养是个好东西，但你有不代表别人有。你家庭对你的保护，让你看不到世上最恶的一面，但也阻碍了你对'恶'的防备心和反应力。如果是在小说里电影里，这是公主的故事，可现实的职场是需要屠龙的钢铁森林。如果有人蓄意伤害你，无论出于什么目的，Don't let them！（别让他们得逞！）"

这句"Don't let them"，在程觅雪的心中注入了一股暖流。不知道为什么，从迪纳的人质事件开始，谢铭心似乎成了一个令她安心的符号。这和爱情有关，又无关，是一个靠谱的同龄人带给她的一种从未有过的安全感。在认识他以前，带给她安全感的东西都来自富裕的家境、有实力的男友这些和物质紧密相关的事物。遇见谢铭心，她才知道原来能力也是一种安全感，并且远比物质要有力量得多。

在这片暖意中，程觅雪伸出了自己的双手，如同伸向光明那样。而刚刚还在紧张的谢铭心毫不犹豫地以更有力的双手接住了这充满信任的手，顺势拉她入怀，心疼地热烈地拥她入怀。

"为什么上次在上海，还有，我哭着离开六本木那次，你怎么忍心！为什么不挽留我？"

程觅雪委屈地放下了一切尊严和高傲，把这些天心中的难受通通倾泻而出。此刻，在虚弱的她的内心，骄傲也没那么重要了。

"我……"谢铭心松开了怀抱，望着她挂满泪水的脸庞。

"你就知道让我哭，从上海哭完在东京哭，现在还害我在自己家哭！"

"我以后再也不让你哭了！"

他正要俯下身去，吻向她的泪眼，院子里的门被遥控打开了，天色渐暗之际，父亲灰蓝色的商务车开进了院里。程恭和程觅霖从车子里下来，刚好撞见了谢铭心和她。两人马上弹开了，程觅雪赶紧擦干了眼泪，迎上前去。

"小雪，来了朋友怎么不请进客厅坐？这天色也晚了，都进来吃饭吧！让阿姨多加几个菜。"程恭上下打量了面目尴尬的这两人，客气地说。

"叔叔您好。"谢铭心坐高铁穿得十分随意，身着水洗牛仔裤脚踩一双 AJ。而今天刚刚结束商务谈判的程恭父子，穿着意大利订制的西装从车子里出来，和他站在一起如同两个世界的人。

"喂，我爸以为我休长假而已，千万别透露什么惹他生气！"
走在父亲和弟弟身后，程觅雪使了个眼色给谢铭心，然后带他进了
宅子。

坐在圆桌上的谢铭心局促得很，他虽见过不少大场面，但说不
上为什么，在这个小城清洲的程宅里的压力，史无前例的大。倒是
程觅雪大气得很，作为朋友简单介绍了一下他，就开始吃饭。

"外交部？厉害啊，我还真没和外交部的人打过交道。"程恭
看似轻松地和他交谈着，眼神却依旧犀利地打量着他，似乎要读出
他每个心思。

"从北京来清洲这种小地方，这是顺路呢还是特意来的啊？"

他知道程觅雪偶尔会带朋友回清洲，男的女的都有，好客得很。
眼前这个小伙子却给他感觉不一样，平日犀利毒舌的女儿在他面前
连声音都变小了，装作没什么的样子，却不敢像平时那样顶嘴或手
舞足蹈。哼，程恭的心里升起一份妒忌。

"叔叔，我的确没来过清洲，我……我是来旅游的！"

听了平时理智又沉着的他憋红了脸这么回答，程觅雪噗嗤一声
笑出来。伶牙俐齿的谢铭心啊，你也有今天！

"姐，你不是又惹什么事了吧？怎么又是放大假，又是从政府
机关来朋友的？老实交代吧！"程觅霖可不会放过这个揶揄姐姐的
好机会，赶忙补刀。

"就你话多，你那个讯科基金怎么样了？还有心思关心我呢？"

"瞎操心，你的破万国怎么样了，股价腰斩还害我被套了！"

"哟，谁让你买的啊？美股市场那么多股票，偏偏选我们！"

"谁让我有个成天为自己公司吹牛的老姐呢，我这还不是被你
骗？"

......

姐弟俩你一言我一语，完全无视谢铭心的存在，针锋相对地吵了起来。倒是程恭趁机开始问起谢铭心各种家长里短："你今年多大？你平时出差多吗？公务员工资涨了吗？北京买房了吗？"

顿时，谢铭心置身于富商之家的压力消失了，在这近乎温馨的混乱感中，他甚至觉得这个家的气氛如同自己家一样。阶级的差异消失了，一餐一饭之间，他从紧张变得松弛，开始感受到曾经过度在意的'两个世界的人难以在一起'这类想法过于偏颇狭隘。

"既然来了，就留在这里玩几天。北京，我不喜欢，你喜欢清洲吗？虽然不是大地方，但好就好在，山清水秀，人简朴单纯。适合成立家庭，更适合小孩成长！叔叔和你说啊，清洲的教育那可是浙江省……"

"爸？爸！行了行了，我看您喝了两杯有点膨胀了，去楼上休息下吧！不是每天要找网友下棋的吗？"程觅雪对老爸的"明示"感到难堪，鼓动着他上了楼。

程恭在楼梯上频频回头，似乎意犹未尽："小雪，你记得开车带谢铭心多去玩玩！感受下清洲蓬勃的经济发展！"

"谢谢叔叔！"谢铭心点头道谢，又突然想起什么似的，"叔叔，您说下棋，是下什么棋？围棋还是象棋？"

"都下！主要是围棋。他俩都没空陪我，水平也太差，我都是在网上和网友下。"

"您要是不介意，我陪您下！我水平还行，就是疏于练习，但中学的时候代表北京市参加全国围棋比赛拿过业余 6 段。"

"6、6 段？"程恭听着，斗志来了，不顾女儿的劝阻，硬是从楼梯上又下来了。

"来来来，你上来陪我下一局！"

事态的发展令程觅雪和程觅霖兄妹傻眼，他俩在楼下一个看电视，一个打手游，只听见楼上此起彼伏地讨论和欢笑。谢铭心圈粉的路数野得很，连商场上雷厉风行的父亲也被他成功掳获。

"啧啧，姐，你哪里找的宝藏男孩？老爸喜欢什么他就刚好会什么，你知道的啊，他除了赚钱只有围棋一个爱好！"

"哈哈，吸引力法则呗！宝藏女孩自然吸引宝藏男孩。"

"你之前说萧正礼是人间黑洞来着，那你和他相互吸引的时候，你是……人间狗熊？"

"去你的！臭小子！你那些破事我都不爱在家里提，你还说我！"

……

程家已经很久没有出现这样和谐又欢乐的画面了，一切因为谢铭心的到来而变得充满了生气。两天短暂的逗留中，他不但和程恭成为了棋友，还经常和程觅霖分享对 PPP 模式[1]的看法，给他的基金提供了不少建议。

这原本因为安慰程觅雪而挤出来的旅程，丰富又充满了温情。充满阳光的谢铭心，似乎在某种程度还给程觅雪父女之间的阴霾带去了巨大的光明，很多两代人心中的结，反而因为一个陌生人而舒展了解开了，又重新更紧密地连接在一起。

临行了，在高铁站，程觅雪依依不舍地送他进站。

"万国的事，就算走，也不是这样走。我支持你的想法，无论是光明还是阴暗。虽然我无数次想说'离开这个鬼地方吧'！凝视

---

[1] PPP：Public-Private Partnership 的简写，即政府和社会资本合作，是公共基础设施中的一种项目运作模式。

深渊的后果往往是掉入深渊，可倘若没人有勇气屠龙，那么职场是不是就一直要这样乌烟瘴气下去？一走了之肯定是容易的，但拼死抗争也有拼死抗争的意义。"

"那如果，我是说如果。如果我在'屠龙'的道路上做了一些以往不屑于、不愿意做的事情，你还会这样支持我吗？"

"每个人在职场上都会进化的。如果单纯不足以应对万国恶劣的环境，那么变得相对复杂，只要不违法乱纪，不栽赃陷害，也算不上是一件坏事。"

程觅雪实在没想到，谢铭心竟然会看透她的心。实际上，她根本不想便宜佟林这群渣滓。谢铭心口中的'屠龙'，才是她所真正向往的。

马上要检票了，高铁只在清洲站停留2分钟。

"但是，要是因此我不再可爱了，甚至丧失了某些善良的伪装，你还会喜欢我吗？"她在急促的人群中，怯生生地问。

谢铭心看了看她，人潮拥挤中，她小小身体中的能量似乎闪着光，只有他能看到的一种光。他什么也没说，微笑着，拥紧了这道光，深深地吻了下去。

望着他的背影，程觅雪心中没有不舍，只有爱与感激。这份彼此的懂得，对于现在的她来说，比任何安慰和承诺都来得更加珍贵。真正的爱，胜过千言万语。

11.3

—

是机会也是陷阱

尹冰在清洲之行以后，毅然答应了孙老师的请求，主动提出辞职。在她的辞职信中，把整个事件还原，说出了真相，并在最后一段写下：

> 曾经，我认为万国是我的家，作为家人，有瑕疵也应该接受和包容。如今，万国开疆辟土合纵连横，却容不下一个好人？恳请领导们将程觅雪复职，不辜负我们对公司的期待和对正向价值观的信仰。

把公司抬到高位，台阶，就不好下了。

这封邮件，发给全体公关部同仁，抄送了人力资源部，以及尹冰相熟的高管助理王可可等人。她献祭了自己的专业性和人脉关系，为孙夕照的计划燃出一条光明道路。虽然，在人力资源部的掌控下，这封邮件没有被更多地传播，似乎如同尹冰的离职一样安静地被处理。然而，默默截图发送出去的人，难以计数。

江汉知道，尹冰自断后路，剑指的，就是他。佟林，不得不走。

于是，他把佟林召回上海，下飞机直接来办公室。

"佟林啊，你挥起拳头的那一刻，也应该看到今天了。股票我会争取全量兑现给你，也是七位数的一次性补偿了。后路，我相信你姐夫会给你托付更好的公司。百度，网易，那么多大公司都是他相熟的，万国这条路，你就低调地走到头吧。"

"不就是程觅雪吗？一个小丫头片子！被她干倒，我不服！"他愤怒地回应。

"小丫头片子？我调查过了,她和万国的董事萧家的关系不浅。你惹祸惹到了董事会的头顶上,我也保不住了。佟林,适可而止吧。"

佟林听了，惊讶地睁大了双眼。是啊，作为关系户进来的他，嚣张自有嚣张的底气。可孙夕照她们不留情面的奋力反击呢？难道不也是因为拥有某种底气？就例如，程觅雪和萧家的关系。关系户和关系户之间的对决，并不是谁高调谁就能赢的，背后的实力怎样角逐，他作为一贯的既得利益者自然参透了这游戏规则。

明白了，也晚了，佟林垂头丧气地走出了江汉的办公室。收拾了一箱子东西离开万国大楼的时候，佟林回头望去，竟连一个送他的人都没有。

与此同时，从清洲销假回公司的程觅雪，也是在工位上屁股还没坐热，就突然被刚刚升职的陈盛年召进了办公室。

随着集体诉讼的被叫停，陈盛年顺理成章地坐上了技术部副总的位子，官职相当于万国集团的 VP，掌管的团队从 8 人扩张到了200 多人，可谓青云直上。

走进了他偌大的办公室，程觅雪有点慌神。毕竟在她的心目中，陈盛年从迪纳事发现场开始，就以疲惫的中年大叔的形象出现在她面前，总是站在弱者的角色里。此刻，他摘掉了厚重的眼镜，头发也梳理得一丝不苟，穿着订制的衬衫精神抖擞地站在她面前。一时间，作为副总的陈盛年难免让她不习惯了。

"小雪！来来，赶紧坐啊，愣着干吗？"

她点点头，略拘束地坐在了他对面的会客椅上，陈盛年的秘书端进来两杯咖啡，小心翼翼地放在他们面前。

"恭喜陈总高升。"她尴尬地说出第一句话。

陈盛年笑了起来，端起咖啡，如同一个真正的成功人士那样，充满自信地回应着："什么高升低就的，都是为万国打工而已。我和你，没有什么区别的。"

万国的 VP，年薪都在八位数左右，所谓没有区别？程觅雪想，这都只是客气话。此刻的陈盛年再也不是那个眼镜被炸碎的狼狈中年人，他是一名成功人士，无论这种成功是以哪一种交易换取来的。她明白，两个人再也不是迪纳初见时的地位关系了。

"陈总客气了。我前段时间在休假，今天第一天上班，不知道我有什么可以帮到您的吗？"

"不不不，小雪，你能帮我的都帮了。今天，我是想来帮帮你。你的事情，我都听说了，怎么样？要不要来技术部工作？何必继续在江汉手下受气呢，显然，他也不会再给你任何晋升机会了。"

原来，陈盛年是抛出了一份转岗的橄榄枝。

说起来，自从鸿门宴的事情在万国内部被传开，原本就对 S 集团这群新血心存芥蒂的老万国人，就把事情越传越离谱，简直到了史诗巨作的水准。有人说，是江汉指使佟林打了人，把程觅雪打进了医院；也有人说，程觅雪把江汉的手下推倒在巨鹿路上，令其差点被车活活撞死。各怀鬼胎的几派人纷纷添油加醋，为了达到各自目的把事情的真相所掩盖。期间，也有几个部门开始接触程觅雪，特别是老万国人聚集的人力资源部、物流部等，他们都希望促成程觅雪的转岗，而非令其辞职走人。

加上今天的陈盛年，现在已经有四个部门希望她转岗到自己那里。

"你看啊，技术部在海外也有分部，原本就需要协调海外各部门的管理人员，一直在招人。做生不如做熟，在我的管理下，你想做什么都可以，想不做什么也行。我觉得，这样一份工作也是符合你国际化背景的。当然，年薪方面，在风口浪尖上，我暂时让你平级调过来，等到今年年底，升职加薪统统不是问题……"

陈盛年似乎对自己的橄榄枝信心十足，充满底气地描述着一副大好前景。看着他手舞足蹈的样子，程觅雪似乎看透了什么。

或许，不是陈盛年变了，而是此时此刻，才是她第一次认识真正的陈盛年。

回想他低声下四地下班拦截自己、说想"帮助"管理层阻止集体诉讼的样子，她突然意识到，陈盛年并不是真正地想要"帮助"，而是把她作为翘板和工具，达到置换职位的目的。其实他早就知道自己想要什么，想换什么，想坐到什么样的位子上去。迪纳事件，只是赋予了原本就野心满满的中年人陈盛年完美的身份，令他可以站在道德的制高点，完成许久就盘旋在心头的欲望清单。

曾经一起经历过生死的程觅雪，曾以为这种经历是类似战友的情谊。而在陈盛年看来，这场生死背后的一切都是可以被利用，可以被交易的。

"怎么样？我认为你应该认真考虑考虑，这职位不错的！"

面对侃侃而谈的陈盛年，程觅雪感到有点可怕。和初次见面相比，他完全换了副面孔，令她一时不知自己又应该用哪副面孔来面对他。

"谢谢陈总，我感恩在心。公关部待不下去是肯定的，我记得您这份诚意的 offer，等我考虑好了，一定会第一时间找您再沟通。"

程觅雪清楚，刚才的职位只是陈盛年得到一切之后的某种良心发现，真去了，他恐怕觉得自己做的一切都没有错。利用她没错，利用受害者的身份没错，利用同样身为受害者的集体诉讼员工的信任更没什么错。

想到这里，已经转身准备离开的她回过头来，重新站在陈盛年面前："敢问一句，今天您拥有的一切，是一早就计划好了的，还是误打误撞得来的？从迪纳认识您到今天，我只想听句真话。"

陈盛年没想到她有这样的胆量。穿着白色衬衫的弱小的程觅雪，用犀利的眼神看着他，他实在没想到她敢于问出一个如此直接的问题。

"你是想知道，我有没有利用你？我所得到的利益是不是从一开始就精准计算过？"

程觅雪坚定地点了点头。

他笑了笑，把咖啡杯放回骨瓷的托盘上，身体向后仰着，在转椅上转了半圈，背对着她。

"那我倒也想问问你程觅雪，你从一开始就没有半点私心吗？在迪纳脱队是为了什么？回来以后跟着孙老师干江汉一伙是为了什么？为我的孩子找学校写推荐信又是为了什么？"

她沉默了。

当初在迪纳，她是为了一己私情而脱队的；回到万国，是为了派系斗争而挺身的；至于帮助陈盛年的孩子考学，为的也不过是，作为筹码换取集体诉讼的失败。

陈盛年在她的沉默中，又把转椅转了回来，他的目光冷得吓人，直直地回望进程觅雪沉默又虚弱的内心中。

"所以说，你又有什么资格来质问我呢？你和我，谁比谁更高贵、更纯洁呢？我倒是不明白了，从一开始在迪纳你被佟林踢到一边就不明白了，不是为了利益，你代表万国和我谈判又是为了什么呢？为了当一朵白莲花不成？"

"我……"

程觅雪从未如此感到语塞，她高尚的道德感如同一个泡沫，被陈盛年的质问彻底戳破了。

"在万国做的很多事，我确实是为了利益，但这个'利'，除了名利，也有私心。您有的私心，人人都有，我也不例外。"

从陈盛年的办公室里走出，她彻底意识到，他已经将在迪纳事件受害的经历迅速变现，人性的底线到底在哪里？她自己，是不是也是一个没有底线的人呢？

对与错，再次模糊了界限。

第十二章
罪有攸归

12.1
–
反噬

自从被江汉建议离职以后，佟林的心里百味杂陈。起初觉得程
觅雪这个小贱人，有什么能量，怎么能让总监级别的他栽那么大个
跟头？又或者，是颜晓晓这滩祸水，搞什么手机偷拍的龌龊伎俩却
没和自己商量，害得他阴沟里翻了船，现在还丈二和尚摸不着头脑。
他一直认为，通过俩人的不正当关系可以控制对方，没想到，颜晓
晓在关键时刻竟然被黎娅的三言两语摆布了。如今他下了台，黎娅
统领两个团队，江汉再也没了左右护法，只剩下她。

说到底，还是被黎娅摆了一道。

哼，女人！

他越想越气，本来想如同以往那样，狠狠在颜晓晓的肉体上发

泄，没想到，她连电话也不接了。离职甚至还没有走完程序，人情冷暖立现。佟林开好了酒店房间，却左等右等都等不来颜晓晓，他的怒气和狂躁，终于化为一通打给老鸨的电话，与一具陌生的肉体纠缠在一起。

他撕扯着她的衣服，怒吼着期待进入她的身体。她惊叫着，躲闪着，似乎在等待着什么一样拼了命地拒绝。佟林的欲望却更加被燃起了，就在他最后要得逞的刹那，房间的门被撞开了。

两个人赤裸着，被冲进来的警察重重地压在地板上。

"根据群众举报，佟林，你涉嫌持有并使用毒品，跟我们走一趟协助调查。"

佟林所期望的"剧烈碰撞"确实发生了，却是以被便衣警察狠狠将头撞在地板的方式。他因剧痛而嗡鸣的脑袋，昏花不清地看着警察从他随身的包里，搜出一小袋白色粉末，又把刚刚递给外围的现金五千块嫖资，从她的手包里翻了出来。

"邢队长，冰毒 7.96 克，女方也认了，可以拘捕了。"

又一阵混乱，佟林感觉温热的血从头上滴了下来，他挣扎着被押进了警车，脑子里盘旋着每一个试图陷害自己的人，却被嗡鸣声覆盖了一切思路。

佟林被莫名其妙地收押，出了事，他第一个想到的，就是太太。被拘留以后，他第一时间打给太太，逼迫自己冷静下来，回溯事件的每一个细节，反复推敲，并叮嘱太太一定要带律师来，以法律手段寻求对策。他，可不是没有社会关系的人，无论是谁敢在他头上动土，都是吃了豹子胆了！更不用说佟太太的哥哥是北方报业堂堂总编辑了。

佟林瑟瑟发抖地等待了差不多一个白天之后，佟太太才不急不慌地出现了。

"你怎么没带律师呢？我刚在电话里说了，要带律师！你怎么……"

见到佟太太，他一激动，就被在旁的警察警告了一次，于是，乖乖地放低了声音。他打量着太太漫不经心的样子，她穿着黑色套裙体面而大气，戴着钻石珠宝，完全不像平时在家邋遢带孩子的无能样子。自从生了二胎，他还是头一回见太太这样打扮。

"老婆，我不是发脾气。你听我说，他们跟你说我嫖娼，这都是诬陷！彻彻底底的胡扯！"

佟太太本来还挺严肃，听到这，噗嗤一声笑了："他们没说你嫖娼啊，他们是说你使用毒品。你现在是不是觉得，还不如嫖娼呢？"

笑？都什么时候了，还有工夫笑！佟林真想一巴掌打在这个冷血的女人脸上，他咬紧牙关，劝告自己冷静。

"买卖毒品，更是无稽之谈了！我怎么可能染上那玩意，等会儿检查出来绝对是阴性的，我要找律师，我和他们没完！"

"嘘。"佟太太把身子探向前，示意他小点声，"绝对是阴性？毒品只要沾上哪怕一点点剂量，都会被检测到。怎么说呢，就好像早上我给你的果昔，对，就是你出门之前，去开房之前，急匆匆喝的那杯绿乎乎的不明液体。如果，我是说如果，里面有哪怕一点点违禁成分，啧啧，你的尿检就会是阳性。"

痛，佟林头上受的伤，虽然被简单包扎过，依然令他的耳朵嗡鸣。听了佟太太的话，他的嗡鸣更加严重，头晕目眩。

"你……你在说什么呢？胡言乱语，什么开房，什么药物！"

他晕乎乎地再次打量了面前这个女人，这个最熟悉的陌生人，给他生了两个孩子的太太。他不懂这份无缘无故的恶毒从何而来，宁愿相信这是一个难听的笑话。

"不要在这里胡言乱语说这些，我要出去！俩孩子还在等着爸爸回家，我没时间和你开玩笑！"

"颜晓晓。这个名字作为提示怎么样？佟林，你还认为这一切是个玩笑吗？"

佟太太把身子靠向椅背，双手交叉放在胸前，不屑地看着眼前这个头破血流的男人。

"哎呀，那是……哪个大公司没有这种用来性贿赂的女人？我只是奉命招了她，有些事，需要这种女人去做。你要是妒忌了，大不了，我把她开了！这种逢场作戏的事情，你大可不必……"

"等等，你是说，把她开掉？据说，为了她打人被开掉的，是你佟林吧。口口声声俩孩子，你打人的时候，有想过孩子们吗？"

佟太太厉声呵斥着。所有的痛，所有的泪，都流光流尽了。剩余的，只有仇恨。

在外放肆无理，在家嚣张跋扈，佟林在这点倒是保持了表里如一。靠着大舅子上位的他，强忍凤凰男的身份，也是和太太有过相敬如宾的日子。然而七年之痒加上中年危机，佟太太在儿子之后又生育了二胎千金，仗着有两个共同子女对方万不可能离婚，他的"真性情"终于全面爆发。从夜不归宿，到醉酒暴力，出身知识分子家庭的佟太太目睹了魔鬼撕下皮囊的全过程。但她，如同大部分母亲那样，选择了隐忍。

直到一年前的一天，佟林再次在应酬后烂醉如泥，到家后儿子正在为第二天的比赛练习英语听力，大声叫爸爸小点声。照顾着刚出生的女儿的佟太太，听到吵嚷声从卧室急匆匆跑到客厅的时候，儿子已经被他一巴掌扇翻在地，嘴角流着鲜血。

"你还敢教训起老子了？什么英语比赛，没老子在外拼死拼活，你哪来的钱上辅导班？"

把儿子嘴角打出血的佟林，依然在客厅叫嚷。而女儿被声响惊到，在卧室里哭泣不止，保姆怎么哄都停不下来。

那是怎样的一种混乱？佟太太到今天依然历历在目。打她，尚可忍；打儿子，不能忍。生了二胎，在家赋闲的她，用剩余的一切精力，为那一晚进行复仇。她表面更加温柔了，更加没有存在感了，邋遢地处理着家里大大小小的事务，对佟林的行踪放任自流让其暴露更多证据。暗地里，她放下一切自尊，亲自找到哥哥坦诚婚姻困境和真相，不再想维持这段恶心的关系。

为此筹谋的，又岂止这个枕边人。自从在办公室当众被佟林训斥以后，程觅雪就盯上了佟林。起初，她的想法很简单，只是暗中搜集了各种有关佟林不堪的证据，想在合适的时候曝光他。

鸿门宴事件发生后，原本对佟林的不满，变成了一股无比的恨意。这恨意借由已经存在的根基，深深扎在了程觅雪的心里，加上尹冰在事件中被牺牲，更令她有了满满的理由来实施复仇。

知道他是靠大舅子上位后，她先是想设法通过渠道试图把这些证据交到北方报业的总编辑手上。

"怎么查他的人那么多？够热门的啊。"接到她材料的北方报业内部人说。

惊讶之后，程觅雪沉下心来，用当过记者的不懈劲头以及一些金钱，撬出原来佟太太有离婚的想法，并且早就不站在佟林这边了。

Bloodbath!

程觅雪的脑海里反复怒吼着这个词。尽管这一切的调查和取证，她都要在表面的不动声色下完成，甚至不能和任何人包括谢铭心诉说这踩着灰色地带的调查。但愤怒所带给她的情绪，的确血洗了一部分的心性，让她在复仇中变得嗜血，变得从刚一开始的曝光佟林，到了现在的不留余地杀到底。

在清州休假的日子里，她继续深入挖掘有关佟林的发家史，当猎奇的心被满足以后，不禁对佟林感到可悲，恶劣的人性换取的可能是一时的人生风光，却无法令任何人哪怕是亲人对他有一丝真情。于是，她也不再买通更多北方报业的人传递消息了，只是以匿名的方式源源不断地为佟太太提供各类肮脏又灰暗的证据。

佟林性贿赂最常用的老鸨是一个打着艺人经纪公司名义的大姐，明着的业务是真的帮一些小明星拉点正经演出、剪彩的小生意，暗里收入最多的则是招嫖。她在灰色的圈子里游走多年，连嫖资的发票都能开，本事大得很。佟林智商不足又懒惰，经常把这些发票直接扔给猪头彭小明，而从 S 集团来的他连万国的报销流程都搞不太清，发票被财务打回来不是一次两次了。

"唉，小雪，帮忙看看这个流程吧，我怎么都报不了这些发票呢？"

彭小明一次次偷懒，把发票扔给背锅侠程觅雪的时候，她全部都进行了影印和记录。顺着藤，她也找到了这位大姐，通过一些清洲富二代发小的公司请她的小艺人们剪彩，一来二去的，隐瞒在万国工作身份的她成了艺人生意的小熟客，也和大姐走近了。

大姐这种社会人物，有些事一点就通。程觅雪带的客人花的都是自己的钱，照顾的还是明面生意；佟林则只是大集团的对接人而已，客单少，还是高危的暗面买卖。后者随时可以替代，前者才是真正的宝藏。况且……

"恩客那么多，佟林这兔崽子还是第一个敢打我的姑娘打到入院的。臭变态！整他务必算上我一份！"大姐说着，把一个 U 盘交给程觅雪。

程觅雪打开视频文档，看了两分钟不到就吓得赶紧关了，转手就甩出去给了佟太太。

佟太太娘家有本事，一开始就没图别的，只想把佟林作为过错方离婚，顺利拿到抚养权而已，没有什么更大的怨气。但是随着大姐那边过来的猛料，她才发现这个所谓的丈夫在外面的恶劣行径远远超出她的一切道德想象。佟林原本只是个凤凰男而已，没有佟太太的娘家，他哪来的今天？然而，就是这样一个人，对于佟太太对家庭的付出不但没丁点回报之心，反而把退让当做令牌，越玩越离谱。

就这样，作为幕后人，程觅雪隐匿了自己，把大姐和佟太太牵线到一起。佟太太出了一大笔钱，通过大姐打点一个染上毒瘾的小模特，一步步等待机会，送到佟林的床上。小模特趁机把毒品放在他的包里，按下提前拨好的号码，佟太太就开始了报警的程序。

而这一切，此时此刻在探监室里的佟林，却一无所知。玩弄女性惯了的他，从来都低估身边一切的女人，而这些女人团结在一起对他造成的伤害，恐怕是这份自大所无法承担的。

"老婆，老婆。你听我说，我就算千错万错，好歹也是俩孩子的爸爸，你总不能让孩子的爸爸进监狱吧？再者说，人是可以改的，我改！为了儿子，我改我这个臭脾气！"

在探视室里，佟林心里想把太太给亲自杀了砍了；但嘴上，此刻却什么都愿意应承，只要能换回一线生机。

"噢？为了琦琦吗？佟林，我对你憎恨的顶点就是你把琦琦打倒在地那次。"

"儿子也是我的，我打他是不对，但老子打儿子，就那么不可饶恕吗？"

佟太太站了起来，理了理衣服，示意警察她可以结束探视了。她目光中的寒意刺骨，蔑视地望着面前这个男人，如同望着一坨腐肉。

"莹莹还小，对你这个天天不着家的爸爸根本没有感情。而琦琦，根本不是你的儿子。所以，我不能容忍他在你这受丁点委屈。"佟林的生活，在眼前碎成了瓦砾。

他听完的第一反应不是愤怒，而是狠狠掐住了自己的大腿，佐证这是真实的人生，是正在实际发生的事情。他联想到和太太认识不久，女方家里就提供了一套住房，催促他们闪婚，同时大舅子通过关系，把他从一个国企行政岗位调到互联网这个油水肥厚的行业，彻底改变了他的命运。

难道这一切"好事"，都是他顶着一个天大的绿帽子所付出的代价？

疼痛，宣告了他悲惨命运的结局。佟林觉得天旋地转，噗通一声，栽倒在探视室冰冷的水泥地板上，眼前被黑暗笼罩。

7天的行政拘留结束后，等待他的是太太的一纸离婚诉讼通知书。作为有吸毒史的过错方，佟林丧失了子女的抚养权和探视权。而根据《新婚姻法》，房子作为婚前财产属于女方，他被彻底扫地出门。本来呢，还有个退路，就是他被江汉劝退时万国支付的不菲赔偿金。程觅雪以一顿米其林大餐的交心谈话，从人力资源部那边了解到因为佟林贪心，一直在讨价还价希望多拿一点，虽然人已经不来上班一段时间了，却一直未签署正式离职协议。

也就是说，在此期间发生犯罪行为，属于在职犯罪的范畴，根据《劳动法》佟林会被直接辞退，拿不到任何赔偿金。今时今日的程觅雪，当然选择了最好的时机，和人力资源部一起配合，斩断了他这条后路。

佟林在职场上没有真心帮助过任何人，落到如此下场，也没任何人愿意施以援手。哪怕是前老板江汉，也在前大舅子的威胁下，斩断了与佟林的联系，仅仅给了一点救急的小钱打发了他。被程觅雪她们戏谑为"保安队长"的佟林，因为案底，连份保安的工作都找不到了。在这个行业里，佟林彻底销声匿迹，如同一封被彻底删除的垃圾邮件，没人再记得起。

程觅雪站在整件事的背后，犹如隐形之手一样，没人知道她和整件事的真正关系。她喜欢这种感觉，她一度认为自己不会享受这种复仇的快感，从前的她是个体面人，不屑于做谋害串通别人的事情。但事实上，佟林如今可怜又可悲的下场令她内心极度舒适，或许如陈盛年所说的，每个人都会获得某种利益，这种复仇的舒适感，就是程觅雪所追求的利益。她的内心在这场职场霸凌事件后开始慢慢变得冰冷而坚硬，受过伤的地方被伤疤所覆盖成了利器，刺向佟林以及每个挡住前路的人和事。

当众辱骂她的那一刻，佟林可能完全没有意识到这将带给他怎样的结果。一条狂吠的狗惹怒了老实人，狗是永远不会想到会有什么后果的，狗只会跟着主人摇头晃脑地继续向前走，只怕有些狗，连主子都会认错。

12.2

—

被侮辱的与被损害的

随着钱远山换帅计划的步步实施，Chris 的谢幕，只是时间和形式的问题了。陆欣仪是个注意形象的领导者，虽然上位是必然的事情，但平稳过渡才是她所追求和向往的。

于是，一份来自国际顶尖猎头公司的邀请，及时地出现在 Chris 面前。

"TC 创投很看重您在互联网行业的经验，作为一家新的 VC[1] 公司，我们很渴求您这样有海外背景、同时又在万国这种大企业有管理经验的人才。"

这家猎头公司只接收顶尖管理人员，Chris 知道他们以网罗 C 级管理层著名，但对方伸出的橄榄枝是一家中等的 VC 公司，以知名度来讲，和万国相比还是差了一个阶层。

"当然，我们知道这家 VC 公司的知名度方面是弱势，因此，公司会在薪酬方面加以补偿，与您现在的年薪相比，增补数额非常可观。对了，我们位于加州的总部将为您提供一套高级公寓的使用权，您探望在美国的家人会更加便利。"

离婚后，Chris 的心头痛并不是财产被精明的律师前妻分掉大半，而是刚刚考上南加州大学的儿子和自己的割裂。人在不同的时期有不同的需求，因为事业而没有陪伴儿子成长，在儿子长大后又迷失在权力斗争的 Chris，此刻觉得，全世界最重要的就是儿子。

---

[1] VC: Venture Capital 的缩写，简称风投，又译称为创业投资，主要是指向初创企业提供资金支持并取得该公司股份的一种融资方式。

家庭对于某些男人来说真的是说重要的时候就突然重要起来，特别是在中年危机的面前，既是毒药，又是解药。

所以，善于为别人找退路的陆欣仪就这样令 Chris 接受了这份丰厚的 offer。

世界之小，是相较于人心而言。这家接盘 Chris 的 TC 创投中国总部位于北京，正好是由程觅雪做记者时识于微时的好友 Alyssa 担任行政总监。当她得知 Chris 即将去这家刚刚进入中国市场的 VC 公司后，趁着去北京出差，顺便找 Alyssa 八卦。

东城闹中取静的酒吧里，帅气的调酒师将两杯荔枝马天尼端上，Alyssa 和程觅雪一边与调酒师闲聊，一边碰杯交换着女人间小心机的眼神。几个来回，程觅雪已经帮单身的 Alyssa 加好了调酒师的微信，在帝都的夜晚成就了一场暧昧。Alyssa 的话匣子也随之打开了，渐渐透露起 TC 创投的事情。

"其实，我们 TC 这个 offer 本身是属意陆欣仪的，通过猎头公司接触了好久，再说她儿子不也在美国上高中吗？现在招来你们万国这个 Chris，啧啧，业界的风评可真是一般。"

"哦？陆欣仪你们也接触过？怎么，她没有接受 offer 你们就挖了同公司的另一位 C 级员工呀？互联网行业是只剩我们万国一家了吗？哈哈，TC 创投这么专情的吗？"程觅雪和她轻轻碰杯，戏谑道。

"这事说来蹊跷，陆欣仪都深入了解了一切 offer 细节还是拒了。紧接着，另一家顶尖猎头就把 Chris 推了过来，而且年薪比我们给陆欣仪的 offer 还要低一点，事成之后我还特意做席感谢了猎头公司。"

低一点的年薪？紧接着陆欣仪的拒绝之后？

微醺的程觅雪把一切线索连起来，加上尹冰的"Runway"职位事件所给的启示，她大概捋出了整件事的脉络。Chris离职的台阶应该是陆欣仪所铺就的，而这"低一点的年薪"中的差额，很大可能是陆欣仪自掏腰包补给猎头公司少收取的提成费用。为了排除异己，这点钱如同买路钱一样，虽不便宜，但绝对值得。而且，说不定是背后的真正大佬钱远山在买单。

如同玩好游戏就要"氪金"一样，职场上的"氪金"在某些时候也必不可少。只是陆欣仪这样的高手会把一切做得神不知鬼不觉，如果不是刚好认识Alyssa，程觅雪或许永远不会参透其中奥义。

"当然，现在木已成舟，我现在要做的就是替Chris安排各种事务确保他顺利入职。话说，他喜欢什么类型的助理啊？我这里还得安排起来。"Alyssa摇晃着马天尼的细脚高酒杯，问程觅雪。

"他呀？如果你们有那种，三十八线女主播气质的人选，切切记得给Chris配上！"

"明白了，互联网大佬们的挚爱呀，人性真是毫无惊喜呢。"

"哈哈哈……"

颇有醉意的夜晚结束后，程觅雪打车回到了酒店，熟悉又惊喜的身影再次出现在她的眼前。

"谢铭心！你怎么，怎么来了！"

借着几分迷离，她热切地拥抱了他，反而是谢铭心不好意思了。

"你……我真是服了。醉成这样子，你还知道自己是在北京吗？咱们是约好了的在这里碰面啊。你怎么又是醉醺醺的？这是喝的开心酒还是应酬酒啊。"

"开心酒啊！我和美女闺蜜Alyssa，哎呀，不要小瞧我！只是几杯鸡尾酒而已！"

说着，穿着高跟鞋的她跟跄了一下。谢铭心有力的手臂扶上了她的腰际，稳住她的重心，一种温暖又可靠的爱意令她心旌荡漾。

"大小姐，你的夜生活也真是令我大开眼界，知道今晚北京降温吗？你是不是都醉到感觉不到外面的温度了。"说着，他把外套脱下，搭在她肩头，扶着她一同向电梯走去。

电梯门打开的瞬间，里面的铜色镜面照着两个人，谢铭心和她站在一起，身高差和他健硕的身体组成的画面太美了。如果说男色有一种魅力，那么这就是程觅雪第一次有了这种魅力的真实画面感。她顺势靠在他的肩头，享受着此刻带来的愉悦。

"你看你，还说不是醉了，都傻笑起来了。"

谢铭心不知道她在想什么，只听着她呵呵地笑起来不停，从她手中接过了门卡，再次搂紧她防止跌倒。

这副正人君子的严肃反应，不知为何，更令程觅雪心动了。

"手脚冰凉！赶紧的，去洗个澡！"

谢铭心不由分说地帮她把高跟鞋脱下来，然后将浴室打开放了热水，把她推了进去。

在充满雾气的浴室里，程觅雪的内心充满了某种不安与期待。穿着浴袍的她把镜中的雾气抹去，毫无自信地望着脂粉不施的自己，偏偏化妆品全部在卧室里，她只能这样素颜着走出去了。

房间里弥漫着暖暖的烟火气，她探出头四处张望着，看见谢铭心撸起了袖子，摆好了房间服务叫的热汤。

"洗好了啊，你好点了吗？刚才手脚冰凉。快坐过来喝点汤，暖暖！"

程觅雪没想到迎接她的是这样温馨的一幕，她为刚才浴室里的小思绪感到难为情了。暖男这个类型的男友,她没交往过,也不是很适应,但喝下他亲手盛的热汤,那温度从胃流淌到心田,令她温暖了起来。

"你知道吗,我刚才那一顿酒,获得了一个天大的秘密哦!啧啧,陆欣仪可真是个职场的顶级玩家,我还是第一次知道原来铲除一个对手是可以这样玩的。"

"你啊,离这种人越近,学到的只会越多,职场上顶级玩家才最舍得冒险和付出,因为她们得到的回报更大。没有牺牲是无畏的,凡事进取是好事,但也要保护自己。"

她打了个嗝,酒也醒得差不多了,抱了个靠枕倚着头,听着谢铭心对她种种充满智慧的碎碎念,望着他俊俏的侧脸出神。一见钟情固然令人沉醉,但随岁月变浓的爱意方可以长远。程觅雪对他的了解越来越深入,同时想象着和这个人的种种可能性,甜甜地笑出了声。

"还笑呢,跟花痴似的!我说的这些你都听进去了吗?"

"听了听了,我怎么感觉是上天知道我丧母,派你来当我的妈啊。平时在微信上唠叨的不也是这些,上班的职场策略啊,下班的养生之道啊。我的天啊,你洋气外表下的灵魂,必然是个老妪!"

谢铭心早习惯了她的色厉内荏,这种相互斗嘴的相处方式和他们刚认识的时候一样。只是现在的他,多了一份发自于爱的关怀和包容。

"你在公司卷入权斗还被人欺负,在生活里可不得对自己好点!天天吃外卖,我也不在身边,你说你哪里让人放心啊。"

"我一现代女性,走南闯北全世界都混过,谢老太你就别太操心了。啧啧,有没有和你同款的老阿姨来一个,我看介绍给我爸当续弦挺合适！"

"嘿！程觅雪你这张嘴怎么那么碎？"

"哈哈哈……"

城市的夜色里，总是不缺繁华灯火。程觅雪的这盏灯融汇于夜景中的小小光芒下，平时只有一个人出差奔波的孤单背影，而今天，随着谢铭心的出现，这灯光终于被赋予了温度和意义。尽管依然只是大城市繁华夜中的背景而已，却因为爱的存在，让冷色的夜空有了梵高画笔下那种小而璀璨的暖色。

随着 Chris 时代的落幕，万国开始了各种微妙的人事变化。黎娅来到北京，正式收编了佟林的团队。坐在他仗着势力强取的办公室里，她环顾这一件件的豪华办公家具，意大利真皮的进口沙发、深色实木的没有书只摆绿植的书架，觉得每件没品位的物件都如同佟林本人，低劣又令人恶心反胃。黎娅急着吩咐下属们一件件搬出去，别再让她看见这些晦气，搬得最起劲的，就是颜晓晓了。

江汉曾对黎娅说过，当你上位时，第一批凑上来着急拍马屁的人，就是最不可重用的一批人。

最后一批物品，一直搬到下班才结束。颜晓晓忙前忙后的，帮新上司黎娅摆放着新来的物品，布置着要挂的画。黎娅开完一天的会，回到办公室，发现整层人都差不多走光了，只有颜晓晓还等着她验收这批马屁。

今天刚刚结束的会议上，黎娅得知孙夕照将在总部被升职的消息，顿感大势已去。黎娅个人的升职只是形势所迫，在整派人马失势的大背景下，未来的职场之路不容她乐观。对于这点，从底层一步步爬上来的她有着无比清醒的认知。此刻，她看到颜晓晓的脸，忆起令江汉一派彻底失势的导火索佟林，内心的厌恶升至了极点。

"黎娅姐，你看这幅画挂在这里合适吗？依我看，画框还要再镶一次，运输过程中都磨损了！你看……"

讨厌一个人，就连听到她的声音也觉得格外刺耳。黎娅看了下四下没人了，把办公室的门，随手带了过来，关上了。

"颜晓晓，你不会真的以为，我还是你朋友吧？"

"黎娅姐，这话是……什么意思啊？"

黎娅不忙不慌，靠着办公桌，点起一根烟，如同江汉平时在办公室里那样，全然不顾什么规章制度，居高临下冲着颜晓晓吞云吐雾起来。

"没了佟林，你算是个什么东西？公关部献祭的肉体？拜托，就连新俪传媒那个六十岁的老总，都在酒桌上跟江汉说'睡你睡腻了'。写稿？发稿？做发布会？哪一样你行？再加上你得罪的，可是和董事会相熟的程觅雪。"

"黎娅，你有没有搞错啊？程觅雪当初是我们共同的敌人！你脑子坏掉了啊，她的坏话你可没少说，当初还是你怂恿我去拿手机拍她，不然我怎么会……"

"哎，这话我就不爱听了，拿手机拍她的是你，被她砸了手机还当众赏了巴掌的也是你。我怎么知道你是怎么想的，何来的怂恿？"

颜晓晓开始缓过一点神，用仅剩的理智和少得可怜的智商试图争取着尊严。

"不是你怂恿我，是张艺，当时和程觅雪吵起来她也有份！现在是找人背锅吗？我是被打的那个，凭什么要追责？"

"哈哈哈，佟林和你，可真是一对活宝。你应该和他天长地久，早该让他和他老婆离婚娶你啊，你们俩的双商简直让我感动到想流泪！到现在，你还以为张艺，或者我，是站在你这边的吗？告诉你，佟林下马，是我最乐意看到的。孙夕照不出手，我都会出手。你从头到尾只是炮灰，程觅雪打你是个意外，是你自找的，是你活该。"

"你疯了吧你！"颜晓晓气得全身发抖，冲上去揪住了黎娅的衣领，试图理论一番。

黎娅并没闪躲，从小因为父母离异而被孤立的她，怎么可能没打过架？她用肌肉记忆顺势挡下颜晓晓，抬起一只手，冲着她的脸，狠狠扇了下去。

"啊……"颜晓晓叫喊挣扎着，被黎娅撂倒在办公室地板上，卷发扭曲着从她脸上跌落在地上，狼狈又不堪。她哭叫着想骂些什么，脸却疼得没法发声。

穿着高跟鞋的黎娅，不疾不徐地蹲在了她身边，冷笑着说："我就不明白了，程觅雪那个子打你打得轻飘飘的，也配传遍整个集团成了英雄？要是换了我，就会这样，狠狠把你扇倒在路边！"

黎娅完全没有要拉起颜晓晓的意思，任由她在地上抽泣。她瞥到身旁掉落地板的烟头，伸手捡了过来捏着，看着颜晓晓贴着大理石地板的脸和乱发，把烟头碾灭在她充满风尘气的浅色卷发上，一股烧焦的味道随着颜晓晓的尖叫腾起在空气中，化成一道污浊的烟。

"哭啊，叫啊！'狼来了'这招你用得太多，程觅雪全身而退以后，你再对任何人说你被打了，也没人信了。对了，想滚蛋的话，主动辞职滚！我永远不会主动辞你赔付一分钱的，因为你一分钱也不值！"

门，打开了，又关上了。它留了一道光在颜晓晓被扇肿的右脸上，却又马上不见了，一切沉浸在黑暗里，淹没了她廉价的泪水和哭泣。

狼狈原本应为好，这次反而在老巢里厮打了起来。倒地哭泣的颜晓晓，拂袖离去的黎娅，说不清谁比谁更气盛，更不知谁比谁更可悲。

佟林的事，借由心怀恨意的老万国人的口，很快被刻意传遍了整个公司。江汉和佟林以往总是形影不离，如同黑社会老大和保镖那样招摇过市。谁也没想象到佟林落到如此不堪的下场，江汉虽没参与更没搭救，但整件事情对他形象的打击极大，背后指指点点的岂止老万国人，就连S集团并入的新血们也不想被进一步妖魔化，逐渐远离他，不乐意站在江汉这边。

孙夕照的心中，总有某种隐隐的不安。佟林的下场大大出乎她的意料，她原本认为，对方离职应该是最满意的结局了。吸毒？离婚？这类离奇剧情远不在她的计划之内。然而很多人认为这是她推波助澜的结果，这令根本不太清楚状况的她感到焦虑。

究竟是谁把佟林整得那么彻底？

她心中其实有答案，但却不愿意面对。踌躇许久，她还是决定等程觅雪从北京出差回来，亲自找这位爱徒聊聊。

"佟林的事情，已算尘埃落定了，接下来，我想听听你的打算。特别是对于你在公关部的下一步发展这方面，或者说，你在任何地方的发展。"

孙夕照泡了茶，推到程觅雪面前，只是她却没像以往那样客气地用双手接过来。

"孙老师，我的发展就是在这里，在公关部呀。这是我的兴趣所在，也是这么多年积累的资源和经验最适用的部门。况且，尹冰已被牺牲掉了，我更要留下来了，不然，谁来帮您呢？"

看来，她可完全没有承接这份"任何地方的发展"的好意。其实孙夕照知道，已有几个部门向她伸出了橄榄枝，可以说程觅雪如果留在万国，跳出公关部是非常简单的一步。孙夕照日前升到了VP的位置，高级公关总监一职悬空，她正想着提拔资历深的方圆上来，然后把程觅雪顺水推舟到其他部门，加上尹冰已经跳槽去了"Runway"杂志，所有知道她在迪纳事件中真正角色的人，都得到了妥善的安置。

然而，程觅雪可并不想接受这番安排。

"小雪，虽然说我是最希望你留下的那个，但打人的事不可能当做没发生，你在我手下，作为公关部领导我很难对你进行升职的。这样，限制了你的发展，你说不是吗？"

"这我就不同意了。您现在是VP，下面肯定需要提高级总监上来顶替您的位置，其他人则是顺位增补。至于增补谁，不增补谁，唯一需要的就是您的一个签字而已。有争议不代表不可以，特别是公关部，江汉已成功把总监标准拉到了吸毒人员这样的低位，而我只是有争议而已，怎么就不能被晋升呢？"

听程觅雪这么说，孙夕照心里感到压力很大。如今的她，不再是那个自己手把手教出来的职场小白兔了，而且她也不明白，升职加薪对程觅雪的意义有那么大吗？更要命的是，因为江汉之前的铺排，在人事结构上，孙夕照下面只有一个高级总监的位子，按资排辈最合理是应该给到方圆的。现在她是没法子临时变多一个总监的位子来给任何人的。

"人事架构方面，我这边只有一个总监的位子，人事部建议根据年资顺位，让方圆升总监，平稳过渡这个时期。难不成，你想要她这个位子？这会不会太……"

程觅雪笑了笑："如果说您是师父，那么我和方圆姐就是同门姐妹，绝不会同室操戈，况且，人事部门的建议还是要尊重。我们这组人的确没总监的职位了，但眼光放高一点，看看江汉那边倒下的人，不就有了吗？"

"你是说田恬？如果你去负责万国的公益慈善项目，也是相当合适的。经验嘛，我看那个田恬也是没有的，包装一下就上场了。你的能力远在她之上，可以单独设立一个 CSR 部门[1]，只是要铺排一段时间。"

"孙老师，您误会了。CSR 这部分已经被无脑的田恬做烂掉了，我对已经烂掉的部门，没什么兴趣接手。"

"那么，剩下的就只有……"

黎娅。

孙夕照这才清楚，程觅雪想要的是黎娅的位子，国际 PR 组的总监。

国际 PR 是近年万国推行国际化才应运而生的新部门，说实话也不是她的强项和兴趣所在，有个不喜欢也不讨厌的黎娅干着，其实挺好的。况且随着佟林的没落，江汉一派也算元气大伤，如今黎娅顶上来是某种权力的平衡，孙夕照原本不希望去打破这种平衡的。毕竟，她已经得到了自己想得到的。

看着孙夕照为难又沉默的表情，程觅雪继续说："当然，这些事您一向是不自己插手的，我想要得到的，我自己动手来争取。我今天就是要您一个'不干预'的表态。"

---

[1] CSR：Corporate Social Responsibility 的缩写，意为企业社会责任，是主管员工公益活动和企业捐款等慈善类项目的部门。

孙夕照的眉头拧在了一起，她从没觉得程觅雪是个野心家，更没想到即使在自己不表态的情况下，她照样步步紧逼，争取一切。

"小雪，最近你是怎么了？我不知道原来你那么想要她的位子，而且是现在、此刻就需要。哪怕说，等一等，换一个时机，难道不好吗？"

"等？职场上没有什么'那时那刻'，我只相信'当下当刻'。您之前的教诲，我字字句句铭记于心，今天的我为自己的决定负全责，就像我当初帮助您去沟通陈盛年一事一样，细节您都不需要关心，不知道那么多是保护您。"

拿陈盛年的灰色交易出来，就是为了让孙夕照闭嘴而已。陈盛年的事情成就了她，也让她在程觅雪这里留了一个不小的把柄。孙夕照看着面前的程觅雪仿佛成为了另一个人，师徒情分在自己的种种筹谋中消耗殆尽。所谓凝视深渊过久，也会变为深渊。

"有些事，不必做得太绝，凡事留几分。拿佟林来说吧，到如今这一步，有必要吗？"

"您不在现场，他冲过来打人的样子，永远留在我心里。我想到就会惊恐，我只是再也不想见到这个怪兽了。您不也说过，职场就是升级打怪的游戏吗？我闯关的本事都是您教的。"

"可是事情过去了，也就不要站在道德制高点了。毕竟都有两面性，他们已经树倒猢狲散，何必呢？"

"孙老师，道德制高点是你带我们站上去的。我也意识到，站在这里的有高尚的人就有卑鄙的人，谁都可以站在这里。所以，我现在已经不想占据道德高地了，只是想追求公平和应有的回报。"

决绝的程觅雪，没任何退让的意思。孙夕照还想说些什么，却也觉得自己没有资格再说些什么。程觅雪说的没错，孙夕照才是这场斗争的发起者，如今战火燎原到无法控制的地步，面对杀红眼的程觅雪，她这个始作俑者还能说什么？还配说什么？

她望着两个人之间冷掉的茶，深深叹了口气，点点头，给了程觅雪一份默许。

每个被养育的人，都有才能也有野心，有付出也有掠夺。被孙夕照喂大的程觅雪的胃口，如今已是她无法填补和控制的了。

走出孙夕照的办公室，夜幕已经降临。程觅雪融入从万国园区下班的人流中，望着年轻同事们嬉笑着走向地铁站，大声讨论着晚餐的计划或吐槽着工作的不爽，似乎不久前这种单纯的生活也是她所拥有的，而现在已经离她远去了。随着人群越来越密集，她突然感到内心的无法呼吸，嘈杂的人声围绕着她混乱的思绪，空气也仿佛变得稀薄起来。她环顾着周围陌生的面孔，想从中找到尹冰、方圆……一个个曾经温暖又熟悉的同事们，都去了哪里？

沉重的无法前行的脚步，令程觅雪在路边慌忙找了一个咖啡店坐下来休息。这时，电话响了起来。

"谢铭心？你怎么突然打来了呀？"

平日里，经常加班的俩人总是约定了睡前通一个固定的电话，这样也不必在忙碌中期待着彼此的问候。突然打破常规打过来的谢铭心，如同一个情绪的救兵一样，在程觅雪最需要的时刻出现了。

"我，我也说不出来，就是突然想你了。是不是很幼稚啊？哈哈，你是不是在忙？如果忙的话……"

"没有没有，我没有在忙！实际上，我现在特别想找人聊几句的。"

如同抓住稻草的落水者，程觅雪把无人能倾诉的这些心中的焦虑倾倒了出来。大道理谁都懂，小情绪却是再有能力的人也无法妥善安置的。而谢铭心温暖的本性，让他可以听完这番倾诉之余，还流淌出充满力量又滋润人心的话语。

"英文中有个词叫'grow apart'你肯定知道的，就是说人和人之间，无论是情侣也好，同事也好，甚至是父母和子女，都可能在成长的过程中因为不同的人生选择而分开。与其为之悲悲戚戚，不如尊重这种自然规律。郁闷啊难受啊，都是难免的，你的职场小群体并不是分崩离析，而是开枝散叶啊。大家如同一棵树木，因为成长而令枝芽伸向高处去了。这样想想，不应该反而为彼此高兴而不是伤心吗？"

听着谢铭心的话，程觅雪阴霾的心中出现了树木生长的画面感。这画面与此刻悲伤的心情无关，充满了阳光、蓝天和白云，伸展的枝叶窸窣作响，如同生命绽开的样子。

"果真如你说的那么好吗？方圆姐，因为这次微妙的升职竞争，已经和我之间变得客气了很多，似乎多说句话都会引到升职这个尴尬的话题上。我想，孙老师一定以为这份工作对我不那么重要，于是乎把我放到可以被牺牲的位置上。结果，现在我选择了留下，恐怕，成了大家的烫手山芋。"

"在清洲的时候，你就预见了今天的结果。既然是自己的选择，就要坚持下去。上次见面，你也表达了对陆欣仪做事做人的钦佩，可见整个人视野的提升和野心的增长。你啊，不善于处理矛盾和冲突，总是充满内疚地去做对的事情和对的选择。嗨，你看我，又长篇大论这些大道理了。总之，希望你坚定了想法就勇敢下去。你在我心里，一直都是很勇敢的！"

想起那个在迪纳的灰烬中寻找伤员的程觅雪，那个灰头土脸在大使馆和冒名领功者们合影的背锅侠，谢铭心油然升起一阵心疼。但他明白，她此刻需要的不是心疼，而是一份支持和鼓励。精神上的给予和付出，才是他此刻需要做的。

"那你说，我们俩会 grow apart，还是 grow together 呢？"感动之后，程觅雪又问。

"哈哈，我觉得呀，只要心在一起，人就不会分开！"

心在一起，人就不会分开。程觅雪在心里默念着这样一句朴实又智慧的话语，似乎充满了能量，如同回到基点的程序被重新设置，令她可以再次投入到职场战斗中去，继续生存下去。迪纳事件，以及由其衍生的种种恶劣事件，是她这辈子遭遇的最不堪的苦难。但如果说苦难都是有报偿的，程觅雪贪心又卑微地希望，这报偿，是谢铭心。

"程大小姐，见你一面比见你们 CEO 陆欣仪还难。我是不是还要当做不认识你啊？"

萧正礼拉开咖啡店的椅子，坐在程觅雪的对面。

说不上为什么，认识程觅雪那么多年，无论是交往还是分手，他都从未在其身上感到一种如此巨大的距离感。几个月不见，似乎隔了一辈子那样，仿佛此刻坐在自己面前的是个陌生人。她温和的面容上嵌着冷漠的眸子，这双他曾凝视过无数次、轻吻过无数次的明亮的眸子，此刻望向自己，令萧正礼感到一阵寒冷。

"哪的话，你是万国的董事，就是我的老板。老板想见我，随时都可以啊。"她的脸在微笑着，眼神却依然冰冷。

正值下午茶的时间，这里买咖啡的万国同事们有的认出了萧正礼，小声地交头接耳着，而一向避嫌的程觅雪却落落大方，亲密地坐在他旁边的椅子上，如同老友那样寒暄。

　　这人群中，也有黎娅。只要在上海总部，每天下午三点在这家店里买咖啡，是她为数不多坚持的习惯之一。正在等待一杯浓郁拿铁的她瞥见程觅雪的时候应激性地向后站了一步。经历了佟林的事件，江汉一伙连程觅雪的汗毛都不敢碰一下，听说过她和萧家关系的黎娅对这些真真假假的信息将信将疑，但此刻看到两人的互动，不由得她不信传说中程觅雪的背景深厚。

　　"听你弟说，你最近恋战万国，好久不回清洲了。迪纳的那些倒霉事不都结束了吗，怎么反而感觉你越来越忙了。"

　　"这不是为了好好表现升到总监的位子吗？等升到总监啊，我第一时间回清洲，要吃今年第一批醉蟹的。"

　　"总监？这种职务值得你费尽心力？如果你想，我可以……"

　　萧正礼想到她的性子，赶忙转了话题："我可以提供一些信息啊。例如，听说江汉开始在外面寻找机会了，最近在融资圈活跃得很，特别是北京那边。"

　　听到这里，程觅雪假装来了兴致："他能去哪？谁会收留他啊？"

　　"Chris 离开万国，就是跳到了一个叫 TC 的创投基金中就职MD。虽然只是个初创基金，但实力还可以的，我总感觉这两个人主仆一场，始终会再次混在一起。当然，这都是猜测。"

　　"坑壑一气，狼狈为奸！"

　　说到这，程觅雪流露了一个复杂的眼神。萧正礼看到愣了一下，这眼神中有轻蔑也有唾弃，有骄傲更有恶毒。如果说当初程觅雪打动他的最大的优点就是善良，那么可以说，这个眼神离善良已经很远了。

"小雪，我听说了你的事情，一直想关切一下你，可是你弟说最好让你自己处理，以我对你的了解也认为这是最好的。我也知道，事件中的人得到了应有的惩罚。本以为一切过去了，但你现在如果依然为之劳心，是不是应该考虑一下离开这个环境？尼采说过……"

"凝视深渊过久，深渊将回望你？"程觅雪接过话，她笑了笑，似乎根本不在乎这句早已知晓的哲理，"人人都这样觉得，觉得不应该和深渊恶龙计较。有没有人想过，就是因为大家都不计较，浅洼才得以成为深渊，而困兽成长为恶龙？"

"就算是这样，现在见佛杀佛，是你在万国工作的初心吗？当初，这本来不过是一份让你学习体验下我们家生意的休闲工而已。"萧正礼无奈地摇摇头。

他早已通过秘书查清，程觅雪现在私下彻查江汉的财务漏洞的事情。这与陆欣仪的上位自然有不可分割的关系，程觅雪已经渐渐成为陆派的中坚力量，为其对 Chris 一派的肃清殚精竭虑。被卷入了权力中心以后，有些人会被巨浪吞没，而有些人则会被浪拍打着痛苦地活下来，从而变成弄潮者，甚至站在漩涡中心掌握大局。昔日的爱人，远远不再是个无辜的背锅侠了。

"萧正礼，你知不知道，你父亲的财富积累，也是抢夺了你伯父也就是萧氏企业的法定继承人的股权才得以起步。说到见佛杀佛，你今天所拥有的一切，都是建立在这种杀戮的前提之上的。初心，还有人用这个词吗？你们家生意对于我，就像你对于我一样，早没了意义。"

"小雪，是你自己和我说过，只要毫无野心，就是优雅。"

"萧总，这话是三岛由纪夫说的，他最后也切腹自杀了，并且死得一点也不优雅。所以说，人的想法总会是变的。优雅是我以前对人生的向往，现在，肆意随性才是我所追求的。"

"你怎么一步一步变成了攻击者？唉，罢了罢了。"物是人非，但心怀愧疚，他只能深深叹了口气，"我的劝，你可以不听，但我还是要说，很多人和事有其自然发展规律，不必过分努力去推动和摧毁。"

曾经，坐在对面的萧正礼是她的王子，而如今这个已经不再懂她的人，应该就是谢铭心所说的"grow apart"。程觅雪早就不是那个弱小的、没存在感的背锅侠了，在萧正礼告知她之前，她已经知晓了江汉的一举一动。过去几个月间，她虽挂职在公关部，却已经投靠了陆欣仪，主要在部署和搜集整垮江汉的事。江汉这只老狐狸，在 Chris 滚蛋以后，顿感风声鹤唳。他本就有逃离之心，陆欣仪却死盯着他的财务漏洞，想往经济问题上扯，毁了他在业界的名声，绝了他今后反攻的后路。

而击破江汉，就要从卸掉他的左膀右臂开始。如果说佟林的没落是程觅雪个人情绪释放的一种结果，那么针对黎娅，则是整垮江汉的战略意义大前提下的战斗。只要黎娅也引咎辞职，那么江汉作为直接主管，则必须承担领导不力的责任，以退位谢天下了。这，就是新 Boss 陆欣仪给程觅雪的任务。

今天和萧正礼的"亲密"见面，则是程觅雪设计给黎娅看的一场戏而已。

江汉垒砌了层层堡垒，把经济问题让手下一个个背在身上，自己则万花丛中不沾身，连一张吃饭的发票都从来没亲自报销过。从这个意义上来说，程觅雪觉得黎娅也是个背锅侠嘛。

和彻底被碾碎的佟林不同，毫无根基的黎娅做事风格很保守，她太需要这份工作了，于是事事小心，王可可这种财务专家也查不到她进入万国以后的漏洞。追溯她的记录到了迪纳事件前后，程觅雪和王可可才发现了蹊跷。一家专门负责公关海外媒体负面新闻的"美洲今日"突然出现在供应商名单上，成了万国的海外渠道商。

那时，陆欣仪刚刚和孙夕照走到一起，忙着处理《华尔街观察》这家最主流的海外财经媒体的报道，程觅雪也奔去了北京帮忙。没人注意到，与之同时突然涌出的其他家小的海外媒体的负面新闻究竟是怎么被消灭的。黎娅作为海外公关的负责人，当时推荐的理由是，美洲今日提供的渠道费用更加便宜，同样分发10家媒体，平均比市价少了20%。而万国内部又是以比价最低作为采购原则的。用美洲今日作为渠道商扑灭小的负面新闻，似乎在情理之中，没引起任何人的质疑。

"美洲今日是最靠谱的供应商，我们以后都应该长期合作。建议一次性签署三年的合同，这样平均下来每一年的渠道费用更低。"

每每谈到美洲今日，黎娅都赞不绝口。这家名不见经传的渠道商，在她的强势洗脑下，在公关部内信誉值非常的高。

王可可在账目上实在查不到任何破绽，直到程觅雪开始一条条翻看美洲今日扑灭的负面新闻链接，逐渐发现了蹊跷。这些稿件的链接虽然都来自不同网站，但却集中在几个报业集团，只要英文足够好，稍微做一下背景调查就能看出。然而，事发的时候大家乱成一团，没人在意这些小的负面消息是如何浮出水面的。所有人的注意力都在《华尔街观察》那边，这部分成了盲点。

程觅雪思来想去，总觉得这些负面消息传播的速度如此之快，应该是有内鬼提供相关资料，直接给到这几家报业集团在不同的旗下媒体中传播，造成一种海外负面新闻频出的泡沫景象。于是，她联系了IT部门，将这几个集团的投稿信箱列为目标进行搜索记录排查，看看公司里究竟是谁，多次浏览并联系过这些邮件地址所在的网页。

结果，整个公司浏览这些网页的，只有 PR 部门和一小部分海外分公司的电脑。而在 PR 部门中，浏览最多的电脑用户端，来自于黎娅。黎娅的两台电脑，一台用来在办公室使用，一台超级本用来出差，里面均装有万国的内部监控软件。这两台电脑虽然没有直接给这几家媒体发送邮件，却用了大量的时间来浏览。特别是，浏览最集中的时间早在负面新闻上网之前，也就是说，黎娅浏览的这几家报业集团，后面因为种种原因，都上线了万国的负面新闻。这呼之欲出的逻辑相关性，几乎钉死了黎娅出卖集团，将负面新闻亲自奉上给海外媒体，然后再以此介绍今日美洲进来扑灭这些负面新闻，产生巨额费用的事实。

在万国公关部最危难的时候，黎娅不但不帮忙，反而钻了空子套钱。

程觅雪继续查下去，从黎娅的个人员工资料下手。去年，在员工家属医疗保险中，她一次性以最高数额为母亲加保了。根据她母亲的名字，程觅雪追查到黎娅老家阳城的主要医院，终于在癌症重症中心查到了她的名字。

"住院部吗？我是病人王英的女儿黎娅，我的保险公司在帮我核保，说是需要医院出具一个医药费用说明，我的药费清单搬家丢了。这是我的邮箱，麻烦您能不能百忙之中抽空把这个费用的电子版发一下呢？"

程觅雪假扮了黎娅的身份，打给医院，而留的也是黎娅真正的公司邮箱，和保险公司与医院资料上的完全一致。于是，医院财务毫不怀疑地将邮件发到了这个黎娅预留的邮箱中。

就这样，黎娅在公司莫名其妙地收到了一封来自医院的邮件。这封邮件来得蹊跷，她害怕又着急，赶忙回拨给了医院了解情况，整件事把她弄得心惶惶。而 IT 后台，及时拦截了这封邮件。通过附件的电子版账单，程觅雪发现，黎娅拖欠了将近一年的加护病房费用，不早不迟，刚好是在万国负面爆发的时候被一次性突然缴清。

程觅雪以人心作为筹码，赌一赌黎娅的贪心，结果赌赢了。实际上，她还没有任何直接证据，证明黎娅真的是以贪污的钱来支付母亲的医药费。而审计部因为佟林的财务漏洞，早就盯上了继任的黎娅，针对她财务问题的问话，就是今天。程觅雪这才特意约了萧正礼，在黎娅被问话之前，出现在她每天固定时间买咖啡的地方。在和萧正礼一同步出咖啡馆的时候，程觅雪刻意拖慢脚步走在了他身后。

与黎娅擦肩而过时，对方低头避免目光接触，程觅雪则微笑着凑近说了一句："黎娅，钱是都给医院了吗？"

这么轻轻一句，彻底击垮了黎娅的一切心理防线。程觅雪的眼神如同一个居高的审判者，充满了高傲与蔑视，而和她走在一起的萧正礼，如果已经作为董事知道了她部门的贪污情况，那么，后果不堪设想。不要说她黎娅，就是江汉，也是随时可以被董事炒掉的人而已。

想到这，她嗡鸣的脑袋让眼前发黑，窗外程觅雪和萧正礼一同离去的背影，更给予她巨大的压力和阴影。一时间，她顿感形如蝼蚁，在万国中心这庞然又黑暗的建筑群下，彻底被压扁。

审计部的小黑屋里的一个小时，黎娅连半小时都没撑住，就把美洲今日和她之间的回扣问题全部交代了。一张医药费清单，把这个从底层爬上来的女人所拥有的一切都击碎了。

黎娅流着泪从里面出来的时候，已经签署了保密离职协议。万国内部出了这种事情，也不是什么好新闻，以辞退她并不支付任何赔偿金为代价，她换来了免于经济诉讼的半条命。然而，堂堂公关总监自己制造负面新闻的故事，还是传了出去。黎娅往日在朋友圈里秀的全球出差的自拍照片，一时间成了圈子里的笑料和谈资。她树立起的精英女性形象，终于反噬，成了大家讥笑她时翻看的墓志铭。

正式离职那天，黎娅在办公室里收拾着私人物品，人力资源部要求她低调离职，派了个女职员陪同她收拾东西，她的离去似乎没有人注意。环顾整个办公室，她发现，这个房间里值得她带走的东西，连一个纸盒都填不满。

于是黎娅和女职员说："走吧，我把门卡和笔记本电脑交给你，其他什么也不需要了。"

"什么也不需要了？我还没见过人离职，不装满箱子的。这花瓶、这奖杯，全都不要了吗？"

她摇摇头，看着这些通过贪婪和欺骗获取的身外之名与物，真的什么也不想要了。

想起在北京，她侮辱性地搬空一切佟林的东西，泄愤般地把颜晓晓一巴掌扇到地上，也不过是数十天前的事情而已。没想到，今天在上海总部，却轮到她收拾一切走人了。接着，她突然想起了什么似的，问："东西我都不要了，能不能陪我去一趟十楼，我想起有个档案柜钥匙是给那里的同事保管的，我一并移交给你？"

不明就里的女职员点点头，两个人从楼梯直接下一层走到十楼，公关部稀稀落落，还有几个人在加班。程觅雪看到她，丝毫没有惊讶，笃定的眼神似乎早已知道她要来找自己一样，沉着地站了起来，如同一名淡定迎接她的斗士。

在黎娅看来，程觅雪的职场成就根本无法和自己相比，作为同龄人，她是统领两个大组的堂堂总监啊！即便在兼任佟林的职位之前，她也是陪伴在钱远山身边，一年出国不下十次，参加国际会议的宠儿。程觅雪在她眼里，毫无事业心，只是个慵懒的混吃等死的小富二代而已。她自问，没有结交对方也没有得罪对方，是什么令程觅雪如此憎恨自己？

职场上即便死，她也想死个明白。

"程觅雪，我想和你谈谈。"

人力资源部的女职员吓了一跳，她原本就是陪同离职，这下被不守规矩的黎娅摆了一道，要背锅了。于是她吓得赶忙上前阻止，被责问的程觅雪反倒轻松地摆了摆手，示意她没关系。

"谈谈嘛，就不要占用公司资源了。听说你今天离职了，离开这栋大楼，就可以不以公司同事身份给别人添麻烦了。我开车，带你走，怎么样？"

"好！"

一无所有的黎娅，把脖子上的工牌狠狠扯下，扔在了地上。她引以为傲的"总监"头衔印在地上的工牌上，如今从高处看去，讽刺极了。众目睽睽之下，她跟着程觅雪乘了电梯，坐进车子，驶离了公司。

车子驾驶到离公司不远的苏州河边，在空旷的地面停稳后，黎娅坐在副驾驶上，苦笑着说："真是想不到，送我离开万国的人，我是说各种意义上的离开，竟是你程觅雪啊。自问我和你没什么交集，到底是动了你哪块蛋糕，让你对我和对佟林一样赶尽杀绝呢？

说起来，他那天冲过来打人的时候，我甚至还站在你这边试图阻拦。"

"黎娅，别人说我对佟林赶尽杀绝也就算了，你才是他让位后的唯一既得利益者，你反而应该感谢我才对。说到鸿门宴那天的阻拦，你无非是做个样子，事后好跟江汉有所交代。我被不被打，你根本不会在意的。"

程觅雪看了看她，轻蔑地笑了一下，继续说："在意的话，又怎么会和颜晓晓如此这般交代，为她种下了栽赃我的念头呢？"

黎娅心中一惊，她以为，自己告诉颜晓晓的一切，永远不会有人知道，毕竟颜晓晓恨程觅雪到骨子里，这两个人绝对不会串供。看来，人和人之间的关系，永远无法预估。她难以置信，叹了口气说道："没想到，最恨你的颜晓晓竟会坦承。"

"这种人，不会对任何人忠诚。她为了你的拉拢连佟林都能背弃，背弃你而转向我又有什么稀奇？做人做鬼做鸡，颜晓晓在不同人面前的角色扮演技能，就是她的职场核心竞争力。不过说回来，职场这个修罗场里，哪有什么永远的敌人和朋友呢。"

"我利用她，也不过是为了往上爬。而你觊觎的，不也是我这个总监之位吗？说到底，谁比谁又更高贵呢？今天的我，无疑是从云霄坠入地面，狠狠落地。倘若你要坐这个位子了，自求多福不会尝到这滋味吧！"

程觅雪看了看黎娅，她从未认真看过这个人的脸，即便通过最近的事情，研究了关于她的一切。她的出身，她的家庭，她的母亲，她的资产……此刻，这个平庸的同龄人的脸，依然对于她而言十分陌生。程觅雪甚至对她此刻脸上的悲欢都缺乏共情，如同一个真正铁石心肠的人那样。

"你若为人正直，不在危难时对公司落井下石，就算因为佟林被财务盯上了，也没什么可怕的。说到底，你我都只是这次管理层大洗牌的小角色而已，只能说是你的位子不适合你的派系继续持有。从头到尾，我的认知都很清醒，我从不认为自己高贵，也正视对权力的渴望。但你我同样作为万国的小人物，我和你的不同是我绝不会背叛同僚和公司。"

"小人物？亏你说得出口。你不觉得讽刺吗？"黎娅笑了起来，笑着笑着，又似乎带着哭腔，"小人物是需要攒母亲重病的医药费的，小人物没有富有的家庭，更没身为董事的男友。她们只能想尽一切办法赚钱，最后换取的甚至不是什么优越生活，能做到的仅仅是保住妈妈的一条命而已。"

她的眼泪静静地流下来，似乎在控诉着什么，又充满了倔强的力量，不肯向程觅雪或者任何人低头。

"我说黎娅，谁家没有糟心的事啊？你妈只是病了，我妈还去世了呢，而且在我仅仅是个孩子的时候。痛苦谁没有啊？并不是因为穷，你的痛苦就高尚了起来。"

程觅雪无奈地摇了摇头，继续说："你只是想通过对立阶级来解释自己犯错的原因，我的家庭我无法改变，正如你也无法选择你的家庭一样。曾经我很想逃离原生家庭，然而我现在接受了它，它原本就是我命运的一部分。它让我从小不那么戾气，成功后也没有你们那种强烈的补偿心态，我很感恩。"

黎娅有些惊讶地看着眼前这个她妒忌到极点、认为出生于完美环境的程觅雪。

程觅雪看着流泪的黎娅，继续说了下去："你不需要'保住'你母亲的命，她的病情我了解过了，原本就不需住入加护病房。你是工作忙有了心病，总觉得缺失陪伴亏欠了母亲，硬是要加钱给她住高级加护病房。"

说着，她从包里拿出一张名片，递给了黎娅："这是你们当地最有名的放射科，你母亲的病根本不需要在第一医院这种地方消耗，定期在这家医院进行放射治疗就可以控制病情。至于费用，尽管你已经离职，但你上过的商业保险还在有效期内。完全可以报销70%的基础开支。"

黎娅捏着这张名片，想把它撕成粉碎，又想紧紧握在手中。她来回揉搓着这张小小的纸片，不知道应该说什么。

"离开万国吧，这里压抑而没有希望。它会吞噬每一个人的良知，让对的不再对，错的不再错。"程觅雪轻轻地说。

不知为什么，失去一切的黎娅突然释放出情绪中的某种倾诉欲，大概是精心织造的生活的肥皂泡被程觅雪戳破后，再也不需要伪装成精英的模样压抑自己了。特别是她意识到作为敌人，程觅雪可能才是整个万国最了解她真实一面的人吧，想到这里，她觉得无限的可悲，忆起当初入职万国的一份初衷。

"你这种背景，肯定没参加过高校的校招吧？就是那种，企业去学校宣讲，希望你加入他们公司的慷慨激昂的演讲。"

程觅雪不知道她想说什么，摇了摇头。

黎娅继续说道："我在大四的时候，为了留在北京，参加了49场宣讲会。每个高校的信息我都会搜集，只要不是离我学校太远。有一天，我从一个宣讲会跑去另一个学校的宣讲会，在即将迟到的时候，廉价的高跟鞋的鞋跟却不争气地在路上断了。等我一瘸一拐地进去的时候，宣讲会已经结束了。于是，于是我就像现在这样，丑陋又不争气地流起眼泪来。"

她喃喃着，想起了什么，眼睛亮了一些，破涕而笑起来："这时候，一个穿着西装的男人急匆匆从我身边返回到宣讲会空荡荡的教室，拿起落在讲台的一份文件。他看见了我，就问啊，你是哪个系的？怎么那么晚来我们公司的宣讲会啊？怎么还哭起来了……其实，我都不记得他问了我什么了，我只记得在那个北京的冬天，这是我跑来跑去，接收的唯一一点温暖。他的声音低沉却温柔，不像其他面试官那样颐指气使又居高临下，他甚至还和我说了，自己也是小地方出身的，让我保持乐观，北京会有机会给到我们这种人的。当时，我就想，什么时候我能和他一起工作啊，我好想和这样的人一起工作，哪怕说，只是在同一间公司，不见面也会充满了温暖。"

程觅雪有点听糊涂了，突然出现了神秘人物，不知这个故事要去向何方。

"那后来呢？"

"我记下了这间公司的名字，最后却没有进这间公司。因为他们不包分配户口，我只能去了一家欺负人的电视台，那里的人啊，没人在乎我毕业于哪里，只会尽情地鄙视着我的出身和背景。等我熬到了户口，第一时间就辞了职，拼命努力，终于进了他宣讲的那间公司。"

"所以，你找到那个人了吗？你和他有没有机会再见面呢？"

"嗯。"黎娅擦干了眼泪，整理了一下衣服，把名片收进包里，打开了车门。

"我和他共事了整整五年，直到今天。程觅雪，很多在你看来简单不过的事情，如同这张名片上的信息一样，可能换做其他人，要花费千倍万倍的努力才能做到相同的结果。我从来不憎恨阶级差异，反倒早就接受了。正如我站在他面前整整五年，他连当初见过我这种小人物都不记得了。而我，也不会告诉他，为什么他手下每个人都处心积虑地从他身上谋求哪怕一点点利益，但我哪怕在母亲重病最需要钱的时候，也从未想过从他身上捞什么好处。自己想了蠢办法搞钱，终于作茧自缚。"

五年……北京……手下……

程觅雪顿悟了，她说的那个宣讲会的男人，就是江汉。

今天的审计逼问中，程觅雪希望黎娅把责任推到江汉的身上，于是授意审计告知黎娅只要她供出江汉的财务黑历史，就可以保留职位。没想到，她却全部揽下来，只字不提江汉的管理责任，交代的都是其他走狗，拒绝了最完美的交换条件。原来这份令人看不懂的忠心背后，埋着如此一份长情。

黎娅说完了一切之后，默默下了车，独自向地铁口的方向走去。

"喂！"程觅雪缓过神来，慌忙打开车门，追下了车，"难道你不觉得，仅仅为多年前他无意释放的一次善意，就付出那么多，至少他应该知道吗？这样的自我牺牲，和你对他的情感相比，真的有意义吗？"

黎娅转过身，回头说："爱一个人不需要什么意义啊，甚至不需要他知道。"

夕阳洒落在河面的涟漪上，折射出的光线充满了橘色的温柔。她站在这河景的逆光处，程觅雪看不清她脸上的表情，却感觉她应该是开心的。回忆起黎娅的表情，在办公室里的她总是心事重重的，虽然着装永远用力过猛，但却从来不主动向任何人微笑，即便是讨好别人，也是扯动嘴角的勉强笑容。她一度笃定黎娅是低自尊人群，是那种接受不了成功，也接受不了失败的女屌丝。

这份爱，尽管是浪费在一个在她看来毫无魅力的老男人身上，却因为黎娅的不求回报，令它的不堪也在某种程度变得伟大了起来。

那天分别后，循着程觅雪的牵线介绍，黎娅妥善安置了母亲。数月后，病虽没有治好，却让母亲在过世的时候走得安详。因为被辞退，黎娅也得以以漫长的陪伴送走母亲。母亲去世后，她转换职业跑道，利用外语优势在一家英语培训机构当了老师，单纯地以一技之长来与这个社会重新建立健康正面的联系。

江汉，和每个审时度势的中年油腻男人一样，像抛离不良资产那样断了与黎娅的一切联系，如同对待佟林一样无情。程觅雪虽有机会，却从未告知江汉这有关黎娅的长达数年的爱慕，她打心底里觉得这份爱虽然卑微，江汉却根本配不上，他甚至配不上任何真挚的爱。不告诉他本身，即是对这种人最大的惩罚了。

从不为别人付出的人，永远不会真正受到伤害，却也丧失了获取任何的爱与关怀的权力。江汉们在职场上以虚伪来保护自己，谋害他人，却因此将自己的世界封死，任何正能量的人和事都无法在他们的世界停留。

12.3
—
人生海海

几个月后，江汉离开万国的消息也被确认，他的离去却远不像 Chris 那样表面风光。在陆欣仪上位的年代里，一切历史如同轮回一样，孙夕照成为了新的'江汉'，重新掌管公关部门。好在不像江汉对属下的冷酷，Chris 这个旧主始终有一丝念旧，他暗度陈仓安排了江汉进入一家中型互联网公司，虽算不上妥善，但也是安置了个去处。

没有告别晚宴，没有公开邮件。曾经风光无限，人前人后被佟林、黎娅等捧着拥着的江汉，悄无声息地离开了万国。最后一天的办公时间里，他坐在明亮的办公室里，不改旧习地点起一根雪茄，让烟雾弥漫在阳光里，变得污浊又充满某种力量感。

"咚咚咚"，有人轻声在外敲门。

"进来。"

江汉懒得理门外是谁，此刻，万国的人，他要面对谁都不再重要。

"江总，陆总今天要飞美国，特地差我来送份临别礼物给您。"

听着这熟悉的声音，他把转椅转了回来。来人是程觅雪，这个无论从哪种程度上来说，都微妙地一步步把他推下万国历史舞台的背锅侠。

"呵呵。"他脸上挂上一贯的假笑，点点头，接了礼物，示意她坐下。

面对曾经上级的上级，程觅雪还是有几分拘谨，她把礼物的盒子放在其办公桌上。

"陆欣仪给的？"江汉对这份伪善无奈地笑笑，灭了雪茄，把包装纸撕开，边打开盒子边说，"CEO 去美国参加活动，你现在作为海外 PR 的总监，完全可以跟随啊。怎么，还是王可可跟着？"

"嗯，陆总还有私人行程，带一个助理就够了。"

"所以，你现在是留守的 CEO 助理？"

程觅雪听了这番数落不舒服，也无法发作，只等着他把礼物拆好了自己可以有个交代。她并不知道礼物盒子里是什么，几分好奇心也是有的。

他从盒子里拿出一对闪着金色光芒的袖扣，精致的珐琅材质，地球仪的形状，以纯金的托衬着，设计十分特别。

"地球？呵呵，你觉得，这礼物是什么意思呢？"

说着，他把自己袖口的袖扣卸下，把礼物盒中的袖扣取出，准备戴上。

"听说您要去一家国外入华的互联网公司，我想，陆总是希望您在全球范围内……宏图大展吧。"程觅雪不安地回答道。江汉深不见底的眼神依然令她惧怕，尽管他总是笑眯眯的，但这种寒意超越了表情，穿透她还不够坚硬的心。

"我看啊……"

江汉说着，右手的袖扣却怎么也扣不上了。程觅雪站起来示意帮忙，在桌子对面伸出手帮他戴好，然后理了理袖口。

"呵呵，我看啊，这是讽刺我的野心。想得到全世界，想拥有一切。"

程觅雪心中一惊，两人的距离如此接近，她甚至无法掩盖这份慌张。江汉突然抓住她的手腕，阴沉地说："记住，你今天拥有的一切，抢夺的一切，都会有人等着抢回去。这就是职场。"

江汉突然撒开了手，阴沉的表情一秒钟恢复了平时的笑眯眯脸色："呵呵，谢谢。替我转达我的谢意。"

程觅雪忙点点头，匆匆退了出去。江汉总能自带一种恐吓的气场，这和他做什么、说什么都无关，他通过一种无情的控制力和影响力，在公关部创造出如同病毒般的职场氛围。干掉了佟林、黎娅，还有其他被他这种病毒影响的人，程觅雪不可能一个个都干掉，只能选择和他们共生共存。而江汉说的对，虽然上位了，但现在程觅雪就是其他人的靶子和目标了，无数的人开始盯着她的一举一动，野心勃勃，前赴后继。

但是，程觅雪并不想继续玩这个"职场天梯"的游戏。一切尘埃落定以后，她将自己的第一个工作计划，制定为重启万国的 CSR 公益活动。这个被田恬搅和了一通，又彻底废弃的工作，没有任何收益，因此根本没人愿意负责。田恬当初那些"关注贫困儿童"的漂亮的鬼话，如同她瘦削又尖刻的虚伪脸蛋一样，经不住任何仔细的推敲和琢磨。程觅雪和团队重新研究了贫困地区的真正需求，做了详尽的从立项到追踪善款的计划书，呈给了陆欣仪。

看完整份计划书，陆欣仪召她进了办公室。

"这是你真正想做的项目？甚至和世界经济论坛相比，重要性要更提前？"

"是的，陆总。我明白，万国以往的 CSR 做得并不出色甚至可谓失败，但无论从企业责任或者 PR 的角度来说，重启这部分工作都有长远意义。"

"我是说……"陆欣仪把眼镜摘掉，揉了揉太阳穴，望着程觅雪，"这是你真心想做的吗？你有热情来做这个吗？"

程觅雪停顿了一下，没想到陆欣仪在乎的是这类问题。之前她就项目准备了大量财务支出的材料，反而完全被略过。

"我是真心想做。早在田恬负责'西部微光'的时候，我就开始关注贫困儿童教育的问题，虽然最后项目不是由我来跟，我也没有去过西部，但如果有一个机会让我把项目重启，我会把全部的热情都放进去的。"

"噢？我听说你来自一个优越的家庭，为什么会特别关注这个社会问题？我很好奇。"

陆欣仪其实也一直关注着公益事业，那是因为她来自一个香港的普通工人家庭，一路受益于教育才跃升到今天的金领阶层。她每年都会捐助一部分收入给香港低收入家庭的大学生，这件事从未宣扬也没人知道，此刻，她只是很想知道，面前这个年轻人的动力是什么。

"陆总，我没有特别体会过贫困，这是事实。但我在国外学习的时候，就觉得教育需要公平化，但教育不公的情况在全世界都有发生，我尽管认识不深刻，却切实体会过。世界就是不公平的，但我想让这些贫困的孩子尽量体会少一点这种不公平。贫困是无法轻易改变的，我的计划书里，除了物质支援以外，还有针对精神文化的建议。大的口号和目标，我没有想过，只是希望从内而外改变一部分贫困儿童的生活，同时通过这种真诚的帮助，让更多的万国人，让那些和我一样还没有从迪纳事件里完全走出来的同事们，看到一点光。"

说完这段话，程觅雪感觉心头如释重负，似乎从迪纳事件以来憋着的一口气得以舒展，一种隐疾得以治愈。

陆欣仪什么也没说，她展开计划书的最后一页，在签字页的"批准人"一栏中，大笔一挥，写下了自己的名字。

"好，我希望本周内有一个财务的时间表，这份计划书的预算再细化一份，单独email给我。同时，我助理王可可也会作为参与者，成为项目一员，随时跟我汇报项目进展。我希望今年全面重启万国的 CSR 工作。"

志忑又兴奋地走出了陆欣仪的 CEO 办公室，程觅雪连电梯都懒得等，急着把项目批准表和自己的团队分享，一路小跑着。在办公层的转角处，她和一个同事撞了个满怀，文件被撞落了一地，到处都是。她赶忙蹲下开始收拾，这时，一个熟悉的声音响起。

"我来帮你吧！"方圆把咖啡放在一边的桌子上，主动蹲在她旁边，帮她捡起一张张文件。

这一切如同以往，似乎什么都没有改变过。程觅雪恍惚了，往日的同僚温情浮上心头，不免心酸。如今她和方圆再也不是被江汉一派随意指使的背锅侠了，但付出了什么换取的这一切，恐怕只有她们自己知道。

"谢谢，方圆姐，你现在是不是在这层上班啦？"

"嗯，孙老师现在搬去副总裁办公室了。说实话，新办公室有点不习惯呢，还是我们以前比较温馨。"

方圆说罢，看了看手上的文件，开心地问起："重启 CSR 计划？你这是，已经得到批准了吗？"

程觅雪激动地点点头，两个人对视着，笑了起来。

"小雪，恭喜你！我还记得当初为了帮那个伪善的女主播，你连夜做调研的样子。一切总归没有因为一颗老鼠屎而白费！"

"谢谢，我其实没什么高尚的想法，编不出田恬那样的伟大愿景。只是觉得帮人总要帮到底，利用完了这些孩子，就把他们扔下，这事我一直如鲠在喉。说实话，我挺没底的，也不知道陆总会不会支持。总归，现在放心了！"

"如果有什么需要帮忙的，我是说，任何事！我都愿意参与进来，用额外的私人时间也可以。你知道的，作为一个老母亲，说起这些和孩子相关的事啊，难免动感情。希望你别介意。"

眼看，方圆的眼睛里泛起了泪花，这眼泪，程觅雪在迪纳事件的时候见过。这是方圆不轻易流露的一面，只展现给真正的朋友见过。程觅雪想起因为职场纷争而引起的两人之间的隔阂，顿时觉得，共同倾诉过衷肠的职场朋友是多么的难得，又要何必因为一点不愉快彻底放弃方圆这种朋友？

"话说方圆姐，你多久没见尹冰了？我们约了今晚喝一杯，就在我家附近新开的酒吧，还有……还有我的男朋友。如果你有时间的话，我们一起聚聚吧？"

"你们年轻人的聚会，我……只要你们不介意我迟到，告诉我时间地点，我赶紧把加班的事忙完就过去。"

程觅雪欢喜地点点头。人可能没法回到过去，却总有办法回忆，而往往友情就是在这些忆往昔的过程中被重拾。她不奢望得到一切，但至少，不要因为欲望失去所有。

"先告诉你个好消息，CSR 项目重启已经被 CEO 批准了！白胖在路上怎么样？"

"恭喜你心愿得偿！白胖挺好的，吐了一回，应该是晕车。我妈说我家狗也会那样！"

"那你可别给它再吃啥了，到了再说吧，千万别再吐了，太难受了。今晚我们和尹冰一起庆祝庆祝！"

一边开车，程觅雪一边打给谢铭心关切着白胖。因为弟弟的工作越来越忙，白胖沦落成"留守宠物"，她终于决定把狗从清洲接来上海。谢铭心正好在休假，就主动担任了司机的角色，成了白胖的御用柴可夫司机。

最近，随着新职位的稳定，程觅雪加班的时间越来越多。她把市区的房子租出去，租住了尹冰空着的在万国附近的房子。这套步行开车均迅速达到的房子，不仅让她省了通勤时间用来工作，以后中午也完全可以回家再溜一趟白胖。因为离虹桥枢纽比较近，谢铭心从北京过来也变得方便很多。她为此番折腾感到满足，真正带给自己幸福感的并不是什么高档小区的公寓，而是创造一套可以让生活更幸福的系统。

"尹冰，你家钥匙我换成指纹锁了，等会你先来找我录入一下指纹呗，我们再一起从这里汇合谢铭心去酒吧？"

"知道啦，我都在路上啦，刚换了二号线，等我！"

车在地库停好，"滴滴"锁上。从高级公寓搬出来，程觅雪最不习惯的就是尹冰购置的这旧小区里阴暗的地库。她总是下意识地四下看看，感觉有人跟着自己一样，这是某种焦虑症吧？她摇摇头笑笑，把钥匙收进包里，拿出手机接起谢铭心的再次来电，往电梯间走去。

"嗯，你进小区了吗？对的就是9号楼，比较里面的，你绕到楼前就行，我在一楼大厅等你和白胖，马上就到了……"

"程觅雪！"一个男人厉声喝道。

她回头一看，那人在车库阴暗的灯光下闪着凶狠的眼神，密生的胡茬令她第一眼没认出来，再仔细辨别，这张丑陋的、贪婪的、罪恶的脸，属于佟林。

"哟，佟总，好久不见。怎么？跟踪我到我家地库了？"

程觅雪并没挂断电话，高声而机警地把信息通过这种形式告知电话那头的谢铭心。她其实害怕极了，只有她心里清楚在佟林落难的过程中自己扮演了怎样的角色。这角色虽然没错但并不光荣，佟林有千万个憎恨她的理由。这恨，足以毁掉佟林，也足以毁灭她。

"见人说人话，见鬼说鬼话，你就没一句实话！怎么，以为跟我前妻串通完了可以置身事外？她还有孩子做挡箭牌，你呢？程觅雪，别以为有钱能买命！"说罢，佟林就径直冲了过来。

程觅雪赶不及等到升降电梯，她狂奔几步到紧急出口的楼梯，拼了命拉开门往　楼跑去。一边跑一边在包里摸找着门卡，到了一楼她把手伸出来，刚听到"滴"的一声准备推开门，一双手就从后面扯住了她的包，顺势将她摔倒在地上。力道太大，她被迫跪下的双膝如同被刀片割裂一样的痛，忍不住大叫一声哭了出来，正要喊"救命"，他又从背后扯住她的头发，翻倒在地上，头不巧直接撞击在一块破碎的冰冷的地砖上，温热的血顺着头发流了出来……

她的眼前开始模糊，却依然看到了佟林布满血丝的双眼如同魔鬼一样注视着自己，这眼里有太多疯狂，疯狂到不计后果。地上的血染红了程觅雪白色的羊绒毛衣，在暗色的光线下格外刺眼。佟林看了心中一惊，原本只是想殴打痛骂一顿的，却因为一片碎地砖遭遇了如此难以预料的结果。他的手颤抖着，却在极度的恐惧中产生了更深的恶意，这双肮脏的手，死死箍住了程觅雪纤细的脖颈。

呼吸变得困难起来，程觅雪的意识也开始不清醒，在这忽明忽暗之间，她隐约听见了白胖的叫声。

"汪汪！汪汪汪！"

没错，那法国斗牛犬特有的厚重的叫声，是白胖没错！她挣扎着，以最后一丝清醒的意志支撑着，她用尽力气用双手掐住佟林的手腕，阻止他的施力，拖延哪怕一点点时间。

"嘭"的一声巨响，一楼到安全楼梯的门被什么撞开了。谢铭心手持一个红色灭火器撞开门以后，果断地把灭火器向着佟林的后背狠狠砸过去。灭火器滚落在地上，佟林也随之倒在地上。

血，到处都是血。

即便见过不少伤员的场面，谢铭心面对倒在地上流血不止的程觅雪还是无法冷静下来。不是说好了他做柴可夫司机接好白胖，一起过"一家三口"的周末吗？不是尹冰和高唯帮自己安排好了今晚在酒吧的神秘求婚了吗？车子已经都开进小区了，白胖也下车了，正给它绑着链子呢，怎么她就被袭击了呢……

谢铭心的脑海中嗡鸣着这些天问，不顾一切地扑到程觅雪的面前。

"你别动，我已经报警了。你别说话，也别急，别用力，保持呼吸平稳，小雪……"

上一次流泪，还是谢铭心小学爷爷去世的时候，他不知道大人说着的"永别"是什么意思，不懂为什么再也见不到胖胖又亲切的爷爷了，于是放声大哭了整整两天。现在的他，觉得什么都是可以被解决的，眼泪是不需要的牺牲品。而这牺牲品现在却溢满在他的心里，所有的做人做事的自信都在流着血的程觅雪面前消失殆尽。

程觅雪见到谢铭心，听着他一如既往温暖的语调，心终于安定了下来。

这慌乱悲伤之间，没人注意到被打晕的佟林已经慢慢地站了起来。

"汪汪汪！"

还没来得及被拴上链子，紧跟在谢铭心身后的白胖看见这个污浊的巨大黑影，迅速地狂叫起来。它胖嘟嘟的身体顿时变得敏捷了，一下子冲在谢铭心前面，同时挡住了受伤的程觅雪，恶狠狠地望着佟林。

谢铭心猛地站起来，向佟林扑过去，而佟林的求生欲则让他冲向通往一楼大厅的门口，两个人厮打在一起。谢铭心一个重拳打在佟林的眼上，他顿时又倒在了地上动弹不得。白胖的狂吠引来了保安的注意，一名保安看到一楼大厅被打碎的灭火器，以及被撞开的安全通道大门，举起手中的防爆棍，向事发的方向走了过来。

谢铭心继续握着程觅雪的手，安抚着她，保持着她神志的清醒。他呼唤着保安过来，然后迅速描述了一下事态，请求他看管住佟林，自己赶忙联系刚才接警的片区警察，要求救护车的增援。

躺在冰冷的地砖上，程觅雪感到身体越来越冷，她的听觉也变得混乱，周围人的声音越来越高，远处也传来了警笛声。闪烁的蓝红色灯光开始出现，越来越多人的脚步声在向她的方向涌来。

"嗷！"一声白胖的惨叫传来。

她用尽力气转过头，看到佟林不知什么时候在混乱中把控制他的保安打倒，用一把锋利的野外军刀抵住了保安的喉咙，同时扯住了白胖拖在地上的狗链，死死拽着它的脖子。

"你！慢慢蹲下去，抱起这条狗。谢铭心！你不是有本事叫警察吗？想把我害死没那么简单，给我滚开，让出这条路来！"

"白……白胖……不行……"程觅雪顾不得流着血，她在原地挪动着，眼泪大颗大颗流下来。

"小雪你别激动！"谢铭心试图稳住她，"我这就让路！佟林，你走吧，别伤害任何人还有狗。"

保安被刀子抵住脖颈，抱起了白胖。佟林一步一步，从被破坏的门里退到了一楼大厅，他原本不想害命，然而程觅雪已经重伤，事到如今他也只能逃了。只是，他在被打倒的瞬间，看到了白胖狗牌上大大的"程"字铭牌，意识到这是程觅雪的狗。横竖都是逃，他准备至少把程觅雪的狗也狠狠捅死，才能出了他这口恶气。反正杀狗不偿命。

这才有了保安抱着狗，他抵着保安的颈动脉，这一魔幻的画面。然而，当他正准备放走保安捅死白胖的时候，到达小区的警车开启了大灯，照亮了整个大厅。

"嫌犯注意，你已经被前后包围了。现在就放下手中的刀，还可以争取宽大处理，继续顽固抵抗，伤害人民财产和生命安全，后果是十分严重的！"

事到如今，佟林已经是个没有退路的人了。他背靠着墙壁，用保安和白胖的身体在正面掩饰着自己，走到客梯旁边，按下了"上"键。躲进电梯后，他消失在一楼所有人的视线中。

救护人员冲了进来，谢铭心才敢放开程觅雪的手，警察从安全通道里冲了上去。医生检查结束后，对谢铭心说："伤者大量失血，但据我初步检查是外伤重创，并非颅骨受创，当然不排除脑震荡。目前的失血可能与其自身凝血能力有关，需要先止血包扎，去医院进一步检查。请尽快联系她的家人。"

"我……我没事。救人要紧，还有我的白胖。"被抬上担架以后，程觅雪紧紧抓住谢铭心的手说。

"怎么回事！怎么了？佟林和人质到了楼顶，我还以为劫持的是你！"

刚上了救护车开始包扎，尹冰和高唯也赶了过来。原本计划的谢铭心求婚环节，被他电话取消了，尹冰赶忙叫埋伏在酒吧的高唯也过来看看怎么回事，但她怎么也没料到，有这么大的事发生。

"我叫了孙老师通知江汉，现在谁还能劝住佟林？这个魔鬼，渣滓！绑架无辜者就算了，还绑了一条狗！这种混蛋死不足惜。"

"行了行了，你少说几句，别让程觅雪着急了。"高唯在一边劝着心直口快的尹冰。

"小雪，你爸他们也在往这赶，你放心，一切有我们在。"

谢铭心看大家都来了，他渐渐松开被程觅雪紧紧抓住的手，把她的手放在了尹冰的手中。他给了程觅雪一个坚定的眼神,这眼神,让她想起在迪纳时,他为她戴好通讯工具,离开车子前那个眼神。而此刻的她,却无力说出一句告别。

他转身冲破了被封锁的现场,从刚才一片血迹的安全通道,向楼顶跑去。

"谢铭心!你!唉……"高唯大喊着,无奈地叉着腰叹气。

楼顶的天台,除了公寓的水箱以外,一无所有,只有用保安的特殊钥匙才能打开。鸡贼的佟林打开天台以后,又从外面锁住。谢铭心冲上去的时候,两个警察刚用工具把铁门艰难地砸开,于是他也帮忙一起把重重的铁门挪动开。

天台的大风,向他们呼啸着如同哀嚎一样猛烈吹来。

"这位谢先生,感谢你的帮助,不要进入现场,注意人身安全。"

"我也是公务员。"他掏出了自己的工作证,"除了当事人身份以外,我也是一名受过正规训练的谈判专家和公务员,有责任保护人民生命和财产安全。你们的专家到来之前,我可以先帮忙稳住犯罪分子。"

警察迅速查看了一下他的工作证,相视了一下,说:"那也只能作为群众协助,没有我们的指挥,不要接近犯罪分子,也不要沟通。"

说着,两名警察走到了天台,让谢铭心跟在最后,警惕地寻找着佟林和人质。

"在那!"

天台的角落,佟林抵着人质,站在边缘。

"他叫佟林,目前无业,曾经是万国集团公关部的总监,因持有毒品的前科被开除。"谢铭心小声向警察耳语,搜刮着他知道的一切有关佟林的信息。

"佟林，这里是 12 楼，下面的同事已经开始搭建充气气垫。一会儿他们会通过话筒和你沟通，你有什么诉求，可以现在告诉我们。记住，只要不伤及无辜，一切都可以谈！"警察大声说道。

"无辜？谁无辜？我最无辜！"佟林被打得头昏脑涨，但他此刻依然觉得，全世界都对不起他，所有人都算计他。

"佟林！"

下面拿着喇叭的人，声音十分熟悉，佟林从楼上向下望去，又看不太清。

"我是江汉，老江啊！兄弟，你听我说，你的遭遇我们都十分明白。你现在需要做的，就是把你想说的、想要的，都在这里告诉我们。以前公司为你做得不够，现在你做出这种过激行为，我也有责任。我愿意站在个人角度，和警察同志们一起，满足你的诉求！不要再伤害他人了。"

佟林定了定睛，才看清那人真的是江汉，而江汉身边站着的，竟是孙夕照还有方圆。万国这些斗来斗去的人们啊，从来没有站在一起过，暗地里恨不得把彼此撕了吃了，现在却讽刺地站在了一起。

"什么兄弟？什么明白？公司利用完我的第一件事就是抛弃我，像垃圾那样！我为你做了多少事啊江汉，你不念旧情，到了现在来劝我，你要不要脸？我被诬陷吸毒，还被戴了十几年的绿帽子，这一切都是拜程觅雪所赐！我的诉求？我就是想弄死程觅雪！弄不死她，我也要弄死她的狗。什么是伤心啊，这种大小姐富二代，她明白个屁！"

江汉听了，汗颜不止。他是临时被孙夕照拉来求情的，而警察也的确找不到除了佟林在老家的父母以外，任何一个愿意和他说话的人了。面对此刻疯狂的佟林，江汉的内心没想到，一场利益至上的职场之争会演化到这个地步。人间荒诞，超出他的想象。

"江总，真的想不到任何其他的人可以来说服他吗？"孙夕照焦急地问道。

"他的前妻呢？他们还有一个孩子啊！"方圆提醒道。

于是江汉再次拿起喇叭，试着安抚佟林："佟林，现在事态还不严重，你看看这些围观的群众，警察目前还可以控制。要是等一会，群众多了，你自己以前是做公关的，也知道社交媒体的厉害，人肉搜索的可怕。你恨万国、恨我，难道你还恨自己的女儿吗？莹莹以后如果从媒体知道了你的事……"

"莹莹……"

听了江汉的公关规劝套路，佟林更难受了。殊不知前妻的律师早就通知他其准备全家移民澳洲的事，唯一的女儿，此时又意味着什么呢？

救护车里，程觅雪简单处理了伤口，医生仍然建议去医院进一步检查，可是此刻她心焦地记挂着事态，怎么可能安心去医院呢？尹冰和高唯和她说了最新的情况，她听到丝毫不肯让步的佟林，更加心急如焚了，顿时头痛欲裂。

"弄死我？不然弄死我的狗？"

她不停质问着，在质问中，突然灵机一动，和尹冰耳语几句。尹冰点点头，把自己的电话接通，然后悄悄地走到了孙夕照和江汉的身边。

江汉接过电话，又听了尹冰的口述，再次拿起了喇叭，和佟林喊话。

"佟林，刚刚送走程觅雪的救护车已经到了最近的医院急救，因为她凝血功能的先天不足，她现在已经病危了，医生说，情况不妙！她死不死我不知道，但你的目的难道不也达到了吗？全身大面积失血休克，是很难救得回的。"

孙夕照在一旁突然痛哭起来，和方圆抱在一起抽泣。

佟林听了，疯狂的表情顿了一下，然后大笑起来。而在天台上的警察，则看着谢铭心露出了抱歉的表情。谢铭心听了心中一沉，他刚才离开的时候医生不是明明说她没事吗？现在的他也已经丧失了理智，他不禁全身颤抖着，蹲坐在了天台的角落。

"大哥，大哥。这狗，我也实在是抱不动了，我再抱着也得是放走，不然我现在放了吧？"

保安对佟林小声说。

"扔！往下扔！哈哈，一条狗命而已。"佟林被'喜悦'冲昏了头脑，彻底走火入魔了。

"佟林！你扔试试！"谢铭心突然冲了出去，站在他身侧约50米的天台处。

"哟？好一对璧人啊，死了一个，另一个送上门了。谢铭心，你这么厉害不还是救不了你的女人吗？狂什么狂，还真以为自带主角光环不灭呢，这不就灭了一个。真有种，拿你自己换两条命，一条人命，一条狗命。"

"好！你真有种，就说到做到！"

谢铭心以谈判专家的姿态，掏空了自己全部口袋，原地转了一圈自查，向佟林示意没有任何武器和通讯设备。然后，一步一步，坚定地向佟林走去。

"数到1，2，3，你用刀子指着我的颈动脉，把人质释放！"

佟林向着天狂笑着点点头："你的命，我当然更有兴趣！"

他用手臂死死擎住几乎虚脱的保安，把刀尖指向谢铭心，谢铭心则高举双手表示投降，主动走向了刀尖。3厘米，2厘米，1厘米，佟林终于松开了保安。保安用尽全身的气力跑了起来，竟还没有放手白胖，跑到了警察的身边。

这时，刀尖已经抵在了谢铭心的脖子上。楼下的群众视线已经看不到佟林和谢铭心，一片喧哗。

"是不是人质和白胖都得救了！是不是？"程觅雪焦急地问着高唯。

"别急，这种时候一般警察会最终确认。千万别着急，沉着冷静。"

千钧一发之际，谢铭心高举的双手悄悄快速做了一个手势，埋伏在对面居民楼的狙击手扣了扳机，佟林的肩膀被一枪打中，刀子顺势掉在地上，他踉跄着向后走了几步。

谢铭心冲了上去，先捡起刀子，然后拎起佟林的领子，把他从地上拖了起来。

"哈哈哈，被你们埋伏了，又怎么样呢？我没有任何可以失去的了。我一无所有。"佟林猩红的双眼，丝毫没有悔恨。

"警官同志！麻烦您。"谢铭心向两位跑来的警官示意，其中一个把自己的手机解锁后递给了他。

屏幕上，一个小女孩录制的视频突然出现，她打着哈欠，冲着银幕说："爸爸，妈妈突然让我跟你问好，哎呀我都要睡觉了呢！妈妈说，只要你听话，我们就不去那个什么德什么莱，我们就留在北京，每周都能见面呢！爸爸你在干吗呢？等你忙完和我视频呀！"

在与人质争执的时候，谢铭心尽管听到程觅雪的'噩耗'，经历了迪纳事件以后，他还是强忍住悲痛冷静了下来，和警察一起，了解了狙击手的就位信息并和他约定了开枪的信号手势。同时，楼下的程觅雪她们也想尽方法联系到佟林的前妻，说明事态后，对方配合地录制了这段佟林女儿的视频作为谈判筹码。

女儿莹莹的一段视频，打动了佟林疯狂背后的最后一丝人性，他无力地跪在地上，被警察按倒，肮脏的脸摩擦着同样肮脏的水泥地面。

"等等，先别把他带走！"谢铭心对两名警察说，"给我两秒钟。"

警察们经过刚才的事情，对视了一下，迅速点了点头。

于是，他走上前去，狠狠地冲着佟林的背，猛踹了两脚。

"你的确不配有后代，猪狗不如的人渣！"

抱着白胖的保安在其他赶来的警员的安排下，开始走下楼。

"对咧，兄弟！你的胖狗。"他突然转身和谢铭心说。

谢铭心这才渐渐缓过神来，定了定睛，看着吓呆了的白胖。跑过去，抱起它，紧紧地再也不放手。

"这狗可真沉啊，抱着倒是挺暖和。"

"谢谢您，始终没把它扔下去。"

"俺这不，唉，都吓傻了，啥谢不谢的，俺得谢谢你救了我的命。"

谢铭心听了，不知道是哪根神经受了触动，突然抱住了保安大哥，痛哭起来。

"谢铭心，你哭什么呢，我的白胖呢？"程觅雪的声音从身后响起。

他听了，抱住白胖缓缓转过身。程觅雪被尹冰搀扶着，身后还跟着高唯和程觅霖。

没想到，这一见，谢铭心没有喜出望外，反而哭得更厉害了。

"你是人是鬼，你不是不行了吗？"

"呸呸呸，我说谢铭心，你是不是傻了啊。她是鬼，我们也是吗？"高唯上去抱下白胖，拍了拍他肩膀。

"我姐啊，逼我和医生签了免责书，非要上来找你。你怎么就憋出这一句？"程觅霖摇着头，哭笑不得。

白胖摇摇身子，晃悠晃悠地跑向了主人身边，嗅了嗅程觅霖，接着跑向了程觅雪，拼命跳着要抱抱。

"我看这狗都比你情商高，谢铭心，咳咳！"尹冰看着他，拼命地挤眼睛。

"白胖，白胖，哎哟别跳了，别跳了！我现在没力气抱你。唉唉，怎么还舔起来了……"

程觅雪没力气，只能坐在了地上和白胖亲热，白胖把整个头凑在她怀里撒娇，还发出'嘤嘤'的声音。

"程觅雪。"谢铭心从高唯的手里接过一个黑色丝绒的小盒子，单膝跪地，双手打开盒子，一颗闪耀着小小光芒的钻戒在这黑夜里格外炫目。

"你愿意，你愿意嫁给我吗？"

没有一个时机是好时机。当谢铭心恳求尹冰她们帮忙求婚时，他反复想着这句话。什么是恰到好处的爱？什么又是恰到好处的关怀和相处？程觅雪再次不顾安危地奔向了自己，如同迪纳一样，只是这次，他们有幸相遇。

"人生有幸遇见你，我不想再等什么好的时机。等我不忙了，等你稳定了，等你家人接受了，等我们能在一个城市发展……我不想再等下去了，人山人海，我只爱你。"

"哇！"

尹冰配合地带头鼓起掌来,高唯和程觅霖也附和着拼命地鼓掌。一切都没有如同他们排练的那样, 在市中心最新开的酒吧里, 在被布置成程觅雪最爱的绿色和白色花丛中,点亮星星布满落地窗的灯, 单腿跪地说爱你。这夜黑风高, 背景充满办案警察走来走去取证的天台上, 一样适合说爱你。稀稀拉拉的掌声从谢铭心配合办案的两位警官开始汇集, 成为一波欢喜的浪, 席卷了整个天台。爱就没有什么合适不合适的, 只要人对了, 任何时机和背景都合适。

"我……"

程觅雪看着眼前的画面, 不禁掩面, 她担忧着大吼着凶着逼着弟弟签家属同意免责书的时候, 心里只有谢铭心。这感受如同迪纳一样, 充满未知的不安, 只是这次的不安, 有了甜蜜的归属。

她鼻子一酸, 泪水就要涌出, 这时却眼前一黑, 一下子, 晕倒了过去。

"姐！"

"小雪！小雪你怎么了……"

"最糟糕的求婚地点。"

"换个思路, 那可是警察和医生亲眼见证呢, 谁求婚能那么大阵仗？"

"在我人生最丑的时刻！"

"所以啊, 这才叫真爱。那天那么丑都能求下婚去, 以后只能每一天都更珍惜漂亮的你。"

"不算答应！必须再求。"

"必须的！我爸妈也说我求得鲁莽了, 可劲儿批评我呢, 说要拔高标准重新策划呢！"

"得了得了，这一堆的'彩虹屁'要是能变现，我们资产应该冲破九位数了！"

拖着拉杆箱，程觅雪马上要登机去出差了。在医院修养了两周以后，她提前销假回到了工作岗位，又要面对万国一场和客服相关的新公关危机了。

"总之，我还不知怎么和爸说明你的求婚细节，我弟还告了黑状说你求婚的钻石太小，这个小混蛋！等你放假抽空和我回清洲一趟，把一切按程序来，按我们那边的规矩慢慢来。好了不说了，飞机就要起飞了。"语气是生气的，脸上却笑意盈盈的，她关闭了手机，望向了窗外。

天空依旧阴暗，可以看到下雪前那种浓郁的深灰的色块堆积。飞机的引擎嘶吼着，带着她飞向一片更加深厚的云层，整个机舱都暗了下来，如同多雨的上海的春天带给程觅雪的感受那样，压抑而看不到尽头。

然而黑暗和光明之间，只有一线。飞机冲破了云层，阳光在这里平静地照射着蔚蓝的天空，仿佛刚才穿越的是另一个世界那样。这里的色彩如此澄净，让人的心里也干净了起来。

机舱里有人急忙把遮光板拉下，让飞机里继续阴暗着。而程觅雪却并不在意，任由阳光洒在身上。怎么会有人抱怨一道光呢？她想着，安心地闭上了眼睛，进入了一个没有意识的梦境。前面的旅途依然漫长，但这一刻的她，内心安定，无所求，无所惧。